Li Yuan Ji
Zhong Chang Pian Xiao Shuo Ji

中长篇小说集

刘广袤 著

梨园记

中国出版集团

现代出版社

图书在版编目（CIP）数据

梨园记/刘广衮著. --北京：现代出版社，2016.1

ISBN 978-7-5143-4505-6

Ⅰ．①梨… Ⅱ．①刘… Ⅲ．①小说集－中国－当代 Ⅳ．①I247

中国版本图书馆CIP数据核字（2015）第318457号

梨园记

作　　者	刘广衮
责任编辑	陈世忠
出版发行	现代出版社
地　　址	北京市安定门外安华里504号
邮政编码	100011
电　　话	010-64267325　010-64245264（兼传真）
网　　址	www.1980xd.com
电子邮箱	xiandai@vip.sina.com
印　　刷	北京一鑫印务有限责任公司
开　　本	880×1230　1/32
印　　张	9
版　　次	2016年1月第1版　2022年7月第2次印刷
书　　号	ISBN 978-7-5143-4505-6
定　　价	39.80元

序

◎ 曹凤礼

　　《梨园记》将要付梓时，作者要我写个序，理由有两点：一是我是省级老作协会员，在文艺作品发行出版上说话具有权威性，对一部作品的评价，能起到以正视听的作用；二是我长期分管文化宣传工作，由我写序对繁荣本地文艺创作具有提纲挈领的意义，意思很明白，就是让我关于本书出版对读者说几句话。说实话，《梨园记》这个长篇在《京九晚报》连载时，我也陆续看了些，既然要写序，我就重新看了一遍，下面谈点自己的看法。

　　一部文艺作品的好坏，我觉得要看几点，首先一点是作品的艺术性。艺术水平的高低，直接决定作品的生命力，艺术水平的高下，作为长篇小说就要看作品的语言。《梨园记》的语言特色我觉得有几点：一是作者自觉或不自觉的追求语言的连续性，力求达到一种汪洋恣肆的状态；二是在需要平稳叙述时，又力求白描手法的应用，于平淡中见新奇；三是带有冷幽默味道的语言，把要表达的思想慢慢地推向故事的高潮，拙中见巧，意味比较深厚。本书的另外一个艺术特点是作者把要表达的主题深藏起来，看似在叙述一个故事，或者在讲一个段子，其实是作者在为深化主题而努力，都是在为最后一个包袱作铺垫。《梨园记》这个名字，看似在讲一个戏曲故事，其实里边戏曲部分也确实占了大部分内容，其实戏曲也是铺垫，也是为主题服务，作者的主题意思是戏曲小天地，人生大舞台，无论生活中的帝王将相，都不过是舞台中的生末净旦丑而已，这是《梨园记》这个名字的一个寓意；另外一个意思，是作者理想化的一种写作方式，书中写了主人公开发了一个梨园，这是有原型的，在我们地区有一个县就专门种梨树，所产的梨子在全国很有名气，种植规模也比较大，至于写到酒梨等等，既能吃又能当酒喝，这就是作者的想象了，所谓文学作品来源于生活又高于生活就是这样吧。

再一个，就是文学作品要具有思想性，除非你的作品艺术性达到可以不重视思想而又能被人接受，我觉得这一点在当今文坛中能做到的屈指可数。在思想性上，我觉得《梨园记》这部作品很贴近生活，写的就是当前发生在我们老百姓身边的事。现在的农村，盖房需要审批，于是权力就产生腐败，围绕腐败的发生就有了故事，故事的曲折性决定了文学的艺术性，《梨园记》其实写的就是反腐的题材，不过作者把这个意思深藏了起来，在看似轻松的氛围内讲了一个严肃的故事，这样写法，让人不容易产生视觉疲劳，我觉得这是思想性与艺术性的统一。

一部作品具有了思想性和艺术性，就会产生趣味性。对文学作品而言，具备这些条件就能称得起一部好作品了。当然，我不是说《梨园记》就一定是好作品，任何作品都有它的局限性和缺陷，除非没有这个作品。我的意思，大家有时间可以看看这部书，至于《梨园记》里其他几篇文章，都是作者在全国一些文学杂志或者报刊上发表过的，在这里我就不一一赘述了，看后的效果，恐怕就是仁者见仁、智者见智了。

二〇一五年十二月六日

（作者系河南省商丘电视台台长、总编辑，原商丘市委宣传部副部长。）

目录

梨园记·中长篇小说集

CONTENTS

梨园记   001

走火   213

百日   251

淘沙女人   266

鬼地   274

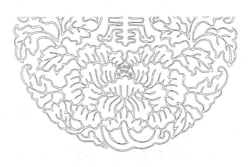

梨 园 记

一

那次地震后，我知道还会有地震发生，我还知道，下一次发生地震的地方就在我们村。走在大街上，有时我想，要是现在发生地震就好了，要是现在发生地震，我肯定是没事的，但我随即就想到了我妈妈，想到她被砸在屋下的情景，我又宁愿地震现在不要发生，随即，我又想到了我爷爷，想到了凌烟，但我不愿意往下想了……

村里的大街空空荡荡。现下正是农闲时候，村里的成年劳力都外出打工了，剩下的都是些老弱病残。村主任二孬很着急，他说："能生孩子的都走了，完不成乡里的计生任务怎么办？"这话让村里打了一辈子光棍的老庆生很惶恐，他主动跑到乡里，找到计生办的人要求结扎。计生办的人问他有几个孩子了，他说一个也没有。计生办的人说，一个孩子都没有，跑到这里捣什么乱？他说，村里的青壮劳力都出去打工了，村里就剩下村干部和我了，要是哪个妇女怀了孕，我可承担不起这个责任……

说实话，我有点看不起庆生这个老东西，就像他也看不起我一样。他曾经当着面叫我傻子，他说，像我这样的傻子，保证十里八村的找不着一个，说这话时，他是守着全村人的面说的，那时正是晚饭时，村里人都聚在秋生家的大槐树下吃饭，他见我去了，就拿我开心。记得当时我白了他一眼，没有理他，但我心里，已经记住了他。现在一开场，就让他先跳出来，目的就是给他定位，他的角色，就是一个小丑。

我从北走到南，又从南走到北，还是不见一个人影。不见就不见吧，我的目的也不是见人。最后我在村中的那棵大槐树下停下来，我看见，凌烟家的那个大白公鸡，不在树下觅食，大白天却飞在了树上边，脚踩在树干上，探头探脑地东张西望。我知道村里又要有什么事发生了。村里有很多秘密，别人不知道，可是我知道。并且我还知道，有些秘密是能说的，有些秘密是不能说的。比如庆生和二马媳妇相好的事情，村里人人都知道，可村里人人都不说……

我的名字叫小宝，这是我妈给我起的，可怜天下父母心。可村里的人并不这样叫，他们有的叫我傻子，有的叫我傻种，有的叫我傻根，还有的叫我杂种，至于到底怎样称呼我，这要看他们的心情和当时所处的环境，但是，大多数人，还是叫我小宝，特别是在我妈跟前，他们叫得更甜。我知道，在我诸多名号的背后，隐藏着我身世复杂的秘密，也隐藏着我家族背后更为复杂的事情，至于到底是什么原因，这个也是秘密，现在不能告诉你。

就这样，公鸡站在树上，我站在树下，等着看事情的发生。站在树下，我看到村里刚修好的柏油马路闪着明亮的光辉一直通向村外，油路两边高低错落着村民们新盖好的楼房和平房。我看见庆生家里的狗从二马家里飞快地跑出来，嘴里叼着一块还没有来得及啃的骨头，一直跑进了庆生家里的大门。我把目光收回来，耳朵里便听见那些楼房和平房后边谁家的公鸡在扯着嗓子打鸣，伴随着从谁家院子里传来的几声狗叫，我的村子一派田园风光。

我在树下等了好久，却不见村子里有什么事发生。莫非大公鸡在骗我？我抬头看了看大公鸡，见它已从刚才的探头探脑改为神情专注地瞅着凌烟家院里，莫非凌烟家里有什么事情？我心里一急，赶忙爬上了大槐树，全然不顾树枝扎了我的手。我站在树上，往凌烟家一看，心里就明白了：凌烟家的堂屋里，坐着乡里蹲点的侯书记，他是乡里的纪检书记，包片我们村和几个邻村，凌烟的爸爸秋生正忙着递烟倒茶，而凌烟的妈妈，正拿着菜刀，满院里找鸡，她一边找，一边嘴里嘟囔，说："刚才还看见在这里，一转眼咋就不见了？"我这才知道，大白鸡躲在树上，原来是为了躲避追杀，对于大公鸡的先见之明，我不由得产生了佩服之情。当我用尊敬的目光再看大公鸡时，才发现它又飞上了更高一层的树枝，原来它也不屑与我为伍。这事要放在平时，我一定非常生气，肯定要想出办法进行报复，但现在我急于弄清院子里的情况，也就懒得搭理它了。我听见院子里侯书记说："叫你干你就干，有我在，你怕什么？"我又听见秋生说："我虽然是党员，但没当过干部，恐怕干不好？"侯书记说："谁生来是干部，让你干，你就干。"我看见秋生还想说什么，一旁秋生的老婆说："侯书记让你干你就干，一辈子没出息，机会来了还这样，真是癞狗抽不到墙头上。"我看见秋生对他的婆娘吼："妇道人家知道什么，还不快去杀你的鸡？"看到这里，我明白了，凌烟的爸爸在外打工，今天刚回到家里，侯书记是来做工作，让他来当我们村的支书。我们村的支书一直是我爷爷干的，侯书记让凌烟的爸爸来干，一定有他的目的，他的目的不用说我也知道，他是醉翁之意不在酒，在于凌烟身上，瞧他那副色迷迷的模样，趁着凌烟来倒茶，竟然在凌烟的头上摸了一把，虽然他装得很自然，就像大人在爱抚小孩，但我心里明白他是怎样想的，我决不能允许他对凌烟染指。凌烟在村里是仙女，是我心目中的白雪公主，保护她是我义不容辞的责任。正在我想应该怎样保护凌烟不受侯书记侵害的当儿，我看见凌烟的妈妈已经杀好了鸡，做好了菜，端到了堂屋的桌子上。这时候，我听到头顶上的白公鸡轻轻地松了口气，这次它又躲过了一次血光之灾。凌烟的妈妈本来要杀它的，因为它的先见之明，才临时杀了那只经常和它争风吃醋的芦花公鸡。我不由得对它再次产生了佩服。我知道，大白公鸡是凌烟家里鸡中的王者，凡是王者都是有一定才情的。白公鸡是王者，自然也有才情，果然，白公鸡要表达它的才情了，为庆祝刚才的死里逃生，它表达才情的方式是作诗。它说："我是一只大公鸡，每天站在高岗上，对着初升的太阳，我的声音最嘹亮，喔喔喔……"

我在树上站了很久，我看见院子里的堂屋中，先是凌烟的爸爸向侯书记频频举杯，后是侯书记向凌烟的爸爸频频劝酒，再后来，凌烟的爸爸不胜酒力，被侯书记用酒灌倒，被凌烟的妈妈扶到西间去睡了。我又看到侯书记也喝多了，他竟然趁着凌烟的妈妈来收拾碗筷，伸手去摸凌烟妈妈的屁股，但被凌烟的妈妈轻巧地躲开了。我又看到凌烟的妈妈进了厨房后，侯书记也跟跟跄跄地撵到了厨房里，并且好久没有出来……我忽然感到了一阵燥热，这才发现那只大公鸡不知道啥时候已经下地去了。树下的村庄依旧空空荡荡，阳光下，村里新盖起的楼房闪着刺目的青光，我知道，我爷爷就是因为这些楼房才辞去村支书职务的，我决定到后山去看我爷爷。

说到后山，大家肯定会笑我，说平原地区哪来的山？我说的后山，就是我们村后的大堤，又叫黄河古道，但是，村里人习惯把它叫作后山，已经叫了好多年了。我顺着村里的油路往北走，出了村子后，脚下的路一点点高起来，我知道已经到了后山。我的村子就坐落在后山的怀抱中，村子左边有一片南北长的树林为青龙，右边有一条长路为白虎，村子南边就是古宋河，从西向东缓缓流过，一年四季从不间断。河岸旁种着千行柳，柳枝参差柳叶黄，柳树外种着百亩桑，采桑的姑娘把歌唱。据说有一位风水先生路过此地，看了我们村的地形后，当时就断言，说我们村一定要出贵人。他说话不久，我们村的春生就考上了清华大学，不过，现在他又回到了我们村，在后山帮我爷爷开荒垦地，至于他算不算贵人，村里人都有点拿不准，我也拿不准，不过，很快大家就会见到他。

在往后山走的道路上，我又遇见里了庆生家里的那条狗，它刚刚啃完骨头，正卧在路边上志得意满地舔舌头。看到狗，我突然又想到我爷爷。我知道我爷爷的一生波澜壮阔，他在村里当了一辈子的支书，像狗一样忠诚地为村民办了很多事，深得村民爱戴，但是，也在村里得罪了一批人，使大家对他的评价褒贬不一，特别是在和我奶奶的感情上，更有很多人对他非议多多。我爷爷家有妻室又和我奶奶相好，并生下了我妈妈，我妈妈长大后不知内情，和我爸爸相恋后先斩后奏又有了我，我爸爸和我妈妈的婚姻理所当然地遭到了我爷爷的坚决反对，从而使我爸爸和妈妈的感情就像我爷爷和奶奶的感情一样无果而终，我妈妈对此抱恨终生，终日郁郁寡欢，在村里，我妈妈和爷爷是仇敌已经是公开的秘密。从我爷爷的一生，我又想到了自己，从自己又想到了凌烟，我不知道自己和凌烟的感情有没有结果，但是目前，情况并不乐观。我决心测试一下我的运气，我蹲下来，对狗说："我的桃花运旺不旺？"那条狗看了看我，回答了一句："汪"……我的心情霎时间高兴起来。

说实话，后山并不是很高，因为它不是真正的山，就像大家都叫我傻根，其实我并不真正的傻一样。后山其实就是一段黄河大堤，是村里的先人们防黄河水用的。后来黄河改道了，水去了，但大堤还在，就给我们留下了现在这个被称作后山的东西。我知道，这样的大堤在我们这里有两个，一个是我们这里的大堤，大家叫作南大堤，相隔四十五里，北边还有一个大堤，被人们称为北大堤，但那个大堤，我长这么大，却从来没见过，因为我从来没跑过这么远的路。我爬上大堤，费了九牛二虎之力，但并没有见到我爷爷，他住的房子空无一人，我知道他又去开垦他的土地去了。我爷爷的房子就建在大堤上那棵红柳下，说是房子，其实就是用红砖和石块垒起的四壁，上边搭起了石棉瓦，聊以遮蔽风雨罢了。我爷爷在墙壁向阳的地方开了个窗户，自己用麦秸秆做了个活动的窗帘，窗户下砌了个土炕，炕上铺了个草席，一早一晚，便在土炕上休息。我还知道，天气晴好时，我爷爷喜欢把窗帘支起来，享受那一片大好阳光。

我站在红树下的小屋旁，用目光搜寻我爷爷的身影，我看见黄河古道就像一条传说中的巨龙，向东看不到头，向西看不到尾，明亮的阳光下，只看到我爷爷挥锄洒汗的身影。我又看到，大堤下有一片明亮的水光，那是村人们养鱼的池塘，正午的阳光下，水塘上方蒸腾着雾气，水塘的外边便是我的村庄，房子在浓密的树丛中若隐若现。站在高坡上，看着远山近水，我不知道是山绕着水还是水绕着山，山坡上是树绕着藤还是藤绕着树，山坡中是我爷爷绕着我奶奶还是我奶奶绕着我爷爷。我还看到，从小屋一直到我爷爷干活的地方，是我爷爷新开垦的土地，刚被翻新的土地柔软而平和，散发着黄土地特有的芳香，我踩着爷爷开垦好的土地，向我爷爷走去。

二

我知道，我爷爷开工第一天，便有很多收获。这条绵延了数百年的黄河古道，埋藏着数不尽的秘密。我爷爷一锨掘下去，只听见"哧"的一声，铁锨被滑在了一边，我爷爷扒开土看时，便看到了一个铜钱，铜钱外圆内方，边缘锈迹斑斑，勉强能看清上边写的"乾隆通宝"四个字。我爷爷不识字，他脑子里立刻闪现出死人的噙口钱，他随手就把这枚铜钱扔在一边，又开始掘第二锨，然而，令人没有想到的是，第二锨掘下去，铁锨仍然被一件硬物挡住了，当他再次扒开土看时，发现这次挖出来的是一把刺刀，这刀有半米多长，木柄已被沤烂，血槽也被锈迹填满，勉强能看出是刀的轮廓。我爷爷对这把刺刀看了看，脑海里闪现出几十年前的那场战役，那一次，李向阳的部队在黄河古道设伏，袭击日本一个中队，那次战役，鲜血染红了半个黄河古道，我爷爷小屋旁的那棵柳树的叶子就是那次战斗染红的，直到现在，柳树旁边三尺内的土地依然是红色的，每年春天，柳树发出的嫩芽也依然在碧绿中透出一丝血红。我爷爷又把刺刀扔在一边，第三锨，他掘到了一窝蛇蛋，这些蛇蛋比鸡蛋小许多，摸上去滑滑的，有些软，像没有蛋壳的样子。我爷爷小心翼翼地把这些蛇蛋放在一边，整理好土地后，又把这些蛇蛋埋在了土下。随后，我爷爷又掘到了很多杂草、荆棘、石子、铁条、砖块和瓦头，每掘到一样东西，我爷爷都分门别类地把这些东西放好，慢慢地，这些昔日荒无人烟的废闲地，在我爷爷的手下变成了有棱有角的好良田。

我爷爷看着开垦好的土地，脸上露出由衷的笑容。他擦了把脸上的汗，蹲下来，掏出一根烟来，慢慢地点燃，看到自己刚刚开垦好的土地，他的脸上闪着诗人般激动的光芒。自从开荒以来，这种光芒经常在他的眼角眉梢闪现，然而，我的到来，分明影响了我爷爷的心情。我看到刚刚充溢在爷爷眼里的那层诗人般的意境不见了，他见到了我，思想又回到了现实之中。他说："小宝啊，你咋来了呀？"我说："爷爷呀，大事不好。"这是我从经常听的豫剧里学来的话，心里一急，顺口就说了出来。爷爷抬头看了我一眼，接着我的话说："傻孩子，何事惊慌？"我说："侯书记到秋生家去了。"爷爷笑了，爷爷说："去就去呗，有啥大惊小怪的？"我说："他要让秋生当我们村的支书。"爷爷又笑了，爷爷说："当就当呗，我们村总得有个支书呀。"我说："支书不是你当的吗？秋生要当了，你还怎么干？"爷爷说："爷爷已经退了，你不见爷爷正在开荒吗，爷爷开出荒地，种上梨树，将来有了钱，给你娶媳妇。"我说："我不要别人当媳妇，我要娶凌烟。"我看到爷爷听了这句话，好像愣了一下，我接着还想说点什么，我爷爷对我说："小宝啊，你赶快去瞅瞅你的羊吧，一大早，春生牵去吃草，到现在还没有回来呢。"一听说春生牵去了我的羊，我当时就急了，这羊是我妈专门为我买的，目的是让我每天有事干，我把羊寄在了爷爷这里，春生牵走我的羊，肯定不会有好事。我说："秋生当了支书，对你没有好处的。"我的话音刚落，大堤下便响起了一串自行车铃声，我抬头一看，见是乡里的林助理，便对爷爷说："看看，有人来了吧？"

林助理是乡里的林业助理，姓林，也抓林业。他和我爷爷是好朋友，我爷爷当支书时，在他的策划下，两个人做了几件轰轰烈烈的事情。我们所处的地区是平原，幅员辽阔，林助理根据这一优势，鼓动我爷爷大力发展林业，全村上下都种梧桐树，结果带动了全乡全县乃至整个地区都发展梧桐产业，形成了产供销一条龙的梧桐生产模式，我们所在的地区也被国务院命名为梧桐之乡，就是现在，每到春暖花开的时候，我们县还要举办每年一度的"桐花节"。邀请省市中央领导前来参加，借此扩大招商引资的机会，提高我县的知名度，可是谁也不知道，县市领导引为自豪的这件杰作，提倡的竟是林助理和我爷爷。我爷爷一生好种树，特别喜欢种梨树，林助理又研究出了一种金顶酥花梨，在我爷爷这里推广，后来发展到全乡全县都种这种梨树，对外声称万顷梨园，规模已经远超当年的"梧桐之乡"了。因为有了这些政绩，我们这里已经出了好几任大官，但是，林助理仍然是林助理，我爷爷仍然是我爷爷，我爷爷仍然在开荒种梨树，林助理仍然骑着自行车上下班。

林助理爬上大堤时，已经累得有些气喘吁吁了，他稳了会神，对我爷爷说："藏得好严实，躲在这里图清净了。"我爷爷说："总得有点事干……正想找你那，没想到你就来了。"林助理说："你找我，能有啥事？"我爷爷说："我想问问你，在这大堤上，我种果树行吗？"林助理说："黄沙地，当然行。"我爷爷又问："种梨树行吗？"林助理说："还是李子好一些，耐旱，梨树在山坡下种就行了，只要不在低洼处，都能种出好梨树来。"我问："为啥低洼处种不出好梨树？"林助理说："低洼处水分大，种出的梨不甜，你这个傻孩子，这么简单的问题都不懂……"别人叫我傻孩子，我会生气，林助理叫我傻孩子，我就不气。我听见林助理对我爷爷说："真的不干了？"我爷爷说："不干了，乡里已经同意了，再说，年纪也大了，再干，年轻人出不来。"林助理说："事情恐怕不是你说的那样简单，村里有人把你告了，你知道吗？"我爷爷说："告我什么？"林助理说："告你盖房子乱收钱，说凡是村里盖房子的，你每户收人家五千块钱，有这事吗？"我看见爷爷愣了一下，过了一会儿，他问林助理："这话你信吗？"林助理说："我宁愿相信没有，可是无风不起浪啊，再说啦，这可不是个小事，弄不好，是要坐牢的。"我爷爷说："我现在是平民一个，只想把我的果树种好。"林助理说："如果真是那样，你就是支书不干了，恐怕也不能善了。"我爷爷说："不相信别人，你应当相信我，你看我是有那么多钱的人吗？"林助理说："那你收的钱呢？"我爷爷不耐烦起来，他不再理林助理，却对我说："小宝，去把我的酒拿来，我和你林爷爷喝一杯。"我答应了一声，就去找酒。我爷爷一生好喝酒，可以说他的一生是成也在酒败也在酒，只要出门，就随身带着他的酒坛。我在离爷爷不远的地方发现了他的酒坛，揭开盖子，就闻到一股扑鼻的酒香。我用放在酒坛盖子上的勺子舀了一下，发现坛子里的酒不多了，我说："爷爷，酒没了。"我爷爷说："昨天刚让人买来的酒，怎么就没了？"我说："不信，你过来看看？"我爷爷过来看了一下，说："肯定是春生那帮人干的，这小子帮我开点地力气都懒得出，成天几个人聚在一起，不是喝酒就是打牌，小宝，你到他那里把小青牵过来。"小青就是我的那只羊，让春生牵去我早就不放心，听爷爷这么说，我便向春生的住处走去。我刚离开两步，便听见林助理压低声音对我爷爷说："咱们乡新规划了六个社区点，原则上不同意村民再盖房，你倒好，不但盖了房，还收了他们的钱，你好大的胆子呀？"我又听见爷爷说："可是……他们需要盖房啊，有的等着结婚，有的等着出嫁，还有的房子再住下去要出人命的，咋行？"我听见林助理叹了一口气，说："老魏啊，你还是以前的老脾气，为了新区建设，各地方都成立了'双违'办公室，专门对盖房情况进行检查监督，这个事情是直接和乡里主要领导的政绩挂钩的，你不了解里边的情况，事情复杂得很，再说了，你们村一直是咱们县树立的正面典型，这下可好，因为你们村盖房子，咱们乡在县里'双违'评比中倒数第一，乡里一年的工作都白干，这些还都好说，还有更重要的，就不能告诉你了，老魏，这次你捅的娄子可不小啊……"

听到这里，我不想再听了，我不知道爷爷收没收别人的钱，即使收了，恐怕也是别有隐情。我加快脚步，向春生的住处走去。春生是个孤儿，在那次地震中，他先是死了爹，后是死了娘，他爹在地震中当场丧命，他娘在医院抢救中不治身亡。我爷爷作为我们县先进村的代表，有资格获得了收养孤儿的权利，在那次地震后代表我们村收养了春生。春生被领来后，我爷爷把他交给村里张寡妇认养，春生这小子有个特长，就是对数字过目不忘，无论多难写的字，只要让他看一眼，他就能随口说出这个字的笔画，并且分毫不差，一万以内的加减法，随你怎么出，他都能随口给出答案。仗着这份聪明，这小子后来考上了清华，毕业后被一家外企聘作主管，听说工资非常高，后来不知为了什么，这小子竟然灰溜溜地又回到我们村。春生回来后，张寡妇就去世了，这小子在村里也没有其他亲人，他就依然跟了我爷爷。我爷爷在后山开大堤，他就在我爷爷居住的小屋下搭了个窝棚，和我爷爷一同住在后山上。

春生的窝棚建在半山腰，充分利用了地形地势的特点，往上去就是山顶，往下去就是良田，上下都不很费力，不像我爷爷，把房子建在山顶上，上下都费劲。我站在窝棚前，喊："春生，春生。"便听见窝棚内一阵乱响，春生从窝棚里钻了出来。这小子长得很白，有点瘦。他的黑眼珠一转，看见是我，眼里闪过一丝惊慌的表情，但随即就镇静下来。他说："是傻根，喊什么？"傻根对我是比较尊敬的称呼，这是看在我爷爷的面子上。我说：

"我的羊呢？"春生说："你的羊，谁见了？"我一听，就急了，我说："是我爷爷让你牵走吃草的那个，那是我的小青。""噢。"这小子做出恍然大悟的样子，说："那是你的羊？它自己到山下吃草去了。"我往山下看了看，只看见一望无际的麦田，并不见我的羊，我用鼻子一闻，忽然闻到了一股羊肉味，顺着这味道，我在窝棚后发现了一个锅，锅下燃着劈柴，锅上冒着热气，我把锅盖掀开，看着锅里煮着一锅羊肉，我说："你把我的羊杀了，你赔我的羊……"春生说："没见你的羊，我赔什么？"我说："你要不赔我的羊，我叫爷爷来跟你要。"春生听了这话，当时就恼了，春生说："别说你爷爷，连你爹我都敢揍，你信吗？"我爹，在村里投资兴建了一个养猪场，一个养羊场，一个养鸡场，是县里的劳动模范，市里的人大代表，在村里我都不容易见到他，他敢揍我爹？我不信。春生说："我知道你不信，我就揍给你看看。"说罢，他抡圆了胳膊，照自己脸上"啪啪"来了两巴掌，扭身回窝棚去了。我气得在那里愣了半天，回到大堤上时，看见我爷爷和林助理已经把坛里的酒喝完了，两人都有些醉。我看见了林助理手边的皮包，灵机一动，说："林爷爷，你帮我写俩字好吗？"林助理说："写啥字？"我说："尿桶。"林助理说："写那干啥？"我说："不要问，让你写就写。"林助理知道缠不过我，就掏出纸笔写了两个字给我，我拿了这俩字，来到爷爷的酒坛边，把写着尿桶的那张纸贴在了酒坛上。我心想：你春生不是好偷我爷爷的酒吗？这会酒坛变成了尿桶，你再偷酒喝，就等于喝了我的尿。想到这里，我心里高兴了，我爷爷让我去送林助理，我也懒得搭理他。天色晚了，我要回家了。

三

吃晚饭时，我在电视上又看到了地震的画面。我说："我们这里也要地震……"我妈的眼泪流了下来，我妈说："孩子，你是真傻还是假傻？"我说："我是真傻。"我妈又笑了，我妈说："孩子，你要是真傻，做妈的该咋办？"我没有吭声。我想当傻子吗？我也不想，可我只能是个傻子。吃罢饭，我要出门，我妈说："今天就别出去了？"我没有吭声，径直走出了家门。我妈对我太不了解了，临睡之前，我不看我亲爱的凌烟一眼，我又怎能睡得着？出了家门，走在村里的道路上，两旁的楼房巍然耸立，让我感觉到自己说不出的渺小。在苍茫的夜色中，我看到阿丹家的楼房卓尔不群，高高在上。我知道，阿丹在外边打工，名义上是在工厂上班，其实做的是皮肉买卖，她寄给家里的钱，足够盖三个这样的楼房。可他爹守财那个老东西，还是见人就哭穷，连村里修路的钱，都让我爷爷催了好几遍才拿出来。他家盖的楼房像个碉堡，外边完全用水泥粉刷，我知道，没事时，守财会关严大门，把阿丹寄回来的钱拿出来，坐在阳光下查点，他数一遍又一遍，然后才会恋恋不舍地放回原处，而在平日里，他是肉也不舍得吃的。离守财家不远的便是二狗家的楼房，在暗夜里也显得高大无比。看到二狗家的楼房，我便想到了二狗家媳妇的那双手，说实话，那已经不能算是手，长年的操劳，特别是冬天，成年累月地泡在水里，使她的手就像是一个气蛤蟆，整日的淌黄水。二狗家做的是豆腐生意，还泡着豆芽，养着几头牛和一群猪，二狗负责赶集卖豆腐和豆芽，家里的重担都落在了二狗的媳妇身上，他家也是我们村较早盖起楼房的家户。说实话，他们家是勤劳致富，盖起楼房理所当然，不像守财家，靠女儿在外边挣钱养家，让人指东说西。我知道，冲着这一点，我们这里早晚也要地震，该住楼房的和不该住楼房的，现在都住上了楼房，天下哪有这样的便宜事？但是，他们的楼房，如果和我爷爷家的比起来，那就是小巫见大巫了。我爷爷家坐落在村子中央，坐北朝南，一大溜盖起了五间门面，上下三层，里边都是套间。我知道，盖房子的钱都是我爸爸出的，他的养殖场每年的开销零头盖这些房子都绰绰有余。房子盖好了，我爷爷却不在里边住，他独自一人搬到了后山上，在那里搞他的古道开发。我顺着路从东往西走，感到今夜里的气氛和往日不同。往日里，这时候的村子都是静悄悄的，人们习惯了关起门吃饭看电视，偶尔有欢声笑语，也是从院子里传出，但是今天，却和往日相反，村子里的路灯，也破天荒地亮了起来。这路灯是我爷爷为了应付上边的检查安装的，乡里说，像我们这样的致富典型示范村，路灯是必须要安的，因为各样的检查随时都会有，至于哪个级别的来检查，谁也说不准，我们只能做好准备等待着。在明亮的路灯下，我看到村里的养猪场大开着场门，负责养猪的二汉正满头大汗地为猪添饲料，而在不远处，村里的养鸡场也人声喧嚷，人们正忙里忙外地打扫鸡舍，清理卫生。莫非他们都疯了？我想，要不然就是和我一样是傻子。我不想理他们，我避开他们，来到了凌烟家的大门前。

说实话，我有点讨厌这些新盖起的楼房，是它们加大了我和凌烟之间的距离。以前我想见凌烟时，只需要来到她家的大门前，就能看到我亲爱的凌烟了，哪怕她一句话都不说，我心里也是暖烘烘的，心里有爱着的人真好，那样我每天都觉得有盼头，浑身充满了力量。现在，凌烟家里新盖了楼房，拉起了院墙，我再也不能随便地见上我心爱的凌烟了，我的心里充满了懊恼。我在凌烟家门前来回走了几趟，还是不见凌烟的影子，最后我一着急，就爬上了我白天上过的那棵树，我一定要看一看我的凌烟，我已经半天没有见到她了。

院子里亮着灯，但是看不见凌烟的影子，凌烟的爸爸和妈妈在说话。我听见凌烟的妈妈说："咱到底去还是不去？"凌烟的爸爸说："还是去吧，大家都去，咱不去，显得不好……"凌烟的妈妈说："那，这个支书，咱到底干还是不干？"凌烟的爸爸说："你说得轻巧，干不干是咱能说了算的事？你知道要当支书，乡里给的是啥条件吗？"凌烟的妈妈说："什么条件？"凌烟的爸爸说："咱得承认支书收了咱五千块钱。"凌烟的妈妈说："承认就承认呗，他又不是没收咱的钱？"凌烟的爸爸说："娘儿们见识，为了当个支书，多年的乡邻就不要了，再说，即使咱承认了，当了支书，还得动员其他人承认，我看，他们就是要收集材料，矛头指向老支书，谁知道能惹出什么事来？"凌烟的妈妈说："照你这样讲，这个支书咱就不当了？"凌烟的爸爸说："也不是这样说……咱们先看看情况，能干就干，不能干，也不要勉强。"凌烟的妈妈点点头，说："那就先去看看吧。"两人说完，便向门口走去。

我看到，凌烟的爸爸妈妈刚出门，凌烟便飞快地从堂屋里跑出来，她一直跑进厨屋，把暖瓶里的水飞快地倒进盆里，又以最快的速度拿来了护发素和洗头膏，然后解开那一头漂亮的长发，她要洗头了。

那一刻，我感动得险些要哭出来。我亲爱的凌烟，你知道我在看你，你是特意洗头给我看的吗？要不然，不会这么巧，我想看什么你就做什么。原来，我每天看你的时候你都知道呀，以前之所以装作不知道，你是在考验我的耐心。亲爱的凌烟，请你放心，我的爱情是不需要考验的，这一辈子，除了你，我谁都不爱，并且海枯石烂永不变心。正当我对凌烟的知遇之恩感激涕零时，忽然看到树下人影一闪，春生不知从哪里钻了出来。他并没有看到树上的我，只见他站在树下，把两个手指放在嘴里，"嘘"的一声打了个响亮的口号，接着我便看到凌烟飞快地从家里跑了出来，一头钻进了春生的怀抱。

我惊得险些从树上掉了下来。事实上我真从树上掉了下来，我只是自己不愿承认罢了。难道说这就是我心目中的凌烟吗？这就是我朝思暮想的凌烟吗？她怎能投进别人的怀抱，而且还投进春生的怀抱？春生可是我的对头啊，而且还害死了我的小青。我从树上掉落下来，春生和凌烟都吃了一惊，待他们看清了是我，春生立马露出轻蔑的神色，他说："是你小子，鬼鬼祟祟的干什么？"我一听这话，心里更来气了，我鬼鬼祟祟，你不是鬼鬼祟祟吗？我说："你小子是干什么的，竟然说我鬼鬼祟祟？"我一说话，春生就笑了，他对凌烟说："你听，这小子竟然犟嘴？"凌烟看了看我，没有吭声。我对凌烟说："你别和他在一起，他会骗你的。"说着，我就去拉凌烟，让她回家去。春生一个箭步拦在我面前，恶狠狠地说："小子，我们在谈恋爱，你想干什么？"我说："我就是不许你谈恋爱。"春生恼了，他对我说："你再说一遍？"我大声说："我就是不许你和凌烟谈恋爱……"我的话音刚落，只听"砰"的一声，春生一拳打在了我的下巴上，我觉得眼前闪过一片金星，险些栽倒在地。我说："你小子敢打我？"春生说："打的就是你。"很快，我和春生厮打在一起，然而，我哪里是他的对手，只走了两个回合，我就被他打倒在地，骑在了身上。他问我："还管闲事吗？"我说："去你的……"他抬手就是一拳，打在了我脸上，我说："不让我管闲事可以，我也有条件。"春生说："什么条件？"我说："你们俩谈恋爱可以，但不能发生关系。"春生抬手又给了我一拳，我说："发生关系可以，但不能生小孩。"春生又给了我一拳，我说："生小孩可以，但不能叫你爸爸。"春生又给了我一拳，我说："叫你爸爸可以，但不能随你的姓。"春生还要打时，凌烟过来拦住了，她说："你和一个傻子较什么劲？"连凌烟都认为我是傻子，我真是心灰意冷到了极点，我说："我是傻子行了吧，放了我吧？"春生松开手，我站起了身，我一想，不对，我说："我还是不同意，春生是个流氓。"这一回，凌烟认真了，她说："你怎么知道的？"我说："春生亲口说的，他从小学起就谈恋爱。"春生说："我不是说过，分位时就死了。"我说："你初中时谈过恋爱。"春生说："分班时就死了。"我又叫："你高中时谈过恋爱。"春生说："父母不同意就死了。"我说："你大学谈过恋爱。"春生说："现在不是回来了吗？"我说："无论怎么说，我就是不同意。"趁着春生生气时，我瞅准机会，一头向他的小肚子撞去，把他撞了个仰面朝天，然后，一溜烟跑了。

我开始漫无目标地在村中游荡，也不知游荡了多长时间，一抬头，竟然来到了村室门口。村室里灯火通明，这和往常又不大一样。我往村室里一看，只见村室里烟雾缭绕，当门的桌子后坐着侯书记，还有村主任二孬，凌烟的爸妈也在其中，我挨个看过去，心里明白了，凡是村里新盖楼房的家户都有人在，原来他们是在开会。我看到阿丹的爸爸守财坐在一边吸烟，他吸烟向来不让人，总是躲开人群，把手伸进衣兜里，一次只掏出一支烟，偷偷地点着了，慢慢地品吸。我看到养猪的二汉和养鸡的石友都在，还有二狗和他的媳妇，我还看到唱坠子的老话和教授，还有和庆生那个老东西相好的二马的媳妇春香。老话和教授都不是他们的真名，老话的真名叫李金亮，因为他唱坠子唯恐别人听不懂，总是翻来覆去地道白，落了个老话的外号，不过他唱坠子在外边却名声很响，在整个豫东平原提起来李金亮无人不知，只是近来年纪大了，才轻易地不到外边表演；教授的真名叫李金才，因为他教了一辈子书，人们才叫他教授。我还看到原先的赤脚医生现在单独行医的老贾，还有在外边跑车的老罗和他的媳妇桂芝，还有一些人，他们的面孔藏在灯影里，影影绰绰的我看不清。村主任二孬拿了一张纸，挨个说："口说无凭，签字为证，既然说了，就写吧，不写好，谁也别想出这个屋门。"我看到来开会的这些人一个个面无表情，二孬把纸和笔拿给谁，谁就把脸扭向一边，二孬转了几个来回，却没有一个人动笔。二孬说："你们这些人真是的，不问你们时，你们把情况胡乱反映；问你们情况时，你们又什么都不说，你们到底想怎样？"这时候，老话说话了，他说："我想问一下，如果我证明老魏收了五千块钱，对他有什么影响？"二孬说："丁是丁，卯是卯，他犯了法，自有法律惩处他，这个不是你关心的事。"老话说："你要是这样说，这个证明我不能做，老魏干了一辈子支书，现在因为这个事情连支书都不干了，再追究下去还有什么意思？"老话的话音刚落，教授就接过了话头，他俩在公共场合总是一唱一和，教授说："再说了，老魏虽然收了钱，但总算房子让我们盖了起来，这比光说好话不办实事的干部强多了。"老罗说：我一直在外边跑生意，很少关心家里的事，魏支书收五千块钱，我原先觉得是乡政府让收的，现在才知道原来乡里不知道这个事情啊？"侯书记咳嗽了一声，我知道他要发话了，果然，他说："你们这个村，我是蹲点的片长，但是，你们村的几个致富典型都是乡长树立的，也就是因为有这些典型，乡长才作为后备干部进党校学习的，没想到乡长去党校学习不到一个月，你们村就出现了这个事情，在全县都严禁盖房的时候，你们村一月之内竟然盖起了一二十座楼房，成了全县'双违'中的坏典型，乡长明令要严查此事，乡长都不知道这个事情，乡政府怎么会知道魏支书收钱的事，再说了，我虽然是乡里的纪检书记，同时还担任着乡'双违'办主任，要是乡里让收钱，我这个'双违'办主任也应该知道啊？"老罗说："要是这样说，就是老魏私自收钱，中饱私囊。"侯书记说："目前我们怀疑是这样，所以我们要调查清楚，这既是对大家负责，也是对领导负责，更是对老魏负责，所以，大家一定要配合。""配合可以，但是签字却不行，暗中打别人黑枪，我们不习惯，何况是老支书。""就是，就是……"有人随声附和。眼看会场要乱起来，侯书记看了二孬一眼，说："我们也是为了老魏好……这样吧，时间不早了，大家明天还有事，今天的会到此结束，关于老魏的事，我给乡长汇报一下，可能要找大家单独谈，到时候希望大家多配合，今天的事，希望大家出去不要乱说……我再给大家透露个消息，如果老魏的事情处理不好，大家新盖的房子也不一定能保住，说不定'双违'办就派人来把房子给扒了，大家要有思想准备……"听到侯书记说要扒房，我的脑海里又闪现出了地震时的情景，不是真的要扒房吧？难道说我预感中的地震真的要来了……正当我胡思乱想的时候，我看到三三两两的人群已经离开了村室，看着他们渐渐远去的身影，我也感到一丝困乏涌上心头，是的，这一天该结束了，我也该回去睡觉了。

四

　　第二天早上，我还在睡梦中，便被村中的大喇叭惊醒。喇叭里传来了村主任二孬的声音，二孬说："早饭后，全村无论男女老少，都要到村西头的村委会院子里集合，迎接上级来检查工作，凡是参加的人员，每人补助十块钱……"二孬没有文化，话说得磕磕绊绊，但大概意思就是这。我爷爷辞去支书职务后，二孬就把原先在我爷爷家里的大喇叭挪到了他家里，一心一意地要接支书这个位置。但是乡里的领导并不喜欢他，原因是他没有文化，不但写个材料记个台账都要乡里蹲点干部帮忙，而且说话也没有水平，一着急嘴就结巴，他之所以能当上村主任，原因就是他有钱，他开了二十四门的一个窑场，在其他黏土砖窑都关闭的情况下，他竟然跑来了允许黏土砖窑开工的全套手续，在村里很快暴富，动不动就炫耀自己有钱。这不，我爷爷刚下台，他就改了我爷爷的规矩，以前我爷爷开会从来不给钱的，但那时到会的人员仍然很多。我在床上睁开眼，便看到我妈妈坐在我身边，两眼一动不动地看着我，满脸慈爱的表情。看到我睁开眼，我妈说："宝儿醒了，快起来吃饭吧，今天有热闹看。"我说："那只鸟呢？"我妈说："哪只鸟？"我说："窗外那只鸟。"我妈往窗外看了看，什么也没看到，她叹了口气，说："儿子，你都这么大了，咋就光说傻话呢？"我没有说傻话，我窗外就是有一只鸟，每当我要睡觉的时候，就在窗外叫，吵得我不能入睡，我知道，这只鸟之所以跟我捣乱，是因为我曾经用弹弓射死过它的一个孩子，自从它的孩子死在我手上后，它就一直和我纠缠不休，有时半夜里也把我吵醒，今天之所以不在，是因为大喇叭的声音把它吓走了。我妈当然不知道这些，我即使给她说了，她也不会相信。我说："我不喜欢那只鸟。"我妈说："不喜欢就不喜欢，赶紧吃饭吧。"我妈说着，就给我端来了早餐，早餐很简单，一碗汤，一个馍，一盘咸菜，还有一盘炝豆芽，两个水煮鸡蛋。我看了，说："我要吃炒鸡蛋。"我妈说："我儿乖，妈今天有事，明天再给你炒好吗？"有事？不就是迎接检查吗？看来我妈还真把二孬的话当一回事了。我说："我就吃炒鸡蛋……"说着，我就把刚穿上脚的一只鞋子踢到了屋门外，鞋子擦着我妈的头飞出去，砸在了屋外探头探脑的一只母鸡身上，吓得那只偷听说话的母鸡尖叫一声，一抖翅膀，跳起老高，飞快地跑远了。我妈看我恼了，就说："好好，我儿要吃鸡蛋，妈妈去炒……"我看我妈到厨房炒鸡蛋去了，就飞快地跳下床，在桌上抓起个馒头，连鞋也来不及穿，就跑出了家门。

一来到村街上，就发现村庄变了样。原先道路两旁随处可见的垃圾不见了，新修好的柏油马路上也洒了水，养猪场、养羊场和养鸡场的门口都披红挂彩，斗大的红纸黑字随风飘扬，上面写着"热烈欢迎市县两级人大代表光临指导工作。"村西头的村室旁，凌烟正领着一群女孩子在练习喊口号，这些女孩子都是村里的学生，她们都穿着白色的上衣，黑色的短裙，手里拿了一束鲜花，听到凌烟喊一二，嘴里便喊"欢迎欢迎，热烈欢迎……"每喊一次欢迎，她们便把手举起一次，连喊两次热烈欢迎后，便把手里的花伸向空中一阵乱摇，这个动作，她们重复了一遍又一遍，每个人都练得满头大汗。我看到打前站的侯书记，还有村主任二孬、计生专干根柱、妇联主任秋红、民兵营长大武、村会计计财等人聚在一起，正在嘀嘀咕咕地说着什么。村室的院落内，已经三三两两地聚集了一些老头和老婆，还有一群孩子。守财那个老东西，竟然把自己的烟摊也搬了过来，吸引了一群孩子在他的摊子前跑来跑去。

对这些我都不关心，我的目光一上来便被凌烟吸引住了。凌烟穿了和学生一样的服装，作为领队的老师，她的个头明显要比那些学生高一些，头发黑一些，皮肤白一些，如果要作比喻的话，那些学生是青涩的柿子，凌烟就是熟透的苹果。本来，对昨夜的事我还一直耿耿于怀，但是看到凌烟后，一切都烟消云散了。我这才知道，能看到凌烟是我一生最大的幸福；我这才知道，真正的爱情是不讲任何条件的。

然而，天色过午时，检查团还没到，我看到二孬着急了，不停地打电话，打完电话就来回地乱走，就像热锅上的蚂蚁。早先来到的老头老婆撑不住劲了，一个劲地催问村干部，领导咋还不来？凌烟和她的学生也练得疲乏了，凌烟让她们解散自由休息，就连我也有点昏昏欲睡了，勉强打起精神看蚂蚁上树。看了一会儿，我决心代表村民去问一下二孬，看领导们到底还来不来。我来到二孬跟前，刚把话一说，二孬就勃然大怒，二孬说："领导们是干什么的？你认为说来就能来，想要钱的话就乖乖地等着，不想要钱就立马走人！"二孬是浑人，这个我知道，但我没想到他竟是这样浑，问他一个简单的事情，没想到他竟然这样动怒，我嘟囔了一句："我就是问问嘛。"就继续看我的蚂蚁上树了。

正当大家一片消沉的时候，不知谁喊了一句"来了。"我一看，果然见柏油路的尽头腾起一阵烟雾，眨眼间，一个车队就来到了我面前。我看见带队的是一辆小车，从车上下来的是乡长，乡长下车后，快步来到第二辆中巴车前，从车上迎下了一个胖胖的老头，乡长说："这是我们市里的杨主任，大家欢迎……"车周围响起了一阵噼里啪啦的掌声，乡长说："欢迎杨主任讲话……"又是一阵噼里啪啦的掌声……杨主任清了清嗓子，说："大家知道，市里现在正开两会，大家都很忙，今天之所以在百忙之中，这些省市区人大代表来我们村视察，首先是对我们村前段工作成绩的肯定，希望我们村要发扬成绩，查找不足，不但要继续成为我们市县乡三级政府的致富典型，还要进一步努力，把目标定向全省全国，争取成为全省全国的致富典型，最好能走入国际，面向世界……"杨主任的讲话又赢得一片掌声，特别是讲话结束时掌声更响，我知道乡亲们早已不耐烦，掌声更响是庆幸讲话终于结束了。但杨主任并不这样认为，他看到乡亲们兴致很高，他又来了个现场发挥，他问一直向前挤的二汉的媳妇小蛾，说："你知道什么叫两会吗？"小蛾有个习惯，人多的地方就喜欢往前挤，至于挤到前边干什么，却并无目的。这时见领导问她，一下子愣住了。领导却并不罢休，仍然笑眯眯地问："两会，你不知道吗？"小蛾见周围的人都在看她，又见领导笑眯眯的并不可怕，就大声说："会养猪，会交配……"我看到杨主任愣了一下，然后说："你这个同志，真幽默……"我大声说："小蛾是个神经病，有问题别问她……"

　　我还想再说什么，这时听见乡长说："欢迎各位领导参观指导……"便把这些领导向养猪场领去。在路上，我听到乡长对二孬说："让你找些人，瞧你都找的什么人，连两会都不知道？"我说："二孬是个文盲，别说两会，一个数都不会查。"二孬听了，勃然大怒，他伸出三个手指头，对我说："我他妈送你五个字，一派胡言……"我说："这是四个字……"二孬还想说什么，被乡长用眼神制止了，乡长说："凭你这水平，还想当支书，我看你老老实实地当你的村主任好了。"二孬说："那支书谁来当，总不能没有支书吧？"乡长说："支书先让秋生代理，等以后再说……"我知道，自从侯书记在秋生家喝酒后，这支书早晚就是秋生的，现在果不其然。二孬说："可，秋生没当过干部啊？"乡长说："你也不是生下来就是村主任的……我不是说了，让他先代理，其他的事情以后再说……"二孬又说："可他的工作能力……他能干下来吗？"乡长说："给他找个助手，协助他工作……这个事情，一定要查个水落石出，上边都知道了，要不然，不好交代……"二孬不说话了，他抬头看见了我，就对我招了招手，说："傻根，你过来。"二孬平时都叫我傻子，只有在我妈跟前才叫我小宝，这次竟然叫我傻根，我有点受宠若惊了，我说："干啥？"二孬说："给你个任务你干吗？"我说："什么任务？"二孬说："协助秋生查你爷爷的事。"我说："我又不是干部，我才不问你们的事呢。"二孬说："谁说你不是干部？我现在就任命你为我们村的副支书，配合秋生调查你爷爷的事情。"我说："我不想当副主任。"二孬说："副主任也不错，你先干着，以后再当更大的。"二孬虽然没文化，但官腔却和侯书记、曲乡长打的一样。说实话，我对二孬没一点好感，对查我爷爷的事心里边也一百个不愿意，但想到应承下这个差使后，随时有理由可以见到凌烟，我就同意了。我说："好吧。"乡长看了我一眼，问二孬："他是谁？"二孬趴在乡长的耳边说了几句话，乡长皱着眉头没吭声。

代表们首先参观养羊场，养羊场占地十余亩，里边养的是清一色的波耳山羊，是我爸爸从国外引进的品种。以前有人参观时，负责讲解的是我姐姐，自从我爷爷不干支书后，我姐姐就不再当这个差使了，她现在一心打造她的画虎村，并且形成了一定的规模。这次负责讲解的是养羊户长耐，他初中毕业后就大力发展养羊业，现在是我爸的合伙人，下一步他和我爸要在村里成立养羊合作社。他说："我们养羊之所以能取得成功，主要是引进了优良品种，另外还靠一只公羊。"他指着一只角上戴着红绳的公羊说："这只羊的性交能力特别强，每天都和六只以上的羊交配，成功率百分之百……"长耐的话引起了代表们一片"啧啧"赞叹声。站在杨主任身边的一个女人拿眼看了他一眼，小声说："你看人家……"我看到杨主任笑了笑，没有吭声。接着参观的是养猪场，负责讲解的是二汉，二汉平时话就说不成，一下子见这么多人，讲解得就更语无伦次，他说："养猪场之所以能发展这么大，多亏了一头种猪，这头猪的生育能力特强，每天都和八头以上的猪交配……"我看到杨主任旁边的女人拿胳膊碰了碰他，说："你看人家……"接着参观养鸡场，没想到负责养鸡的石友也把功劳算在了一只公鸡身上，说这只鸡性功能如何如何好，每天都交配几十次，确保了小鸡的成活率，优化了鸡的品种，保证了鸡场的规模。这时候，杨主任忍不住了，他问："这只鸡每天都和同一只鸡交配吗？"石友说："当然不是，它和不同的鸡交配。"我看到杨主任扭过脸来，对身边的女人说："你看看人家……"

后来我知道，这次视察后不久，杨主任就被双规了，继而被移交到了政法机关进行了处理，原因是他在某县当县长的时候贪污受贿，并包养情妇多达数人。然而，他并不服气，听说他曾当面质问纪检人员，说："桥塌了能塌出贪官，戴表能戴出贪官，情妇能睡出贪官，你们纪检部门平时却查不出贪官，你们是干啥吃的？"听说当时的纪检干部被他问得哑口无言。我不知道这件事情的真实性，但杨主任被处理了的事却是真的。乡长的意思，本来想通过这次视察弥补我们村盖房给乡里带来的不良影响，没想到事情发展成了这个样子，看来有些事真不是个人的意志所能决定的。

　　这次视察，令村人们不解的是，作为市人大代表和我们村养殖业主要负责人的我爸爸，并没有出现在众人的视野里。我知道，我爸爸是去后山看我爷爷去了。这次见面，我不知道我爸爸和我爷爷谈了些什么，我只知道，我爸爸送了我爷爷很多酒，我爷爷都把它倒在了那个写着尿桶的酒坛里了。我爸爸和乡长是同学，我不知道我爸爸对我爷爷不干支书持什么态度，也不知道我爸爸知道不知道我爷爷收盖房钱的事情。一提起我爸爸，我的思路就不是很清晰，也就是说，我爸爸有很多秘密是我不能了解的，我想，这也是他之所以是我爸爸的原因之一。但有一点我是知道的，那就是他对乡长有过评价，他曾经这样评价乡长："年轻，有工作热情，但缺乏经验……"

　　我不知道爸爸的评价正确不正确，但是这次视察的第二天，侯书记就代表乡政府宣布了秋生代理村支书的任命决定。

　　这天下着雨。我喜欢下雨，我总觉得下雨天能给我带来什么，我喜欢在下雨天独自游逛，我也确实在下雨天见到了别人没有见到的很多东西。平原的乡村到处是谜，下雨的天气里，我痴迷地游走于无数个谜之中，深深地感受到人生的美好。村里人对我的行为不理解，他们也把这归于我是傻子的原因之一，我不想说破。我坐在村室里，两眼望着窗外，耳朵里却听着室内的人在说话。今天参加会议的人很多，乡里的胡书记、曲乡长、纪检侯书记，还有村里的一班干部、党员、村民代表。他们一个个正襟危坐，让我看了感到好笑。我知道官场上的规矩是大事开小会，小事开大会，像今天这样的事情，他们背地里已经商量过了，今天的一切都是走形式而已，但是一个走形式的会议，竟然表面上这样认真而严肃，我能不觉得好笑吗？我不觉笑出了声，引来了一片责问的目光。二孬看了我一眼，说："神经病……"但立即有人说："不是神经病，是傻根……"好像我是傻根，就应该笑一样。可见我的傻在村民的思想中是多么的根深蒂固。乡长咳嗽了一下，说："开会啦，今天的会主要是宣布魏秋生同志担任我们村代理村支书的事，大家都知道，前段时间我们村发生了一些事，就是违章盖房的事，在我们县造成了不好的影响，严重影响了我们村以往树立起来的大好形象，问题很严重，老支书也已经引咎辞职，但问题并没有完，我们之所以让秋生同志担任代理支书，一个很重要的原因就是他要查出来我们村盖房的真正原因，给上级部门和群众一个交代，恢复我们村多年来才树立起来的良好形象……"曲乡长从我们村一穷二白时说起，一直说到目前我们村建立的养殖业、种植业、第三产业，特别是在全国都叫得响的桐木加工业、万亩梨园的建设，还有目前正走红的画虎专业村……"这些成绩的取得，可以说倾注了历届乡党委政府领导班子的血汗，可就是因为这次盖房事件，使这些成功典型大打折扣，在领导和群众中造成了不良影响，想起来令人心酸。"他说，"一个月啊，同志们，我去党校就学习一个月，我们多年来树立的典型就稀里哗啦地垮了，现在，上级领导对这个很重视，乡政府也下了决心，一定要把这个事情查个水落石出，无论牵涉到谁，都要一查到底，决不姑息迁就……"曲乡长讲得慷慨激昂，胡书记却面无表情，一言不发。凭感觉，我觉得胡书记老练深沉，曲乡长绝对不是对手，但是这次提拔干部，曲乡长却去党校学习，而胡书记却没有抓住这次机会，其中原因，我就不得而知了。我的智商和能力不能思考官场上的事，一思考就头疼，为了减少不必要的痛苦，我就不去思考这些问题了。当我胡思乱想的时候，乡长的讲话已经结束，该秋生表态发言了，没想到秋生说："调查村里盖房的事，就让我自己负责吗？"乡长说："这个，你是村里的支部书记，你们协商解决。"二孬说："村里干部人手少，每个人都有自己的一摊事，你作为支书，只有多费心了……"秋生说："可是我自己，也没法去办啊，再说，一人为私，二人为官，这调查钱的事，咋说也得两个人……"二孬说："昨天就给你说了，你要两个人，让傻根配合你，他成天闲着没事，正好给他找个事做……"秋生还想说什么，这时我看见一直没有说话的胡书记站了起来，他说："今天的会就到这结束吧，我还有其他的会等着开，散会……"我看到胡书记起身走了，曲乡长还想说什么，看到胡书记已经离开，也终于什么也没说，跟着胡书记离开了。

我没想到会议结束得这么快，这算个什么会议啊？要在以往，乡长讲罢，书记也要讲，村民代表也要发表意见，可是今天，这些程序都没有了。如果说我爷爷突然辞职是个谜的话，紧跟着我们村就发生了很多谜，秋生为什么能当代理支书？我姐姐为什么不愿意进行讲解？我爸爸为什么不参加参观？胡书记为什么参加会议没有讲话？种种谜团在我身边环绕，形成了一个更大的谜团，我觉得这些谜团都和我爷爷有关系，难道说我爷爷真的收了乡亲们的钱？他要是收了钱的话，这些钱又花到哪里去了呢？正当我胡思乱想的时候，秋生和二孬一伙人送书记和乡长回来了，我说："我也要入党……"秋生看了二孬一眼，说："看看，你竟然找了他配合我工作……"我对秋生说："找了我咋啦，不让我当党员，我还不稀罕配合你呢……"说着，我就以最快的速度冲出门去，把秋生和二孬他们晾在了那里。

五

一连几天，我没有出门，我知道，秋生也没有去调查我爷爷，不见我，成了秋生不去调查我爷爷的理由。在家里闲着无事，我便看我妈演戏。我妈前生一定是个戏子，她对演戏已经到了痴迷的地步，只要一有时间，她就要摆弄她演戏的那一套行头。我妈妈有一整套唱戏的行头，从道具服装到化妆用品，可以说是应有尽有，我都不知道她是啥时购置的，也不知道她的行头到底有多少，只知道当她需要的时候，她的这些东西就会出现在眼前，她有一个专门放这些东西的储藏间，平时我和后爸石班都不能进去，至于演什么戏，扮演什么角色，这要看她的心情而定。这两天，我看她的心情不大对劲，估计演角色也应该是悲剧色彩，不是《秦香莲》就是《陈三两》，再或者就是《秦雪梅》。我妈妈演戏前还有个习惯，那就是必须要照镜子，照镜子不在屋里照，要在屋外照，还得在屋外的青石板上照。我家没有盖楼房，现在还是四合院，但是院子很大，房子也很宽，主房是明三暗五带走廊，两边还有配套的东西厢房，西厢房就是我妈的储藏间，东厢房是我家的厨房，院子里有一棵大槐树，槐树下有一个青石板，没事时，我妈就坐在青石板上照镜子。我妈小时候跟老话学过唱坠子，和我爸感情上出了风波后就不再唱坠子，后来经教授牵线嫁给了村里的木匠石班，就是我现在的后爸。嫁给我后爸后，她又开始学唱豫剧，起初学唱只是跟着电视上哼，后来便是跟着唱，到最后便是置办了全部的行头，在家里关了门，自演自唱自娱乐。我后爸石班完全听我妈妈的，我妈妈说什么就是什么，我妈妈说唱戏，我后爸就为我妈妈要唱戏全力以赴，我妈妈哪天的脸色一不好看，我后爸就吓得整天不敢吭声，有时候我见了，都替我后爸难受，但我后爸却从来没有一句怨言。今天一大早，我后爸刚一出门，我妈便把大门关上，坐在青石板上照镜子。她照镜子很仔细，先是慢慢地看，镜子离脸很近，一个汗毛孔一个汗毛孔地瞅，瞅过一遍后，再把镜子拿远，把脸翻来覆去地细看，直到自己瞧满意了，才长长地叹出一口气，这时候往往伴随着有戏里的道白，通常是："呀，夫君啊……"往后就要化装了。

我妈妈化装也很仔细，先用清水洗脸三遍，一遍比一遍仔细，我怀疑把脸就要洗破了，然后是涂隔离霜，然后就是打粉底，涂眼影，画睫毛，抹口红，一道工序比一道工序严谨，一道工序比一道工序仔细，等全套工序都做完了，这时候，我妈妈就完全地变成了一个美女，一个活生生的古代美女。在这里，我要说的是，我妈妈本身就是个美女，她具有美女的全部特征，瓜子脸，尖下巴，大眼睛，高鼻梁，就是从小生活在农村，腰身比较粗一点，但和她一米七的个头比起来，也能衬得住，和其他能称得起美女的人比起来，反而多了一种健壮的美。

化好装了，接着就是唱，我妈妈喜欢唱青衣和花旦，有时候也唱老旦和彩旦，但大部分时间以唱花旦为主，除非心情特别不好的时候，才唱丑婆子。我妈嫁给我后爸石班后，我后爸就不让我妈再上地里干活，每天操持完家务后，就无事可做，我觉得这也是我妈迷上唱戏的原因之一。我在家里的几天里，我妈每天都唱戏，并且每天唱的戏都不同。第一天，我妈唱的是《秦香莲》；第二天，唱的是《王宝钏》；第三天唱的是《秦雪梅》；第四天唱的是《窦娥冤》。看到我妈妈入戏后，满眼含泪，一副痴迷的样子，我感到整个院子都凉气飕飕，特别是唱到"天哪，你不辨好歹枉为天"时，只见她两只水袖往天上一摆，头往下一趴，人已经处于半昏迷状态，我看了，连忙从床上下来，夺门而出，我受不了啦。

我妈妈不唱戏时是好妈妈，一唱戏就把自己当成了戏里的人物，这是我妈妈与众不同的地方。我妈妈还有一个与众不同的地方，就是别人都说我是傻子，唯独我妈妈认为我不傻，结果搞得我自己都不知道到底是傻还是不傻，我妈妈是精还是不精？我跑出院门，就这样想着，不觉地来到了村南边，村南有一棵银杏树，相传有数百年的历史了，银杏树的枝叶张开，在下雨天能让全村人在下边避雨，村里召开群众会，都在这棵树下进行，平常没事时，村里的闲人就在树下拉呱儿。我到树下时，老话和教授就在树下说闲话。老话说："我能看到庆生家门前拴着的那只狗。"教授看了看，说："那是一只羊。"老话说："我能让十个人证明那是一只狗。"教授说："我能请一百个人证明那是一只羊。"正当他们说话的时候，我看到庆生从门里出来，牵了那个东西向我们走来，走近了，才看清是一头驴。老话首先发难，他对庆生说："你这头驴这么小，能算是驴吗？顶多算是条狗。"庆生说："这样说就是你不对了，我这是正儿八经的川驴，专门驮东西用的，怎能算是狗？"教授说："驮什么东西还要用驴？我看全村也只有你有驴了。"庆生得意了，说："这件事离了我这头驴还真不行，老支书在万亩梨园培育的梨苗要运到后山上，离了这东西，怎么往上运？"老话说："我们村有的是梨树，金顶酥梨天下知名，还用得着再培育幼苗？"庆生说："这你就不懂了，金顶酥梨再好，毕竟是研制出来的老品种了，这次支书培育的新品种，当年种上，当年就挂果的。"教授说："他老魏有这个本事？这话我不信。"庆生说："信不信由你，但我告诉你，这个品种也不光是老支书研究的，还有乡里的林助理，他们合伙开发的，这不就去后山要种的……"老话说："他们是一对老神经，这么大年纪了，还折腾什么？"庆生说："看你俩这话说得？都像你俩这样，日子可怪清闲？"老话看庆生得意的嘴脸，心里有点烦，他说："光看见有你，咋不见二马家里的？"庆生立马闭上了正呲开的黄牙，他说："她是她，我是我，把她和我搅在一起干什么？"教授说："老魏用你的驴驮梨苗，没让她去帮忙吗？她家盖房子，老魏可是出了大力的，你也出了不少力。"庆生说："她先到梨园等去了……你看，光顾说话了，耽误了支书的大事我可负不起。"我知道，老话和教授一唱一和在村里没有对手，他们想拿谁开心就拿谁开心，刚才他们打赌都输了，庆生正好撞在了枪头上，不灰头土脸才怪呢？我看到庆生牵着毛驴匆匆离去，忽然想起了好多天不见我爷爷了，我决定到后山去看看我爷爷。

六

　　几天不见，我爷爷明显地瘦了。我爷爷是大骨架，大脸盘，以前当支书时，总是红光满面，说话粗音大嗓，给人很豪爽的感觉，没想到在后山开荒不到几天，就明显变得又黑又瘦，脸上的骨架支棱了起来。我说："爷爷，你瘦了。"爷爷说："是吗？有钱难买老来瘦啊……"我又看了看爷爷，说："又黑了……"爷爷笑了，他说："黑是本色……"我无语了，便拿眼看天上的云，这些云多种多样，它们有的像绵羊，有的像山羊，有时成群的拥在一起，有时又单独的分开跳跃，衬托得蓝天更像一个辽阔的草原，我小时候就喜欢望天，天上的云总是给我很多联想，有时让我忘了现实的世界，在这一点上，我有点像我妈，做事很容易投入到里边去。正当我看着天上的云出神的时候，我听到爷爷说："小宝啊，几天不见，你都干啥去了？"我说："他们要调查你……"我爷爷说："查就让他们查呗，他们查他们的，我们干我们的……"我说："爷爷，你到底收他们的钱吗？"我爷爷说："你看呢？"我说："我不知道。"我爷爷说："你看爷爷是好人还是坏人？"我看了一会儿爷爷，说："我不知道……"待了一会儿，我又说："你要是收了人家的钱，你就是坏人；你要是没收，你就是好人。"我爷爷叹了口气，说："孩子啊，你终究是个孩子，世上的事哪有那么简单，不能光从一个事上看问题……对了，你知道爷爷这些天在干啥吗？"我说："你在开荒种梨树。"爷爷说："孩子，又错了，爷爷是在种酒，爷爷好喝酒，所以爷爷要种酒……"我爷爷明明是在种梨树，他却说是种酒，难道爷爷也和我一样是傻子吗？正当我弄不明白的时候，庆生运的梨树苗到了。他和二马的媳妇一起，用驴子把我爷爷要的梨树苗运到了山上，又一起把树苗卸了下来，两人忙得满头大汗。我发现果然有庆生的地方就有二马家的媳妇，老话和教授猜得果然不错。看到他们忙完，我爷爷说："今天在山上吃吧，我让小宝到村里割肉去。"庆生说："不啦，你给我们点钱，我们下去吃。"以前给爷爷帮忙，庆生从没要过钱，有时甚至连饭也不吃，没想到这次竟直接要起了钱，我说："你俩没见过钱吗？"庆生把眼一瞪，对我说："小孩家懂得什么，我见过钱没见过钱是我的事，用得着你来教训我，我就是再有钱，也是私人的钱，你爷爷用的是公款，私款啥时候也斗不过公款……"我还想再说什么，我爷爷摆手制止了我，他对庆生说："别和小孩子一般见识，你跟我来拿钱吧。"我还想再说什么，忽然感到一阵内急，我有个毛病，一着急就肚子疼，肚子一疼就要拉屎，当下我什么也来不及说，转身便向来路跑去，一头钻进了大堤下的一片草丛之中。

真是世态炎凉啊，我爷爷刚不干支书几天，庆生这个老东西帮个忙竟然要起了钱，还有二马媳妇那个臭娘们儿，全然忘了求我爷爷盖房子哭哭啼啼的情景，庆生要钱她竟然一声不吭，真是一个大财迷。我蹲在路边，边想边努力拉屎，不知过了多长时间，耳朵里听到了一阵脚步声，我知道是庆生和二马的媳妇拿钱后走了过来。我听到二马的媳妇说："今天不行，我身上来了……"我没听清庆生说了句什么，又听到二马媳妇说："真不行，我身上来时候，二马我都不让他碰的……"这时候，我听庆生说："不让二马碰可以，不让我碰就不可以，因为二马没有我待你好……"二马的媳妇说："你们俩一对鬼东西，用着了就甜言蜜语，用不着，就高高挂起，你说，你待我好，你哪里待我好了？"我听见庆生说："你家的楼房，有一大半是我挣的，你和二马都住楼房了，我还在趴趴屋里呢……"我听见二马的媳妇说："你说这话像放屁，那房子是老娘拿身子换的，什么时候变成一大半是你的了……"庆生说："我不管这些，我就问，今天行吗？"我听见二马的媳妇说："是真的，我身上来了……"庆生说："来了我也要……"我听见二马的媳妇说："你就不知道疼我些，二马我是真不让的……"我听见庆生说："别说啦，今天的钱都给你，行了吧……"二马的媳妇说："你个老东西啊……"接着我看到庆生和二马的媳妇也钻进了我旁边的树林，不一会儿，树丛里的一棵树便摇晃了起来……我听到二马的媳妇说："你个老东西，年纪这么大了，还这么贪，不怕弄死了你？"我听见庆生气喘吁吁的说："年纪大了怕什么，要是二马，还不见得有我这个本事呢，告诉你，别看我年纪大，给我一个女人，我能创造出一个民族……"我听见二马的媳妇说："行了吧你，给你一头母猪，明年猪肉还便宜了呢……"我听见庆生说："你就是头母猪……"二马的媳妇还想说什么，但终于没有说出来，她要说的话，被嘴里含糊不清的呓语代替了，我听见二马的媳妇接着便是："咿咿咿咿……"的轻叫起来……

　　我在旁听得血脉贲张。在当今社会中，都说大秘斗不过小蜜，没想到，在金钱面前，老公也斗不过野公，今天我算是开了眼。后来，我到庆生和二马媳妇野合的地方重新察看过，果然在地上见到了斑斑血迹，再后来，我爷爷在那里种了一棵梨树，这棵树长大后与众不同，结出的梨子于金黄中带有一层暗红，咬一口，甜中带酸，细品尝，也不知是甜味多一点还是酸味多一点，我爷爷给它起名叫"鸭蛋梨"，和我们这里的"香蕉梨""金顶酥花梨"还有"酒梨。"一起成为我们这里的四大名梨之一。

　　当我重新回到爷爷身边时，见我爷爷正拿着剪刀剪梨树。庆生把梨树送到山上后，整齐地码在了大柳树下的小屋旁，我爷爷拿了剪刀，一棵棵地在剪梨树的根。我说："爷爷，你生气了吗？"爷爷说："没有啊，爷爷生什么气？"我说："不生气剪梨树的根干啥？"爷爷笑了，爷爷说："我剪梨树的根，是为了让梨树长得快些，对了，小宝，你不是没事吗，你帮爷爷种树好吗，你要是帮爷爷种树，爷爷就告诉你为啥种树要剪根。"我想了想，反正闲着也没事，就帮爷爷种树吧，我说："好吧。"爷爷便抱起剪好根的梨树苗，带我到了一个刨好了的坑面前。我看见这个坑的底部撒了一层稻草，稻草上边填了薄薄的一层原土，我爷爷把混合好的羊粪和猪粪撒在土上边，然后把一棵梨树苗小心地拿在手里，仔细地看了看，才小心翼翼地放在坑里边。他用手扶正梨树苗，让我往坑里填土，填了几锨后，他让我停住，用手往上提了提，又让我继续往里填土，土快满坑时，他说了声："好了。"我停住锨，他用手在填好的土周围围成了一个圆圈，我知道，这是为了好给梨树浇水。我爷爷说："知道为什么有的梨树长得快有的梨树长得慢吗？"我摇摇头，爷爷说："这就是栽树时的问题了，幼苗下坑时，一定要看清苗树的主根和须根，这就是要剪根的原因了，要是主根，一定要剪断，越剪断它发育得越快。还有一个要注意的，就是主根一定要埋在北边，须根要在南边，主根和须根都要伸开，千万不能让它蜷曲，如果蜷曲了，它会长得很慢，和根不蜷曲的树比起来，至少要矮半头。别看栽种时主根长得粗壮，半年后须根就和它差不多粗细了，这是因为须根在树的南边，得阳光，生长得快，这样栽出来的树就匀称，挂果稠。反之，就有大有小，高低不均了。"我没想到栽一棵梨树还有这么大的学问，我说："这样种上是不是就好了？"我爷爷说："还有一个重要环节，那就是浇水，新栽的树苗，第一次浇水一定要浇透，如果浇不透，容易黄叶和得病。"我说："在这山顶上，上哪里去弄水？"爷爷说："这是个大问题，但这也难不住爷爷，你看山脚下，不到处都是水吗？爷爷早开辟了一条路，可以到那里挑水浇树，等将来有条件了，爷爷考虑要在山上打口井。"爷爷说罢，就从屋里拿出了一根扁担和两只水桶，他说："山上容易旱，要种一棵浇一棵，确保成活质量。"爷爷说完，就沿着他用铁锨掘出来的路，一步一步地下山挑水去了。爷爷开出来的路成梯状，从山上一直延伸到山下，我看到爷爷的背影渐渐小起来，这个小了的背影一直到了山脚下的池塘边。在池塘边上，这个变小了的身影给两只桶打满水后，又慢慢地转了过来，当这个变大了的身影又慢慢来到我身边时，我看到了爷爷浑身都是汗水。我说："算了吧，爷爷，天气太热了……"爷爷擦了把汗，笑着对我说："你是不是觉得爷爷挺苦的，爷爷告诉你，爷爷喜欢做的事情，一点也不觉得苦，倒是闲的时候，爷爷才感到难受……"
我理解不了爷爷的心情，但我知道等待爷爷的是个艰辛的过程，
这个过程我是等不及的，忽然间，我就想到了春生，我想知道这
个离爷爷最近的年轻人在干什么，我决定到春生那里去看一看。

七

　　春生和几个邻村的年轻人正在打牌，这次他们玩的是斗地主。
我看到窝棚里大白天烟气腾腾，地上扔得到处都是烟头，打牌的
几个人脸色发青，双眼发红，一看就是好长时间没有睡觉了。我
的到来，他们谁也没注意，也可能是注意了谁也没吭声。我看到
春生连抓了三把牌，三把牌都输了，春生把输了的钱扔了出去，
说："会记牌算牌不如别人起的好牌，你们先玩着，我去弄些吃
的来，一天一夜滴水没进了……"二愣说："也给我弄些来，上
次的羊肉汤还有吗，给我来一碗……"我知道他说的羊肉汤就是
我小青的羊肉汤，我的小青果然死在了他们手里。我看见春生来
到窝棚外，掀开一口锅看了看，那口锅里除了几根羊骨头外，什
么也没有。我看见春生站在那里愣了愣，然后往锅里添了几瓢水，
打着火，燃起了劈柴，不一会儿，一股羊肉的香味便飘了出来。
春生掀开锅看了看，可能嫌锅里的骨头少，就来到窝棚不远处，
随手采摘了一些野香菇和树上的木耳，洗也没有洗，就扔进了锅
里，不一会儿，一锅野蘑菇炖羊骨头汤就好了。春生先自己喝了
一碗，余下的分几个碗装了，说："今天的羊肉汤没有盐了，可
味道却鲜得很……"二愣说："先给我一碗尝尝，我快饿死了……"
没想到春生说："慢来，咱丑话说在前头，往日喝汤不要钱，今
日我输钱了，喝汤却是要钱的，每人五十块钱一碗，不喝不强
迫……"大黑说："五十块钱一碗，你也太黑了吧？"春生说："再
黑也没有你黑，看你长的……别人五十，你喝要一百，今天你赢
得多……"大黑说："凭啥我喝就一百？又不是我自己赢你的钱，

他们可是都赢了。"春生说："我不管他们，你喝就是一百，要喝就喝，不喝拉倒……"我看到大黑说："反正老子的钱是赢的，羊毛出在羊身上，喝碗羊汤，也比再输山去强，给我来一碗……"我看到大黑扔出一张百元钞票，春生递给他一碗羊汤，大黑仰脖喝完了，用舌头舔了添嘴唇说："不错，今天的汤有点特别，喝着比往日的要鲜，再给我来一碗……"我看到大黑又扔出一张百元钞票，春生又递给他一碗野蘑菇炖汤，大黑还想喝第三碗时，二愣不愿意了，二愣说："你不能自己喝完吗？你喝完了，弟兄们咋办，大家都是一天一夜没吃饭了……"春生说："赢钱的喝羊汤，输钱的肯定不喝了，我这汤，谁给钱就让谁喝……"二愣说："春生，你也太不够意思了吧？"春生说："我这是周瑜打黄盖，一个愿打，一个愿挨，你今天输了钱，肯定是不喝的。"二愣说："去他奶奶的，赢钱的能喝，输钱的更要喝，要不然，钱输光了，还不如喝碗羊汤呢。"二愣这样一说，窝棚的人纷纷赞同，我看到窝棚里打牌的人，每人掏出五十元买了一碗春生的野味羊肉汤，没有喝够的，一个劲地埋怨春生没给留一碗，也有的埋怨大黑不该喝了两碗，应该自己喝两碗的……春生看窝棚里的人吵吵闹闹，就说："多大的一点事，不就是一碗羊肉汤吗，如果大家想喝，我这就下山去，到养羊场买两只羊，专门给大家熬汤喝，怎么样？"大家轰然叫好，大黑说："你要保证熬的汤像今天这个味道……"春生说："放心吧，不就是没用盐嘛，我一定给大家熬出最好喝的羊肉汤，不过价钱可要比这个贵啊……"

　　我知道，春生这小子将要发财了，想到他发财的后果，我的心隐隐作痛。爱情真是个伤人的东西，人一旦有了爱情，再快乐的日子也会充满悲伤。春生一旦发了财，他第一个要做的事肯定是要把凌烟据为己有，要知道，凌烟可是我的所爱啊。想到凌烟早晚有一天要投入春生的怀抱，我的心情万念俱灰，我不再理会我爷爷栽树的事情，也不想再理会春生和他这一班狐朋狗友，甚至连为我的小青讨公道的心也没有了，我一步一步地走下山去。

八

　　刚到村口，迎面便碰见了秋生。秋生说："傻根啊，你让我找得好苦。"我说："你找我干什么？"秋生说："不是说好了，让你配合我调查你爷爷的事情吗？"我说："我又不是干部，我才不去出这个瞎力呢。"秋生说："谁说你不是干部？我现在是村支书，我认命你是村干部。"我说："行了吧，你既然是村支书，咋不让二孬配合你工作，他是村主任，理当听你的……"我看到秋生的脸窘了一下，秋生说："别看他现在不听我的，早晚有一天我要让他听我的，傻根，只要你配合我把你爷爷的事情调查清楚了，将来村主任就是你的了……"我说："我才不稀罕村主任呢，要干就干支书，村主任都是老百姓选出来的，不像支书可以直接任命的。"我看到秋生的脸又红了一下，秋生说："你觉得二孬的主任是选出来的吗？他是靠钱买出来的。"我说："你的支书可是直接任命的。"秋生的脸又红了一下。秋生说："就算我求你了行吗，事成后，我一定说话算话。"我说："就凭你也能成事？别看给你个代理支书的位子，实际上这是个空头支票，位子斗不过圈子，在村委班子里，有几个人听你的？"秋生："所以嘛，才请你帮忙的，我一个孤家寡人，谁听我的？"我看秋生这样说，也确实替他作难，我说："要叫我配合你也行，这得凌烟出来说，只要凌烟说句话，我一定配合你工作。"我看到秋生面露难色，他挠了一会儿头，说："这本来不是个难事，就不知凌烟肯不肯？"我冷笑了一声，说："那我就无能为力了……"说完，扭头就走了。

　　晚上，我破例没有出去看凌烟，我知道凌烟一定要来找我。果然，第二天我一出家门，就看到凌烟在不远处向我招手，我慢慢地走了过去，说："是叫我吗？"凌烟说："傻瓜，不是叫你是叫谁？"我说："叫我有事吗？"凌烟说："当然有事了，我问你，我爸爸让你帮他做事情，你怎么不答应？"我说："我凭什么要答应？"凌烟的眼珠转了转，说："就凭咱俩好呀。"我说：

"咱俩好什么了，你和春生好是真的。"凌烟说："我和春生好，也和你好呀。"我说："你要和我好，就不能和春生好。"凌烟说："这为啥？为什么和你好就不能和春生好？"我说："我要叫你当老婆的，所以你不能和春生好。"我看到凌烟好像愣了一下，但她接着就笑了，她说："原来是这样，这好办，你得先帮我爸爸把事办好了，然后我才能答应你。"我的心狂喜了一下，我说："你答应了？"凌烟点点头，说："我还有个条件，你答应了，才算数。"我说："什么条件？"凌烟说："我要和你打个赌，你赢了，我才能嫁给你。"我说："赌什么？"凌烟说："赌咱俩谁先给谁说话，你如果先给我说话，你就输了，我如果先给你说话，我就输了，如果你不能赢了我，我就不嫁给你。"凌烟的一席话把我绕晕了，正当我想赌还是不赌的时候，凌烟已经在催我了："有胆子赌吗？"我当时脑子一热，赌就赌，谁怕谁？我说："赌……"凌烟笑了，凌烟说："既然赌，就不要后悔，我喊一二三，现在就开始，男子汉，说话要算话啊……"说完，我看凌烟伸出三个指头，嘴里喊了"一二三……"然后转身离去，剩下我在原地呆呆地不会动弹了……

我只得去配合秋生了，我俩坐在村室里理头绪。秋生说："现在的问题，关键是要弄清乡里为什么要调查你爷爷？"我说："我和凌烟打了赌……"秋生说："还要弄清楚调查你爷爷的目的是什么？"我说："我俩赌谁先给谁说话谁就输……"秋生："我看你爷爷肯定得罪了乡里的人……"我说："我要是输了，凌烟就不会嫁给我……"庆生说："他怎么会得罪乡里的人呢？我看一定是盖房引起的……"我说："不嫁给我，就一定会嫁给春生……"秋生说："我们村是多年的先进典型，这次盖房一下子就把这些典型毁了，毁了典型，就断了乡里领导的上进之路，领导很反感，就要调查你爷爷的事情……"我说："要是嫁给了春生，我该怎么办？"秋生说："傻根啊，什么怎么办？"我说："凌烟嫁给了春生，我该怎么办？"秋生说："谁说凌烟要嫁给春生了，她要嫁给春生，我就不同意。"我一下子高兴起来，我说："你能做得了凌烟的主？"秋生说："我是她爹，当然能当得了她的家。"我说："这就好办了，你可不能让凌烟嫁给春生。"秋生说："当然不能嫁给春生，谁说凌烟要嫁给春生了？"我说："没有谁说凌烟要嫁给春生，我害怕凌烟自己要嫁给他。"秋生说："要不然，别人都说你是傻子了……"我说："只要不嫁给春生就行，我们不谈这个了，你刚才说我爷爷怎么了？"秋生说："我说你爷爷得罪了乡里的人，乡里要调查他。"我说："我爷爷和乡里的关系不错，不会因为这点小事就调查他，肯定还有其他原因……"秋生想了想，说："说不定你爷爷只是个表面上的诱饵，里边还有更深层次的原因……"我摇了摇头，说："那就不知道了……"我曾经说过，一牵连到官场上的事我就糊涂，秋生说到官场上的事情，这话题有点深奥了。秋生最后总结说："无论是什么原因，看来调查你爷爷是必需的了，问题是，我们应该怎么查？"我俩把村里盖房子的家户像过电影似的过了一遍，从教授老话到守财和二狗，还有老贾和老罗，算来算去，我们一个都惹不起，也就是说，出于各方面的考虑他们谁都不会轻易告诉我们实情。后来我灵机一动，忽然间想到了二马和二马的媳妇，我说："有了，我们可以先从二马家入手。"秋生听见我说从二马家入手，便摇了摇头，说："村里最难对付的就数他家了，二马的媳妇，难缠的很呀，二马又不在家，咋能先从他家入手？"我说："二马的媳妇虽然难缠，但她比较贪财，遇事爱占小便宜，只要我们上她家不空手，说不定就能从她身上撕开口子……"秋生想了想，说："能行吗？"我说："你说先从谁入手？"秋生说："看来只能这样办了……但东西怎么办？上她家拿什么东西，东西从何来？"我说："就从守财的摊子上拿，你是支书，先记账，事后一起算，我们拿他的东西，他就得帮我们的忙，顺便还可以了解他盖房的事，这叫一举两得，一箭双雕。"秋生有点迟疑，他说："不知道守财赊不赊账？再说，我刚当支书就赊账，传出去名声也不好，这样吧，我家里还藏的有去年的梨，我给她带一箱，先看看情况再说。"我知道他不敢赊账的原因，是害怕二孬不同意报账，我也不点穿他，就说："有东西就行，我们走吧……"

秋生从自家梨窖里抱了一箱梨，我们一起向二马家走去。二马家离秋生家并不远，和庆生家对门，都在村中的大槐树旁。我们来到二马家时，二马家静悄悄的，大门一扇关着一扇闭着，院中一只狗伸着舌头，瞪着血红的两眼望着我们。我说："二马嫂子在家吗？"连喊了几声，没人答应，我和秋生来到堂屋里，还不见二马媳妇的影子，过了好一会儿，才见二马媳妇提着裤子从厕所里出来，说："是谁喊我？"我说："是新上任的秋生书记找你，他想问问你盖房子的事。"我看见二马的媳妇立马变了脸，她说："村里盖房子的又不是我自己，为什么单来找我，是不是看二马不在家，我一个妇道人家好欺负？如果看我好欺负，那你们可是看错了人，姑奶奶要是厉害起来，天王老子也不怕……"秋生说："我们不是那个意思，你看，二马平时不在家，我们虽是邻居，但平时少来往了很多，这不，乡里非让我干这个支书，顺便问一下老支书盖房子的事，考虑到我们是邻居，平时又缺乏来往，就先到你家来看看，也没带什么东西，还是去年窖藏的一点梨，带来让你品尝一下。"我看到二马媳妇立马脸上堆了笑，说："这怎么好意思，二位既然来了，那就请坐吧，我给你俩去倒茶……"秋生连说不必了，接着就把我们来的本意说了，二马媳妇听了，面有难色，她说："按理说，我们家盖房子，老支书出了不少力，我们感激还来不及，不应当再说他什么了，可是，咱两家也不外，又是邻居，你既然问起了这个事情，我就实话实说，老支书的确是收了我们的钱，不收钱我们也盖不起房子，乡'双违'办每天来村里检查几次，别说盖房了，猪圈也搭不起，再说了，拿钱也是我们自愿的，老支书也没有逼我们，过去的事情，就让他过去了，还追究有啥意思？"秋生说："查这个事情，也不是我们的意思，是乡里安排的，既然老支书收了钱，你能不

梨园记
LI YUAN JI

能把收的钱数写下来，签字画押后交给我们。"听到要让她签字画押，二马媳妇慌了手脚，她说："我一个妇道人家，大字不识一箩筐，签什么字画什么押，你们要真想调查情况，得等二马回来，钱都是他掌管，交钱也是他拿的，等到他一回来，啥事都清楚了。"秋生问："二马什么时候能回来？"二马媳妇说："这个事我也说不准，按我的意思，是不让他在外打工的，家里楼房都盖好了，还在外打什么工？可他不知怎么鬼迷了心窍，非在外打工不行，我已经给他打过电话了，让他近几天回来装修房子，估计也快回来了……"秋生还想说什么，这时候，庆生从厕所出来了，他对二马媳妇说："你家的厕所真难挖，我费了九牛二虎之力总算挖好了，以后再有这样的活，不要再请我帮忙，我累得直不起腰，倒让二马在外边落得轻闲……"我说："他的活你替他干了，他当然轻闲了……"二马的媳妇说："你怎么知道他轻闲，说不定他比在家累得还要很呢！"我还想说什么，秋生已经拉住了我，说："今天就到这里吧，二马什么时候回来，别忘了告诉我一声。"说完，就把我从二马家拉走了。

我知道，庆生帮二马家挖厕所是真，但和二马媳妇在厕所里办那事也是真，我不明白他们为什么喜欢在厕所里办事。以前没盖楼房时，二马家的厕所紧挨着公路，好几次，他们在厕所办事都让我撞见了，我对秋生说："说得好听，一对坏东西……"秋生说："我们只调查你爷爷收钱的事，别的事我们不管。"我说："我只管别的事，我爷爷收钱的事我不管……"秋生说："你不听我的话，凌烟知道了，永远不理你。"秋生一提到凌烟，我就软了，我说："好，我也只管我爷爷收钱的事，别的事我不管。"秋生说："这还差不多，今天的事就到这里了，等二马回来了，我再来叫你，咱俩一块去见二马……"我说："好吧……"我嘴里这样说，但心里想，要等到二马回来，还不知驴年马月呢……

没想到刚过几天，秋生扛着一箱梨又来找我，说是二马回来了，要我和他一起去见二马。我也不知他从哪里得来的消息，他说回来了就回来了呗。我和秋生来到二马家里，二马家和上次一样，大门半开半闭着，院子里的狗仍然吐着舌头，用阴沉的目光盯着我们。我们站在院子里，我喊："家里有人吗？"喊了半天，也没人答应，我们只得来到屋里，屋子里静悄悄的，我们等了半天，二马才掀帘子从西间里出来，二马说："呦，是新上任的书记啊，到我家有何贵干？"边说边拿出烟来，一边给秋生让烟，一边说："真是士别三日，须得刮目相看，没想到几月不见，你就扣了一个大帽子在头上，你这个支书来得轻松啊？"秋生说："我本来不想干的，可乡里不同意，只得先干着，啥时候你想干了，我就让给你。"二马说："我才不稀罕你这个支书呢，在外边打工多痛快，没事可做的人才当官呢。"秋生说："我这要能算是官，天下的人都是官了。"二马让烟的时候，我往西间里看了一眼，影影绰绰地看到一个女子的身影，我想，都说久别胜新婚，看来这话不假，大天白日的，二马和她媳妇就干那个了，我这样想着的时候，就听秋生说："还是盖房子的事，你家里的没有告诉你？"二马说："没有啊，什么盖房子的事，我压根不知道。"我说："你真的不知道？"二马说："真不知道。"我说："知道不知道，把你媳妇叫出来一问就知道了。"二马说："我媳妇没在家。"我说："瞪着眼说瞎话，你媳妇不在家，里间的人是谁？"二马说："真的不在家。"我说："在家不在家，看看就知道了。"说着，我便要进里间去看，二马拦住不放，说："真的不是我媳妇，曼子，出来吧，都不是外人。"我看到门帘一掀，走出来一个女子，模样和二马的媳妇有点像，只是看上去更年轻一些，二马说："这是云儿的妹妹，也是在外边打工刚回来。"他扭过头去，对这个女子使了个颜色，说："告诉你姐姐，就说村里的支书来了，让她弄几个菜回来。"我看到这个女子满脸羞红，她说："我姐姐到集上去了，不知啥时候才回来，要不然，我去做几个菜？"秋生看到这个情况，赶紧说："不必了，不必了，我有几句话要告诉二马弟。"当下把要调查我爷爷的事简单说了。"二马说："说实话，家里的事都是我媳妇操心，平时我很少过问的，这样吧，等我媳妇回来了，我把事情了解清楚后，再告诉你们，行吗？"二马这样说，秋生只能说："那我们改日再来吧？"二马说："不吃了饭再走吗？得空我们喝两杯……"秋生说："不用了……"说着，我们就告辞出来，但我们还没有走出大门，便听见身后"咣当"一声，二马家的堂屋门便在我们身后关闭了。

出得门来，秋生有些沮丧，他说："我们跑了两趟，一点收获也没有，这样能行吗？"我说："你问我，我问谁？"秋生说："我无所谓，大不了不干这个支书，你的问题就大了，事情不成功，凌烟肯定不会搭理你。"我知道秋生在拿凌烟要挟我，目的还是想把事情办成，我想了想，说："事情无论能不能办成，我们总得见二马和他媳妇一面，要不然，人家会笑咱办事虎头蛇尾的。"秋生点点头，我说："你家的梨还有吗？要没有，就搬我家的。"秋生说："梨倒是有，我害怕徒劳无功。"我说："不试试咋知道成功失败？"秋生说："你的意思，咱们还要接着干？"我点点头，秋生说："除了这个也没有更好的办法了。这样吧，明天中午，我们再到二马家跑一趟，今天回去，我们都想想办法，看怎样能把事情办好？"

第二天，我和秋生又扛了一箱梨去了二马家，这次二马的媳妇在家，二马出去了，一见面，二马的媳妇就说："这次你们来得又不巧，二马刚出去，送我妹妹去了。"我说："是昨天那个女的吗？"二马的媳妇点点头，说："我妹妹长得怎么样，比我强多吧，傻根，给你当媳妇怎么样？"我知道二马的媳妇在拿我开心，于是就说："我不要。"二马的媳妇好像很吃惊，说："这样俊的媳妇你都不要，你想要啥样的？"我说："不是我不要，是我看见昨天她还和二马在一起亲密，君子不夺人之所好……"秋生说："傻根，不要胡说。"我看到二马媳妇的脸色立马变了，她对我说："你说的是真的？"我点点头，二马的媳妇说："你不是想调查你爷爷的事情吗？只要你守着二马的面说出来他做的事，我就答应你的要求。"我说："我一定当着他的面把他做的事情说出来。"二马的媳妇也不叫我傻根了，她说："你真是我的好弟弟……亏他还经常怀疑我，平时在外打工，谁知道都干些啥事啊？"二马的媳妇气鼓鼓的，连活也不干了，拉了条椅子坐在门口，静等二马回来。过了一会儿，二马从外边回来了，进了门还没有来得及说话，二马的媳妇就说："傻根，你把昨天看到的事情说出来，他跟我妹妹都做了些啥事？"这时候，我看到二马的脸色变了一下，二马说："他一个傻子，能说出什么……"我看了看二马，又看了看他媳妇，我说："我看到二马做的事情，就跟你平时和庆生在一起时做的一样……"说完这话，我拉起秋生就向门外走去，全然不理了像呆鸡一样的二马和他的媳妇……

九

等我再见到我爷爷时，他种的梨树已经绿遍了整个后山的角角落落。我爷爷这次培育的梨树个矮，枝大，叶圆，果稠。我在村里和秋生调查他的事情时错过了花期，他一见我，就有点埋怨，他说："小宝啊，好长时间不见你，你干啥去了啊？"我说："我和秋生在村里调查你收钱的事呢。"我爷爷没有吭声，过了一会儿，他说："小宝啊，你要记住，有些话并不是爷爷故意要隐瞒……对了，你要看梨花的话，山西边可能还有两棵，东边的现在可都挂了果。"我说："为什么西边的梨树还在开花，东边的已经挂了果呢？"爷爷说："傻孩子，东边的树栽的早呗……"说这话时，我看见爷爷拿了一把剪刀，正在剪梨树上的果子，我又不解了，我问："爷爷，你种树不就是为了结果吗？为啥又要剪掉呢？"爷爷说："傻孩子，梨树第一年挂果，是不能太密的，要不然，第二年挂果就少了，就像小孩子一样，累很了，就不长个了。"我知道，我爷爷种树的理论一套一套的，他做的任意一个动作，都有道理在里边。果然，我爷爷又发问了，他说："小宝啊，你知道爷爷为什么除了剪掉果子外，还要剪掉一些树枝吗？"我摇摇头，爷爷得意了，爷爷说："这就是专家与非专家的区别了，一样种树，有的树种得有高有矮，有的就整齐划一，诀窍就在这剪枝上，通过剪枝，可以控制树的生长，让它长得快它就长得快，让它长得慢它就长得慢……"我有点不相信我爷爷的话，自从他不干支书了，村里的人他都控制不了，还能控制得了树？我说："爷爷，你这么大的本事，别让人家查你了，行吗？"爷爷说："这个，爷爷控制不了，他们想去查，就让他们去查吧。"我见爷爷把树上枝条剪掉后，把没有剪掉的梨又仔细地看了一遍，然后从树下的碗里拿出了一个牙签，在另一个碗里倒上白酒，我看见爷爷把牙签在酒里蘸了蘸，就一下子扎进了树上的梨子里，不一会儿，每个梨子的顶端都插上了一个牙签。我说："爷爷，你给梨子插牙签干啥？"爷爷说："这个么，现在是秘密，到时候你就知道了。"我知道爷爷是种梨高手，他这样做一定有他的原因，当下就不再打搅我爷爷，一心一意地看他剪梨。过了一会儿，我看见爷爷碗里的酒用完了，爷爷说："小宝呀，你去给爷爷倒碗酒来。"我知道爷爷的酒就在那个写着"尿桶"的坛子里，当下拿了那只碗，便向酒坛走去。

酒坛离爷爷剪梨的地方比较远，离春生住的窝棚比较近。我心想，别让春生偷我爷爷的酒，这样想着，到了酒坛边，果真看见一个人正在从坛子里往外舀酒，我一看，果然是春生。我说："你干什么？"春生的脸红了一下，他看见是我，慢慢地站了起来，嘴里说："没干什么。"我说："没干什么，为什么偷我爷爷的酒？"我看见春生的眼珠转了转，然后他说："哦，这是酒吗？我觉得这是尿呢。"我说："你胡说，这是我爷爷的酒。"春生说："你不认识字吗？这个是尿桶，里边当然是尿，你不信，我让你看看。"说着，我看见春生把腰带解开，从里边掏出他的小鸡鸡，对准了酒坛，立刻，一股清亮的尿水便射进了我爷爷的酒坛里。春生把腰带系上，得意地对我说："这回你相信是尿了吧？"我说：

"你浑蛋，你这个流氓，我要告诉爷爷去……"春生满脸堆笑，说："去呀，你去呀，爷爷知道了，也让我喝酒的，你管得太宽了……"我说："爷爷让你喝，我就是不让你喝，看你能咋着，你个流氓……"春生还想说什么，这时候，窝棚里有人喊："怎么酒还没拿到，春生，你干什么去了？还想不想要钱？"原来春生偷爷爷的酒是为了卖钱，我更加生气了，我说："你要赔我爷爷的酒，还有我的羊……"春生说："这样吧，你让我把这坛酒抱走，我就赔你的羊。"我知道他说话不算话，就说："你先赔我的羊，然后才让你抱酒。"春生说："你知道是谁来让我抱酒的吗？"我说："是谁？"春生说："是凌烟。"我说："你骗人。"春生说："不信你来看看。"我不知道是不是凌烟来让他偷酒的，但我的确好几天没见凌烟了，为了见凌烟一面，我什么也顾不得了，我说："见见就见见……"

我跟着春生来到窝棚前，果真看到凌烟正撅着屁股在一个地锅前生火。窝棚边的树上挂了一个宰好的羊，凌烟正用烧好的水对羊进行冲洗。我咳嗽一声，凌烟抬起头来，她看到是我，嘴张了张，想说话，但最终什么也没说。我知道，她一和我说话，便要给我当老婆，我一给她说话，她便不给我当老婆，所以她不吭声，我也不吭声。我听到凌烟对春生："让你去倒些酒，怎么把酒坛抱来了？"春生用嘴巴朝我点了一下，说："是他让抱的……"我刚想说"不是我。"这时候，二愣从窝棚里钻了出来，他对春生说："让你弄点酒，比日个娘们时间还长，我的嗓子都快冒烟了，让我先来一口……"凌烟一下子把二愣要舀酒的手打开，说："这酒炖羊汤时要用，你喝了，还喝羊汤吗？"春生说："坛子里的酒多的是，他想喝，就让他喝吧。"二愣说："还是春生够哥们。"就拿了一个一次性杯子，在酒坛里舀了一杯酒，一仰脖子，一饮而尽。酒喝完，眉头却皱了起来，他说："这是什么酒，有一股怪怪的味道。"我说："你喝的是尿。"二愣抬手便给了我一个嘴巴，说："你爹喝的才是尿。"我说："你喝的本来就是尿。"

二愣还想打我时，凌烟把他拦住了，凌烟说："打一个小孩干什么？"我说："我不是小孩。"二愣说："你看看，他还犟嘴。"这时候，春生说："算了算了，跟一个傻子较什么真？"二愣说："不看在他俩的面子上，我今天揍死你个小杂种。"我说："你才是个杂种，你喝的就是尿。"春生过来拉住了我，春生说："别闹了，让你开开眼，看我是怎样熬羊肉汤的……"

我看到地上放了几个锅，每个锅前都挖了一个灶，春生把锅放在灶里边，用泥巴糊严，最后在锅里添上水，在第一个锅前生起了火。我看到红红的火在第一个锅前升起，蓝蓝的烟却从最后一个锅后冒出来，原来春生挖的是一个连环灶，我知道这样的灶即省柴又快捷，是居家做饭的好帮手，没想到春生还会这个。事实上，春生会的还不止这些，他下边做的事，才让我知道平时我小瞧了他，也知道凌烟之所以喜欢他的原因。春生把水烧得半开，然后把羊肉和佐料分门别类地放进了锅里，我看到春生在第一个锅里放的是香菜末、葱段、姜丝、蒜瓣和野蘑菇；第二个锅里放的是什么我不知道，春生边往锅里放，边给我介绍，我知道第二个锅里放的是大料、花椒、茴香、孜然、白胡椒粉、十三香和咖喱粉；第三个锅里放的是白芷、苹果、桂皮、良姜、白豆蔻、肉豆蔻、砂仁、山柰、陈皮、灵芝和人参；第四个锅里放的是酒。他把从我爷爷那里抱来的酒都倒在了锅里，春生说："放了这么些佐料，一定要有酒，要用酒来杀掉这些佐料的气味，要不然，佐料再全，熬出的汤也不好喝，我现在还是在试验阶段，等试验一成功，我就能制造出全国独一无二的羊肉汤来，到那时，我就要申请专利，我就能成为百万富翁、千万富翁啦。对了，到那时，我不会亏待你，你的这坛酒，就算作你的股份，凌烟的羊肉汤方子，也算作股份，我们三一三剩一，如何？"我说："我才不稀罕你的股份呢，我只想天天和凌烟在一起。"春生说："这个比较困难，我将来有钱了，肯定要离开这里的，凌烟要是跟我走了，你想见到她就难了。"我说："凌烟不会跟你走的，凌烟是我的。"

春生说："说这些为时过早，我们骑着驴看唱本走着瞧，看凌烟到底是谁的？"我说："走着瞧就走着瞧，凌烟就是我的。"说着话，春生已经把第五个锅里的羊肉下完了，我不知道人家熬羊肉汤带骨头不，春生却是连骨头带肉都放进了锅里，他说："这样熬出的羊肉汤才有营养。"我看到五口锅里同时冒出烟来，一股浓浓的香味在田野间散开；我看到地里的田鼠探头探脑，围在窝棚周围不舍得离开；我看到谁家的野狗成群结队地跑来，对着羊肉锅仰天长叫；还有谁家养的猫，从村里跑了出来，看到了成群的野狗，恋恋不舍地停住了脚步，爬到了一棵树上，对着羊肉汤"喵喵"地乱叫。我还看到就连隐藏在地里的蛇、蜥蜴、蝼蛄、刺猬、蚯蚓、青蛙都被香味吸引得蠢蠢欲动。凌烟拿了一个盆，从每个锅里舀了一勺汤，兑在一起，让春生品尝，春生尝了一口，摇了摇头，春生说："不行，这么多香气流失，肯定影响汤的效果，再说，这些佐料各自为战，不能水乳交融，也达不到事先想的效果。"凌烟问："那还有什么办法？"春生想了一会儿，说："办法是有的，但是不知道能不能成功，我们明天接着试验，既然做了，我们就要做出最好的羊肉汤，不能说前无古人后无来者，至少要在全国是独一无二的。"

十

我妈妈越来越沉迷在她的戏里了。以前，她只是在我后爸出门的时候才化装唱戏，现在，我后爸在家不在家，都已经不影响她唱戏化装了。有时候我一进家门，迎接我的不是一位皇后，就是一位丫鬟，有时也可能是一位怨妇，就连称呼也变了样，比如说以前，我要是回家了，我妈妈会说："宝儿回来了，去哪儿玩了这半天，让妈心里惦记……"现在不是这样了，我要是一敲门，出来开门的若是我妈妈，她必然要拿腔捏调地说："吾儿回来了，快快请进吧……"就连对我后爸，她也格外地客气，每当端上饭时，她都要说："相公请用餐……"搞得我大热天的起一身鸡皮疙瘩，让我弄不清是生活在现代还是古代，是活在现实中还是梦幻中。有时我想，别人之所以叫我傻子，肯定和我妈的疯劲有关系，只是别人知道我的傻不知道我妈妈的疯罢了。如果光是唱戏倒也罢了，关键的是她对服装的痴迷真让人接受不了，以前她只是唱戏时才化装穿戏服，现在就是不唱戏，她也不轻易脱掉她的戏装洗去她化的装，有时候就连做饭，她也穿着戏装进行，高兴时就随时来上两嗓子。我知道我妈妈内心寂寞，每天我后爸一出门，大门一关，她就无事可做，再加上和我爸爸的婚姻不顺利，她满腔郁闷无处发泄，只能靠唱戏打发光阴，但是即使如此，也不能痴迷到如此程度，唯一的解释就是她喜欢此道了。我说过我妈妈前生是个戏子，看来这话果真不假，如果她真是戏子的话，就是装扮成皇后，她终究也是个戏子。这个想法，不久就被我验证了。

一天晚上，我又被妈妈的唱声惊醒，我往她的卧室一看，只见明晃晃的灯光下，我妈妈盛装浓抹地坐在床上，凤冠霞帔下，一双眼睛顾盼生辉，我后爸石班跪在床角。我妈妈捏着戏腔，问："下跪何人？"我后爸说："奴才石班。"我知道我后爸一直迁就我妈妈，我妈妈让他配戏他不敢不配。我妈妈说："我是何人？"我后爸说："你是贵妃娘娘。"我妈妈说："嗯……"我后爸赶紧改口说："您是皇后千岁，国老皇亲。"我妈妈说："下跪何事？"石班说："求娘娘尽尽夫妻义务。"我妈妈说："奴才大胆，竟敢以下犯上……"石班说："奴才不敢……"我妈妈又"嗯"了一声，说："你到底敢还是不敢？"石班说："娘娘是让奴才敢还是不敢？"我看见我妈妈假装踌躇了一会儿，说："罢了，哀家就让你敢了……"

我一夜没有睡好，天明时刚要入睡，窗外的那只鸟又叫起来。鸟一叫，我知道今天又有人要来找我，可我不知道谁要找我，我也不想知道谁要找我，我只想睡觉。别人喜欢旅游，我喜欢梦游。也就是说，每当我睡不好觉的时候，我都要做梦，在半睡半醒之间，想什么就有什么，想到哪里就到哪里。在梦中，我到过法国的巴黎，美国的华盛顿，还有英国的伦敦，后来在电视上看到，情景和我见到的一模一样，今天我不想跑很远，我的身体感到有些疲劳，那就到国内看看吧。国内哪些地方好呢？我想了想，人都说西柏坡不错，国家领导人都经常去，我也到那里去看看吧。我是坐大巴车去的，刚坐到车上，就觉得有一双眼睛在盯我，扭头看时，眼睛又不见了，我感到那双眼睛像我妈妈的，又像是凌烟的，在我面前一会儿清晰一会儿模糊，我努力分辨是谁的眼睛，但终于没有成功。车子到了目的地，一下车，我感到西柏坡真是个好地方，它三面环水，四面环山，只有一个出口通向外面，的确易守难攻，更何况山清水秀，花香草艳，居住在这里真是不错。但我感觉这里地面有点太小了，不是大人物的久居之地。果然听这里的讲解员说，毛主席在这里住了不到一年，就率领党中央机关进了北京城，我为自己的先见之明暗自高兴，再看讲解员时，总觉得在哪里见过，仔细想想，终于明白了，她就是在车上看我的那双眼睛。原来我一上车时，讲解员就已经在我身边了，怪不得我看她时是这样熟悉，原来我们早就在了一起。我刚想和她打个招呼，扭脸一看，二孬也在这里，还有村委会里的一班人，还有乡里蹲点的侯书记，还有秋生和她的老婆，最让我惊奇的是还有凌烟，我刚想说"凌烟你怎么来了。"马上想到了我们的打赌，终于什么也没说。我问二孬："你们怎么来了，是不是来旅游？"二孬冷冷地说："你问我怎么来了，我正想问你怎么来了呢？"我说："我是在梦游。"二孬说："你是在梦游，我们是在学习。"我说："你骗人，旅游就是旅游，还打什么学习的幌子？"二孬说："我们大小都是干部，参观革命圣地，就是来学习，你敢说我们是旅游？"我说："你不承认是旅游，他们总该承认吧？"于是，我挨个问村委会的一班人，问他们是不是来旅游的，可他们一个个都紧闭了嘴，冷着脸一声不吭，我知道他们都是事先串通好的，再问也不会有结果。我忽然没了兴致，平时干工作去找我，旅游时连声招呼都不打，真不够意思，我决心不和他们玩了，我要到杭州去看看。

杭州西湖边人来人往，中国人和外国人川流不息，我仔细观看了西湖美景，总觉得西湖虽好，但从杭州到西湖路上两边的景致却更胜一筹。原来人参观的景致不一定非得是景致本身，有时候路上的景致也非常诱人，比如杭州到西湖边的路景，车子行走在遮天蔽日的树荫里，一眼看出去不到数里，于忽高忽低忽左忽右中，看两边的山峰在树丛中若隐若现，再加上山中流水潺潺，鸟语花香，让人产生无限的联想，那种感觉，比看到西湖本身更要美妙。正当我在西湖边临湖把风胡思乱想时，一抬头，又看到了二孬和村委会的一班人，原来他们也到了这里，我说："我们又见面了，这次不会是学习了吧？"我看到其他人的脸都有点微微发红，只有二孬说："这一次不是学习，我们是来考察，南方的经济比较发达，我们来借鉴经验，为将来发展旅游事业做准备。"我知道做一件事要找个名目很容易，但奇怪二孬忽然会说话了，竟然文绉绉地像干部一样打起了官腔，但是不管他怎么说，他说的话我总是不信。于是我又到了平遥，这是在中国境内号称保存最好的古城，在这里，我不会又碰到他们了吧？没想到刚刚下车，我又看到了他们的身影，这一次，我感到他们的队伍壮大了许多，我看到乡里的侯书记竟然还挽着秋生媳妇的手，他们有说有笑的参观着，看到我，二孬主动跟我解释："这次我们是参加一次交流会，乡里组织的，允许带家属，你看他们都成双成对的，你的家属呢？"是的，我的家属呢？我四下寻找，却总是找不到。凌烟呢，刚才还在这里，一转眼怎么不见了，我找了好久，终于找到了。原来凌烟在一个摊贩前买衣裳，她试了一件又一件，却总是不满意，原来她试的都是古装，和我妈穿的一样，我看到凌烟穿上古装美丽异常，她如果生活到古代，那些公主啊格格啊一定相形见绌。我听到凌烟对我说："我穿这衣裳好看吗？"我点点头，她说："给你当媳妇你要吗？"我又点点头，凌烟说："那你亲我一下好吗？"我看看四周，人们都是成双成对，于是我大着胆子走上前去，对着凌烟的脸亲了一下，我的嘴唇和凌烟的脸一接触，感觉忽然变了，觉得被我亲的并不是凌烟，而是西柏坡的导游小姐，我不高兴了，我说："凌烟呢，我要凌烟……"喊着就从梦中醒来，当我完全清醒时，才感到下身憋得难受，原来是要尿尿，于是我什么都顾不上了，拔腿就向厕所跑去。

出了屋门，才知道已经是早上，看太阳时，已经升得老高。我向院里瞅了一眼，看到院子里竟然站着二马，还有我后爸石班和我妈妈。二马看到我，显得很高兴，他说："傻根啊，你起床了……"听他的语气，已经等我很久了，我什么也来不及说，一头钻进了厕所，我听到我妈妈说："你叫谁傻根呢，我儿子名字叫小宝。"我听到二马说："对对对，叫小宝，我就是来找小宝的。"我听到我妈妈说："找小宝就叫小宝得了，干吗叫俺傻根啊……"脚步声响，我听到我妈妈回屋里去了……等我从厕所里出来，看到妈妈在屋里向我招手，我走了过去，我妈妈对我说："告诉你爸爸，不要留二马在家里吃早饭。"我说："你怎么不去告诉他？"妈妈说："宝儿听话，停会妈妈给你唱戏听。"我说："我不要听戏……"但还是转到了我后爸和二马的身边。我不知道我后爸和二马说了什么，反正他俩相谈甚欢，看来我后爸还没有从夜里春风得意的状态中返回来，我张了张嘴，但终于没有说出来那句话，石班看我欲言又止，对我说："有什么话你就说，看你吞吞吐吐的样子，多大的孩子了，还像个小孩？"我说："我妈说了，不叫你留二马在家里吃早饭……"我看到我后爸听了这句话，立即从昨晚意气风发的神态中变了样，我又看到恢复了常态的石班，我看到他对二马说："你，你不在这里吃早饭吧？"二马赶紧说："我不在这里吃，我找傻……不，我找小宝有点事，一会儿就完。"说罢，也不等我同意，拉起我就向门外走。我说："你有什么事，在这里说不行吗？"二马定了定神，脸上露出笑容，他对我说："傻根啊，不，小宝啊，我求你一件事，好吗？"我说："什么事要求我？"二马说："就是我家里的事啊。"我说："你家里的什么事？"二马说："就是上次你和秋生到我家里的事，你不要到外边乱说好吗？"哦，原来是这回事啊，我说："那我叫你办的事办好吗？"二马掏出了一张纸，说："你说的是不是这个事？"我拿过来那张纸看了看，上边写着我爷爷的名字，后边写着收款五千元，证明人后边写的是二马的名字，上边还按着手印。我想，我爷爷果真收了人家的钱，看来数目还不小。我说："这是真的吗？"二马说："千真万确……"我说："好吧，先放我这儿，等落实了再说……"看着二马的样子，我忽然很好奇，我说："你和你媳妇没有生气吗？"二马说："怎么会不生气？"我说："咋就又好了？"二马说："你问这干吗？"我说："你不说就算了，你就当没来找我好了。"二马说："给你说也不值啥，但你要替我保密。"我点了点头，二马说："你走了以后，我把那娘们儿狠揍了一顿，可她死活都不承认，后来我累了，就坐在椅子上休息，越想这件事越生气，后来就拿了镜子照，看我长的哪点不如庆生那个老东西，照着照着，发现鼻毛该剪了，就拿了剪子剪鼻毛，鼻毛没剪好，忽然就内急，我剪刀没来得及放下，就跑进了厕所，我媳妇看我拿着剪刀进了厕所，就跟过来抱住我，说：'我错了行吗，求求不要生气了……'我们就好了……"我说："就这样好了吗？"二马说："一个娘们儿家，知道错就行了，还能怎么着？"我说："为啥你进厕所她就好了？"二马说："她看我拿着剪刀进厕所，害怕我把老二剪了，就承认了错误……"哦，原来是这样，我为二马媳妇感到好笑，于是就笑出了声。二马说："你要是没有事，我就走了，但这件事，你要替我保密，千万不要让外人知道，要不然，我在村里就没法做人了。"我点了点头，说："你走吧……"我看着二马千恩万谢地刚要走，忽然说："你回来。"二马说："还有什么事？"我说："你就这样和庆生算了？"二马迟疑了一下，说："这种事，传出去不好听，再说，里边的是非我也弄不很清楚，我媳妇的意思是，就这样算了，以后她不会再理庆生那个狗杂种了，当然，有机会我不会放过他。"我说："你要狠狠揍他一顿，我都为你抱不平。"二马说："这个你放心，有机会我会的……"

我越想这事越开心，终于有机会报复庆生那小子一下了。我又想到了二马的媳妇，越想越觉得很可笑，于是就站在那里笑了一会儿，等我笑够了，要转身回家的时候，忽然看到秋生在不远处向我招手，我假装看不到他，扭身还要走时，他忍不住叫我了，他说："傻根，等等我……"我慢吞吞地转过身来，说："有事吗？"秋生擦了一把脸上的汗，说："没事我能叫你吗？"我说："什么事？"秋生说："侯书记来了，通知我要开班子会呢。"我说："开就开呗，和我有什么关系？"秋生说："怎么没有关系，你忘了，让你配合我工作，调查你爷爷的事呢，对了，事情进行得怎么样了？"我拿出二马给我的那张纸，说："二马的事他招了，其他人还没有进展。"我看到秋生的脸上露出了笑容，他说："其他人招不招没关系，有二马一人的就够了，至少说明我们在做这件事，走，我们去开会。"我想到后山去看春生怎样熬羊肉汤，于是踌躇了一下，秋生说："今天的会还得商量筹备采梨节的事呢，热闹得很，你一定要参加，要不然，我一人对他们几个，连个帮腔的都没有……"听说要商量采梨节的事，我忽然就来了兴致，我知道，一年一度的采梨节是我们村里的大事，平时只有在村里有身份有地位的人才能参与商议，秋生能让我参加，的确是给了我很大的面子，于是我把看春生熬羊肉汤的事抛在了脑后，连早饭也来不及吃，就和秋生一起去参加了会议。

十一

我和秋生来到村会议室，二孬早已等得不耐烦，他说："开个会都迟到，干啥去了？"我知道，二孬对秋生当代理支书一事一直耿耿于怀，一有机会就要办秋生难堪。我说："你是支书还是秋生是支书？"我知道我爷爷干支书时，二孬怕我爷爷，自从我跟乡长说二孬不识数后，二孬也有点怵我，果然，我一发话，二孬就不吭声了。侯书记皱了皱眉，说："开会啦，今天的会议主要是商议怎样办好采梨节的事，乡里对这件事很重视，曲乡长在百忙之中也抽出时间参加了我们的会议，让我们以热烈的掌声欢迎曲乡长做指导。"曲乡长摆了摆手，说："今天到会的都是村干部，我们都是一家人，大家不要客气，本来，离采梨节还有一段时间，现在开这个会有点早，但是，之所以提前召开这次会议，原因大家应该明白，每年的采梨节，都是魏支书过问，乡里省了很多事，今年秋生书记刚上任，情况不是很熟，为了确保今年的采梨节万无一失，昨天乡里开了一个会，专门对今年怎样办好采梨节的事进行了研究，我把乡里的意见向大家传达一下，希望大家贯彻落实，对于办好今年的采梨节，乡里有三点要求：一是要起点高，规格高，规模大；二是要上档次，上水平，上效益；三是要突出特点，办出特色。关于第一点起点要高，大家要明白办好采梨节的重要性，我们村每年的采梨节，说白了已经不单单是我们村的采梨节，它更是我们乡、我们县向外展示形象的一个舞台，采梨节之所以年年举办并且年年成功，这之间倾注了多少领导的心血和汗水，想必大家也知道，所以，今年的采梨节，要在往年的基础上更进一步，只能办好，不能办差。第二，规格要高，就是往年采梨节仅仅局限于省、市、县三级领导，今年的规格要有突破，要争取有中央领导参加，最好能请到一个政协副主席或者人大一个副委员长参加开幕式，就是今年的开幕式晚会上，也要请在全国有名的当红明星参加，最好请三个到五个。至于规模大，就是今年的采梨节参加的人数要多，时间跨度要长，产生的影响要大，创造的经济效益和社会效益要高，上档次、上水平、上效益大家都明白，我这里就不多讲了，我们要做的，主要的一点就是要保证采梨节上参展的梨个头要大，质量要高，人员也要有素质，要通过采梨节把生产力转化为生产成果，再一个就是要突出特点办出特色，这个我也想了，要想办好我们的采梨节，光靠请领导和演员不行，还得挖掘我们自身的力量，采梨节是我们自己的节，开幕式一完，领导和演员走了，我们就不办了？我们还要办，怎么办？这就要靠我们自己了，乡里也有初步的意见，就是在采梨节期间，要确保每天都有演出，到时候全国各地的人都来这里采梨了，要确保他们每天都能看到我们的节目，至少白天去采梨，晚上要有演出，这就需要我们大家动手丰衣足食，我们干部，每人都要披挂上阵，每个人都要演一个节目，至于群众，每家至少要表演一个节目，这个表演不白表演，到时候我们会设立很多奖项，表演好的都有奖励，这个经费乡里出，除了表演节目外，今年我们还要把往年的传统节目做好，比如说要开展削梨比赛，吃梨比赛，要评出最大梨王，要开展斗鸡比赛、斗狗比赛、斗牛比赛、斗猪比赛等，也可以插花比赛，比如鸡和狗斗，猪和牛斗等，我们乡政府今年特意设置了一个节目创意奖，奖金一万元，到时候谁的节目最搞笑最吸引人，这个奖金就是谁的，总而言之一句话，就是今年的采梨节越热闹越好，产生的影响越深远越好，这是我们乡里的指导原则，你村里有什么想法和意见，说出来听听？"曲乡长把话讲完，把脸扭向了村里的一班干部，秋生刚想说话，二孬已经接过了话头，二孬说："乡长的讲话非常好，讲得非常全面非常具体，让我们备受关怀和鼓舞，我们一定要把今年的采梨节办好，不辜负领导的关心和期望，但是，我们干具体工作行，要请领导和演员，恐怕还得乡领导出面。"乡长说："这个事忘说了，为了办好这届采梨节，乡里和村里是有分工的，请领导和演员的事由乡里负责，策划各种比赛的事由村里负责，其中包括文艺演出比赛和各种动物比赛，我看你们也最好分个工，把责任明确到人，谁出了问题谁负责。"二孬想了想，说："我没有文化，跑个腿还行，这个大家都知道，我就负责组织动物比赛吧，文艺演出这一块，就交给秋生负责吧，他有文化，干这事在行。"秋生说："交给我可以，但是谁和我一组啊，总不能让我自己单挑吧？"二孬说："你不是有傻根吗？"秋生说：

"这文艺演出的事，傻根会什么？"我说："谁说我不会？这天下的事，除了两样我不会，其余的我都会。"曲乡长看我如此说，倒来了兴致，他说："你哪两样不会，说出来听听？"我说："我这样也不会，那样也不会。"大家听了，都笑起来，曲乡长对秋生说："你是村里的支书，总不会连个人也用不动吧？"秋生看了看侯书记，没有吭声。曲乡长说："从今日起，梨园村的所有工作都转入到统筹组织采梨节工作上来，其他的事情，能放下的就放下。"秋生说："那，调查老支书的事，也先放一段？"乡长说："这个事情是一个长期性工作，可以和采梨节同时进行，不能因为采梨节就不办这个事情，更不能因为办这个事情耽误了采梨节的工作。"这时我拉了拉秋生的衣襟，说："二马招供的事，要不要向乡长汇报？"秋生摇了摇头，说："你是真傻还是假傻？他不向我们要，我们吃饱饭撑的了？"我吐了吐舌头，说："我当然是真傻，你以为我还是装的吗？"乡长看了看表，说："时候不早了，你们还有什么不明白的吗？如果没有，建议你们立即着手进行实施，先摸底一下村里有多少人有文艺功底的，像豫剧、曲剧、坠子、二夹弦、梆子戏、四平调等，能哼上两句的，我们都要登记在册重点培养，还有谁家的孩子能跳舞的、唱歌的，凡是能登台的，都在我们要找的范围之列，听说你们村有个唱坠子的很不错，还有一个女的喜欢豫剧的，你们可以把他们找来，让他们替你们组织人员，培养人才，你们不就省事多了吗？"不愧是乡长，一句话点中了秋生的要害，只喜得秋生抓耳挠腮，说："我怎么把这个事情给忘了，放心吧乡长，我一定圆满完成领导交给的任务，请领导和同志们放心。"乡长说："能不能圆满完成任务，光靠嘴说了不算，关键要看行动，这样吧，一周后我过来听汇报，看工作进展如何，可以吧？"秋生说："就按领导安排的办。"

接连几天，我和秋生走村串户，走街串巷，发动群众参与采梨节的文艺演出，可是，任凭我们磨破了嘴皮，蹬破了门槛，却是收效甚微。不是有的不想参与，就是有的想参与却顾虑重重，主要表现在有的老公想参与害怕媳妇生气，有的媳妇想参与害怕老公吃醋，大姑娘脸皮薄害怕丢人，上年纪的人害怕人家说不正经，只有我妈和老话很高兴，他俩答应得很爽快，我妈答应演一个专场，老话答应唱几个通宵，我知道他俩都是戏迷，平时想唱戏没地方唱，小声哼哼又要东张西望，这次全民演出正好遂了他们的愿，圆了他们的梦，满足了他们埋藏在心底的疯狂，我看看我妈妈一个劲地问秋生，演出还需要什么吗？譬如缺钱吗，如果需要，村里打招呼，她就先捐上。老话表达兴奋的方法要含蓄点，他一个劲地说村委会给群众办了件好事，让群众老有所乐，老有所为，好像办了一次演出，就解决了基层老人的所有问题。我不耐烦他们俩的肉麻相，拉着秋生离开了他们。他俩的过度热情虽然令我们有点吃不消；但离开他们后，其他人对这件事的冷淡态度更令我们感到难堪。我俩从东走到西，从南走到北，无论是大姑娘小媳妇，老头子老婆子，甚至七八岁的小孩子，我们逢人都问，见人就讲，结果连一个同意上台演出的都没有敲定，最后我们实在没有了锤耍，就无可奈何地回到了村室，看二孬那一组进展的如何。二孬这组的动物比赛也不令人乐观，他们从村里的养猪场、养羊场、养牛场挑出了几个身强力壮的种猪、种羊和种牛，然后和村里其他的猪、羊、牛混在一起，分成几组进行选拔比赛。然而，这些猪牛羊们并不听话，让它们拼斗时，它们见面又是亲吻又是拥抱；让它们休息时，它们又冷不防地厮打在一起，拉都拉不开。有头刚出生的牛犊，兴奋劲上来后，冷不防从后边把二孬顶起来老高，摔在地上后拔腿就跑，几个人都逮不住。更有几头猪和牛发生了争执，几头羊和狗产生了矛盾，它们不和同伴斗，拉帮结派和异类作成了敌人，混斗在一起，打斗得不亦乐乎。结果是二孬他们累得东倒西歪，气得嘴歪眼斜，猪牛羊们却兴致盎然，我行我素。听了他们的汇报后，我和秋生相对苦笑，原来大家都彼此彼此，看来只能等乡长来到后，如实向他汇报了。

到了第七天，乡长如期而至，坐在村室里，听取我们村采梨节筹备工作的汇报，秋生和二孬把以上的工作汇报了一遍，乡长坐在那里，半晌没有说话。最后乡长说："采梨节筹备工作没上来，不能怨群众思想觉悟低，关键要从我们干部身上找原因，要求群众做到的，我们干部做都了吗？如果做到了，我来问你们，你们干部的演出节目做好吗？秋生同志，你是代理支书，你带头表演什么节目？"秋生嗫嚅了一会儿，说："我会吹笛子，还是在大队林场当知青时学的，吹得不好，没敢说……"乡长说："没表演咋能说吹不好？再说，吹不好可以练嘛，只要有精神就行。二孬你呢，你是村主任，你表演什么节目？"二孬有点惶恐，二孬说："你知道我是个大老粗，从小就没受过教育，我能表演什么节目？就是小时候在生产队放牛羊，没事时学几句口技，其中学驴叫最像，县电视台几次要来采访我，都被我拒绝了……"乡长忍住笑，说："这个也可以，可以放在领导走了以后表演，关键是干部带了头，群众就好办了，会计呢，你会什么，听说你反串青衣唱得好，到'梨园春'里打过擂，是真的吗？"我看到计财说："不瞒乡长说，我确实到省电视台'梨园春'节目里打过擂，还得过金奖呢，如果大家都要表演节目，我也就算一个。"乡长听了很高兴，说："耳闻不如亲眼见，你现场来一段如何？"老计财看了看大家，说："既然乡长想听，那我就献丑了，只是准备不好，唱得难听，大家要多多原谅。"开场白道过以后，也不见他怎样拿腔作势，开口就唱了起来，他唱的是一段豫剧《泪洒相思地》相思一折：闺中女闷悠悠愁思春雾，盼佳音等佳音音讯皆无，满怀的相思苦我对谁诉，春已去空留得花落叶疏，无奈何门掩残春自凄楚，梦里几回见当初……别看他长得丑，唱出来的腔调却好听得很，如果不看他的长相，真不知道这么好听的女音是他这个糟老头子唱出来的。一曲唱完，引来一片掌声，二孬说："光听你的声音，真想把你强奸了，看你满脸的核桃纹，你要是强奸了我，我就去自杀。"二孬的话语，又引来一阵笑声。乡长说："英雄出民间，这话果然不错，如果不举办演出会，这样的英才岂不就埋没了。"

接下来的是民兵营长大武，他报的节目是魔术，妇联主任秋红不甘示弱，她反串的节目是"黑头"。接下来是计生专干根柱，这件事让他犯难了很久，最后他说："要说起来这演出，我可是一点不陌生，无论是唢呐、二胡、笛子、口琴我都会，不瞒大家说，我媳妇就是看好我这一点才跟我的，可是现在不一样，现在是上台演出，你要是真问我哪一项更好，我还真回答不上来。"秋生说："那你就样样拿出来点，省得动员其他人了。"乡长说："那你就来段笛子吧，笛子高雅一点，不要都像二孬，光会学驴叫唤，让外人听了，还当我们都是这个水平呢。"乡长的话又引起了一片笑声。最后乡长转向了我，他问："傻根表演个什么节目？"是的，光顾了看别人的笑话，没想到事情竟然临到了我头上，我表演什么节目呢，我想了想，的确什么也不会，情急之下，我说："我会放屁，我就表演放屁吧。"我的话又引起了一阵笑声，我说："笑什么笑，我放的屁可响了，我妈妈就经常夸我。"二孬说："放屁谁都会，就是你妈经常夸你，也不能用来表演啊？"我说："我放的屁不一样，我能用屁吹灭蜡烛，我看电视上有外国人用屁吹灭蜡烛，我试过，我也能。"乡长说："你真能用屁吹灭蜡烛？"我说："能。"乡长说："能不能现场表演一个？"我当时正好有一个屁，我说："可以。"当时村室里正好有一个蜡烛，是防备停电用的，二孬把蜡烛点着，放在了一个凳子上，我走上前去，弯腰对准蜡烛，一个屁打过去，果然把那个蜡烛打灭了。我扬扬得意，说："就是再离三尺远，我仍然可以打灭。"乡长说："别吹了，这也算一个节目，我们今年的文艺演出有创意奖，希望你能拿到这个奖项。"我说："放心吧乡长，我一定能。"二孬说："你先别吹大话，到时候你要放不出来屁来，可别砸了场子。"我说："放心吧，我一定要把放屁锻炼得应用自如，不辜负乡长对我的期望。"我看到乡长皱了皱眉，对秋生说："干部的事情解决了，群众的事情呢？有干部带头，群众的事情应该好办了吧？"秋生说："乡长你不知道，群众的事情比干部难办多了，干部怕你乡长，叫出节目就出节目，现在的群众可不怕乡长，也不怕我们这些村干部，他们讲究的是实惠，如果没有好处，他们就是会，也会故意出难题的，何况他们不会。"乡长说："我们设立的不是有奖项吗，得了奖，不一样是好处？"秋生说："设立了奖项不假，可这些奖谁有把握得到？再说，他们也不是专业的，就是专业的，也怀疑我们中间有暗箱操作。"乡长说："照你这样说，就没有办法可想了？"秋生说："目前没有什么好办法。"乡长思考了一会儿，说："你看这样可以吗？你就说乡政府要求，每家必须出一个节目，多者不限，谁家不出节目，谁家的梨今年就不能到采梨节上参展，也不能参加梨王竞赛，更不能享受乡政府给的优惠政策，乡政府负责联系的外销渠道他们也不能参与。谁家实在出不来节目，就到村室里来登记，乡政府也对这些人家进行掌握；谁家能出来节目，也到村室里来登记，时间就三天，过期按出不来节目处理，你试试这个方法吧。"秋生说："好的。"就去广播上通知。二孬说："还是乡长有办法。"乡长说："你这一组的进展如何，那些畜生听话吗？"二孬便捋起了胳膊，让乡长看被牛顶起来摔在地上的青伤，并把情况说了一遍。乡长沉吟了一会儿，说："这些畜生喜欢什么？"二孬说："喜欢吃，除了吃还能喜欢什么？"乡长说："就没有别的了？"二孬想了想，说："除了吃还喜欢交配，这些不是人的东西，你让它斗时它不斗，你不让它斗时，为一头母猪或母牛，倒能斗得死去活来。"乡长说："这就好了，往后再让它们斗架时，旁边先放几头母的，它们不斗时，就让母的引诱它们斗，可以先让一头公的和母的接近，起性后，再让另一头公的进来，这样不就打起来了，谁打赢了，就让谁交配，谁输了，就自然淘汰，不信驯不熟它们？"二孬听了，连声叫好，说："还是乡长有主见，我这就去安排，一定要把事情办好。"乡长说："世上无难事，就怕有心人，遇事只要多动脑筋，就没有解决不了的事情。"二孬说："乡长教训的是，以后我们一定多动脑筋。"乡长笑了，乡长说："你要能多动脑筋，大家都会多动脑筋了，但愿这次采梨节圆满成功，你不给我惹麻烦我就谢天谢地了。"

乡长出的招数果然管用，秋生在喇叭上吆喝了没半天，前来报名参加演出的人就络绎不绝。可别小看这些乡下人，他们会的可不少，从歌曲、舞蹈、相声、小品、魔术、口技，到二胡、唢呐、口琴、笛子、葫芦丝，以及豫剧、曲剧、京剧、河北梆子、四平调，到河南坠子、柳琴、二家弦，凡是我听说的，他们都会，我没有听说的，他们也会。反正退是一刀，进也是一刀，他们也豁出去了，没有了唱和不唱的后顾之忧，他们反而放开了，为了能拿到乡政府设立的奖金，为了给自己挣个脸面，更多的是和我妈一样为了证明自己的价值，还有为了更好地销售出去自己家里种的梨，他们起早贪黑，抓紧时间进行排练。于是每天早上和晚上，我们梨园村的上空都飘荡着各种声调的演唱声和各种声调的乐器演奏声，中间还夹杂着二孬高亢的学驴叫声以及我偶尔的放屁声。为了演好自己的节目，报答乡长的知遇之恩，我抓紧时间练习放屁，可是无论我怎样努力，都不能做到想放就放，有时满脸憋得通红，还是放不出一个，有时不需要努力，轻松就把屁放得很响，为了练习放屁，我换了几条裤子，因为我经常为了放屁弄出来很多屎花，后来我实在厌烦了这种讨人嫌的锻炼，决定到后山去看一看。

十二

当我再次来到后山的时候，后山的变化令我震惊，我看到，昔日荒凉的黄河古道，如今已是一片林山树海。我爷爷在后山上种的数万株梨树竞相怒放，这些梨树一棵棵枝叶挺拔，在正午阳光的照射下，反射出一片绿色的光芒，微风吹过，树叶哗哗作响，就像想象中的万马奔腾。我站在山脚下，仰看大堤上的蓝天白云，对大自然的神奇造化万分惊叹。我没想到，通过人为的努力，大自然的功能如此令人惊奇，但我脑海里随即闪过我爷爷的身影，我知道，这些充满活力的万亩梨园，正是以消耗我爷爷的生命为代价，才换来了现在的生机盎然。我在山脚下想我爷爷种树的动机，但终于没有想明白。于是我分开梨树的枝条，沿着我爷爷踩出来的小路，先到了春生的窝棚。春生一班人还在打牌，春生看见我，把牌交给了另外一个人，神秘兮兮地拉住我，迫不及待地说："你怎么才过来，这么长时间干啥去了？"我没搭腔。他又说："傻根，告诉你一个好消息，我成功了。"我用眼翻了他一下，说："你成功什么了，是不是打牌又赢了？"春生说："我熬制的羊肉汤成功了。"说罢，他把我拉到窝棚外，指着山脚下的一片空地，兴冲冲地说："看，那就是我熬制的羊肉汤。"我顺着他手指的方向看去，只看到一片空地是新翻的，上边没长任何庄稼，而空地的周围却是茂密的庄稼地，庄稼地的上空是蓝天白云，蓝天白云的下边鸡飞狗叫，鸟飞兔走蚂蚱跳，还有几只蛤蟆叫，除此之外，就什么也看不到了。我扭头看了看春生，莫非这小子又在耍我？但看他一本正经的样子，又有点不像，我又往他手指的方向看了看，仍然什么也没有发现，我想，这小子莫非神经了，要不然，就是我的眼睛不行了？春生看我怀疑的态度，不禁得意了，他说："看不明白了吧？来，我让你开开眼。"说着，就向山脚下走去。我迟疑了一下，不知道要不要跟过去，但最终还是不由自主地跟去了。春生走到山脚下，伸手掀开一块地板，下边露出一个洞来。春生说："敢不敢下去？"我说："有什么不敢的？"但心里却有点怯，我往四周看了看，四周一个人影也没有，我心想，这小子不会又使什么坏吧？却听到春生又在叫我，我心一横，走了下去，看到这是一个新挖的地道，上边篷了木板，下边一个很长的走廊，走廊的南侧，一溜放了五口大锅，锅的下边，熊熊的火烧得正旺。春生得意了，他说："看到了吧，这就是我熬制的羊肉汤。"他指着最边上的一口锅，说："这口锅里是羊肉，还有羊骨头，羊肉汤要想好，必须骨头和肉一起熬，这样的汤才出味，有营养，补钙，但是熬制的时候不能跑味，不然就不鲜了，这回知道我为啥要把锅埋在地里了吧？这些锅是全封闭的，只有着火的地方能看到，其他什么也见不到，就连烟味都闻不到，所有的味道只在地里头流转。"他又指着第二锅说："这只锅里是佐料，所有的佐料都在这里，别人熬羊汤是把肉和佐料放在一起，我把它分开了，看着是分开了，其实还在一起，这两只锅虽然都埋在地里，看上去互不干涉，其实有一个管道是相通的，这个管道外边看不到，你刚才是不是什么也没看到？"我点了点头，春生说："这就是了，我熬制的羊汤，既节能又环保，在地上什么也看不到，其实下边却五味俱全。"他又指着第三口锅，说："这口锅里是辅料，葱花、姜丝、蒜瓣和香菜，还有一个最重要的，你不要往外说。"他趴在我耳朵上说："这个就是我们黄河古道生产的野蘑菇，熬制羊肉汤，佐料再齐全，少了这道野蘑菇，味道照样不鲜。"我不知道熬制羊肉汤需要不需要野蘑菇，但看春生的样子，他确实找到了熬制羊肉汤的方法，我知道，他之所以能找到法门，多亏了凌烟拿来的配方，想到凌烟帮助春生获得了成功，我的心痛得跳了一下，想到春生成功后的结果，凌烟很可能要成为他的老婆，我的心又痛得跳了一下。春生看我的脸色不对，对我说："傻根，你怎么啦？"我强忍住心痛，说："没事啊。"春生狐疑地看了我一眼，说："你能猜到这口锅里是啥吗？"我摇摇头，春生说："量你也猜不到，这口锅里全是酒，为什么是酒知道吗？"我又摇摇头，春生说："你看这几只锅，有什么不同吗？"我仔细看了看，说："那只锅要高一些？"春生说："这你说对了，边上的那只锅位置最高，其他的依次都低，这些锅受热以后，蒸腾的水气会按高低不同的方向进行流转，最边上的是羊肉，它受热后产生的水气要向第二只锅里流转，第二只锅里是佐料，受热后会向第三只锅里流转，第三只锅里是辅料，受热后会向第四锅里流转，第四只锅里是酒，蒸腾的烟气在这里汇合，这个酒就起个过滤的作用，把所有的杂质和羊肉的膻味和佐料的药味统统在这里过滤掉，然后都自动汇集到最后这只锅里。"春生指着最后一只锅说："这是一个保温锅，这个锅不加热，不但不加热，反而起个冷却的作用，其他几只锅受热后，热气没地方排泄，只能通过管道往这里汇集，若要往这里汇集，就必须要经过酒锅的过滤，最后过滤掉的水蒸气在保温锅里冷却，重新变成了水，这水就是熬制好的羊肉汤，经过加热、蒸腾、过滤、冷却后变成的羊肉汤，就不同于一般的羊肉汤，我给这汤起了个名字，叫'天物汤'，已经申报了专利。"我像听天书一样听着春生的讲解，最后都听呆了。春生看我发呆的样子，对我说："听我讲解了半天，你要不要尝尝羊汤的味道？"我点点头，春生从保温锅旁边拿出一只杯子，说："这个保温锅上我按了个自动开关，想喝汤时一拧开关就行了，锅里没汤时，就可以对这几只锅进行加热，肉和佐料没味了，重新添加就行了，如此循环，什么时候都可以喝上羊肉汤。"我没想到一个羊肉汤让春生摆弄得如此复杂，我随口问了一句："这汤多少钱一碗？"春生笑了，春生说："这要看谁喝了，你要喝，一分钱不要，这里还有你的股份呢，酒是你的股份；要是别人喝那就贵了，来这里打牌的，一碗最低一百元人民币。这还是我心情好的时候，我要是心情不好，二百块钱也是不卖的，前几天二愣打牌的时候接到一个电话，说是他奶奶不行了，临咽气前想见二愣一面，二愣当时就哭了，说奶奶受了一辈子苦，临死前还能想到他这个当孙的，真让他感动，想想也没有什么能表达孝意，就给奶奶带了碗羊肉汤，没想到他奶奶喝了这碗羊肉汤，到现在还活得好好的，我的羊肉汤有起死回生的功能，你说能不卖贵些吗？"我不理会春生说的能不能起死回生，但我尝了尝春生递给我的羊肉汤，确实是我长这么大没有品尝过的鲜味，两口下肚，我觉得脑子陡然清醒了很多，往情旧事一齐涌上心头，忽然就有了想作诗的冲动，我觉得脑子格外清晰，清晰到这样的程度：我想这棵树要断了，这棵树果真就断了。我说："好汤。"春生笑了，春生说："这回服气了吧？还给我争凌烟吗？"我的脑子霎时清醒了，原来这小子是为了这个，我说："凌烟是我的，谁也别想打她的主意。"春生说："你小子真是不自量力，你知道我的羊肉汤一旦对外开放，象征的是什么吗？我就是百万富翁、千万富翁，你想想，一个穷小子和一个千万富翁争女人，后果是什么？不用说你也该知道？"我说："你都是百万富翁、千万富翁了，还和一个穷小子争什么爱情，你不嫌掉价吗？再说，以你千万富翁的身份，到哪里不能找到沉鱼落雁之容，何必为一个乡村女子和一个傻小子争风吃醋呢？"我看到春生一脸的无可奈何，他想了想说："你说这些都没用，我就是放开你，你也得不到凌烟，因为你和凌烟打过赌，你连和她说话都不能，又怎能走到一起？"我想了想，说："那个打赌不能算的，那是她单方面提出来，我没有思考成熟，上了她的当，她要想不让我纠缠她，我们从新打赌，这次如果她赢了，我就坚决放手。"春生说："你要打什么赌？"我想了想，说："我要和她比猜心事，如果我能猜中她怎样想的，她就要嫁给我，如果我猜不中，就算我输了，我们两人的感情一笔拉倒。"我看到春生的脑子在飞快地旋转，这个数学天才在调动所有的脑细胞计算我输赢的概率，在他认为有确切的胜算以后，他笑了，他说："就按你说的，你们再比赛一次，如果你输了，你就不能再纠缠凌烟了，也不能再干涉我和凌烟的事情了。"我点点头，说："要是凌烟输了呢？"春生说："那我就退出和凌烟的感情竞争。"我说："你说话可靠话？"春生说："大丈夫一言既出，驷马难追。"于是我们打手击掌，约定了比赛的事情。

离开了春生的窝棚，顺着上山的小路我去找我爷爷。我看到，路旁的梨树已经没过了我的头顶，低处的梨不时碰着我的腿，高处的梨不小心就砸着了我的头；我看见碰着我腿的梨大而少，砸着我头的梨多而稠；我还看见，碰着我腿的梨都是矮品种，它们一个个藏在叶里边，上边都插了一个小牙签，而碰着我头的梨树要高一头，这些梨树的梨都长在叶外边，只能先看到梨才能看到叶。我拔开沉甸甸的梨果，小心翼翼地行走在梨行中，我看见梨树下有蚂蚱跳青蛙叫，时不时还有兔儿跑，而梨树上，却有蜜蜂飞，鸟儿叫，天空上边白云飘。怪不得我爷爷要在山上种梨树，怪不得种了梨树他就不想下山，原来在这里种梨树竟然有这样的好处。我从西边找到东，又从东边找到西，最后终于在一块小山坡下找到了我爷爷，一见我爷爷，我的鼻子一酸，眼泪就掉了下来。我爷爷吃了一惊，他说："小宝啊，你哭什么呀？"我说："爷爷，你瘦了。。"爷爷笑了，爷爷说："我觉得你为啥哭哩，原来是为这个，爷爷瘦是瘦了，但爷爷心里是高兴的啊。"说的也是，爷爷虽然身体是瘦了，但爷爷种的梨却绿遍了整个大堤，冲着这一点，我认为也是值得的。我看着爷爷裸露着的勒骨，不由得说："爷爷，我长大了，一定孝顺您，有好吃的，先让您吃。"爷爷又笑了，爷爷摸了一下我的头，说："还是俺宝儿知道心疼爷爷，可爷爷恐怕等不到那一天了。"我说："爷爷，你一定能的，我妈妈经常说你是老不死的。"我看到爷爷的脸好像笑了一下，又好像没有笑出来，爷爷说："宝儿呀，有些事你是不懂的……这些天不见你，你都干啥去了？"于是我把这些天的情况向爷爷说了一遍，看到爷爷听得出了神，我特意对爷爷说："爷爷，到了里边，你可不能乱咬啊？"爷爷说："咬什么？"我说："咬人呀。"说："咬什么人？"我说："咬你的同党啊，电视里经常播，共产党员宁死不屈，你要是进去了，还没有打你你就招了，那多丢脸啊。"爷爷说："看你这孩子，胡说八道些什么？——你看爷爷能进去吗？"我说："差不多吧，二马已经招供了，说你收了他五千块钱。"我看到爷爷没有说话，好像在思索什么。我说："爷爷，你为啥要收他们的钱呢，你是缺钱花吗？"爷爷叹了口气，爷爷说："你小孩家懂什么，给你说了你也不懂，对了，小宝啊，爷爷要是进去了，这些梨树都是你的了，要是这些梨树都归你，你准备怎么办？"我说："我才不要你的梨树呢，我也不要爷爷进去。"爷爷说："真是个好孩子，我们说这些干什么，我让你看我是怎样培育酒梨的。"爷爷说完，拉着我来到一棵梨树下，我看到这是一个大而少的梨树，树上的梨子已经有拳头大小了，爷爷为了防止梨子坠在地上，在枝条上搭了个支架。我看到，这棵树上的梨虽然大，但果实却比别的树上少得多，也许是第一年的缘故，上边只有稀稀疏疏七八个果子，果子上边都插了一个牙签。爷爷拿出了一个袋子，从袋子里拿出了一个酒壶和一把剁好的筷子，还有一个经常打屁股的针筒，我看到爷爷从梨子上拔掉了牙签，用针筒抽了酒壶里的酒，看着针筒里的刻度把酒注射进了梨子里，然后把削尖了头的筷子插进了梨子了。爷爷扬扬得意，对我说："看到了吧，这就是爷爷发明的酒梨，到明天长大了，爷爷就不请你喝酒了，请你吃梨，就等于请你喝酒了。"我知道爷爷喜欢喝酒，他的一生，可以说成也在酒，败也在酒。若干年前，就是在酒后，他闯进了我奶奶的房间，然后才有了我妈妈，然后才有了我，然后才有了今天的这一切。他虽然喜欢喝酒不假，但是，要想在梨树上也培育出酒来，是不是有点异想天开？在他身上，我忽然看到了春生的影子，这住在后山上的一老一少，是不是都神经了？要不然，就是撞邪了。我抬头看了看天，天空里艳阳高照，在梨树与天空之间，有一只雄鹰在盘旋，这只鹰一会儿展翅高飞，一会儿抿翅徘徊，猛然间，它一头扎进梨树丛里，等到再飞起时，爪子上已经抓住了一条蛇。我说："爷爷，你下山休息几天吧，等养好了精神，再上山。"爷爷说："傻孩子，爷爷养什么精神？你下山告诉二孬，就说今年的梨王大赛，我要参加。"我看到爷爷的眼里燃烧着激情的火花，那是对今年的梨王赛充满了向往。我知道，今年的采梨节有爷爷参加肯定会更加精彩，同时为爷爷这么大年纪还有这样大的志向感到无比骄傲，我说："爷爷，我一定把你的意思向村委传达到，欢迎你参加今年的采梨节。"我的话音刚落，忽然就看到我爷爷弯腰咳嗽起来，起初只是很小的咳嗽，接着咳嗽声就越来越大，我看到我爷爷的咳嗽声穿过梨行，惊起了一群飞鸟，我还看到，树林里的蟋蟀、蚯蚓、蚂蚱、蛐蛐，还有一些不知名的小虫也被我爷爷的咳嗽声惊醒，接着就随着我爷爷的咳嗽声和鸣起来，我听到我爷爷的咳嗽声越来越大，在他的咳嗽声中，我感到整个大堤都震动起来，而他的腰却越来越低，到后来就咳嗽得直不起腰来了。

十三

　　我继续练习放屁。我发现，放屁也有它的规律，如果早上一起床就能放个屁，那么这一天放屁就比较顺利，想放屁时就能放得出来，不想放屁时就能控制得住。相反，如果这一天你费了好大的劲才憋出一个屁来，这一天放屁就不顺利，有时候使劲大了，就能弄出屎花来。这一天早晨，我刚睡醒，就不自觉地放了一个屁，差点把我从床上弹起来，我高兴极了，这些天的努力总算有了收获。我现在放的屁声音既大，劲儿又足，有时不自然的就能放出屁来，我躺在床上，正在为下一个屁酝酿情绪时，喇叭里忽然传来秋生的声音，他在喇叭里通知我去村室开会。近段时间以来，他都是通过喇叭来吆喝我出去办事，不再来家里找我了，看在凌烟的面子上，我也就迁就了他。我出了门，慢吞吞地往外走，我妈已经在院里的槐树下练习她的豫剧了。这次她唱的是青衣，长衣水袖，浓妆艳抹，嘴里咿咿呀呀，看见我，就用道白的口气问："我儿要到哪里去？"我装作没听见，继续往外走。自从发现她和我后爸石班的做爱场面后，我就一直不大搭理她，相反，我的冷淡态度换来的却是她加倍的热情，她比以前更喜欢关注我的事情。我出得院门，便听得我妈冒出了一句："大胆黄盖，竟敢顶撞本帅，左右，给我拉出去狠狠地打……"我出了门，便来到了村里的公路上，一抬头，便看见二孬在路边上蹬他的摩托车，二孬喜欢开摩托车，特意在外地托人买了一个大架的摩托车，每天没事时喜欢在村里遛几圈，他开摩托车时喜欢戴墨镜，把油门轰到最大，嗡嗡声震耳欲聋，他喜欢那种感觉。可是这次不知怎么了，他的摩托车怎么也发动不着了，走到他身边，我忽然想放屁，我知道这个屁声音肯定很大，就想借他的摩托车声掩盖住，我瞅准机会，趁他蹬摩托车时把屁放了出来，我看到二孬听到我的屁声后，挂上档就走，结果一下子从摩托车上摔了出去，原来他把我的屁声当作是摩托车发动着了。他从地上爬起来，恶狠狠地说："刚才什么声音？"我看了他的样子，有些害怕，就说："不知道。"他围着我转了一圈，说："肯定是你放的屁。"我说："我没有放屁。"他狐疑地看了我一眼，说："真没有？"我说："真没有，不信你闻闻？"二孬说："你爹才闻你的屁呢。"说完，仍然去发动他的摩托车，没想到这一次一下子就发动起来了，他说："你小子要是再不分场合地乱放屁，小心我收拾你。"说完，骑上摩托车，一溜烟儿地走了。

无端地受了二孬一场气，我的情绪低落起来，在村室开会时也无精打采。开会讨论两个事，一个是我爷爷的事，乡里对这个问题又催了，秋生和我还得去调查，还有一个事情，就是采梨节开幕的事，文艺演出节目准备的进展情况。我对这两个事情都不感兴趣，我关心的是我的放屁问题，因为二孬就坐在我对面，这时候我要放个屁，肯定赖不掉。可是，怕鬼有鬼，偏偏这时又有个屁要出来，我就咬了牙，使劲要憋住，但终于没有憋住，我的屁声把正在开会的一帮人吓了一跳，二孬白了我一眼，说："这回是你吧？"我看了看二孬，没有吭声。可是过了一会儿，我又一个屁要出来，就在椅子上扭起来，二孬看了，问："你怎么啦？"我说："我把放屁改成振动了……"

散会后，秋生和我商量，关于我爷爷的事情，应该先找谁调查合适。我俩掰着指头把人员算了一遍，最后决定去找老贾和老罗。老贾在村里当医生，容易找到；老罗在外边跑车，刚回来在家里休息。再说，这两人年纪较大，和其他人比起来素质较高，容易配合工作。我俩出了村室，往村子里走去，刚走到庆生家门口，猛然听到一声吆喝："曹操兵多将广，将军以少敌多，无疑以卵击石，我看还是降的好……"原来是庆生这小子全副披挂，在演黄盖，想到我出门时我妈的那句道白，我知道他们要合演《火烧赤壁》了。我一向看不起庆生，对他和我妈在一起演戏，一想起来就不舒服，我走过去对他说："你会演戏吗？演砸了，你这个老脸就要钻裤裆里边了。"没想到庆生一点也不生气，他笑呵呵地说："我怎么不会演戏，年轻时，我上台唱的都是主角，你妈头一回唱戏，还是跟我学的，你去打听打听，咱村里像我这样年纪的，哪个不会唱戏，你以为都像你一样是傻瓜？"我被噎得无言以对，我说："小心二马收拾你。"我看到这老东西立马变了脸色，他说："你说什么？"我有点害怕，我说："我没说什么。"庆生说："你要敢胡言乱语，小心我撕烂你的嘴。"我说："我没说什么，你问秋生我说啥了？"拉着秋生，赶紧走了，刚走出两步，一棵柳树后闪出二马来，二马说："傻根啊，你和秋生书记干啥去，好长时间不见你了。"我说："见我干什么，你盯紧庆生就行了。"我看到二马的脸色也变了，二马说："我听见那东西在唱黄盖，他是不是和你妈要唱《火烧赤壁》？"我说："可能是吧。"二马立马喜上眉梢，他说："他要是演黄盖，他的死期就到了，我这就去找你妈，我演打黄盖的小军，看我不整死他。"刚要走，又返回来说："这个事就你知道，千万不要往外说。"我说："我凭什么不说？"二马说："好弟弟，你要是说出去，就不灵了，你以后有什么事，找到我，哥哥一定帮你的忙。"我说："那我想想吧。"二马欢天喜地地走了。我知道这回有好戏看了。

老贾的院子在村东头，两层楼五间门面，院子里的地都进行了硬化，中间栽了几棵芭蕉。进了他的院门，看到院子里站了半院子的人，有的在吵闹，有的在看热闹。我说："不会是老贾医死了人？"秋生说："不像，要不然，比这要热闹。"我们进了院，站在旁边听了一会儿，才明白事情的原因。原来是邻村的一个妇女，抱着小孩来看病，病也不是什么要紧的病，就是小孩光闹，不喜欢吃奶，老贾给小孩进行了检查，最后在妇女的乳房上捏了一把，说："这个妇女的奶水不够。"没想到这个妇女不愿意了，原来抱小孩的是孩子他姨。两人争执了半天，老贾说："我也不知道是孩他姨，看她的乳房有恁大，我觉得是孩他妈呢，你是孩他姨,为什么不早说。"那个妇女说:"你也没问我是不是孩子妈,你伸手就摸了吗?"两人吵得不可开交,秋生拉了我,说:"我们走吧,找他今天是办不成事了。"我说:"他们这样吵,老贾的媳妇为什么不出来?"秋生说:"经常碰到这样的事,他媳妇都已经麻木了。"我说:"就他这行为,亏他还能干这些年医生。"秋生说:"咱不评论他的事,咱到老罗家去看看吧。"

　　老罗家在村子最北头,是一个独门独院,院门前有几棵柳树,柳树下是一片空地,停着一辆大卡车和一辆油罐车。我和秋生来到老罗家的院门前,探头往里边看了一下,刚想叫门,忽然就愣住了,我们看见老罗家的堂屋里,坐着两个戴大檐帽的人,再仔细一看,乖乖,竟然是警察。我和秋生都不自觉地往后退了两步。秋生看看我,我看看秋生,都没有说话,愣了一会儿,没有人看见我们,也没人搭理我们,无奈之下,秋生咳嗽了两声,我看见老罗听见了咳嗽,在屋里站了起来,他向两个警察说了句什么,警察点点头,老罗便向门外走来。秋生看老罗走近了,把老罗拉到一边,用下巴指了指院里,问:"里边咋回事?"老罗说:"我摊上事了。"秋生说:"是啥事?"老罗向四周看了看,说:"说来话长,我不是有两辆车吗?一辆跑运输,往西藏送菜;一辆是油罐车,为几家加油站拉油。这两辆车来回都要从城东关过,东关有个超限检查站,每次路过那里,都要掏过路费,多少不等,主要看你拉的货物是多是少,只要不掏过路费,无论拉的货物是多少,都要进行罚款。为了省事,我一般情况下都是每次过车掏五十块钱的小费,这一次我到山西拉油,到了地方没有货,我空车回来,满想这次不用掏小费了,没想到检查人员看我没掏小费,就坚持要进行检查,上磅称了一下,还是按满吨货物进行了罚款,我当时很生气,就要了罚款单,把车开到超限站旁边停下,说是要去吃东西,让他们帮忙看着,由于经常打交道,彼此都很熟了,他们就答应给看了。我到外边转了一圈,回来一检查,满车的油没有了,我拿着罚款单让超限站的人解释怎么回事,他们也说不出所以然来，于是我就报了警，家里的警察是来了解情况的。"
我说："你这是敲诈，要负法律责任的。"老罗说："我怎么敲诈了，我手里有条，上边白纸黑字写得明白，我满满一车油，刚交过超载罚款，车没动地方，一车油没有了，不找他们要找谁要，你认为现在的老百姓还像以前那样好欺负，想捏扁就捏扁想搓圆就搓圆，我们也要敢拿起法律的武器，维护自己的合法权益。"
我说："你这是合法权益吗？"秋生拦住了我，秋生说："我们今天来，主要是落实老支书盖房收钱的事，你家的房子盖好了，老支书收你家多少钱？"我看到老罗愣了一下，但他马上说："你看我现在的样子，有心情说这个事吗？再说，盖房的也不是我一人，你们先到其他几家去问问，等我处理好了手边的事，咱们再细说好吗？"看到秋生还想说什么，老罗说："警察同志都等急了，我就不送你们了，有时间再见。"说完，转过身，就进了家门。

看到老罗进了屋门，我忽然感到了一阵燥热，我说："这个老罗也太没有礼貌了，竟然连家门都不让我们进。"秋生说："还不是有几个钱烧的。"我说："天气真热。"秋生抬头看了看太阳，说："就是很热，今天中午我请客，你想吃什么？"我说："到哪里去吃？"秋生说："你说。"我知道秋生的意思，他是想去后山喝春生的羊肉汤，春生的羊肉汤现在已经小有名气，周围数十里的人都慕名前来品尝，秋生也想去喝一次。可我因为凌烟的事，说什么也不想上他那里去吃饭。可上哪里去吃呢？村里还有一家饭店，那就是阿祥酒家了。阿祥也是我的对头，他的酒家紧挨着村里的学校，而学校又是我的伤心之地，说实话，阿祥酒家我也不想去，可不去阿祥酒家，就要去后山喝春生的羊肉汤，权衡再三，我还是选择了阿祥酒家。

我和阿祥的恩怨要说到好几年前，那时候凌烟已经在学校里毕业，在乡里上高中了。我在学校里喜欢上一个女孩，她的名字叫小英，就是现在阿祥的媳妇。那时候阿祥还不喜欢小英，他喜欢别的女孩，至于喜欢谁，我现在已经忘记了。只知道我当时很喜欢小英，就像现在喜欢凌烟一样。可是我喜欢小英，小英却不喜欢我，我就去找阿祥帮忙，商量怎样能让小英喜欢我。阿祥出了个注意，他自愿扮演个流氓角色，在放学路上去调戏小英，然后让我英雄救美，说那样小英肯定会感激我，然后由感激生情，说不定就能把她搞定。我听了这个主意，知道他是从电影上学的，但是除此之外也没有很好的办法，我们决定试一试。我对阿祥的牺牲精神非常感动，专门从我妈那里偷来了钱请他搓了一顿，阿祥信誓旦旦，说为朋友两肋插刀在所不辞。那天是星期五，在放学路上，阿祥拦住了小英，他说："小妞，陪哥们儿玩玩去。"没想到小英看了看他，竟然说："好啊。"然后两人勾肩搭背地就走了。我躲在旁边的小树林里，正等着英雄救美呢，没想到出现了这一幕，我气得鼻子都歪了，人常说"为了朋友两肋插刀，为了女人插朋友两刀。"没想到这句话在我身上实现了，从此后我就不搭理阿祥了。我之所以中途辍学，很大程度上也和这件事有关，后来我爷爷也知道了这件事，对我不再上学一直耿耿于怀。现在，村里凡是有钱的人都盖起了楼房，唯有阿祥盖不起来，这也和我不上学有很大关系，爷爷在借这个事报复他，我知道这是爷爷公报私仇的唯一范例。

　　我和秋生来到阿祥酒家，阿祥正在灶上忙活，看到我们两人，小英赶紧过来招呼。我和秋生要了个雅间，进了房间，我就把鞋脱了，大咧咧地坐在椅子上点了四个菜，小英拿来茶水，立刻就遭到了阿祥的一顿骂。阿祥说："秋生书记轻易不来，你放的好茶叶还能再生不成？"慌得小英连忙去换了好茶，阿祥又从灶上下来，媚笑着给我递烟，我仰着头没有理他。头一个菜上来了，是凉拌猪蹄，我拿起筷子刚要吃，突然就闻到了一股臭味，我让秋生闻了闻，秋生也说臭，我把小英叫了过来，让她闻，她闻了，也说臭，就把阿祥叫了过来，阿祥说："不可能臭啊，我早上刚煮的，煮好就放冰箱里了。"说罢，他也闻了闻，也说："就是臭。"他的眼珠转了转，对我说："你把鞋穿上看看？"我瞪了他一眼，说："你的猪蹄臭了和我穿鞋有什么关系？"可是说归说，我还是把鞋穿上了，说也奇怪，我一穿上鞋，臭味立马就没有了。原来是我的脚臭，我一下子红了脸，低下头吃东西，再也没有吭声。

我们闷头吃饭，秋生要了一瓶啤酒，我要了一瓶饮料，我妈不许我喝饮料，她说小孩喝饮料不好，容易得白血病，我不听她的，偏偏就要了饮料。我和秋生碰了一下杯，一仰头，一饮而尽，刚把杯子放下，便听到了一阵朗朗的读书声，原来这里和学校就一墙之隔，坐在屋子里，不但能听到孩子的读书声，从窗子里向外望去，还能看到孩子在读书。我听到一个声音说："同学们静一静，下面我们用'祖国'来造句，谁先说？"我听出这是凌烟的声音，精神立马一振，立即全神贯注地听她讲课。我听到一个声音说："老师，我先说。"我听到凌烟说："好的，小丽同学你说吧。"小丽说："祖国是我的母亲。"凌烟说："说得很好，小明同学，该你了。"我听到小明回答说："祖国是小丽的母亲。"立马引起了一阵哄笑声，这笑声不是小孩子们发出来的，原来是接孩子们的家长发出来的，他们围在窗户边，正在听凌烟给孩子们讲课，听到小明的回答，不觉地笑出了声。我听到凌烟继续讲课，她说："革命已经成功了，我们把红色改一改，同学们看用什么颜色好？"小明说："蓝色，天是蓝色的。"小丽说："绿色，草是绿的。"我看到凌烟摇摇头，小灵说："紫色，红过了头就是紫色。"凌烟说："也不对。"这时候，我看到站在窗外的老话忍不住了，他大声喊："特色，是特色……"我听到凌烟说："恭喜你，这个老爷爷答对了，大家鼓掌……"我看到一群孩子一起向老话鼓起掌来。这时候，放学铃声响了，我看到孩子们像小鸟一样飞出了教室，而凌烟也和另外一个叫小琴的老师，一起向校门外走来。走到校门口，我看到凌烟和小琴被一群孩子拦住了，其中一个小女孩问凌烟："老师，我问个问题，好吗？"凌烟说："你问吧。"小女孩说："我奶奶八十岁能怀孕吗？"凌烟说："不能。"小女孩又问："我姐姐十八岁呢？"凌烟说："能。"小女孩说："那我八岁呢？"凌烟说："不能。"我看到小女孩旁边一个男孩说："看，我说不能吧，你偏不信……"我看到凌烟照那个小男孩头上拍了一巴掌，然后向阿祥酒家走来。

这时候，秋生拿胳膊碰了碰我，说："喝啊。"我才从刚才的魂不守舍中醒过来。我知道，看到刚才的孩子们，我又沉浸在我上学的时候了，我一思考问题，就忘了眼前的世界，可能是我的老毛病又犯了。我喝了一口饮料，刚想吃菜时，便听到凌烟说："老板，给我们下两碗面条，来两个菜，再来桶饮料，天气热，下午还有课，不回家吃饭了。"我听到阿祥说了声"好咧。"就又到灶上忙活去了。我的心"咚咚"地跳了起来，我亲爱的凌烟啊，我终于又见到你了，这次离你又是这样近，真是老天有眼啊，可是一想到我和她的打赌，我又心灰意冷，要是这样下去，我什么时候才能和她说话呀？想到一和她说话，我就要永远失去她，我不禁呆住了。

秋生看我的样子，也不来管我，只是自己喝他的啤酒。我的眼一直看着凌烟，自从她进了屋，我的眼珠都没有离开过她。我看到她喝了饮料，吃了饭，然后来到柜台前，她对阿祥说："算账。"阿祥脸上堆满了笑，说："吃好了？"凌烟点点头，阿祥说："一共三十四元，别给了？"凌烟说："饮料就算了吧？"阿祥说："好，去掉饮料，给三十元，下次再来呀。"我看到凌烟点点头，和小琴又向学校走去。这时候，秋生说："你到底吃还是不吃？"我才想起我还没有吃饭呢，我慌忙吃了饭，小英过来收拾桌子，我看大热天小英打扮得一本正经，就说："大热天的戴个奶罩，你不嫌热啊？"小英说："我要是不戴，怕你要热。"我还想说什么，秋生说："吃好吗？吃好我去算账了。"我只得跟着秋生走了出来，我们要了四个菜，一瓶啤酒两碗面条和一桶饮料，阿祥算到了五十块钱，我说："饮料就算了吧？"阿祥想了想，说："饮料忘算了，一共五十四。"秋生白了我一眼，掏出五十四块钱递给阿祥，扭身出门走了。我快步撵上了秋生，秋生埋怨我说：

"饮料钱他都忘算了，你一提醒，他又记起来了，多花了四块钱。"我说："我看他给凌烟都免了饮料钱，也想让他给咱也免了，谁知道他小子会这样，要不然我给你四块钱？"秋生说："算了吧，没想到这小子这样不讲究。"我说："这小子早就想盖房子，你别让他盖。"秋生说："我肯定不让他盖，你爷爷当支书时他盖不起来，我当支书他同样盖不起来。"我想了想，又说："要不然，不让他家参加今年的采梨节？"秋生说："这个恐怕不行，没有正当的理由。"我还想说什么，但一时想不起说什么好，倒是秋生说："我想起来了，今年的采梨节，凡是盖了房子的，必须把交给你爷爷多少钱讲清楚，要不然，就不叫他们参加采梨节，这样，省得我们求爷爷告奶奶地找他们了，傻根，你说行吗？"我想了想，说："我不知道。"

十四

再见到我爷爷时，我发现他面有得色。我说："爷爷，你有什么喜事？"我爷爷摇摇头，说："没有啊。"我说："没有喜事怎么这样高兴？"我爷爷说："我高兴了吗？"我说：我看你高兴了，你肯定有什么开心的事？"我爷爷终于忍不住了，他站起来，对我说："宝儿，我叫你见一个事。"我跟着爷爷来到一棵梨树下，看见我爷爷拔掉插在梨子上的筷子，从树下的包裹里取出了一把自制的小刀，这把小刀形同挖耳勺，只是比挖耳勺要大一些，我爷爷把刀子拿在手中，先用布小心翼翼地擦了一遍，然后从包裹旁的酒壶里倒出了半碗酒，把刀子放在酒碗里消了毒，起身来到那个拔掉了筷子的梨子旁边，伸左手拿住了梨子，右手把刀子伸进了刚刚拔出了筷子的梨子里。我看到这个梨子已经长成了个头，拔掉筷子后梨子的正中间露出了一个黑乎乎的小洞，洞口有梨汁慢慢流出。我爷爷把刀子伸进洞口，顺着洞口在里边转了一圈，便挖了一些梨肉出来，再伸刀子进去，又挖了一些出来，不一会儿，整个梨子便成了一个空壳。我说："爷爷，你要干什么？"
我爷爷笑而不语，我见他从身下的酒壶里倒出酒来，用那个像小
刀一样的勺子量了满满两勺子酒，都倒进了那个像空壳一样的梨
子里，我看见我爷爷又把刀子伸进另外一个梨子，从那个梨子身
上挖下一块梨肉，堵在了这个灌满了酒的梨子身上，他仔细对梨
子检查一遍，确认一切完好后，对我说："好了。"我迷惑不解，
说："什么好了？"我爷爷说："你真的不知道？"我点点头，
又摇摇头，我爷爷说："酒梨好了，爷爷研制的酒梨啊。"我说：
"这就是你研制的酒梨？"我爷爷说："你不相信啊，跟我来，
让你见识见识。"我跟着爷爷穿过梨行，向最东边走去，我看到
我爷爷栽种的梨树丰收在望，大大小小的梨子成疙瘩连蛋地挤在
树上，我和爷爷小心翼翼地绕开它们，在最东边的一排梨树下站
住。我爷爷说："这些是早些时候培育的，应该已经能吃了，我
给你摘一个尝尝。"说罢，我爷爷从树上摘下一个梨子来，用手
里的小刀在梨子上挖了一个孔，对我说："尝尝爷爷新研制的酒
梨。"我从爷爷手里接过梨子，扑面便闻到了一股酒香，爷爷说："这
不是酒，你尽管品尝。"我说："怎样品尝，是吃还是喝？"爷
爷说："既然叫酒梨，当然是喝了，你放心，不会醉人的。"我
疑惑地看了爷爷一眼，看到他期待的目光，只得小心地喝了一口。
说实话，我不会喝酒，也不能喝酒，平时闻见酒味就不舒服，但
是这次喝下了我爷爷给我的酒梨，却没有任何不舒服的感觉，只
觉得一股甘甜的味道，从喉间一直到小腹，随之便感到精神一爽，
脑子立时清醒了许多。我说："好酒。"我爷爷说："错了，是
好梨。"我说："好梨。"我爷爷说："又错了，是好酒。"我说：
"到底是好酒还是好梨？"我爷爷笑着说："是好酒也是好梨。"
我咂着嘴说："咋会是这个味道？"我爷爷说："你不懂了吧？
我来告诉你，梨和酒放在一起，它们本来是相克的，过不多久，
梨就要坏掉，可那是从树上摘掉了的梨子，本身已经停止了发育，
如果是正在发育的梨子，碰到酒会不会死掉呢，我就做了个试验，

把酒倒进了梨里边，你知道，酒本身有腐蚀作用，碰到了梨肉，立即就要挥发，可是梨子在树上正在生长，它本身有抵抗作用，这样，一个要腐蚀，一个要生长，两股力量纠合在一起，谁也战胜不了谁，最后就中和在一起，最终就成了酒梨。当然，这事说起来简单，做起来就难了，要从小就培养梨子的抵抗力，你看到我从梨子小时候就插上一根牙签，大了就换成筷子，还要给它们用酒进行消毒，那就是培养它们的抵抗能力。"哦，我说呢，我终于明白了爷爷的良苦用心，但我还有一事不明白，我问："爷爷，你怎么想到了要研制酒梨呢？为什么不是其他梨，比如说饭梨，水梨，糖醋梨？"爷爷说："这个问题很简单，爷爷喜欢喝酒呗，所以爷爷就研制酒梨。"我说："你喜欢喝酒就买酒喝，也不一定非得研制酒梨啊，再说，研制的酒梨闻着有酒味，喝起来也没有酒劲，也解不了酒瘾啊？"爷爷说："你这孩子，就喜欢刨根问底，爷爷研制酒梨，也不一定就是爷爷自己用啊，再说了，爷爷先前也确实想通过研制出酒梨替代爷爷不再喝酒，但现在看来这个想法实现不了啦，爷爷年纪大了，再喝酒爷爷的身体受不了啦，但爷爷又戒不了酒，爷爷难受啊，爷爷之所以还能干点活，全仗这个酒力支撑着，一旦不能喝酒，爷爷就什么也干不成了。"我看到爷爷一提酒就来精神，真不知道这酒哪里是好了。我说："喝酒有什么好，给我也不喝的，看你喝了一辈子酒，最终身体还是毁在了酒上。"爷爷好久没有说话，停了一会儿，爷爷说："爷爷也知道喝酒没有好处，酒啊，装在瓶里像水，喝到肚里闹鬼，说起话来走嘴，走起路来闪腿，半夜起来找水，早上起来后悔，可是中午端起酒杯还是很美，爷爷这一生，可以说成也在酒败也在酒，当初要是不喝酒，就不会有和你奶奶的事情，也不会有你妈，也就没有了你，也就没有了后半生的是是非非，可是话又说回来，要是没有了酒，我又怎能做出其他的事情来？梧桐之乡，桐花节，万顷梨园，古道开发，酒梨研制，都是这口酒伴着爷爷啊，爷爷是个平凡人，但爷爷争取做些事力争让这辈子不平凡，难道说爷爷错了吗？"我说："你喝酒没有错，但你当支书，村里人盖房子你收钱就错了。"当下我把秋生的计划向爷爷说了，说："盖房子的人为了参加采梨节，肯定会把你的事说出去的，到时候，你就什么也说不清了。"爷爷听了，又是好长时间没说话，我看出爷爷心里很矛盾，有什么话想说又没有说出来。最后爷爷说："如果真有那一天，爷爷肯定会把其中的情由告诉给你，但你知道了，也不要向外说，有一点你要相信，爷爷是清白的，爷爷干了一辈子支书，这个职位虽小，爷爷看得却比较重，从不利用职权为自己谋私利，就是爷爷自己盖房子，也和大家一样交了钱的，是非功过，大家早晚会知道的。"我说："既然大家早晚要知道，你为何不向大家提前说明白，大家知道的越晚，对你越没有好处。"爷爷叹了口气，说："有些事就是烂在肚子里也是不能说的，今天的这些话，爷爷也就是给你说说，别的人，爷爷是不会讲的。"我说："你既然不讲，肯定对你没好处，贪污受贿，是要受到法律制裁的，你既然犯了法，还辛辛苦苦地干这些有什么用？说不定哪一天，你就要被警察带走了。"我看到爷爷眼里有亮光闪了一下，但他随即对我说："你怎么知道爷爷犯了法？爷爷为乡亲服务了一辈子，从来不做犯法的事，再说，爷爷即使犯了法，爷爷研制出的酒梨，也可以让后来人都记住爷爷的，这个，你信吗？"我点点头，又摇摇头。爷爷看了看我，说："小宝啊，你终究是个孩子，不理解爷爷的胸怀啊，爷爷告诉你一句话，你要记在心里，爷爷研制出的酒梨，还有春生熬制的羊肉汤，将来都会不同凡响的，只是现在人还不知道罢了，一旦知道，春生我不敢说，但你爷爷的有生之年，还是能为乡亲们做些事情的。"我说："爷爷想为乡亲们做些事情，我可以理解，但为什么非要拉上春生呢，他能干什么？"爷爷说："你不要小看了春生，他能做什么事，爷爷心里有数，你看堤下停着的那些车，可都是冲着他来的。"我顺着爷爷手指的方向看去，果真见大堤下停了好多车，这些车都很名贵，在阳光下闪着耀眼的光芒。我问爷爷："这些车都是干啥的？"爷爷说："他们都是来喝春生的羊肉汤的，春生的羊肉汤已经卖到了一百块钱一碗，来喝汤的人还是排成了队，每到中午，春生都要忙不过来的。"我这才知道春生的生意已经干到了如此地步。我说："我不要春生的生意这么好？"爷爷问："为什么？"我说："春生的生意一好，凌烟就要嫁给他了，我不要凌烟嫁给他，我要凌烟嫁给我。"我爷爷听我这样说，笑了，爷爷说："凌烟同意嫁给你吗？"我摇摇头。我爷爷说："那我就无能为力了。"我说："同意不同意我都要娶她……"接着，我就把和凌烟春生打赌的事向爷爷说了，我爷爷听了，说："和他俩打赌，你觉得能赢吗？除非凌烟自愿嫁给你，不然的话，你就是拿鸡蛋去碰石头，爷爷劝你还是死了这条心的好。"爷爷说出这样的话，我心里很生气，正所谓话不投机半句多，我扭身就要走，爷爷看我真生气了，说："爷爷有个法子，你到可以和春生拼一拼。"我说："什么法子？"爷爷说："等我死了，把这些梨树都给你，你也许才有些可能性。"我说："我不稀罕爷爷的梨树，也不要爷爷死。"我起身去找春生，要和凌烟比赛猜心事去了。

十五

士别三日，须当刮目相看。我不知道该怎样看现在的春生，短短几天不见，他的"天物汤"已经改成了"天物苑。"我看到，在我爷爷的山脚下，原先春生熬制羊肉汤的地方，春生用篱笆墙围起了一个占地数十亩的四方院，院子的正中央，用竹子搭起了一个大大的房子，房子的周围，用麦秸秆搭建了数十个大小不一的蒙古包，每个蒙古包前，都站了一个少女，一律穿着蓝底白花的上衣，头上戴着护士一样的白帽，脚蹬千层底的布鞋，猛一看去，虽然没有大酒店的富丽堂皇，但却有田野间的自然风韵，别有一番风情。我下了大堤，来到他的大门前抬头观看，只见木头搭成的大门上，"天物苑"三个字遒劲有力，我知道这三个字是教授写的，因为我跟他上过学，识得他的笔迹。我站在大门口，看到一条新开出来的小路直通向外边的马路，中间一律铺着河中的鹅卵石，小路的尽头，停放着几个车辆，不用说，都是慕名前来喝羊肉汤的人开来的。从大门通往大厅和蒙古包的小路却是青砖铺道，两边摆满了不知名的野花，引得蜜蜂和蝴蝶蜂飞蝶舞。俗话说有钱能使鬼推磨，看来有钱就是好办事，我从大门边来到院中的大厅，立即便有一个戴白帽的小姐迎了过来，她对着我微微弯腰，说："先生几个人，是点菜还是包桌？"乖乖，连包桌都有了，这次春生真玩大发了。我说："我找你们经理。"小姐说："你们有预约吗？"我装作听不懂，说："你说什么？"小姐说："我们经理知道吗？"我随口说："当然知道了，不知道我找他干吗？"我心想，我和凌烟比赛打赌，原本就是和春生约好的，他当然知道了。小姐说："既然经理知道，先生请跟我来。"我跟着这位小姐进了大厅，一进门，便看见凌烟正在柜台前埋头算账，我的心便"怦怦怦"地跳起来，她没有看见我，我也不能给她打招呼，小姐让我在大厅里坐下，给我端了一杯茶，说了声"先生稍等。"便进去找春生去了。我等了一会儿，看凌烟还是埋头算账，四周静静的，便觉得很无聊，便喝了小姐送来的茶，这茶颜色不是很重，看上去青青的，但喝在嘴里却有一股清香的味道，也不知道是茶叶还是别的东西泡成的。我想，春生这小子是不简单，一有钱，连茶水都是讲究的。刚想到这里，就听到后边的门帘一响，随即听到春生问："是谁找我？"我站了起来，说："是我。"春生看到我，吃了一惊，脸上骄傲的神态立马不见了，他说："是傻根弟啊，你怎么来了？"我说："我怎么不能来，这里还有我的股份呢。"春生说："那是，那是，说有你的，就有你的。"我说："什么叫说有我的就有我的，我没有股份吗？"春生说："当然有了……"我打断他的话，说："现在不说这个，我问你，你说话算不算数？"春生说："当然算数了，大丈夫一言既出驷马难追。"我说："好，那我和凌烟的比赛现在就要进行。"春生糊涂了，说："你和凌烟比赛什么？"我一下子来了气，这么重要的比赛他竟然能忘记？我大声说："和她比赛猜心事啊，我要是赢了，她就要嫁给我做老婆，这可是咱俩约定好了的？"我看到春生一副大梦初醒的样子，他说："你真的要比赛？"我说："当然要比赛。"我看到春生狐疑地看了我一下，我知道他脑子里又在盘算我能赢的概率，最后，他仿佛下了决心，对我说："好，你等一下。"我看到他转身来到凌烟身边，和凌烟轻轻说了几句什么，凌烟看了我一眼，点了点头，两人又说了几句什么，凌烟便笑吟吟地向我走来。我坐着没动，凌烟来到我身边，说："傻根啊，你来啦？"我说："这可是你先给我说话的。"凌烟说："是啊，你不是要比赛猜心事吗，不说话怎么比赛？"我说："既然要比赛，你可要想好了，待会儿我赢了，你可不能后悔？"凌烟说："傻根啊，你真是，你能赢吗？我不后悔，好了吧。"我说："口说无凭，咱要这些人来作证。"在我们说话之间，已经来了很多人，他们有的是来吃饭的，有的是天物苑的工作人员，听见我大声嚷嚷，不知道发生了什么事，跑来看个究竟。我见来了很多人，便起了兴头，我说："我要是输了，马上拍屁股走人，天物苑三分之一的股份也不要了，我要是赢了，凌烟就要做我的老婆，大家都是见证人，双方都不许抵赖。"我说到凌烟要做我老婆的时候，看到凌烟红了脸，用嘴咬住了嘴唇，想是心里着了恼。我不管这些，知道今天只要输了，就一辈子也得不到凌烟了，当下什么也不想，就说："开始吧。"凌烟走了上来，说："你猜吧，你猜我心里怎样想的？"我知道我无论说什么，她都会说不对，我就不让她说不对，我说："你心里想的是，不愿意给我当老婆，对不对？"凌烟脱口而出，说："你猜对了……"凌烟话音刚落，我便高兴地蹦起来，我说："我赢了，我赢了……"旁边看的人，经过一阵短暂的沉默，也都跟着叫起来，说："赢了，真赢了，这小子真赢了个老婆……"我知道这些人起哄的成分多，并不是有意在帮我，但我听了，仍然很高兴。在一片起哄声中，我看到春生垂头丧气，凌烟满脸尴尬，而众人一片欢声笑语，在一片喧闹声中，凌烟走到我跟前，趴在我的耳边，轻声说："今天晚上八点，我家没人……你快去吧。"说罢，用手推了推我。我看凌烟一眼，心里又重复了一遍她说的话，真不敢相信她说的是真的，我看看她，说："是真的？"她点点头，我推开众人，一溜烟跑走了，天啊，我是这个世界上最幸福的人了。

　　我一口气从后山跑回村里，直到大槐树下才停住脚步。我深吸了一口气，感到空气是这样清新，阳光是这样明媚，人生是这样美好。凌烟啊，我真的没有看错你，你让我享受到了人生最大的幸福。我咧开大嘴，畅怀大笑，笑声震飞了树上的一群小鸟，小鸟啊，对不起，我不是故意的，由这群小鸟我又想到了那个对我纠缠不休一直影响我睡眠的大鸟，这时我心里充满了深深的歉意，我不该打死你的小鸟，但是很快，我的心情又被欢乐所代替，不自禁地我又笑出声来，笑够了，我又跑起来，我从槐树下跑回家里，又从家里跑到村室，在村室大门口，我刚想再次大笑，便看见一辆警车开来，我一见警车，立马不笑了。我们村里人，怕的就是警察，即使什么法都不犯，见了警察也有一股天生的惧意，不但是我，我们村里人都是这样。我看到警车开到二孬家门口停下，从车里下来两个穿警服的人进了二孬家的门口，莫非二孬犯了什么事？我决心等着看一看，约莫一袋烟工夫，我看见二孬和两个警察从二孬家出来向村子里走去，我跟在后边看他们到底要干什么，见他们见一个家门，就进了一个家门，约莫一袋烟的工夫又从家门里出来。我走近细瞧，还发现其中的一个警察还在本子上记着什么，这越发引起了我的好奇心，我干脆走近细听，才知道他们问的是家里有几口人，和户口本上的人员相符不相符，家里有没有外来人口，有没有人员被政府管制过，如果近期有来村里走亲戚串邻居的，一定要向派出所里去报告。我看到派出所的两个人问到老话的时候，老话问了一句："来了亲戚为什么要去报告？"其中的一个警察大声喝道："叫你报告就去报告，哪来的这么多为什么？"其中的一个警察制止了他的同事，耐心地说："大爷，咱们的采梨节不是快到了吗？这次乡里请来了很多人，县、市、省以及中央的领导都有，我们不是要保证他们的安全嘛？再说也是为了你们好，我们付出汗水，赚钱的是你们……"原来是这回事，我立马没有了兴趣，我看见警察，我还觉得和我爷爷有关系呢，既然没有关系，我也懒得理他们，就像他们也懒得理我一样。但是经历了这件事以后，我却再也笑不出来，也懒得跑了。我懒洋洋地向家里走去，一进家门，就见一群人围住我妈正在排戏，里边有二马，也有庆生。我心想，二马和庆生竟然能在一起和平相处，这事情真有点不可思议，但是我没有继续深想，便进了我的房间，我要独处一会儿，细细品尝我的幸福。再说，我也真有点累了，我要养好精神，晚上好见我的凌烟。

我一觉睡到傍晚，爬起来看时，已经七点多了，我慌忙起床，洗脸刷牙找衣服，穿戴整齐，走出家门时，发现天气还早，树上的小鸟还没有归巢，我家院子里排戏的人还没有散去，路边的树林下，二汉和石友还在训练他们的家禽和家畜。我不管这些，既然凌烟和我约好了是晚上八点，我就要晚上八点到她家门前，我来到她家，只见大门紧闭，一把大锁锁住了大门，我一口凉气抽到了胸前，看来她家是没有人了？我不甘心，上前敲了敲门，里边当然没有人应，我又想了想凌烟说的话，今天晚上八点我家没人，原来果真没人，我愣愣地在凌烟家门口站了半个多小时，最后灰溜溜地回家了。

十六

清晨醒来，我躺在床上，手拿六个硬币，我想：如果把六个硬币抛出去，都是字面朝上，我今天就去上学，后来想了想，还是决定不冒这个险了……这是我十几年前的事情了，如今之所以旧话重提，是为了让大家更好地了解我的过去，理解我的现在，把握我的将来，也就是俗话说的倒插笔，在新闻写作中叫作背景交代。我躺在床上装睡，我妈在厨房里做饭，躺在床上，能听见我妈在厨房里忙活的声音，锅碗瓢勺一齐交响，让人听了温馨而充实。我后爸石班也已经起了床，他也在院子里忙着锯一根木头，铁锯与木头相击的声音像一群蚊子在我的耳边哼哼，搅得我心神不宁。那时候，我妈刚和我后爸结婚不久，我从记事起就没有见过我的爸爸，也就是我爷爷的儿子，他对我来说就像是武侠小说中传说中的高手，神龙见首不见尾，我只是在村中街坊邻居的口中听说他而已。我不知道我妈喜欢不喜欢我后爸，反正我知道那时候我妈把全部心思都放在了我身上，她做好了饭，先端来放在床头，然后轻声地叫"小宝，小宝……"然而总是叫不醒，我妈很着急，又不敢使劲叫，她知道我要是睡不过困来，醒来便会大哭，哭起来谁也哄不好。往往这时候只有一个方法，那就是凌烟来了，凌烟比我高两年级，我们在一个学校上学，她上学并不从我家门前过，但我妈还是让她每天来找我，一起去上学。这天，正当我妈束手无策的时候，我听到了凌烟的脚步声，接着便听到我妈妈在我耳边说："乖儿子，快起床，凌烟来了。"我懒洋洋地睁开眼，慢吞吞地穿衣服，喝鸡蛋汤时嫌没有勺子一下子把筷子扔出老远。说实话我不想上学，凌烟来了也不想，记得当时教我数学的老师是教授的女儿，她和我爸定了亲，马上就要结婚了，这时候，我爸喜欢上了我妈，她只得和我爸又退了婚。我知道，在内心里，她是恼恨我爸的，更恼恨我妈，也不会喜欢我。我是她和我爸退婚的直接原因，如果没有我，她仍然有和我爸结婚的可能，因为有了我，这种可能对她来说直接成了零，现在我在她班里上学，后果可想而知。等我吃完饭出来，凌烟早就等得急了，她一见我就说："自习课都上完了，你怎么才出来？"我看了她一眼，说："你来得太早了。"她当时来不及说什么，拉了我就走，一进学校门，自习课果真上完了，正是下课时间，学生们都在院里玩，我看到大明和小明在拍三角，小英和小霞在踢毽子，阿祥和阿强在跳绳，我看到轮到阿强跳绳时，阿祥站在旁边等，阿祥那时个子很小，流着两筒鼻涕，我看到鼻涕像两个虫子一样在阿祥的鼻子里出出进进，忽然来了好奇心，我问凌烟："你吃过鼻屎吗？"凌烟摇摇头，说："没吃过。"反过来，她又问我："你吃过吗？"我也摇摇头，说："咸乎乎的，谁吃那玩意？"话刚说完，上课铃就响了，我和其他人一起走近教室，这天早上是数学课，我一上数学课就犯困，上课没多久，就趴在桌子上睡着了，和我同桌的是阿祥，这小子的数学成绩本来还可以，自从和我同桌后，我一睡觉，他就犯困，后来我什么时候睡觉他就跟着睡，教授的女儿对我睡觉不闻不问，可能她心里巴不得我什么也不学，什么也学不会，她不问我，自然也不问阿祥，只是有一回，我打呼噜的声音过响，她揪住耳朵把我叫醒，对我说："让你读书，你就知道睡觉，你看阿祥，睡觉时也在读书。"我看阿祥时，果真头边枕着一本书，而我头下，什么也没有，这才想起来，我出门时，并没有带书，只带了一书包的连环画。我哑口无言，对老师的偏见内心却不以为然。她既然这样对我，我也想出了法子对付她，那就是写作业时我乱写一气，反正十以内的加减法我会，管他七加八等于几，我乱写一起，作业很快完成，这让凌烟刮目相看："咋写得这样快？"我暗暗好笑，心想：这个方法不能教给你，教给你你也学不会……就这样，从一年级到三年级我数学什么也没学会，到了四年级，一学分子和分数，就更加一窍不通了，不通就不通吧，反正我也不想学通，好在我的语文成绩还可以，这多亏了我那些连环画，使我小小年纪就博览群书，在那些乡村孩子中很轻易地就有了鹤立鸡群的感觉，特别是作文课，很得了老师的几次表扬，为此我很骄傲，一骄傲就想标新立异，就想再做几件让人刮目相看的事情，最好是能让老师都高看一眼的事情那就更好了。有一次，老师让我们用"难过"一词造句，我想了半天，终于想好了一个句子，轮到我时，我造的句子是这样的：我家门前有一条小沟很难过。记得当时语文老师看了半天未置可否，我到现在也不知道这个句子对还是不对。这里应该提一句的是，我的语文老师是老话的儿子，他是那个时期为数不多的师范毕业生，事实上他也确实年少有才，风流倜傥，讲起课来常常口若悬河，滔滔不绝。有一次他给我们讲故事，说的是《圣经》中诺亚方舟的事情，讲到地球发大水，把所有的生物都淹死了，我从他的话中听出了破绽，我问他："所有的动物都淹死了，你能确定吗？"他想了想，点点头，说："确定。"我说："那鱼呢？"我看到老师的脸"唰"的一下红了，好半天没有吭声……这件事发生以后，我发现老师对我的态度明显变了，我也说不上来他对我是更严格了还是更加放任自由了，反正有时候他好像更严格，我做什么事在他眼里都不对，总是能遭到他的挑剔；有时候却又相当的宽松，我就是翻天覆地他也不问，也可以理解为他懒得过问。不问就不问吧，我也懒得思考这其中的事，反正我是过一天少三晌，当一天和尚撞一天钟，最后我连语文课本也不拿了，满书包装的都是连环画，上课和下课都靠连环画打发时间，直到发生了这样的一件事。这一天上的是数学课，老师讲到多位数减法，遇到低位数不够时，可以向高位数去借，这时候我问老师："高位数要是不借怎么办？"没想到老师一下子把我拉了出来，让我站在墙角上，说："高位数不借，你就站着听……"事有凑巧，那天我妈看到天气变冷，到学校给我送衣服，看到全班同学都坐着听课，唯有我站在墙角，一下子就急了，当她看清讲课的是教授的女儿时，正所谓仇人相见，分外眼红，当下走到女老师跟前，"啪啪"便是两个耳光，当时我的数学老师没有防备，当看清是我妈时，两个人立刻厮打在一起。那场打架我不想再提起，因为那场打架对谁都不是光荣的事情，我妈撕掉了女老师的裤子，让女老师赤身裸体地暴露在全班同学面前，而女老师却撕破了我妈的脸，让我妈好长时间不敢出门。那场打架吸引了很多人观看，更让很多人茶前饭后添油加醋津津乐道，最后打架的结果是双方打官司到了我爷爷那里，最后这件事不了了之。我知道这件事表面上虽然结束了，但内里却留下下了很大的祸根，这些祸根最终都在我爷爷身上得到了体现。从我妈大闹校园以后，我在学校的地位彻底变了，语文老师再不敢对我吹毛求疵，数学老师对我不闻不问，校长见了我也礼让三分。有几个事例为证，有一次，有个师范刚毕业的女老师教我们常识课，她在黑板上画了个苹果，画完了，她问我们："这个是啥？"我回答说："这是个屁股。"老师的脸当时就变了，当她看清是我回答的时，就把校长找了过来，校长把我们班里的同学熊了一顿，当问清是我说的屁股时，校长朝黑板上看了看，说："这个屁股画的确实不错……"还有一次上语文课，老师说："谁回答好下一个问题就可以走了。"我听了，当时就把书包往窗户外一扔，老师说："谁扔的？"我说："我扔的，老师，我可以走了吗？"如此等等，不一而足，就这样，我混到了四年级，而凌烟却考上了中学，她就要从我们学校里走了。对了，我忘了说凌烟的事了，我之所以能在学校里上到四年级，多亏了凌烟也在学校里上学，也多亏了凌烟每天去找我上学，要不然，我早就在学校里没有兴趣了。听说凌烟要毕业，我心里非常伤心，有一次放学后，我们没有回家，而是沿着村里的小路上了后山。一路上，我都没有说话，心里好像失去了什么东西似的。凌烟看我不说话，就主动找话说，她说："傻根啊，你读了这几年书，都也什么收获啊？"我说："看不懂的我全信，看得懂的我一点也不信。"我接着便问她："我们在一起几年了，你对我有什么感觉吗？"见我这样问，凌烟笑了，凌烟说："当然有感觉了，很有感觉的……"我一听，来了精神，说："什么感觉？"凌烟说："怀孕的感觉。"我的心"怦怦"地跳了起来，天哪，竟然说到怀孕了，我说："怀孕什么感觉？"凌烟说："就是想吐又吐不出来的感觉。"我听了，感到浑身一紧，脊梁骨"嗖"地凉了起来，我两腿一软，蹲在了地上，凌烟见状，问我怎么了。我说："石子硌住脚了。接着便把鞋脱下来，装作倒石子，用来掩盖我的失态。凌烟看我使劲倒石子，知道我不好意思，她对我说："傻根，那你喜欢我吗？"我想了想，说："喜欢。"凌烟说："喜欢我什么？"我说："你是唯一一个我脱鞋后没有晕倒的女生。"凌烟说："那你自己为什么没有晕倒？"我说："我有鼻炎。"

凌烟说："怎么得的啊？"我说："我自己的脚熏的。"凌烟朝四下里看了看，说："天不早了，回去晚了我妈要吵我，咱们回去吧？"我想了想，也只能回去。那次见面后，凌烟再开学的时候就去上了中学，凌烟走了后，我在学校里又喜欢上了小英，再后来，就发生了那次英雄救美的事情，那次事情成就了阿祥和小英的好事，再后来，我就退学了，一直到现在。

十七

凌烟失约的事搅得我彻夜难眠，让我隔着窗户数了一夜的星星，天明刚要入睡时，又被一阵锣鼓家伙敲醒，我知道这是村里在试演采梨节的节目，戏台已经搭好，就在村南边的白银杏树下。我用被子蒙住头，翻个身刚想再睡，窗外的那只鸟又叫起来，我知道再也无法入睡，便从床上坐起来，我先伸了个懒腰，又打了两个哈欠，然后慢慢睁开眼，考虑穿什么衣裳。我懒得照镜子，因为照镜子受过两次打击，一次在村委会，一次是在家里。村室里是有一面镜子的，还是村室刚建成时，赵千户村送来祝贺的。我爷爷和赵千户村的支书是多年的好友，村室建成时，赵支书为给我爷爷抓面子，专门敲锣打鼓地送来了一个大镜子，我爷爷便把它挂在了村室的墙上，以后就成了进村室人的整容镜。一次我在镜子前照了半天，最后说了一句话："我长得真帅呀……"没想到二孬听了，说："没看出你小子人不大，心够狠的，连自己都敢骗？"二孬的话极大地伤害了我的自尊心，我跑回家去问我妈妈："我长得帅吗？"我妈妈看了我半晌，最后叹了口气，说："儿子呀，妈妈觉得这辈子最对不起你的就是这个事了。"这两个事情发生后，我就不再照镜子了，时间长了，慢慢地又觉得自己长得还可以的，但是对于镜子，却是敬而远之的。我想了半天，不知道穿什么衣服好，最后胡乱地穿了一件，就慢慢地走出门来。

村街上依旧空空荡荡，但村南的锣鼓声却一阵紧似一阵，受了锣鼓声的吸引，我决定到村南先去看看热闹，然后再去找凌烟，看看她对我的态度到底如何。我来到村南边的银杏树下，看见新搭起的戏台正对着万顷梨园，正午的阳光下，成熟的梨子散发出金色的光芒，浓郁的香气一阵阵扑鼻而来，飘散在广袤的原野上。梨园里，不参加采梨节表演的老人和小孩正在劳动，可能受了戏台上演戏人的影响，不时地有歌声在他们嘴边上飘荡。我知道，近段时间以来，人们都吃住在梨园，他们在梨园里吃饭、睡觉、劳动、恋爱和性交，梨园已成了他们重要的生活场所，就连村里唱大戏这样热闹的事情，也不能完全吸引他们前去观看，好在戏台就在村南的大树下，不出梨园也能看到戏台上的情景，弥补了干活不能听戏、听戏不能干活的不足，我猜想戏台之所以搭在梨园边上，不是林助理的意思就是曲乡长的主意，凭着村委会一班人的头脑，是不会想出这么高明的主意的。说到林助理，我果真在戏台下看到了他，他正拿着一个笔记本，在认真地记着什么，并不时和站在身边的我妈妈交流着意见。我知道，演戏的事情，我妈妈是负责人，但最后拿主意出点子的却是林助理，林助理的后边是乡政府，乡政府的后边是曲乡长，曲乡长的后边是谁，就不得而知了。我挤到妈妈身边，见我妈妈浓妆艳抹，正在指导村里的演员们在走台，我喊了声"妈。"她看了我一眼，没时间搭理我，我知道我妈妈一唱起戏来就不是我妈妈了，那时的她就是一个演员，如果那时再叫她，她肯定就要烦了。虽然她不是一个专业的演员，但骨子里边，仍然遵守着戏比天大的职业原则。我妈不理我，林助理却和我搭起了话，他看我来了，样子很高兴，他对我说："小宝啊，正说要找你呢，没想到你就到了，你的节目准备好了吗？"要搁在以往，他和我说话我肯定很高兴，但是现在，我却不是很喜欢，我的节目是乡长定的，你一个助理操什么心？"我说："马马虎虎吧。"林助理说："这可不是马马虎虎的事，当天的演出，就你妈妈和你两人登台，其他的都是外边请来的名角。"他趴在我耳边，神神兮兮地说："听说都是中央的名角，经常在电视上能看到的，你可不能出错啊。"原来是这样啊，我一下子高兴起来，说："放心吧，我一定错不了的。"

林助理说："这样我就放心了。"我指了指台上，说："演出就我妈和我，这些人干什么？"林助理说："傻孩子，当天开幕式上就你两人，开幕式后我们还要演呀，开幕式是演给领导看的，开幕式后才是我们自己看的，这些人的演技，你看怎么样？"说这话时，林助理是含了几分得意的，我往台上看了看，见这些平时侍弄庄稼的泥腿子，化装后果真变了样，经过我妈妈和林助理的一番教导，在台上竟然有模有样，不仔细看，竟然认不出他们是谁。我看见先出来个小姐咿咿呀呀地唱，又出来个丫鬟扭扭捏捏地走，接着出来个小生摇摇摆摆地晃，最后踱出个老汉高高低低地嚷，我睁大双眼，仔细辨认，才看清扮小姐的是村妇联主任秋红，装丫鬟的竟是会计计财，演小生的是民兵营长大武，饰老汉的原来是二狗的媳妇春香，他们四人演过，上场的是一批跑龙套的，先上场的是一批武兵，其中一个刚上场就连翻了二十多个跟头，直接从入场口翻到了退场口，由于跟头翻得快，我竟然没看清翻跟头的是谁，直到他翻了三遍，我才看清是谁，一旦看清了是谁，不由得倒抽了一口凉气，乖乖，竟是庆生那个老东西……轮下来上场的是一批姑娘，她们都花了装，排着队在台上练台步，我看了，刚想说什么，没想到林助理趴在我耳边，偷偷地对我说："小宝，你知道四大软吗？"我摇摇头，林助理说："不知道吧，我告诉你，大姑娘的腰，棉花包，霜打的柿子，老头的屌，这就是传说中的四大软。"说着话，林助理咽了口唾沫，我看着林助理的样子，知道他平时装得一本正经，骨子里其实也是个凡人，不由得对他起了轻视，我说："你既然知道四大软，那你知道十二傻吗？"林助理摇了摇头，这次轮到我得意了，我说："我告诉你吧，十二傻就是默默奉献等提拔，没有关系想高爬，身体有病不去查，经常加班不觉乏，什么破事都管辖，能退不退还挣扎，当众对头特肉麻，感情靠酒来表达，不论谁送都敢拿，包了二奶还要娃，高级名表腕上挎，摄像机前抽中华，这就是传说中的十二傻，不知道您是哪一傻？"我看到林助理的脸当即就红了，他装作没听见我的话，把脸扭向了一边，嘴里自言自语说："演得好，演得就是不错，大家欢迎啊……"带头鼓起掌来，我又看了一会儿，最后轮到我妈走台了，她那一套我早见过，便感到索然无味，便一个人向后山走去，我要去见凌烟，我知道她在那里。

我一个人慢慢地向后山走，心里想着见了凌烟说什么好，没想到刚一出村口，就被一个人拦住了，仔细一看，竟是侯书记。侯书记说："傻根啊，你干什么去？"我说："我要到后山。"侯书记问："到后山干啥去？"我说："我去找凌烟，侯书记是查户口吗？"侯书记说："是这样的，今天呢，上边来了个领导，去到春生的羊肉汤铺里视察去了，乡里为了确保领导的安全，规定今天任何人都不能去后山，你看我在这里，就是专门负责这个事的，前边的路口，还有专门负责的。"我有点奇怪了，就说："他视察他的，我去忙我的，怎么他去视察，我就不能去找人了，是领导就这样规定吗？"侯书记说："这你别给我说，这是乡里出于安全考虑，才决定这样办的。"我说："乡里这样办，领导知道吗？"侯书记说："这个，当然不能让他知道了，让他知道了，他会说妨碍他接近群众了。"我说："看看，你们都是拿着鸡毛当令箭，领导都不知道，你凭什么不让我去后山，啥样的领导，这样大的威风？"侯书记趴在我耳边，轻声地说了一句，我便不再吭声了。侯书记说的这个大领导，我是认识的，以前经常在电视里见面，好多当官的，见了他也是毕恭毕敬的，只是近段时间以来，电视里才没了他的身影，没想到这时忽然在我们这里出现了，侯书记说是他，我相信是真的。我又往通向山口的其他地方看了看，发现都有人把守，这才确定是大人物无异了。但是等了一会儿，仍然没什么动静，我又着急了，我说："要什么时候才能去后山啊？"侯书记看了看表，说："大概也得一点以后，领导品尝完羊肉汤，可能就快了。"我说："羊肉汤还有我的股份呢，为什么不让我去看看，再说，我也是村干部啊，这个官还是你封的呢？"侯书记听我这样说，心里高兴啦，说："傻根啊，春生的羊肉汤，真有你的股份啊？"我说："当然了，以后请你喝羊肉汤，不要钱的。"侯书记想了想说："让你进去也没有啥，

梨园记
LI YUAN JI
091

但你到里边可不许捣乱啊。"我说："我能捣什么乱，我到里边看一眼就走的。"侯书记说："既然这样说，那你就进去吧，你要是捣乱，自有人收拾你。"我说了声"不会的。"拔脚便向后山跑去。

我刚爬到半山腰，便见一辆警车闪着警灯从后山开下来，后边依次跟着几辆小车，小车的中间，裹着一辆中巴车，想必就是那位领导乘坐的车辆了。我跑进春生的天物苑里，一眼便看见凌烟站在大厅的门口，几个服务员正在收拾东西。凌烟看见了我，说："是来看热闹的吧，可惜来晚了。"我说："我不是看热闹的。"凌烟说："你不是看热闹的，你来干什么？"我说："我是来找你的。"凌烟说："找我什么事？"我说："我来问问你，说话还算不算数？"凌烟说："我说什么了？"我说："你告诉我你家晚上没有人，让我去找你，你怎么不在家，你这算不算说话不算话？"凌烟"哦"了一声，说："原来是这个事，我说我家没有人，也没有让你去找我，你自己去的，咋能说我说话不算话？"原来是这样，看来是我自作多情了，多情就多情吧，反正我喜欢凌烟是真的，管她真假又如何？我对凌烟说："我有事对你说。"凌烟看了看我，说："你没看我现在正忙着吗，有事下班后再说吧。"我说："那我就等你下班。"凌烟说："你想等就等吧。"

我一直等凌烟到晚上七点多，其间喝了两碗羊肉汤，有一个服务员不认识我，看我喝了汤后既不付钱也不走，就过来对我说："先生，请你付账后到其他地方休息，我们就要打扫卫生了。"连催了我几遍，把我催急了，我说："把你们经理找来，我有话对他说。"服务员说："先生找我们经理有事吗？"我说："没事会找他吗？"服务员看了我一眼，说："先生稍等。"就去找春生去了。不大会儿，春生急匆匆地过来了，看见是我，说："是你啊，有事吗？"我说："你是男人吗？"春生："咋问这个问题，你说呢？"我说："你既然是个男人，说话算不算话？"春生说："说话当然算话了，我哪里说话不算数啦？"我说："既然说话算话就好，我问你，这羊肉汤是不是有我三分之一的股份呀？"春生说："你说的是这个，当然有啦。"我说："这就好办了，你把那个服务员立马给我辞掉。"说着，我指了指站在春生旁边的服务员，春生说："咋啦？"我说："我在这多坐一会儿，他就往外撵我，这样的服务态度，怎么能招待好顾客？"春生说："是真的吗？"服务员赶紧说："我看这位先生吃了饭不去结账，怀疑他没有钱是来吃白食的，所以才催了他几遍，谁知道他认识经理？"春生说："什么先生先生的，他是我们这里的副总，以后见了他都要称呼副总，这次不知道也就算了，下次要是再发生这样的事，他要让谁走，就只能卷铺盖了。"那个服务员含着泪叫了声"副总"。我挥了挥手，说："不知者不怪罪，下次不能这样了。"那个服务员说了声"是。"春生对那个服务员挥挥手，说："你去忙吧。"看那个服务员走远了，他对我说："走，到我房间里坐坐。"我知道他要对我显摆他刚装修好的房子，我偏不如他的意，我说："我就坐在这里，等凌烟一下班，我们就走了。"春生"哦"了一声，说："原来和凌烟约好了，那你就在这等她吧。"说完，他就要走，但刚走了两步，又拐了回来，他对我说："还有个事忘了告诉你，你的股份分红了，钱在会计那里存着呢，你要是想用，可以随时支取。"我说："有多少？"春生趴在我耳边说了一个数字，吓了我一大跳，我说："这么多？"春生得意了，春生说："这是刨去各项开支的纯利润，要是不扩大规模，装修房间，比这还要多。"我看他得意的样子，忽然说："你小子肯定比我还要多？"春生说："天地良心，这事你可以去问凌烟，她是公司的总会计，所有的钱都要从她那里过，她把净盈利分成三份，你一份我一份她一份，你的那一份她替你放着呢。"我说："放着就放着吧，反正我也用不着钱。"春生看了我一眼，说："你小子倒大方。"又匆匆地走掉了。

我和凌烟从天物苑里出来时，天已经黑了，我俩顺着油路往山下走，一时谁也没说话。说也奇怪，没见到凌烟时，我好像有千言万语要对她说；一旦见了她，却一句话也没有了。我俩一直向前走，还是凌烟先说了话，她说："傻根啊，你找我有事吗？"

我说："事嘛，还是有一点的，好长时间不见你，我想你了。"
凌烟笑了，凌烟说："就这些事吗？"我说："还有，你天天在这里，不教书了吗？"凌烟说："谁说我不教书了，这几天不是采梨节要到了，各地的客人到来后，听说这里的羊肉汤好喝，没事时都要到这里来品尝，我才临时请了假，来这里帮忙的，别忘了，这也有你的股份呢。"我说："那你还有时间参加今年的演出吗？"凌烟说："演出当然要参加了，再说，演出时也没人来喝羊肉汤啊，喝羊肉汤那是演出以后的事。"听凌烟这样说，我松了一口气，凌烟既然参加演出，就能看到我的表演了，能看到我的表演，就会知道我也不是一无是处之人。想到表演，我就想放屁，但我知道这个屁声音肯定很大，为了不让凌烟听到，我灵机一动，对凌烟说："为了参加采梨节的节目，我最近又练了一门技艺，你要不要见识见识？"一见到凌烟，有时我就很有灵感，果然，凌烟问："你练了什么绝技，让我先欣赏欣赏？"我说："口技啊，听说过吗？我能学各种鸟的叫声，你听树上的乌鸦叫得多好听，我给你学一个吧。"说着，我就"呀呀"地叫了几声，借机把屁放了，然后，我得意地问凌烟："我学乌鸦叫得怎么样？"凌烟说："屁声太大，没有听清。"我的脸不自觉地红了，好在天色晚了，凌烟看不清楚，我也就装作什么事也没有发生。我俩又走了一段路，凌烟说："傻根啊，你和我认识这么长时间，对我有什么印象啊？"我想了想说："从和你相识以来，我赚了两个忆啊。"凌烟吃了一惊，说："两个亿，不可能吧？"我说："怎么不可能，一个回忆，一个失意。"凌烟又笑了，凌烟说："你光知道自己赚了两个忆，你知道女人是怎么想的吗？"我说："怎么想的？"凌烟说："女人都喜欢两朵花啊。"我说："向来就是雕鞍配骏马，美女爱鲜花，不知道你喜欢那两朵花？"凌烟说："一是有钱花，二是任意花。"我"哦"了一声，说："你知道我有钱了会干什么吗？"凌烟说："会干什么？"我说："我要是有钱了，我会找三个女人……"我看到凌烟一下子紧张了起来，她说："找这么多女人干什么？"我说："打麻将啊。"我看到凌烟松了一口气，从凌烟的表情中，我知道凌烟还是在乎我的，我说："你要是不想让我找那么多女人，你就得做我的老婆，你要是做了我老婆，天下的女人，我看都不看一眼。"凌烟说："做你的老婆可以，可是我也是有条件的。"我说："什么条件？"凌烟说："一是要有足够花的钱；二是要我甘心情愿；三是我和春生的感情破裂了，什么时候这三个条件具备了，我才能做你的老婆。"我一听就气了，前两个条件还可能实现，后一个条件叫春生不爱凌烟，那肯定是千难万难，话又说回来，看凌烟的样子，要让她不爱春生，恐怕也是万难千难，这不是明显地作弄人吗？我大声说："做不到……"凌烟吓了一跳，说："既然做不到，还要我给你做老婆吗？"我又大声说："要……"凌烟说："条件达不到，还要人给你做老婆，这不是耍无赖吗？"我说："你知道牛郎为什么要抱走织女的衣服吗，七仙女为什么要拦住董永的路吗，白娘子为什么借许仙的伞不还吗，祝英台为什么十八相送百般调戏梁山伯吗？"凌烟说："为什么？"我说："这说明一个伟大爱情的开始，总要有一个人从耍无赖耍流氓开始。"凌烟"哦"了一声，说："原来是这样啊，你要是觉得你的爱情能够成功，那你多向他们学习吧，谢谢你的护送，我已经到了。"凌烟给我"拜拜"了一声，便向家中走去，我一直看着她的身影消失在大门里，听到大门关闭的声音停了好久，才恋恋不舍地向家中走去。

十八

第二天早上，我还在睡梦中，便被村里的大喇叭喊醒，二孬在喇叭里通知我，说村委会有急事，让我赶紧过去一趟。我本来不想去，但不知道村里有什么事非要通知我，我躺在床上想了想，想到无论什么事，都是有热闹看，便披衣起床，向村室走去。一进村室的门，便看见二孬已经等急了，二孬说："怎么才来？"我说："路上不顺风。"二孬说："真他妈的操蛋，这边忙得撞头，偏又接到乡里的通知，说是市日报社组织了一批小记者要来采风，村里实在抽不出人了，这个事就交给你，你领着他们随便看看，到中午打发走就行了。"我说："来了一群记者，我可从来没有应付过，能行吗？"二孬说："也不是真正的记者，是报社实习的小记者，都是学生，正好你年龄也不大，跟他们容易沟通。"我没想到二孬也能说出这样的话，反正闲着也是闲着，跟这些小记者混混也不错，我就答应了。二孬看我答应了，又说："你要把这个事情做好，听说随行的不但有日报社的记者，市电视台的记者也随行跟着采访，他们要做节目，宣传这次活动的。"一听说有电视台的，我立马兴奋了，我说："我能上电视吗？"二孬说"那就看你自己的了说不定你要和他们搞好了关系，他们会给你一个镜头的。"我说："我都带他们上哪些地方去？"二孬说："你随便吧，原则上是他们想上哪去就上哪去，你也可以有重点地带他们走走，对了，听说你爷爷研制出了一种新品种梨，你可以带他们到那里去看看，宣传一下，也为我们梨园村争些光彩，但有一点要记住，一定要宣传好的，负面的千万不要让他们抓住了。"我说："知道了。"便拿眼往外看，果真看见远处开来了一辆中巴车，车在村室门口停下，车上先下来一个白白胖胖的中年人，戴了副眼镜，一副文质彬彬的样子。眼镜走近二孬伸出了手，说："你是我们梨园村的村主任吧，我是咱们日报社的李副总编，今天由我带队到我们村采风学习，让这些孩子体验一下农村的生活，给你们添麻烦了。"说完，眼镜还看着我笑了一下，让我一下子感到了眼镜的和蔼可亲，心想有文化的人就是不同，不像二孬，一说话就咋咋呼呼的。我刚想到这里，二孬已经说了话，二孬说："乡里的通知，老早就接到了，我们按照乡里的吩咐执行，村委的人都很忙，让傻根陪着你们看看吧，他也是我们村委会的干部。"眼镜说："没事没事，你们忙你们的，让这些孩子随便看看就行了。"眼镜朝车上一挥手，我听见"噢"的一声，一群五颜六色的孩子像脱了笼的小鸟，飞快地从车上跑了出来。眼镜问我："我们上哪去？"我想了想，说："我们上后山吧。"

走在路上，我向这些小记者们介绍起了我们村种的梨来，我说："说起我们村种的梨，概括起来就是三个字，哪三个字呢，就是'远、大、好'。先说远，就是历史悠远，截至现在，村里最老的人都不知道梨园村啥时候开始种梨的，万倾梨园里有一棵梨树，说是清朝道光年间栽种的，到现在有几百年的历史了，每年开花结果，被县里当作文物保护了起来，梨树旁都围了铁栏杆，光这一棵树每年产梨在千斤左右，产下的梨县里专用，用来招待上级领导，乡里的人都不敢随便品尝。"我的话引起了孩子们的一片"咦"声，我弄不懂这"咦"声的含义是什么，恐怕孩子们自己也不懂。我又继续往下讲，我说："这个大，就是我们村栽种的梨树范围大，我从记事起，就没有把梨园走到过头，有一次和几个伙伴到梨园里玩，从早晨走到太阳落，还没有走到梨园的边，也不知是在梨园里迷了路，还是梨园大的无边。"我的话又引起了孩子们的一片"咦"声，我知道这次的声音是对我说的话表示怀疑。我继续往下说："我说到好，就是我们梨园村产的梨子质量好，我们有金顶酥花梨，有苹果梨，有香蕉梨，还有我爷爷刚研制的酒梨，每年我们足不出村，外边的人就把我们村里的梨买完了，谁家的梨最好，谁家的梨就卖得最快，反之，就是不好。所以，每年的采梨节，大家都争着参与，好让自家的梨最先卖完。"我的话说完，走在我身边的眼镜就问："你刚才说的酒梨是真的吗？为什么叫酒梨呢？"我看了他一眼，说："当然是真的，一会儿你就能看到了，我爷爷喜欢喝酒，就研究出了酒梨，不但能当梨吃，还能当酒喝，当然，当酒喝是喝不醉的，但能解酒瘾，喝了对身体有好处。我爷爷就是年纪大了，不能喝酒了，才天天喝酒梨解馋呢。"我信口开河，既然是要我相陪，我就有权这样说，爱信不信。眼镜说："你如果说的是真的，我们新闻部门就要宣传这个事了，本来今天的采访重点是这些孩子，我看今天可以采访一些这个酒梨，也算我们为当地百姓做一件好事，本来为群众鼓和呼就是我们党和政府的喉舌义不容辞的责任。"我说："就怕我爷爷不接受你们的采访。"眼镜说："为什么？"我说："我也说不清楚，你自己试试看呗。"说话间就到了后山，眼镜把人员分成了几队，分别明确了几个人负责，然后和一个拿摄像机的人上山去找我爷爷。眼镜要我和他一起去，我拒绝了，我要自己一个人走走。

这时候，一直在我身边的一个小女孩走了过来，小女孩说："叔叔，你娶了我吧？"我吃了一惊，说："为什么？"小女孩说："你要是娶了我，我就不需要上学了。"她这样一说，我明白了，我和她很有同感，我说："我要是还在上学，我就娶了你，那样，我也不需要上学了。"然后，我有点好奇，我说："为什么非要找我，其他人不行吗？"小女孩说："你们这里水果多，嫁给你可以任意吃水果呀，在家里，妈妈怕我着凉，不允许我多吃水果的。"哦，原来是这样，我说："你做得很对，我以前妈妈不让我喝饮料，说饮料喝多了对身体不好，可我就偏偏喝饮料，除了饮料，我什么都不喝，你看我现在不是很好吗？"小女孩看了看我，很认真地对我说："你要是在上学，你妈妈会同意你娶我吗？"我想了想，正要回答，却感到我和她探讨这个话题好像不大对劲，我说："你背的是什么东西？"小女孩说："是画板啊，连这个你都不知道？"我的脸红了，我确实不知道。小女孩说："你给我当模特好吗，我要完成老师交给的任务，老师叫我们每人画一幅画的。"我想了想，反正也没事，就给她当个模特吧，于是我站在一棵树下，让女孩对着我画了起来，画了半天，还没有画好，我不耐烦了，就说："算了吧，我不干了。"小女孩说："算了就算了，你长得真难画，我还不想画了呢。"说着，小女孩就自顾画了起来，我凑近小女孩想看她画的是什么，看了半天，没有看懂，我说："你画的是什么？"小女孩说："我画的是上帝。"我说："上帝可是谁都没见过啊？"小女孩说："没事的，一会儿你就见着了。"我又等了一会儿，小女孩终于画好了，我看了看，觉得既不像大闹天宫里的玉皇大帝，也不像电视里教堂上的耶稣。我仔细辨认了半天，也没从画像里看出我的影子，我又仔细想了半天，然而什么也没想明白，只是觉得现在的小女孩太不可思议了。

我站在山脚边，往春生的天物苑里看了看，发现他的生意已经忙了起来，苑门外边停了好多车，都是来喝天物汤的，小车排着队，一直到了山脚下。一阵丝弦锣鼓的声音传来，我知道我妈妈正在带领人员在排戏，我往山顶上看了看，忽然就看到了我爷爷，还有眼镜和那个扛摄像机的记者。我看到我爷爷坐在梨树下，摄像记者架起了三脚架，而眼镜，却一边问着我爷爷，一边往本子上写着什么，我不知道眼镜怎样让我爷爷接受采访的，但我知道我爷爷接受采访肯定能带来不少的好处，说不定通过这次采访，能改变我爷爷目前的处境，想到这里，我一个人开心地笑了起来。

　　天到中午时，采访终于结束，我看到眼镜和摄像记者和我爷爷握手告别，我爷爷极力挽留，但眼镜和摄像记者还是走下山来。我刚想陪着他们一起走，我听到我爷爷在山上叫我，我只得和眼镜他们告别，看着他们带队走远，才一个人走上山来。爷爷显得很兴奋，爷爷说："小宝啊，你知道我为什么接受采访吗？"我说："为什么啊？"爷爷说："为了咱们的梨子好卖啊，酒香不怕巷子深，但别人不知道也没办法啊，这一段时间我正为这个事发愁呢，这么些梨子该怎么卖出去呢，这回好了，等电视上一播出，就有人找上门购买的，今年你要发一笔大财的。"我说："爷爷怎么知道我要发一笔大财的？"爷爷说："爷爷卖的梨，除了承包费外，都是你的，你当然要发财了。"我说："我有钱，不要爷爷的。"爷爷说："傻孩子，看你说哪里话，爷爷年纪大了，要那么多钱干什么？我种梨，也不是为了钱，是因为爷爷没什么事干，爷爷挣了钱，当然都是给你的，其他人爷爷也不给他的，宝儿呀，采梨节马上就要开始了，到那天，你拿着爷爷的酒梨去参加采梨节，爷爷保你会大出风头的。"我说："那天我还要登台演出的，恐怕没有时间去参加赛梨了。"爷爷说："赛梨是演出以后的事，演出结束了，台上的领导会游园，那时乡村的干部要引导他们到质量好的摊主面前，我提前让庆生把摊子摆好，到时你往摊子前一站就行了，爷爷的酒梨，会让你一鸣惊人的。"对爷爷的话，我有点半信半疑，但想到爷爷辛辛苦苦大半年，采梨节上的活动对梨的销售有很大的影响，就点头同意了爷爷的要求。

当天晚上，我就在电视里看到了我爷爷。在电视里，我看到爷爷虽然面带老态，但对记者的提问却应对自如，从容不迫，他从酒梨的构想、培育、种植、实验，一直到成功，娓娓道来，有板有眼，完全恢复了他当支书时的风采，我看到记者在采访中，中间不时穿插着后山的镜头，电视画面上有时出现后山的大景，有时出现酒梨的特写，有时出现我爷爷固定的画面，各种电视表达手法交相应用，让我看得眼花缭乱，心驰神往，不得不对现代高科技的传播技术表示由衷的敬佩。我看到采访结束时，我爷爷向电视机前的观众发出了邀请，欢迎大家有时间到我们梨园村做客，到时我们一定拿出最好的礼品招待大家，这时候他也不忘了春生的羊肉汤，顺便给春生的羊肉汤做了一个免费广告，他说："到时一定请大家品尝我们梨园村最好的两样东西，一是喝天物汤，二是品尝酒梨。"末了，他又想出了一句酒梨的广告语，那就是"似酒非酒，健康长寿。"说这句话，他专门挑了一个最大的酒梨树，他站在树下，面向观众，两手一伸，面带微笑，说出了这句话。我看爷爷做的广告很笨拙，一点也没有明星的风采，倒显出几分滑稽可笑，但我爷爷本身就是农民，为了出售自己种的梨能出面推销自己已经难能可贵，就是有几分不和谐也无可厚非。我知道当天的节目有很多人收看，一是那时是黄金时间，村里的好多人家都要在那时吃饭，边吃饭边看电视已成了我们村的一大习惯；二是我们梨园村大多数人家还没有安装有线电视，能收到的频道寥寥无几；三是好多人都知道白天有记者采访了我爷爷，都等着看我爷爷能不能在电视里出现。我知道我爷爷做人虽然一向低调，但关键时刻却能冲得上来，这是我们家族的特点，这从我们家族的感情史上可以看出来，我爷爷和我奶奶敢做敢当，我爸爸和我妈妈敢爱敢恨，我和凌烟敢想敢做。在这里，我要把我爷爷和我奶奶的感情问题做个交代，就像说书中的倒插笔，新闻写作中的背景交代一样。我爷爷和我奶奶的事情要在几十年前了，那时还没有我的出生，我爷爷那时是村里的支书，管着村里上千人的吃喝拉撒。一次酒后，他误闯进了我奶奶的房间，那时我奶奶是单身，我爷爷已经有了家庭，还有了我爸爸。很快，我爷爷就和我奶奶打得火热，我爷爷忘了他的家庭也忘了我爸爸，更忘了他在村中是一个支书的地位；我奶奶也忘了自己是一个单身寡妇，更忘了村中那些关注和嫉妒的目光。一年后，我奶奶有了我妈妈，有了我妈妈后，两人收敛了很多，为了躲避村人的目光，两人把约会地点改在了后山上。那段时期，后山成了我爷爷和我奶奶的人间仙境，幕天席地，两人演绎了很多的风流韵事。但是有一天，当两人刚从天堂回到人间时，却被一群人围住了，这些人打着灯笼火把，嘴里嚷着"捉奸"。我爷爷和奶奶仔细看时，原来是村里的老话一班人，中间还有公社的治安干部。我爷爷问："你们想干什么。"老话说："我们捉奸啊，还能干什么？"我爷爷说："你捉谁的奸？"老话说："当然是你的，你敢说你没干？"我爷爷说："我没有……"老话冷笑了一声，说："你没有？那好的很，你敢把这碗凉水喝了吗？"说完，便从一个人手中接过一碗凉水，立逼着我爷爷喝下，我爷爷刚要接凉水，我奶奶说了声"慢"。他对老话说："我知道你一直想打我的主意，但是一直没有得手，你要怎样才能放过老魏？"老话看了我奶奶一眼，说："想放过他也容易，除非你立马死了。"我奶奶说："你说话可算话？"老话说："量你也不敢死？"话刚说完，我奶奶纵身一跃，便从后山上跳下，落在了山下的池塘里，等众人把她捞起来时，已经断气多时了。因为我奶奶的死，我爷爷躲过了一次大劫，公社给治安干部一个处分，仍然让我爷爷干他的支书。但我爷爷从此后就不理世上的任何女人，他把我奶奶葬在了后山，立起了一个很大的无字碑。不当支书后，之所以要在后山开发黄河古道，多少和我奶奶要有关系，我爷爷的目的，就是要在这里陪伴我的奶奶，能多陪一会儿就是一会儿。

　　我奶奶的死，让老话也很后悔，他找人写了一个纪念我奶奶的段子，每次有人请他唱坠子戏，开场前，他都要先唱这个段子，由于这个段子唱得多，我到现在都能记住这个段子的歌词。记得开头是这样的：

华夏故都地韵灵，古宋士女情愫浓，凄美故事感天地，刚烈贞情化时空，宋国都城何氏女，宛如出水一芙蓉，楚楚玉树亭亭立，姗姗仙子袅袅行，天资国香牡丹艳，神质仙态水仙形，两颊飞彩桃花粉，双唇动艳樱桃红，娥眉弯弯柳叶细，眸子圆圆杏子青，千丝柔柔乌云就，十指纤纤白葱生，喉气落玉银盘响，语出戏莺鸾凤鸣……

　　我没有见过我奶奶，但我想我奶奶肯定长得没有这么美，俗话说，得不到的才是最好的，老话暗恋我奶奶，一辈子没有得到我奶奶的青睐，在心中把我奶奶的美扩大化了，但从中也能看出在当时我奶奶长得的确不错，不然，不能让老话的记忆如此深刻。戏里不仅对我奶奶的容貌进行了赞美，也对我奶奶慷慨赴死的场景进行了描述：

　　……痛苦万分泪潸然，怒火万丈血沸腾，满腔怨恨何处诉，一腔酸楚谁人听，踊身一跃纵身起，在场众人心神惊，惊魂不定忙施救，衣袖暗腐憾落空，如花似玉绝代女，香消玉殒进阴冥。大地作曲风作号，长天挽歌雨为笙。吴刚洒酒悼寒月，嫦娥悼月喑天庭。云行空穹霞朵飞，雾绕田野露滴凝。黄水化悲破浪浊，宋河致哀涟漪清，千家泪水洒阡陌，万户惜叹飘商城……商丘史册一情剧，青陵台上一典经，千年绝唱演绝唱，万古大风唱大风……

　　按说，我爷爷奶奶的经典爱情该有一个美好的结果，可是世上的事情往往出人意料，这也是无可奈何之事。
　　事情到了我爸爸和我妈妈这一辈，他们并不知道自己的这种关系。我爷爷奶奶的事情发生时他们还小，长大后村里人也没有谁向他们提起这件事情。我奶奶死后，我爷爷就把我妈妈交给村里一个没有孩子的夫妇领养，柴米油盐，都是我爷爷暗地里供应。

没想到我爸爸和我妈妈长大后，却互有好感，暗地里谈起了恋爱。为了我妈妈，我爸爸还和教授的女儿退了婚，等我爷爷知道后，他俩生米已经做成了熟饭，我妈妈肚里已经有了我。我爷爷极力反对我爸爸和妈妈的婚事，最后以死相逼，也不知道是后来我爸爸知道了其中的原因，还是我爷爷的反对发挥了作用，反正我爸爸一恼之下远走他乡，轻易不回梨园村，而我妈妈却坚持生下我，内心里却异常恼恨我爷爷，直到现在，我都很少见到我的爸爸。而我现在的后爸石班，却每天都在我的视野里出现。说到我后爸石班，我后爸就出现了，他对我说："宝啊，你妈妈不让你看电视了，她叫你赶紧吃饭。"我妈妈叫我宝，她让我后爸也叫我宝，我后爸就叫我宝。可是我正看我爷爷呢，却不想去吃饭，我妈妈过来就把电视关了，她说："一个电视，什么时候不能看，偏偏在吃饭时看，去把我炒的菜端来。"我看了妈妈一眼，嘟囔了一句，我说："放着自己的老公不用，倒用别人的老公。"我妈妈也看了我一眼，说："自己的儿子不用，干吗用别人的儿子？"我知道，自从我发现我妈和后爸穿着戏衣做爱的场景后，我妈妈已经越来越喜欢我后爸了，爱就像缸里的水，给他多一些，就要给我少一些。我看着这个因为爱老公而减少了爱儿子的女人，只能去厨房里端来了饭菜，闷闷不乐地吃完了饭，再打开电视看时，电视里已经在演电视剧了。我烦看电视剧，没头没尾地胡扯，让我一看就头疼，我澡也懒得洗，就想上床睡觉去，刚走两步，便听得我妈叫我，她用戏剧里的道白说："我儿回来，不知你要表演的节目准备得怎么样了？"我一听更烦了，我说："你问这干啥？"我妈说："乡里林助理关心此事，让我过问一下。"我说："你还是穿上你的戏衣，演好你的戏吧，我的事不用你管。"我看到我妈的脸气得通红，半晌没有说出话来。对我妈的心情，我全然不顾，心里倒涌起了一股得意，径自去睡觉了。

十九

　　太阳还没有出，窗外的鸟又叫起来，但这次没有叫几声，就被一阵刺耳的摩托声吓跑了，我知道这是二孬的摩托车。果然，门外就响起了敲门声，伴随着二孬的声音说："傻根在家吗？"我妈已经起床了，正在院子里踏着碎步甩水袖，听见二孬的声音，拖着戏腔问："何人叫门？"二孬说："嫂子，是我，二孬啊，我找傻根有事。"我妈说："你找错门了，我家没有傻根……"二孬说："你看我这嘴，我找小宝呢，真的有事。"我从窗户里看到我妈把门打开，说："进来吧。"二孬跨进门，看到我妈的打扮，说："嫂子真用功啊，一大早就练功，这次我们梨园村能不能打响，可全看嫂子了，我石班哥呢？"我妈没接他的话茬，用下巴朝我住的地方点了一下，说："宝儿在那呢。"就继续踏着碎步甩她的水袖去了。二孬来到我的屋里，对我说："你小子真自在，睡到现在也不起，开个会也要顺路捎着你……起床吧，今天村里要开会。"我说："开会就开会呗，谁稀罕你捎了，我还没有睡过困呢，我不去。"二孬一听就急了，二孬说："你不去咋行，曲乡长点名要你去的。"我知道二孬来接我肯定有原因，看来果然不错，我说："乡长让我去，有什么事？"二孬说："我也不太清楚，你去了就知道了。"二孬这样说，我只好起床了，其实我内心里还是想去的，嘴里说不去，只是想逗逗二孬罢了，借机杀杀他的锐气。没想到我俩刚一出门，二孬就冷冷地对我说："傻根啊，你这次惹了大事了。"我说："什么大事？"二孬说："你是不是给秋生出点子，不让老话和教授他们几家参加今年的采梨节，他们几家上访了，事情闹到了县里，县纪委出头了，要对事情进行严查，胡书记和曲乡长都来了，正在村室里发脾气呢，我看秋生的书记也干不长了，往后你别跟着他胡跑了。"我听了二孬的话，也感到了事情的严重性，别的我不担心，我担心的是我爷爷，县纪委真的查下去，会不会把我爷爷查进去？我说："主意是我出的，也是为了尽快查清事实嘛，说到底，还不是想尽快完成乡里交给的任务吗，乡里总不会好坏不分吧，有什么事情，我承担就是了。"二孬冷笑了一声，说："你觉得你是谁，你想承担就能承担得了，上访的事情，可不是玩的，说不好，就有人倒霉了，还是看看乡里怎么说吧。"说话间，我们就到了村室门口，下了车，我看见乡长和上访的几个人正向外走，乡长说："大家尽管放心，采梨节大家肯定要参加的，村里的决定，乡里不知道，以后有什么事情，直接到乡里找我就行了，再不能像昨天那样不打招呼就往县里跑，最终解决问题还是在乡里嘛。"老话说："我们气不过这个理，我们盖了房子，凭什么就不能参加采梨节了，再说，盖房子也不是违法的事情啊，依我看，现在的一些干部就是瞎糊弄。"乡长说："这个事情调查清楚以后，我们会给大家一个解释的，现在咱们得集中精力把采梨节办好，这是关系咱们梨园村的一个大事，大家回去好好准备，把最好的梨拿出来参加采梨节上的比赛，争取拿到大奖，我就不送大家了。"老话说："乡长请留步，要是干部都像你这样，我们老百姓就有好日子过了。"乡长笑了笑，说："大爷这话过誉了，好干部还是多数的，大家慢走……"我看见乡长送走了上访的一班人，拿眼剜了我一下，转身又进了村室。

我看到村室里坐满了人，除了村委会一班人，还有胡书记，纪检侯书记，还有林助理，大家都正襟危坐，没人吭声，我看到胡书记居中而坐，两个眼皮耷拉着，像是宿酒未醒。以前我没有仔细看过胡书记，感觉他和蔼可亲，就像是我的爷爷，现在他的眼睛不睁开，让我能仔细地打量他。我看他长了一对金鱼眼，两个眼泡鼓鼓的，就像眼皮里包了两个金鱼，由于闭着眼，下眼袋上长了个红色肉瘤，看上去分外引人注目。除了金鱼眼以外，他还长了一个酒糟鼻子，鼻子很大，颜色发红，和下垂的两个肉脸结合起来，猛一看去，就像电视里的弥勒佛，再看一会儿，又有点像我爷爷的影子，但比我爷爷胖得多。正当我研究胡书记长相的时候，曲乡长讲话了，曲乡长说："今天我们开这个会，主要安排部署采梨节开幕式的事情，刚才林助理对采梨节文艺演出准备情况进行了汇报，我再讲几点，最后让胡书记做总结，今年的采梨节和往年不一样，最大的特点是领导关怀，规模宏大，我们的目的就是借这次采梨节的成功举办，消除前阶段村民私自盖房给我们乡带来的不好影响，我们采梨节开幕式的当天，请的都是文艺界的名人，就是大家在电视上经常能看到的，至于到底是谁，规格高到哪个地步，现在对大家还得保密，说实话，我现在也说不准，但肯定能给大家带来惊喜。再一个，就是当天开幕式的主持，我们请的是省里梨园春节目的主持人，这两天已经到了，正在熟悉台词，这台演出，市县领导都给予高度重视，市电视台届时要现场直播，全国各大媒体我们都分头请有记者采访，最重要的一点，想必大家也都知道了，就是中央的那位老领导，到时他也要参加今年的开幕式，前几天他去春生的天物苑里品尝了羊肉汤，给予了高度评价，我们要把领导的关怀化为动力，一定要把这届采梨节办好，下面我要求几点：一是安保措施要到位，这个不是我们关心的问题，市里有专人负责，但我们要协助有关部门做好工作；二是要确保我们本身不能出问题，谁出问题谁负责任，这个问题包括打架斗殴，集体和个人上访事件的发生，全村人的安全事故，包括骂人打人等各种不文明行为，因为当天不只是北京的领导和省市县的领导，还有我们各级领导部门招商引资过来的各省商业大腕，商会人员，我们的一言一行，直接关系着我们的投资环境，因为我们是文艺搭台，经贸唱戏，这一点大家要明白；三是文艺演出要确保成功，为此我们已经提前进行了准备，付出了很大的心血，我们乡里专门派出了林助理负责这个事情，大家知道，我们梨园村是梨园世家，村里几代人都爱好文艺演出，我们要发扬这个特长，演好这出大戏。下面我们再把当天的行程再过一遍，看还有哪些没有想到，首先是开幕，开幕前要演出，这个演出我们村负责垫场，没有正式演出之前这段时间归我们村，这个没问题吧？"林助理说："没有。"曲乡长说："正式演出交给上边了，这个我们不用操心，要操心的是我们的两个节目，这个准备好吗？"林助理说："准备好了，一个是魏云天的豫剧清唱，一个是傻根的放屁灭烛，这两个都是乡长亲自定的。"曲乡长说："要多准备两个节目，以防万一。"乡长说着，看了我一眼。林助理说："知道了，这个有准备。"乡长说："文艺节目完了，领导要上台剪彩，这个礼仪小姐一定要找好看的，这个代表我们的形象。"林助理说："带头的是凌烟，就是秋生书记的女儿，还有师范学校请来的学生。"乡长点点头，说："接下来就是游园，这个就是展示我们梨园的时候了，大家一定要把最好的梨拿出来，要确保从戏台到梨园不间断地有好梨展示，到时候外地客商现场就有可能要定购，这一块交给秋生书记亲自负责，要是再出问题，你这个支书就不要干了。"秋生说："乡长放心吧，我保证完成任务。"乡长说："那就看你的了，游园过后，就到后山的天物苑休息吃饭，在这个时候，领导可能要题字，我们争取要领导题字，这个对我们扩大知名度有好处，我们要准备好笔砚，纸张一定要好，毛笔要上档次，细节决定成败，领导题了字，我们这届采梨节就算圆满成功了，大家看这样安排行吗？"二孬首先拍手叫好，说："乡长真不该当乡长，应该去当县长的，就是县长，也不过如此安排……"曲乡长打断他的话，说："下面请胡书记就采梨节问题做指示，大家欢迎。"我看到在大家的掌声中，胡书记睁开了眼，胡书记说："上了年纪，精神就不行了，我在咱们乡里当了十年的书记，随着年龄的增长，发现越来越跟不上趟了，曲乡长年轻啊，真让我羡慕……我没什么说的，曲乡长说的，都是我们党委研究的，我完全同意，这样吧，我们别光纸上谈兵，我们到现场去看看，百闻不如一见啊，这个事忙了很长一段时间了，是骡子是马，我们到现场遛遛吧。"曲乡长说："好，我们就去看看。"

我们一行人出了村室往外走，先到了村南的银杏树下。银杏树下的戏台上，我妈妈正带领一班人在排戏，这些排戏的人一律穿了戏衣，化了浓妆，生旦净末丑地站在一起，不知道情况的人看了，还以为大白天出了鬼呢。我们在戏台下站了一会儿，排戏的一班人见我们来了，知道是在检查他们的成果，于是挨个地进行了一番表演，扮武生的出来翻了几个跟头，演花旦的上来甩了几个水袖，趟子手出来遛了几圈台步，演红脸的出来打了几声高腔。胡书记看了，非常高兴，说："演得不错嘛，高手出自民间，这话真的不假。"林助理说："这是试演，演员们没有出力，到了正式演出，效果比这好得多。"胡书记没有接他的话，却对曲乡长说："咱们到梨园里看看吧。"于是我们一行人又向梨园走去，刚进梨园，便有一阵乐声传来，声音圆润柔美，深沉含蓄，略带凄凉之感。胡书记说："吹的好箫，这里就应该安排个吹箫的，一进梨园，就有音乐，即赏美景，又有乐事，才显我们梨园之美。"林助理说："这是我们入园的第一个关口，在这里设置了一个乐点，不过，那人吹的不是箫，是尺八，比箫要古老的，现在轻易不见会吹这个东西的了，所以把他设在了第一站。"我看见吹尺八的是老话的儿子李强，我知道他会吹口琴，不知道啥时候学会的吹尺八。我们又往前走，走到教授的梨王树下，见教授的女儿，也就是我的小学老师，穿了一身上古的服装，头发高高挽起，宽袍大袖，正在敲击身边的一溜水碗。我暗中查了查，水碗一共有十二个，大小不一，碗里都放了清水，我看到我的老师在击打水碗时，小碗的声音尖而响，大碗的声音低而闷，但这些尖而响和低而闷的声音组合在一起，却演奏出了非常悦耳动听的乐曲，再加上我老师薄施脂粉，意态高雅，大有脱俗出世之态，让人不觉心旷神怡，耳目一新。我们又走了几步，忽然一阵粗糙迟钝的声音传来，尖细刺耳，但感觉威武雄迈，好像有大人物要登场的感觉。林助理说："这是长尖，一般在戏里大人物出场才吹奏，在这里是烘托气氛的。"我看到胡书记打了个哈欠，说："今天就看到这里吧，有点累了。"二孬说："中午就在这里吃吧，午饭准备好了。"胡书记说："安排哪里了？"二孬说："就在后山的天物苑里，那里的羊肉汤确实不错。"胡书记说："老百姓好说我们这些当官的，说什么嘴里没有味，开个现场会，我不这样认为，凭我当干部这些年的体会，只要真心给百姓办实事，大家还是欢迎的，吃点喝点不怕，就怕无所事事，我的宗旨是，只要两袖清风，不怕一肚子酒精，早听说这里的羊肉汤不错，我们今天就去品尝一下，你们村里又要破费了。"二孬说："早就想请书记来品尝，就怕书记不赏脸，书记能来吃饭，是我们的荣幸呢。"一旁的曲乡长说："对了，我中午乡里还有点事，就不在这里吃了，你们把胡书记招待好就行了，我过去了。"我看到胡书记点点头，说："也好，省得大家都高了，乡里没个主事的，你去吧。"我看见乡长对二孬说："吃过饭别忘了付钱，打白条影响我们的形象。"二孬说："乡长放心吧，招待费我们梨园村还是有的，再说了，到天物苑要先交钱才能吃饭的，他们那里是不赊账的。"

我和胡书记一行来到天物苑，找个房间坐下后，二孬问胡书记："我们怎么吃法？"胡书记说："不就是吃饭吗，还有什么稀奇的吃法吗？"二孬说："胡书记忘了，你给我们村里定的招待标准是四菜一汤，我是问，是按这个标准上，还是随便点菜？"胡书记笑了，胡书记说："看你这个村主任当的，四菜一汤，糊弄中央，你当我们都是大领导啊，我们点菜得啦。"二孬说："书记你误会了，我们的四菜一汤也是有标准的，我说说你听听，我们四菜一汤因人配方，一等人山珍海味甲鱼汤，二等人鸡鸭鱼肉三鲜汤，三等人白菜萝卜豆腐汤，书记既然点菜，这就好办了，把服务员叫来，问都有什么菜？"一会过来一个服务员，就是以前撵我走的那一位，二孬说："你们这里都有什么菜啊？"服务员说："我们这里有鲜鸡活鱼，各种时令蔬菜，还有新推出的全羊宴，羊肉都是熬汤后退下来的，入口鲜美可口，入嘴都烂，是我们店的主打特色。"我没想到几天不见，春生这小子又搞出了全羊宴的特色菜，想到经过各种食材熏蒸过的羊肉，一定鲜美可口，别有特色，我不由得咽了口唾沫。二孬说："那就品尝一下你的全羊宴，再来一个清炖鱼，来一个清蒸鸡，不够我们再要，告诉你们老板，要快一点儿。"

我们依次坐好，胡书记面南朝北坐在主位，旁边是侯书记和林助理，秋生坐在胡书记对面，旁边是二孬和大武，依次是计财和秋红我和根柱，服务员上来四个凉菜。胡书记发话了，胡书记说："今天的工作由乡长主持，今天的饭桌由我主持，大家有意见吗？"侯书记说："他是乡长，你是书记，还是你说了算……"胡书记挥手打断了他的话，胡书记说："我这个人办事讲民主，一贯作风就是能者多劳，你要有本事，你也可以一样嘛……咱不说这些了，咱今天就说喝酒，在酒桌上，谁的酒量大，谁就说了算，大家把酒量报一报，我心中好有个数。"侯书记说："我报个一斤吧。"胡书记说："好，能喝八两喝一斤，这样的干部党放心，老林，你呢？"林助理说："我喝八两吧，再多就不行了。"胡书记说："能喝一斤喝八两，对不起人民对不起党，你们那里呢？"他说的是秋生这边的，秋生说："我是一喝就倒，白酒基本不喝的。"胡书记说："一喝就倒，官位难保，你喝啥？"秋生说："我喝啤酒吧，我用啤酒陪。"胡书记说："能喝白酒喝啤酒，这样的干部该调走，你也没有地方调走，这次就饶了你，主任准备喝多少？"这次他问的是二孬，二孬平时能喝酒，但对着乡干部，他也有点怯，他说："我喝九两吧。"胡书记高兴了，胡书记说："一喝九两，重点培养，这个小朋友呢？"这次他问的是我，我说："我不会喝酒。"胡书记说："不会喝酒，前途没有，少喝点。"我说："要不，我喝饮料吧？"胡书记说："能喝啤酒喝饮料，这样的干部不能要。"二孬说："这是老魏的孙子，刚进的班子，还没有学会喝酒。"胡书记说："哪个老魏？"二孬说："就是老支书。"胡书记"哦"了一声，说："老魏是个好人呢……你就喝饮料吧。"其他人依次报了酒量，秋红到比计财还能喝，大武比秋红和计财多，他报的是八两，秋红七两，计财六两，根柱半斤，胡书记听了，哈哈大笑，说："论酒量也是我当这个酒司令，不瞒众位说，平时我能喝斤半，昨天晚上喝酒到现在劲还没有过来，我就报个一斤二两吧。"说罢，他把桌上的酒瓶拿过来，依次给众人倒上酒，最后给自己倒了个满杯，说："为了我们梨园村的又一次大丰收干杯。"说罢，一饮而尽，大家看胡书记干了，都喝完了杯中酒，胡书记刚想拿酒瓶再倒，侯书记赶忙说："书记你先歇歇，我进行一个。"胡书记看了他一眼，说："也行，你来吧。"侯书记先喝了一杯酒，说："我在咱们梨园村蹲点好几年了，在胡书记的正确领导下，好歹算没有给乡党委政府丢脸，各项工作都走在了全乡的前头，要说我有什么感想的话，我要说，这多亏了胡书记的英明领导和正确决策，在这里，我借花献佛，给我们尊敬的胡书记敬一杯酒。"胡书记刚想说什么，二孬说："这个酒胡书记一定要喝，这是下属对领导的尊敬，难能可贵啊。"我没想到在酒桌上二孬也这么能说，看来这些年的村主任没有白干，胡书记说："这个酒也算有名堂，我喝。"说完，就把酒喝了，胡书记刚把酒杯放下，二孬就过来了，二孬说："激动的心，颤抖的手，我也敬领导一杯酒，感谢领导多年来对我们村的关心，可以说，没有胡书记就没有梨园村的今天，我代表梨园村上万名群众敬我们敬爱的胡书记一杯酒。"胡书记说："二孬主任这样说就言重了，我虽然为我们梨园村做了一些努力，但我认为自己做得还不够，还远远没有主任说的这样大，真正为我们梨园村作出贡献的，应该是老魏……我喝了吧。"说完，胡书记又喝了二孬的酒。秋生看了，也想去敬酒，侯书记说："咱先吃一会儿吧，大家都饿了，来，先吃菜，吃菜……"大家吃了一会儿，胡书记说："一条腿没法走路，第二个酒咱们喝了吧，来，大家把酒杯都满上。"大家又喝了第二个酒，酒杯一放，秋生就站了起来，秋生说："我刚进的村委班子，工作经验不足，以后领导要多多照顾，我给书记敬个酒，祝胡书记吃得天天开怀，喝得四处来财，玩得喜笑颜开，乐得紫气东来，过得自由自在，赚得满堂喝彩，美得万人爱戴。"胡书记说："我知道大家把目标都对准了我，就是想让我喝得尽兴一点儿，喝就喝吧，不就是一杯酒吗？"说吧，一仰脖子，把秋生的酒也喝了，秋生的刚喝完，计财就站了起来，计财说："论年龄我最大，论跟着胡书记干我和老魏时间最长，老魏就不说了，按说我应该第一个给胡书记敬杯酒，谁让咱的官职比别人小呢，可是，小归小，尊敬的心情都是一样的，我也敬杯酒，祝胡书记事业像马克思主义一样不断发展，魅力像毛泽东思想一样永放光芒，生活像邓小平理论一样演绎春天的故事，前途与三个代表一样与时俱进。"胡书记说："说得好，不愧是毛主席思想教育出来的好干部，敬酒都带有政治色彩，要说与时俱进，你才是真正的与时俱进，这杯酒，我喝了。"说罢，一仰脖子，也把这杯酒喝了。这杯酒喝完，大家吃了一会儿菜，秋生就拿眼看我，意思是叫我敬酒，我看了看其他人，他们都没谁动，意思就是看我的了，我想了想，就站了起来，我说："我也给书记敬个酒，我看书记前边的喝得好，我这个酒也有名堂。"胡书记说："哦，你也有名堂，说出来听听，只要说得好，你的酒我也喝。"我一听，高兴了，我说："一杯酒喝得好，金钱总往家里跑；二杯酒喝得妙，美女总往怀里抱；三杯酒喝得利，事业处处都顺利；四杯酒喝得中，事事到处都顺风；我这是第五杯酒，五杯酒喝得响，明天就能当市长。"胡书记听了，哈哈大笑，说："市长我是不想了，不过，你小子的祝酒词却不错，真是爷爷英雄孙子好汉，这个酒我喝了。"我的酒喝罢，大武来敬酒，他的祝酒词简单一点，他说的是："给您端杯酒，祝您永远都当一把手。"胡书记把酒也喝了。根柱过来敬酒，说的是："一杯酒喝下去，不当市长当书记。"胡书记也喝了，我看看胡书记，他虽然自称能喝斤半，酒已喝得差不多了。现在，酒桌上就剩林助理和秋红没有敬酒了，秋红看了看林助理，见林助理只顾自己饮酒，没有反应，秋红就站了起来，秋红说："冬去春来百花香，我的敬酒来四方，东方送您摇钱树，西方送您永安康，南方送您好官运，北方送您钱满箱，不知我说的管不管，小女子想让书记把美酒尝一尝。"我看到秋红敬酒时，胡书记已经把眼睛闭上了，就像上午开会时那样，本来，刚入场时，胡书记容光焕发，可是一圈酒敬下来，胡书记就恢复了颓废模样，我知道他虽然能喝，还是有限量的，秋红把祝酒词说完，胡书记又睁开了眼，他好像打了一个盹，清醒过来，他看了秋红一眼，说："这位妹子好眼熟，嘴巴小，脸蛋圆，越看越像杨玉环。"秋红说："我长得是丑了些，小眼睛，单眼皮，就是胖一点，离杨玉环还差得远着呢。"胡书记说："不是杨玉环还能是谁？一看脸上红霞飞，不是杨玉环就是杨贵妃。"秋红说："看书记您说哪里了，我是说我是小眼睛单眼皮，哪里是杨贵妃？"胡书记说："小眼睛单眼皮，不迷沙子只迷人。"秋红看了秋生一眼，说："胡书记还能喝吗？"胡书记说："谁说我不能喝，拿来，我喝给你看。"把秋红的酒也喝了。侯书记说："咱们不能光喝酒，也吃点菜，停会还有羊肉汤呢。"于是大家就吃菜，二孬和秋生又找侯书记和林助理喝，村干部又轮着给侯书记和林助理敬酒，最后，胡书记看了说："多好的同志啊，我真不舍得离开，可我也是身不由己啊，这恐怕是最后一次和大家喝酒了，一放开，就有点高了，大家要原谅……"侯书记说："我们胡书记提拔为副县长了，组织部已经谈过话了，只是胡书记做人低调，他没有让我告诉大家，我也没有说。"胡书记说："什么提拔不提拔啊，我知道上边的意思，我走了，就是腾个位置出来，好让乡长甩开膀子干啊，以后，你们就跟着乡长好好干吧，他年轻，有前途，比跟着我干要强得多……"侯书记说："我们宁愿跟着胡书记走。"胡书记摆了摆手："天下没有不散的筵席，我在咱们乡干了十年的书记，没有功劳还有苦劳吧，可是县里选拔后备干部时名单里就没有我，大家都知道，去党校学习，是乡长去的，可就是学习期间，你们村出事了，村里违规建房，在县里得了个倒数第一，你们也知道，梨园村是乡长抓的典型，典型一出事，乡长的后备干部也就出了问题，县里看乡长还年轻，就把这个副县长给了我，说是提拔了，其实就是给乡长腾个路，我在乡里，他就永远只能是乡长啊……"侯书记说："县长不是谁说干就干的，让你去干，你也得有那个水平啊？"胡书记说："这话我爱听，谋事在人，成事在天，可是你首先要谋啊……哦，说多了说多了，上主食，吃完了就走。"这时，一直没说话的林助理说："且慢，我还没进行呢。"胡书记看了他一眼，说："你喝多了吧，又要玩什么花样？"林助理说："放心，我不让大家再喝酒了，我赋诗一首，对这次酒宴做个纪录，如果不好，甘愿罚酒一杯，我先作首一字诗。"说罢，他摇头晃脑，作诗一首："一盒香烟五斤油，一桌酒席一头牛，一次检查一头猪，一辆小车一栋楼。"林助理作罢，胡书记说："我就说吗，你个老家伙，一辈子就是个当助理的命。"林助理说："书记不想听这个，我还有一首公仆饮酒歌，这个你肯定喜欢。"说罢，他又作诗一首："公仆不怕饮酒难，千杯万盏只等闲，习水洋河腾细浪，孔府佳酿佐鱼丸，酒鬼下肚肚里暖，特曲壮胆胆不寒，更喜茅台五粮液，诸君饮后尽开颜。"吟毕，林助理说："这诗如何，还不错吧？"胡书记说："我说你喝多了，你还不信，大家别听他胡咧咧，喝汤喝汤。"一时大家都无言，都低下头来吃饭喝汤。一时吃毕，二孬说："书记也知道，我们村也没有什么好礼品，就是有几箱梨，还算是好的，我已经令人包装好了，放在了领导的车上了，另外还有今天没有喝完的酒，一人一箱，和梨放在了一起，领导别嫌少，不成敬意，欢迎领导下次再来。"侯书记说："你们太客气了。"胡书记说："下次不许这样。"二孬说："知道了，下次按书记的要求办。"说话间，胡书记的小车开了来，我们看着胡书记侯书记和林助理上了车，送出几步开外，才挥手告别。

二十

采梨节开幕那天，一大早，林助理就给我送来了演出的服装，我看了，是一顶帽子和一个裙子，帽子是红颜色的，上边有一个长长的缨子，颜色却是白的，裙子是格子的，暗红色带着黑色和白色的斑点，像极了电视中小沈阳穿的苏格兰裙。我说："我要是再画个红鼻子白鼻梁，不就是一个小丑了吗？"林助理笑了，林助理说："宝儿真聪明，乡长的意思，就是让你扮演一个小丑，你想想，你要是穿了这身衣裳，上台去放屁把蜡烛吹灭，该是一个什么样的效果？"我说："我扮演小丑，庆生演什么？"林助理想了想说："他演黄盖，和你妈妈配戏啊，你妈妈演周瑜，他们演整场的《火烧赤壁》。"我说："那二马呢？"林助理说："二马不会唱戏，他可能跑龙套，听说他要求演个小军，你妈妈已经同意了。"我"哦"了一声，说："二马的媳妇呢？"林助理说："她演小乔，她唱的倒不孬，在场上身段灵活。"我说："我不演了。"

林助理吃了一惊，说："为什么？"我说："不为什么，我就是不想演了。"林助理说："临阵退却，这个不行，别忘了，你这个角色，是乡长亲自点的。"我说："管他是谁点的，我想不演就不演。"林助理说："乖孩子啊，你可知道你这次演出可是个政治任务啊，这么多人不让登台，唯独让你演出，你知道原因吗？"我摇摇头，林助理说："一是我的鼎力推荐，看在和你爷爷好了一辈子的分儿上，我没有什么可帮助你的，想让你在这次演出中露个脸，二是乡长考虑到这次采梨节光聘请外地演员不合适，恐怕被人抓住把柄，说乡里乱花群众的钱，想通过你这个节目突出本地的特色，你要是成功了，就说明我们本地的演员参加了并取得了成功，你要是一退出，就打乱了乡里的一盘棋，后果不堪设想啊。"我说："演出就演出，为什么让我扮小丑，小丑的角色，应该是庆生的。"林助理说："你觉得谁想扮小丑就能扮的？你没看电视里吗，里边的小丑可都是重要角色，再说了，你之所以扮演小丑，是根据你的年龄角色由乡领导量身打造的，别人想演这个角色，可是没有机会的，你应该相信领导的眼光，至少，你应该相信我的眼光，我总不会骗你吧？"我说："我就是成功了，别人也看不出是我呀。"林助理说："这个好办，等你演出时，让主持人把你的名字报出来就是了。"我说："我有点紧张，恐怕到时候放不出屁来，完不成领导交给的任务，怎么办？"林助理说："你不是锻炼了好长时间了吗，我给你说个诀窍，你上台去要放松放松再放松，实在不行，你把下面的观众，当成是演黄片的主角就行了，黄片你看过吗？"我摇摇头，说："他们看片子时，不让我参加，害怕我出去乱说。"林助理说："那就不要看他们了，一心演好你的角色就行了，我给你说小宝，你可一定不能给我演砸了啊？"我看着林助理关切的目光，只得点了点头。

　　我的心情有点不爽，林助理说了这么多，都没有说到点子上，他如果说凌烟看了我的演出肯定很高兴，我立马就会答应的，再说了，不就是一个演出吗？硬和其他的许多事情牵连在一起，也让我不喜欢，我的心中，第一，我要高兴的事情我才会去做；第二，凌烟高兴的事情，我也会去做。去掉这两点，其他的事情我都不很关心的，何况林助理又说了什么政治任务之类的，我听了就头疼，就反感。我拿了林助理送来的服装，和我妈还有林助理一起去村南的演出场地去演出，一路上，我妈和林助理不停地和路人打着招呼，只有我一声不吭。我看到，我们村今天比往日热闹了很多，村中的油路上，不时有各种小轿车驶过，步行的人也比往日多了许多，其中一些人说的话，有些我能听懂，有些简直不知所云，我知道他们都是来自五湖四海的，我还看到一个上了年纪的外国人，胡子都白了，挺着个大肚子，手里牵着一个小姑娘，不知道小姑娘是他的女儿还是孙女，两人没事时还不停地接吻。来到演出场，我看到这里的人比往日多了许多，戏台不远处，停着一辆直播车，几个人正在那里忙乎着，一个领导模样的人背着手看他们忙活，二孬手里拿着烟和水，不时地往他们手里塞。我看到，戏台被一条布幔隔成了两半，前半部分是戏台，后半部分是化装间和换衣间，林助理走到戏台下，停住了脚步，戏台上只有演员才可以上，我和妈妈来到戏台上，看到戏台上已经有了很多人，他们有的在化妆，有的在热身，有的在小声交谈着什么，更有个美女模样的人，竟然在一口一口地吸烟，但是无论干什么的，都好像小心翼翼的，不敢过于放开。我松开妈妈的手，想往化装间里边走，刚走了两步，就被一个人拦住了，这个人说："小朋友别乱走，里边有人在化装。"我说："我是演员，也要去化装。"这个人说："你要化装就在外边化，里边不能进。"我说："为什么？"这个人说："不为什么。"我看了看这个人，可是看不出任何表情，我说："你知道吗，这是在我们村。"没想到这个人说的话更硬，他说："在你们村也不行。"我知道肯定进不去，就说："不行就不行，在外边也一样，干吗凶巴巴的？"那个人也不理我，伸手又拦住了其他想要去里边的演员，我知道那里肯定有什么大人物，要不然，不会有这样的气派，专门有人在化装间站岗。我就在这个站岗的人旁边换衣裳，我要看看到底是什么人这样的气派，我脱下我的衣裳，慢慢地穿上小丑的红花蓝格裙子，又戴上白缨白边的红帽子，然后涂上了红鼻头和白鼻梁，还是不见化装间里边有什么动静，我等得实在急了，就慢慢地走了出来。在临时布置好的化装间外，摆着一个大镜子，我朝镜子里看了看，只看到一个花里胡哨的小丑，已经看不到我了，我朝左看了看，又朝右看了看，从来没见过现在的我，不禁心中一阵高兴，我跳了两下，就向外走去，我要看看演出现场，最好能碰到一两个熟人，看能不能认出我。我刚走出化装间，就见凌烟带着几个姑娘正向戏台上走来，这几个姑娘都梳着高高的发髻，身上穿了红色的旗袍，高跟鞋敲在戏台铁栏杆铺成的梯子上当当作响。我看凌烟能不能认出我来，就站在了梯子的入口处，这是上戏台的必经之路。凌烟第一个走上台来，本来她已经从我身边过去了，我心中正感到失望，没想到她又转过身来，她走到我身边，用鼻子闻了闻，说："你不是小宝吗？站在这里干什么？"我说："你怎么知道是我？"凌烟说："本来不知道是你，走过去了，忽然闻到了一股屁味，不是你，还能有谁？小宝啊，你要确保演出成功啊，不能给我们村丢人。"凌烟的口气竟然和林助理的一样，我听了有些沮丧，我说："成功不成功又如何，成功了你又不给我当媳妇？"凌烟说："瞧你这些出息，你要想让我给你当媳妇，你就先把这次演出演好它，要是这次演出演不好，想让我给你当媳妇，那是白日做梦。"我说："我经常白日做梦。"凌烟白了我一眼，说："是吗，都做些什么梦？"我说："都是梦见你啊。"凌烟说："演出马上就要开始了，我没工夫跟你耍贫嘴，你这次要是演砸了，我一辈子都不会理你的。"我说："我要是演出成功了，你得答应嫁给我……"我的话还没有说完，就看见凌烟已经走进了化装间。走就走吧，我心想，还是想想我要表演的节目吧，这次我要是真的演砸了，估计会有好些人不高兴，首先是我妈，她要伤心，认为我确定没有出息；其次是林助理，会认为我辜负了他的一番心意；再次是凌烟，她希望我能有点出息；至于其他人，像胡书记和曲乡长，他们关心的是节目的政治性，这点我倒不在乎，为了我妈和林助理，还有凌烟，我也一定要把节目演好。

想到此，我掀起了戏台上的幔子往下看了看，只见戏台下已经人山人海，除了前几排有几张桌子板凳空着外，其他的地方都挤满了人。我看到，近处的人都坐着，远处的人都站着，再远的人有的爬上了树，有的骑在了墙，小孩上了大人的背，女儿手里都牵着娘。我看到秋生的媳妇和乡里的纪检侯书记挤在一起，大热的天，自己不舍得打扇子，把扇子藏在身后，装作给自己扇脊梁，呼呼地给侯书记扇风。我还看到庆生那个老东西，手里拿着刚买的冰糕，躲在人群里东张西望，我知道他在寻找二马的媳妇。二马的媳妇今天穿了一条漂亮的花裙子，坐在人群的最前边，我站在戏台上，看见庆生那个老东西拿着冰糕，偷偷地塞进了她的手中，我看到二马的媳妇接过冰糕，随手填进嘴里，旁若无人地吃起来。我还看到，站在人群后边的二马把这一切都看在了眼里，我看到了二马因为咬牙而鼓起来的腮帮，我这才知道，戏剧不只在舞台上才能出现，站在舞台上，别人看你演戏的时候，你也一样能看到别人在演戏，只要视觉对，到处都是戏。我还想再接着看时，忽然觉得刚才还闹哄哄的人群忽然静了下来，二马的媳妇咬了半截的冰糕也含在嘴里不动了，一个高亢而悦耳的声音响起来，原来演出开始了，我往台上看了一眼，见到一个经常在电视上唱歌的演员正在演唱《好日子》。这个演员我熟悉，经常在电视上见的，每到逢年过节她必然要在电视上出来的，并且每次都要唱这首《好日子》，没想到这次我竟然看到了真人。我再往台下看时，只见前几排已经坐满了人，那个前几天去天物苑喝羊肉汤的大人物坐在中间，旁边有几个人陪着，我看到胡书记和曲乡长坐在最边上，纪检侯书记挤在了站着的人群最前边，坐着的人群里却没有他的位置。我还想再看时，我妈把我拽了过来，我妈说："小宝啊，马上就要该你了，你该准备准备了。"我说："知道了，离我上场还有两个节目呢，皇帝不急你太监急什么？"我看到我妈气得变了脸，我却不再理她，转过头漫不经心地看其他的演员，我看到很多经常在电视上露面的演员，这次也来到了我们的舞台上，这些人在电视上有的是美女有的是帅哥，有的是虽然上了年纪却出场后仍然是风韵犹存的少妇。但这次经过我近距离的观察，却发现他们和电视上的形象却差距很大，我发现这些所谓的大腕们，眉毛基本上是描的，眼皮基本上是割的，鼻梁基本上是垫的，嘴唇基本上是纹的，除了唱开场戏的演员外，其他人员上台都有个规律，那就是无论美不美，一律喜欢露大腿，无论啥年龄，一律抹口红，还有的超短裙露内裤，矮胸露出半个乳，虽然歌唱得不够好，舞跳得不够味，但却引起了台下的共鸣，掌声一阵强似一阵。演到热闹处，掌声、喝彩声、口哨声、呐喊声接连不断，和远处村里的鸡叫声、牛叫声、羊叫声、猪叫声、狗叫声混在了一起，形成了独有的乡村交响曲，我也看得心魂激荡，浑然忘却了我也要表演节目，直到看到舞台上工作人员在台子上摆了一张桌子，桌子上点了一根蜡烛，我才想到该我上场了。我也没有听请主持人介绍我还是没有介绍，等到台子上没人时，我一蹦就到了台子上，我像电视上小丑经常出场时那样，先向观众摆了摆手，然后双脚跳着来到了烛台前，我看到这个蜡烛是白色的，为了防止有风吹灭，蜡烛做得很粗，像小孩的手臂一样，我管不了这些，为了完成任务，我把屁股对准蜡烛就想把它滋灭，但是一低头，这个屁就没有放出来，蜡烛也就没有被吹灭，我听到下边观众集体"咦"了一声，对我没有把蜡烛打灭表示了失望。我从桌子边跳开，双脚蹦着跳到了台前，转了一圈后，又第二次来到桌子前，我弯腰撅腚，对准蜡烛再次想把蜡烛滋灭，但遗憾的是再次没有放出屁来，我的脸有点红了，我为自己都有点不好意思了，我再次跳开，这次装作是有意不想滋灭的样子，我从左跳到右，又从右跳到左，接连几次都没有放出屁来，更不用说把蜡烛打灭了，现在我真盼一阵风来，把蜡烛吹灭，赶紧结束这难堪的局面。我听到下面的观众已经喝起了倒彩，我看到舞台上的导演已经着急地站在幔子边上等待我退场，我知道下边的演出一定很重要，说不定就是那个神秘大演员的演出，我闭上眼，冷静了一下头脑，再次走到桌子前，一弯腰，正好有个屁出来，一下子就把蜡烛打灭了，我不知道是谁带头叫的好，接着就听到掌声一片。

我来不及卸妆，立马跑下台来，接着便听到耳边"轰"的一声，人群炸开了锅，原来，那个在后台不让人见的神秘大演员出场了，我一看，立马把什么都忘了，就是她，也是经常在电视上见的，猛一看，和凌烟长得一模一样，她是我们村所有男人的梦中情人，只要电视上有她的节目，我们放下所有的活计也要先看她的节目，可惜在电视上不经常能看到她，没想到这次把她也请了来，怪不得有这样的气势。我挥舞着双手，和其他人一起和着她演奏的节目吼起来，她唱的是一首赞美祖国的歌曲，这个歌曲每个人都会哼上两句，我看到坐在前排的那些大人物也不再拘谨，都跟着节拍手舞足蹈，唱到热闹处，有一个人竟然跑上了舞台，用手揽住了那个歌星的肩膀，歌星好像吃了一惊，但随即就镇定下来，继续她的演唱。我仔细一看，搂住歌星肩膀的不是别人，却是没有混上座位的乡纪检侯书记，在这时，我看到台下有镁光灯闪了几下，侯书记的形象永远地和歌星定在了一起，后来我知道，这是事先侯书记安排好的，后来我还知道，侯书记因此丢了官，这个却是事先没有安排的。

　　接下来，就要轮到我妈上场了，我知道，她等这一天已经等了很久了，她为这一天也准备了很长时间了，然而，就在此时，场上的形势却出现了变化，两个报幕员刚走到台上，身后的布幔却被拉开，一个人在布幔后喊了一声，报幕员就从台前又回到了幕后，我看到在回去之前，那个男报幕员低声嘀咕了一句什么，表达了他个人的不满，接着台后就有人喊："凌烟在哪里，快去找凌烟，领导要剪彩，叫她快去准备。"接着就有人说"凌烟化好装了，就等着上场了。"原先的那个声音说："节目临时有变动，领导剪彩结束后，节目接着演，快叫凌烟过来……"凌烟今天和我妈配戏清唱《白蛇传》，就在后台候场，我看到由于节目中断，台下出现了一片混乱，有人借此机会伸懒腰，有人小声嘀咕着什么，有人则大声喊："我们要看节目……"混乱出现了一会儿，接着又正常进行，主持人宣布接下来是剪彩，接着我看到从中央来的那个大人物便出场了，他身后依次跟着两个人，胡书记和曲乡长排在最后。我看到大人物面带微笑，双眼微微望天，神色安详稳定，给人的感觉一看就经过大场面。相比之下，他身后的官员就差了很多，我看到一向大大咧咧的乡党委胡书记这时却小心谨慎，而一向谦虚的曲乡长更是谨小慎微，其他人员多是如此。这些大人物在台上站定，凌烟便带领十余个穿旗袍挽高髻的女孩子手端托盘走上台来，她们在这些大人物跟前站好，一旁的主持人喊了声："请领导为我们第三届采梨节剪彩。"接着，台下台上鼓乐齐鸣，鞭炮震天，我看到鞭炮掀起的声浪震哭了小孩的脸。我还看到鞭炮化成的烟幕遮掩了大家的面，在一片巨大的声浪中，大领导缓缓地用剪刀剪断了凌烟托着的彩缎，这时候，声浪渐息，台上的其他人依次剪彩完毕。我听到主持人喊了声："下面请领导下台游园……"我看到话音刚落，那个大领导本来已经迈开的脚步忽然停了下来，他向身边的一个人说了句什么，那个人立马跑开了，过了一会儿，曲乡长走上台来，对大家说："游园节目取消，领导要在台上看我们梨园村的梨子，请大家把参展的梨子拿到台上，叫着谁的名字，谁就把梨子让领导们参观。节目暂停，对大家带来的不便，请大家多多原谅。"乡长的话引起了大家的一片"嘘"声，我知道这一切都是那个电视台年轻的主持人惹的祸，他说的那句"请领导下台游园"说中了领导的心病，领导本身已经退休了，忌讳的就是下台二字，而主持人刚好说了领导忌讳的话语，领导一气，就干脆取消了台下的活动，就在台上进行，看你还说下台不？领导上了憋劲，苦了我们梨园村的百姓，虽然心怀不满，我们也得按照领导的意图行事，于是我抱了一箱梨，来到戏台前，等着领导来参展。

今天来参展的人非常多，可以说全村人都出动了，人员不分男女老幼，梨子可谓五花八门。我看到等着上台参展的人员排成了长长的一溜，他们本来都分的有地盘，按照原先的安排，他们只需在地盘上等候就行了，领导们会去参展，现在情况一变化，改成要他们上台去送展，形势立刻就乱了。我看到他们像没头的苍蝇一样，一个个抱着梨子乱窜，人人都争着往台前挤，好像不到台上去参展，他们今年的梨子就要卖不出去一样。我夹在人群中，一会儿就被挤得汗流浃背，有几次，我真想把梨子一丢，甩手走人，但终于没有走掉，每次都被乱撞的人挤了回来，最终我还是拿起了我爷爷的梨子，好容易轮到了我，我已经筋疲力尽了，我到了台上，听到乡长说："这是我们老支书专门研制的酒梨，这个梨子区别于其他梨子的是，它不但可以吃，而且可以喝，健胃消食，提神养气，解烦去燥，消渴止暑，领导要不要尝一尝？"我看到那个大领导在戏台中央居中而坐，白色的镜片后两眼炯炯有神。他看了我一眼，我立马收缩了一下，我听到他说："梨子能喝？这倒新鲜，打开一个看看。"乡长赶紧拿过来早就准备好的碗，拿起一个梨子，切开后把梨汁倒进碗里，捧到领导跟前说："领导为了我们的事，忙了一天了，也该休息一会了，借机也品尝一下我们本地的梨子，其他的梨子我们也不敢让领导盲目地吃，这个梨子的确消暑止渴，领导可以尝一下，也算给我们做个广告，有人问起来这个梨子如何呀，我们说大领导都尝过这个梨子，这就是为我们做的巨大贡献了。"乡长的话引起了一片友好的笑声，我看到那个大领导说："要是这样说，我就非尝一下不可了。"说罢，他端起碗来，看了看里边的梨汁，慢慢地送到嘴边，抿起嘴唇尝了一下，接着就一饮而干，"好梨，好梨汁。"他说："这样的梨，你们这里种得多吗？"乡长说"这种梨今年是头一次研发，不过种的面积也不小，村后整个黄河古道都是的，领导要不要去看看？"大领导说："看看，一定要看看，我们这就去。"乡长说："领导别慌，我安排一下。"说完，乡长使了个颜色，把秋生和二孬叫了出去，接着，又让领导看了几家的梨子，但领导已经明显的心不在焉，乡长又等了一会儿，对大领导说："我们走吧。"转过头来，对我说："你也跟着。"不由我说话，拉起来就走。

　　我和乡长坐在大领导的车子里，出了村子向大堤开去。车子一出村子，便听见一阵威武雄迈的乐声传来，我看到李强手持长尖的，几个年轻人，站在道路边，正在对车队夹道欢迎，我看到大领导对这样的安排并不以为奇，好像已经熟悉了这样的场景，车子驶过后，他只是对年轻人手里的乐器感到好奇，他问乡长："那些小伙子吹奏的是什么呀？"乡长说："那个是长尖，专门迎接尊贵的客人的。"大领导听了，微微一笑，没有吭声。车子到了大堤下，乡长扶着大领导走下车来，乡长说："要到大堤上，从这里往上就要步行了，领导身体还能吃消吗？"大领导说："没事的，我也每天锻炼的。"乡长说："那我自己扶着你好了。"大领导说："不要的，你带路就行了。"一行人转过大堤角，往上走了几步，在一片平地上，就看到了我的数学老师，她坐在一棵大树下，长髻高挽，古袍宽带，两膝盘坐，正在聚精会神地击打面前的水碗，随着她的手势起伏，一阵悦耳的声音便淌水一样的流入人的耳帘，使人听了烦恼顿消，精神为之一振。老领导说："真是人间处处有仙境，这话今天不虚传啊，没想到在这个平原地区，也能营造出别有洞天，不临其境，不能体会呀。"说话间，便到了大堤的顶端，忽然又一阵雄浑悠远的声音传来，豪放中略显凄凉，大领导问："这又是什么音乐？"乡长答："这个是尺八，如今已经不多见了，只是我们这里还有。"大领导说："古时这里称作葛国，葛天氏是我国的音乐始祖，他是第一个使用乐器的人，上古遗风流传至今啊。"乡长说："老领导真是博古识今啊，成天日理万机，这些事也知道？"老领导说："来之前估计要题词啊剪彩啊，就对这个地方的风土人情做了个了解，算不上什么的。"乡长说："那就麻烦领导给我们梨园题个词吧，笔墨纸砚我们都准备好了。"老领导看了乡长一眼，说："你这个乡长很会当啊。"乡长说："老领导过奖了。"说话间，便到了我爷爷住的石屋前，我爷爷已经在那里等候了。老领导握住我爷爷的手，说："这么大年龄了，还能这样为社会做贡献，真是难能可贵啊。"爷爷说："哪里哪里，和老领导比那可差远了，老领导也是一把年纪了，还整日为国事操劳，我们平民百姓，更应该向老领导看齐，尽最大努力，多做些贡献。"老领导说："那都是过去的事了，提那些干啥，到是你目前的生活，老而自食其力，才是我们这些老头子学习的榜样，如果不是退下来国家养着我们，让我们也向你一样，这么大年龄还自食其力，我们就要不如你了。"接着就赞叹爷爷好眼力，选了这样一个仙境般的地方，可惜他不是自由身，要不然，也想跟着爷爷采菊东篱下的。两人说了很多话，老领导详细问了爷爷种梨的经过，不由得大为感动，他对乡长说："本来我已经决定不再为别人题字了，但今天我还想打破这个例，为老人题个字可以吗？"乡长说："我们早就准备好了，就怕老领导不乐意，老领导要为我们题字，我们可是求之不得。"说罢，就叫人快拿笔墨纸砚来。话音刚落，就有人搬来桌子，摆好了纸笔，老领导来到桌前，说："我先给老支书的酒梨提个词吧，你想让我给你写个啥？"我爷爷说："前几天电视台的记者来，让我说'似酒非酒健康长寿'几个字，我觉得挺好的，就请领导写这几个字吧？"大领导略一沉吟，说："好的。"便挥毫泼墨，一蹴而就，题写了"似酒非酒，延年益寿"八个大字，老领导刚一住笔，旁边便一片叫好声，有说老领导的字写得好的，有说老领导的词题得好的，特别是老领导把健康长寿改为延年益寿这一笔，把酒梨的整个档次就提上去了……老领导挥手止住了大家，老领导说："我到这里来，时间不长，但是感触颇深，主要有两个方面，第一个，就是老支书的酒梨，很有创意，可以说开创全国梨树种植的先河，市场潜力巨大，关键还是它对社会带来的益处，这个不容估量；第二个，就是这里的羊肉汤，那个年轻人了不得，我看他的羊肉汤也会名扬天下。我觉得这两项和我们当地的风土人情结合在一起，特别是葛天氏作为音乐鼻祖竟然在我们这个地方，这一块足可以搞一个开发观光为一体的旅游业了，如果把这个做实了，我敢预测，不出几年，我们就会成为全国的一个发展典型，为了给大家做点贡献，我先提个词，也算尽我一点微薄之力。"说罢，老领导又写了一副对联，我看了，上联写的是：游古道听梨园曲赏人间景，下联是：品酒梨喝天物汤知天下味。写完这些字，老领导意犹未尽，说："既然写了，我再给万顷梨园题个字吧，省得等会你们再要。"说罢，又写了"花天酒地，梨乡乐都"八个字，写毕，把笔一搁，说："这是我最后一次为人题字，从今后，我再也不为别人写字了。"

二十一

　　大领导为我爷爷题字的消息很快传了出去，前来观赏的人络绎不绝。他们中有外省的省部级干部，也有本地的一般领导，每个人都对大领导的题词赞不绝口，另外也忘不了顺便品尝一下我爷爷的酒梨，临走时更忘不了带走一箱两箱的。我爷爷的酒梨相比之下就比其他人家的梨子卖得快。曲乡长因势利导，把大领导的题词让人装裱了，一幅挂在我爷爷的黄河古道入口处，一幅挂在春生的天物苑门旁，另外一幅则挂在万亩梨园的示范点上，这样一来，只要是来了人，无论到哪里去，都能看到大领导的题词，这一做法确实为我们梨园村增色不少，梨子也比往年卖得快。更可喜的是我爷爷，在大领导题词三天以后，一个南方的客商，操着不太流利的普通话，找到我爷爷，他说："老先生，你的梨子卖完了吗？"我爷爷说："哪能呢？早着呢。"客商掏出了一张名片，对我爷爷说："我是广州亿利达食品有限公司的老总，专门经营绿色食品的，我们公司正在开发研制绿色果品饮料，你的酒梨对我们的研发很有帮助和启发，你的酒梨我们全要了，你看可以吗？"我当时正在帮爷爷摘梨子，爷爷听了这些话，扭过头来看了看我，我有点讨厌这个南方人，他留着一撮小胡子，满嘴的黄牙，嘴里还叼着一颗粗烟，给人一副财大气粗的感觉。我看着他腆起的大肚子，说："我们的梨挺贵的，你买得起吗？"大客商笑了，连声说："买得起，买得起，不知你的梨子是啥价钱？"我说："我的梨子论个卖，一块钱一个。"我看到这个大客商顿了一下，接着就说："那好吧，你们的梨子我全要了，从现在起，你们不能再卖给其他人了。"我看这个人答应得非常爽快，心里立马就后悔了，感觉要的太低了，我说："不过，梨子你要自己来摘，我们只负责查数。"这个大客商说："好的，那就这样定了。"我爷爷把我拉在一边，对我说："小宝啊，你要的是不是太高了？"我说："我讨厌这个人，还后悔要的太低了呢，再说，现在的物价都涨到什么程度了，我们要他高一点，也叫与时俱进嘛。"我进了村委以后，也经常参加村里和乡里的一些会议，无形中也学了一些名词。我爷爷说："既然说好了，那就这样办吧，价钱高一些总比低了好，反正这些钱都是你的，我年纪大了，要钱也花不出去。"我对客商说："除了酒梨，其他梨子你还要吗？"客商说："其他梨子就算了，要是你爷爷的，我倒可以考虑。"我说："那好吧，我爷爷正好还有其他一些梨子，都卖给你好了。"

接下来的日子里，我们梨园村沉浸在梨子丰收的狂欢里。全国各地的客商纷至沓来。他们一半为了旅游，一半是为了购买我们的梨子，但是不管出于什么目的，到了我们这个地方，买一些梨子总是难免的，所以我们村的生意异常火爆。由于我爷爷的梨子被一家客商包了，算账又用不了那么多人，再说，我也懒得去帮他管这些闲事，所以，在大家最忙的时候，我成了最闲的人。这些日子里，我成天无所事事，每天东游西逛，我先看会儿斗鸡，然后看会儿斗猪，最后再看会儿斗牛和斗羊。为了吸引客商，我们村在梨园各地组织了各种各样的比赛和演出，只要进了梨园，不出半里地，各种比赛和演出到处都有，我觉得这也是我们村生意红火的原因之一。没事就看这些鸡羊猪牛比赛，时间长了，我也看出些门道来，比如说在比赛中，牛基本上靠顶，猪基本上靠拱，羊基本上靠撞，鸡基本上靠蹬，它们的胜利，总结起来就是，牛要顶歪，猪要拱翻，羊要撞倒，鸡要蹬败。我还发现，在斗架中，牛的尾巴是夹起来的，而猪的尾巴却是扬起来的。牛使的劲越大，夹的尾巴越紧；而猪的打斗越厉害，尾巴扬的越高，后来我想，并且终于想明白，牛的个头虽然大，胆子其实却很小，所以打斗时尾巴是夹起来的，猪的个头虽然小，其实胆子却很大，要不然，在打斗时不会把尾巴高高地扬起。后来我又想，牛的个头大，为什么胆子却小呢；为什么猪的个头小胆子却大呢？这个问题我也想明白了，牛的个头虽然大，但它吃的是草；猪的个头虽然小，但它吃的却是人们剩下的饭，至少和人类的饮食接近，受人类的熏陶较多，胆子也就比较大。牛靠吃草维持生命，食草动物，个头虽大，但内里较虚，所以胆子小。我还发现，在这些动物中，鸡特别好斗，两只公鸡放在一起，不分情由，上去就斗，直到一方斗败为止，这充分说明了鸡的肚量很小，见不得同类，人们用鼠鸡肚肠来形容它们一点也不过分。猪也好斗，但更好色，如果把两只公猪放在一起，它们也会斗，但如果旁边有母猪，它们会斗得更厉害，有发情的母猪在旁边，它们一般就会不要命地去斗，如果不拉开，它们会一直斗到死。相比较而言，羊是比较狡猾的，两只公羊在一起，它们彼此要先闻闻身上的气味，确定不是异性了它们才会斗，并且在打斗时会偷滑躲懒。我在看它们的比赛时，就被它们骗了一回。那场比赛有大武主持，他把两只羊拉开距离，然后和二汉各带着一只羊往中间跑，一般情况下，两只羊交叉便会相撞，可是这两只羊明明跑到了一起，却并不相撞，活生生地停在咫尺之间，惹得周围人一片笑声。还有一次，两只羊被逼急了，羊头虽然撞在一起，也只是微微地接触一下而已，两只羊都把握得非常好。后来大武急了，从养羊场拉来了一头发情的母羊拴在场边，两只公羊才各展绝技斗在一起。

就在村里人享受梨子丰收给大家带来的欢乐时，唯一感到失落的就是我妈了。采梨节上她的演出没有进行，对她造成了很大的打击，原本她想在采梨节上一举成功，向大家展示她的演出风采，可是，大领导的意外剪彩打乱了她的计划，恼羞成怒的我妈回到家后，满腔怒火无处发泄，便把自己关在屋里，即不吃不喝，也不出屋门。我后爸石班了解我妈的脾气，原以为过了两天，我妈就会好起来，但出乎意外的是，连续三天，都是如此。我后爸做好了饭，送到我妈屋里，我妈先是不理，最后就连盘子带碗都扔了出来。我后爸没有办法，就对我说："小宝啊，你妈不吃不喝，你去劝劝她吧。"说这话时，我看到后爸两眼含泪，就差放声大哭了，我没想到一个大男人，为了女人不吃饭能达到如此地步，我看了，即感到可怜又感到好笑。但想到我后爸平日待我不薄的分儿上，我说："我试试吧。"我来到我妈的房间里，看到我妈面容憔悴，我的心酸了一下，眼泪不觉地流了下来，我说："妈妈，你是不是感到无脸见人？"我妈看了我一下，长出了一口气，用道白的口气说："儿子呀……"然后便不再吭声了。接下来，任由我说什么，我妈都是不理不睬，我说了半天的话，也不记得都说了什么，整体来看成效不大，便走了出来，一出屋门，我后爸便迎了上来，问我："怎么样？"我摇了摇头，我后爸便一屁股蹲在地上，两眼都是愁容。我看了后爸一眼，便走出了屋门，一出院子，便听到村子里到处洋溢着欢乐的声音，我很快被这些声音感染，一会儿就把这些忘掉了。我循着声音的来源来到村外，见一群孩子围在一起，嘴里大呼小叫地喊着什么，我挤进去一看，原来是两个狗在连蛋，村里的莲花也抱着弟弟在旁边观看，他三岁多的弟弟一直在问："姐，姐，这两只狗在干什么？"莲花说："它们在打架。"我听了，不以为然，说："它们明明在连蛋，你怎么欺骗小朋友呢？"莲花看了我一眼，说："它们就是在打架，怎么了，你也想和我打架不成？"男不和女斗，我才不和你打架呢，我心想。看了莲花一眼，扭头走开了，我还要看其他的比赛呢，和一帮未成人的孩子在一起有什么意思。

我一直玩到吃晌午饭时才回到家里，一进门，就见村委一班人都在我家里，原来他们是来劝我妈妈的。大武说："嫂子别生气，不就是一场演出吗？咱们再组织一场，我给你搭班子，如何？"秋生说："采梨节结束时，往年我们都要庆祝一下的，今年我们村委商量了，庆祝演出就是嫂子的专场，你的《火烧赤壁》我们都盼了好久啦，这次一定得让我们看看嫂子的风采。"秋生说完这些话，我看到我妈的眼睛亮了一下。会计计财说："还有个好事呢，你们不说，我就说了，云天听了一定更高兴，乡里说，我们不是没有支书吗，秋生的支书还是代理的，为了加强我们村委班子的力量，乡里也为了表彰这次小宝的演出成功，乡里决定让小宝正式进入到我们的村委班子。"计财说完这些话，我妈的眼睛就睁开了，我妈说："乡里真的让小宝进了班子？"我看到村委的一班人都一个劲地点头，二孬说："这回你该高兴了吧？"

我妈坐起了身子,说:"不就是一场演出吗?还要让大家都跑来一趟,我尽力而为就是了,小宝的事,让大家操心了,以后的相处,大家要多担待他些,估计以后不少给大家添麻烦。"秋红说:"嫂子还是快起来洗脸吃饭吧,小宝的事我们会在意的。"在大家的劝说下,我妈妈终于重新恢复了正常的生活,紧接着,她就投入了对采梨节结束晚会的排练中。

采梨节晚会是我们村里自办的晚会,演员以本村人为主,往年也有邻村的戏迷来客串,但客串人员得有相当的水平,要求条件比本村的演员水平高。这次我妈决心不再用外村的演员,完全用本村的演员来演出。因为每到采梨节结束的时候,外地来的客商基本上都走光了,乡县两级的干部也不大重视,实际上采梨节的结束晚会就是我们梨园村的村民自娱自乐的晚会,这样看我妈的选择是对的,既然是村民们自娱自乐的晚会,要不要邻村的人员来客串就不重要了,再说了,就凭我们村里现有演员的演出实力,演一台《火烧赤壁》就绰绰有余。我妈要唱《火烧赤壁》的消息一传出,来找我妈报名的人员就络绎不绝,经过精挑细选,我妈很快敲定了演出人员,二马死缠烂磨,终于如愿在戏里演了一个跑龙套的角色,而庆生那个老东西,却在戏里扮演老将黄盖,我知道庆生和二马之间的过节,如今他们同台演出,肯定又有好戏看了。

二十二

天气渐渐凉起来,酷热的夏天一去不返。村里的梨该卖的都卖了,不该卖的都进行了窖藏,女人们都买了新衣服,男人们没事时聚在一起,已经怡情小赌了,村里每天呼五喝六之声不绝于耳。我讨厌打牌,我认为一个人恣意欢乐的背后隐藏着巨大的风险,人们只是不知道这一点罢了,或者知道却不愿承认。我讨厌赌博,我认为赌博是一种恶习,我还讨厌一切依靠欺骗或者动用智商来获得的财富,在这一点上,我最佩服我的爷爷,他经过一年的努力，靠自己的双手在昔日荒凉的黄河古道上获得了巨大的成功，他种的梨子被南方客商雇用了上百的人，摘了一个多星期，收获了上万元或者几十万元的财富。我避开他们，到后山去找我爷爷。我见到爷爷时，他正在数钱，他把最后几个钱币数好，笑眯眯地对我说："宝儿呀，你猜爷爷现在有多少钱？"我猜不到，也不想猜，我说："管他有多少呢，钱多钱少，和我有什么关系？"爷爷说："小宝啊，你错了，这些钱和你有很大的关系啊，因为这些钱都是你的，爷爷给你存起来，等你结婚时就用得着了。"说到结婚，我就想到了凌烟，我说："凌烟要是肯嫁给我就好了？"爷爷说："凌烟是个好姑娘，可这个事爷爷却办不到，爷爷只能给你攒钱，至于你要娶谁，谁想嫁给你，那是你自己的事，爷爷可管不着，也管不了。"我说："那就是给我再多的钱也没用，再说，春生那里还有我的股份呢，我自己的钱还花不了呢。"我看到爷爷没有吭声，不知道他在想什么，我说："爷爷呀，明天就是采梨节最后一天了，我妈妈唱整场的《火烧赤壁》，你不下去看看吗？"爷爷说："爷爷上山时，就曾经发过誓，这辈子上了山，就不再下山了，再说，爷爷年纪大了，腿脚不灵便，能下就不下了，你们年轻人，好好地玩玩吧。"我说："爷爷真的发誓不下山了，那你将来死了怎么办？"爷爷说："所以呀，爷爷有个要求，那就是将来爷爷死了，你要把爷爷埋在后山上，和你死去的奶奶埋在一起。"我想了一会儿，说："那我家里的奶奶怎么办，她将来要是死了，埋在什么地方？"我看到爷爷沉默了，过了一会儿，他说："你按爷爷要求的去做就是了……等这场演出结束后，你再上山来，爷爷还有话对你说。"我说："有什么话，现在不能说吗？"爷爷沉吟了一下，说："还是等几天吧，小宝啊，爷爷年纪大了，有活干时，爷爷不觉得寂寞，没事时，爷爷想找个人说说话，你要是没事的时候也多往山上来看看爷爷。"我说："我会的。"我觉得爷爷今天的神情有点奇怪，在本来应该高兴的日子里，不知道他为啥却这样伤感，后来我想可能上年纪的人都是这样吧？我俩又待了一会儿，到后来实在没话了，我才向爷爷告辞，一个人向村中走去。刚进了村子，迎面就碰见了二马，二马一见我，脸上就笑嘻嘻的，二马说："傻……小宝啊，我参加了明晚的演出，你知道吗？"我说："这有什么稀奇的，庆生明天还演黄盖呢。"我知道，在二马跟前只要一提庆生的事，二马立刻就得变脸色，没想到这次二马听了这句话，脸上仍是笑嘻嘻的，二马说："当然……谁都能参加，不过，我能参加，首先要感谢你妈妈，没有她，我是参加不了的。"我说："你就是参加了，也不一定演出就能成功，这有什么好谢的？"二马笑了，二马说："演出成功不成功我不敢说，但我敢保证，明天的节目肯定很精彩。"我说："这还用说吗？有我妈妈参加，节目会不好吗？"二马说："有你妈妈参加，那当然是，但……这样吧，明天的演出你一定要参加，我保你有好戏看。"我看着二马鬼鬼祟祟的样子，心里半信半疑，凭二马的演出水平，能有什么好戏看，但我还是说："参加是肯定的，我还要替我妈妈鼓掌呢。"说完，我就走开了，我心想：我才不信你的鬼话呢，媳妇和别人相好，你都没什么办法，这样的人能演出什么好节目？亏得我妈妈好说话，要是换了别人，演出肯定不会让他参加的。

第二天晚上，演出如期进行，我妈演周瑜，庆生演黄盖。不能不说我妈天生就是演戏的料，她扮演的周瑜，不是说演得如何英俊潇洒，形象逼真，举手投足之间味道十足，而是她本身在舞台上的一种气场，带动了整台戏的进行，只要我妈一登场，原先演得并不好的演员，也看起来中规中矩，在舞台上，我妈是月亮，其他演员就是星星，我妈发出的光芒，笼罩了这些星星，让大家眼里只看到了月亮而忽略了星星，我妈妈用自己的演艺覆盖了全场，使这台演出变成了我妈妈的专场，只要我妈妈一登场，大家心里都认为戏就该这样演，周瑜就是这个样的，而其他的人物，也都应该是戏台上的样子，演到热闹处，我妈一张口，下面便是掌声一片，说实话，我为我妈妈感到骄傲，唯一可惜的是她生不逢时，没有专业的舞台让她发挥，她的才能也只能在这样的乡村舞台上绽放了。轮到黄盖出场了，说实话，庆生扮演的黄盖也不含糊，别看庆生身材瘦小，但是一到台上，精气神就显露无遗，举手投足，味道十足，在打黄盖之前，是有几句台词的，我妈扮演的周瑜有这样几句话："曹操大敌当前，诸将务须努力，今令诸将各领三个月粮草，准备御敌。"这时黄盖上场，先在帐外摆个造型，然后进帐大叫："别说三个月粮草，就是三十个月粮草，我看也不济事，还是投降了吧。"周瑜大怒，说："我奉主公将令督兵破曹，今两军相敌之时，你如何敢出此言，乱我军心，左右，给我拉出去斩首。"旁边诸将一齐劝免，周瑜余怒未消，大叫："死罪能饶，活罪难免，左右与我痛打一百军棍，以正其罪。"话音刚落，旁边走出来行刑的小校，把庆生扮演的黄盖拖翻在地，举棍就打，我看出扮演小校的是二马，他在拖翻庆生时还向我这个方向笑了一下，我心想坏了，这个念头刚一出现，便见二马举起棍来，一棍下去，便听见庆生杀猪般的叫了起来，二马举起第二棍，又一棍打去，整个戏台便跟着颤抖起来，伴随着庆生哭爹喊娘的叫声，戏台突然剧烈地摇晃起来，先是我妈坐在椅子上抖了一下，我看她努力坐稳了一下，可接着旁边跑龙套的刀斧手的身躯便前俯后仰起来，东边的刀斧手跑到了西边，西边的刀斧手跑到了东边，我看到我妈在椅子上也坐不稳了，一个打滚，便从戏台上摔了下来，正好摔在我身边，我正想这是怎么回事，没想到台下的人也一个个站立不稳，你拥我挤地乱成一团，正在这时，我听到有人高声喊叫："不好了，地震了，地震了……"

我这才知道，我感觉中的地震终于来了，我以前说过，自从在电视上看到地震的画面后，我就知道，下一个地震的地方就是我们村，可我没想到地震会在这个时候来到，来就来吧，该来的事情早晚都跑不掉。后来我知道，地震在那个时候发生，对我们村是一个绝好的事情，因为我们村里的人都在演出现场，没有出现一个伤亡事故，我感觉冥冥中一切皆有注定。

二十三

　　这次地震，震坏了我们村所有的砖木结构的房子，但是新盖起来的十几座楼房却安然无恙。早上起来，我脱离惶恐了一夜的人群，独自一人穿行在被震塌了的房子中间。我发现，这些被震塌了的房子倒塌的形状各不相同，就像夜里村人们各不相同的脸。在夜里，当地震发生以后，村人们经过短暂的惊恐以后很快地镇静下来，他们自发地聚集在一起，静等着黑夜过去白天来临。在那时候，我发现他们脸色各异，就像现在倒塌的房子的形状，我不能一一指名道姓地描摹他们的样子，只能在这里说个大概，他们有的静坐着一眼不发，有的吸着烟沉默不语，有的脸朝着一个方向一动不动，有的手拉着手彼此不语，看样子还没有从惊恐中恢复，或者是害怕地震的灾难再次发生。就是小孩，平时最爱哭或者爱闹的，这时也保持了安静，偶尔有谁压抑不住的咳嗽，也是尽量放低了声音，我妈妈把我抱在怀里，这让我很不好意思，生怕别人看见，更怕凌烟看见。但是很快，我发现我的担心是多余的，我不但看不到凌烟的影子，其他人对我妈的行为简直不屑一顾，或者根本视而不见。大家既然没注意，我也就放心了，我很快在我妈妈的怀抱里睡着，醒来后，便挣脱了妈妈的怀抱，第一个来看地震后村庄的模样。我发现地震真是最大的破坏专家，它的破坏力超出了我的想象，或者想着法子朝人类的想象极限发展。我看到，这些被震塌的房子的形状各不相同，它们有的屋顶被掀开，墙壁却完好无损，有的是墙壁被震坏，屋顶却完整如好，有的房子左半边被整个震碎，右半边却毫发无损，有的是右半边全部倒塌，左半边完好如初，我不理解地震如何能造成这样的状况，心里感到暗暗惊奇，我看到村里新盖起的楼房一个个巍然挺立，在左邻右舍新倒塌的房屋映衬下更显得威武雄壮。我知道，水泥混凝土结构的房子能抵抗一般较小的地震，没想到这次这些房子就派上了用场。当我在这些倒塌和未倒塌的房子间沉吟的时候，我看到秋生远远地跑了过来，秋生到了我跟前停住了脚步，他用手擦了一把脸上的汗，对我说："到处找不到你，没想到你在这里？"我说："找我有什么事？"秋生说："不好了，出大事了。"我说："不就是地震吗，还能有什么事？"秋生说："不是这个事，你知道吗，侯书记不干了。"我说："哪个侯书记？"秋生说："你看你，就是乡里侯书记啊，在我们村蹲点的。"我说："我觉得是多大的人物呢，他不干了就不干呗，有什么大惊小怪的？"秋生顿了一下，说："你看我，也是的，遇事就沉不住气，这不是咱们村地震了吗，我打电话给他汇报，他说他不负责咱们村了，让我们有事直接给乡党委汇报，你知道，我除了跟他比较熟，让我找乡党委，我知道找谁呀？"我说："你也可以找乡里胡书记和曲乡长啊，他们不就是乡党委吗？"秋生说："我和他们不熟，当初干这个代理支书，是侯书记让我干的，再说，我也没有他们的电话号码呀，你能不能想办法和他们联系一下？"我说："让我和他们联系，要你这个支书干吗？"秋生说："我还有事要做，我得把村里的人安排一下，这个屌地震，就是奇怪，震就震到我们村，再往北就没有了，古道以南的村庄都被破坏了，以北的就一点事都没有，我刚才看了，你爷爷的简易房在堤顶上没事，春生的天物苑在堤北也没事，我得先把人安排在春生的天物苑里，免得没个地方落脚，人心就不稳。"听了春生的话，我心里有点不舒服，把人安排在春生的天物苑里，不就又让春生出了风头，凌烟肯定又要得意了，但是，不把人安排在那里，又能安排在哪里呢，总不能让人连个落脚的地方都没有吧？我咬了咬牙，对秋生说："你去安排吧，我去找二孬，让他和乡里联系。"秋生说："好吧。"刚要举步，又对我说："傻根啊，你现在是村里的干部，有些话我要对你说，我恐怕侯书记不在我们村了，二孬恐怕要生事的，他对我这个代理支书，一向是不服气的，这回侯书记一走，恐怕他要夺权的。"我说："现在是什么时候，你还考虑这些，赶快把人员安排好是正经事，其他的事以后再说。"秋生看了看我，说："好吧，他要是真的闹到那一步，你可要站到我这一边，支书干不干关系不大，可一旦被他闹下来，我可要丢人了，以后还怎样在村里立足？"我说："我知道，可我也左右不了啊。"秋生说："也是的。"就急急忙忙地走了。我继续在倒塌的房屋间穿梭，心里却想着秋生的话，纪检侯书记一走，秋生就失去了靠山，所以秋生认为出了大事，这个事我理解。但是，就是秋生继续干这个支书，凭他的能力就能干好吗？凭他和二孬的关系，真不知道下一步会发展成啥模样，我这样想着的时候，就听到有人喊我的名字，这次喊的是"傻根。"我抬头一看，发现是二孬。二孬说："一大早，跑这里干啥呢，到处找你不着？"我说："有什么事吗？"他说："咋会没事？告诉你，有个大好事。"我说："都地震了，能有啥好事？"二孬说："告诉你吧，侯书记不干了。"我说："为什么不干了？"二孬说："为什么？原因多了，我找乡里的朋友了解情况，公开的原因是因为你爷爷收钱盖房的事，他抓的是我们村，你爷爷因为盖房丢了支书，他也因为是主管领导受到了牵连，可乡里的人都知道侯书记是没有摸到钱的；再有一个问题，就是作风问题了，现在上边正在调查他，这些当官的，调查谁能不出问题，现在大家都传了，说他之所以丢官，和他在咱们村采梨节上和明星合影也有关系，到底什么原因，咱就不清楚了，但有一点可以肯定，他现在已经下台了。"我说："他下台归他下台，和你有什么关系，你高兴的说是大好事，难道说他下台了，让你去干他的纪检书记？"二孬说："那倒不至于，但他不抓我们村了，就没人再保秋生了，我弄个支书干干还是可以的，你看这样行吗，我干支书，让你当村主任如何？"我说："我也不稀罕你的村主任，再说了，村主任都是选出来的，不是你想让谁干谁就干的。"二孬说："这个好办，我们选就是了，还怕选不上吗？"我说："我可不会像你那样掏钱买选票，要是那样，选上了我也不干。"二孬说："咱们不说这个了，我找你真有事的。"我说："有啥事？"二孬说："我想让你和我一路去找你姐姐，我相中了她手里的一幅画，可她要价太高，你去了，让她给便宜一些。"我说："你不是有的是钱吗，还在乎这一点？"二孬说："要是一点两点的，我就不来找你了，她给我要一百万的，这不是明摆着不想卖给我吗？要不然，我还找你干吗？"我吃了一惊，什么画能要这么多钱？二孬得意了，二孬说："吃惊了吧，我告诉你，这可不是你姐姐画虎村里的画，她们的画，顶多也就几万块钱一幅。这幅画，是你姐姐拿来给画虎村的人当样子的，听专家说，是什么唐伯虎画的，以前乡里胡书记看了，对这幅画赞不绝口，我知道他心里喜欢这幅画，这次是专门买来送给他的。"我说："你想当支书，买了画去行贿，我才不帮你这个忙呢。"二孬一听就急了，二孬说："你要怎样才肯帮忙？"我说："无论怎样我都不帮你这个忙。"二孬想了想，对我说："这样吧，你帮我个忙，以后有什么事我再帮你的忙，只要这个事情弄成了，以后你无论让我干什么，我都不会推辞的。"二孬这样说，我的心动了一下，我说："你说的话是真的？"二孬说："当然是真的。"我说："我要是让你吃屎你也吃？"二孬想了想，说："吃。"我觉得这个事很好玩了，我说："那你先学个狗叫我听听。"二孬就"汪汪"地学了两声狗叫，我说："你再学两声驴叫。"二孬又"昂昂"地学了两声驴叫，一时间，我想不起来让二孬学什么了，我说："我就是想帮你这个忙，也不知道我姐姐同意不同意？"二孬说："只要你出面，这事肯定能办成，就是办不成，我说的话也算数，再说，这事对你姐姐也有好处啊，她以前拿这个画当样品，现在轻车熟路，已经不需要了，她只是不想卖给我罢了，只要你出面，这事一定能成。"我说："那咱试试吧，不过，现在你要给乡里联系一下，把咱村的情况反映给乡里，咱村的事弄好了，我才会帮你的忙。"二孬说："这事还用你操心吗，我早给乡里打过电话了，乡里也往上作了反映，救援队马上就到了，我现在担心的，是你姐的楼房别要震塌了，把那幅画压坏了。"

　　救援队是上午十点赶到的，那时候我和村委会一班人已经把村民安排在了春生的天物苑里了。看到一下子来了这么多人，春生有些不满，春生说："这么多人住进来，我还怎么做生意？"我说："要是你爹娘都被砸死了，你还有心做生意？"说罢这句话我就后悔了，我知道春生的爹娘就是在地震中丧生的，春生看了我一眼，说："就是爹娘都死了，也比生下来没爹强得多。"
我知道春生说的是我，我刚想还嘴，秋生说："这里只是临时安排一下，等上边来了人，就要做调整的，再说了，你的房子都是竹木结构的，不怕再发生地震，其他的地方，没有比这个地方更合适的了。"春生还想说什么，这时候凌烟挤了过来，凌烟说："这天物苑有我三分之一的股份，你要是害怕影响了生意，我那三分之一的地方让给大家住。"我立即说："我那三分之一的地方也让给大家住。"春生看了看凌烟和我，说："我也是说说罢了，没说不让大家住，看你们俩这个样子，好像我没有同情心似的。"我说："你不是我们本地人，当然对我们的死活不关心，看你难受的样子，好像死了亲爹似的。"春生还想说什么，秋生挥手止住了他，秋生说："现在不是打嘴仗的时候，有什么话以后再说。"接着就指挥人员往天物苑里进，可是，春生的天物苑里能住的屋子少，而村里要住的人却很多，闹闹嚷嚷的，一时安顿不下来。我看到面对这种乱哄哄的局面，春生先是噘起了嘴，再是黑了脸，接着就耷拉起了眉。我知道，春生的生意一天两天的是干不成的了，干不成生意，对他来说就是损失，一看他垂头丧气，我就很开心，一开心，我就笑出了声，我刚笑出声，就被凌烟看到了。凌烟说："你笑什么？"我赶紧绷住了脸，我说："没笑什么。"凌烟说："我明明看到你笑了。"我说："我真的没笑，我笑什么，有什么好笑的？"凌烟说："你是不是看春生不能做生意了，你就幸灾乐祸，要知道生意里还有你的股份呢！他不能赚钱，你也不能分红的。"我心里说：我才不在乎那几个钱呢，但嘴上却坚持说我没有笑，我伸着头，对凌烟说："你看看，你看看，我哪里笑了，我明明没笑吗？"就在凌烟和我争执笑没笑的时候，救援队赶到了。我看到，这些救援队有武警官兵、消防战士和公安干警组成，他们一到，办事效率明显比我们高多了。他们把人员分成了四个小组，一个交通运输组，一个故障清理组，一个医疗救护组，另外还有一个后勤保障组。我看到他们在一个部队领导的指挥下，有条不紊地开展了工作。保障人员疏通车辆，故障清理人员就地对压塌的房屋进行清理，后勤保障人员负责人员统计，并发放帐篷、矿泉水、方便面和一切生活应用东西，医疗救护人员却无事可做。

乡里也来了人，但这次带队的，不再是侯书记，却是林助理。林助理一到，就召集我们村干部开会，商议抗震救灾的事情。侯书记不来，林助理就震不住二孬，二孬先开口说："我觉得目前最要紧的，是解决好我们的干部班子问题，要不然，各项工作都不好开展。"林助理说："你们的班子怎么啦，不是好好的吗，还要怎样解决？"二孬说："好什么好？秋生的支书还是代理的，名不正言不顺，怎么带领我们开展工作？"林助理说："这个好办，我给乡党委打个招呼，宣布他为支书就是了，非常时期，一切从简。"二孬说："宣布他为支书？我干什么？我还想当支书呢！"林助理说："这个事情要乡党委说了算，我们还是先说抗震救灾的事，等这个事有了眉目，马上就解决你们班子的事情，你看可以吗？"二孬说："我本来就没有什么可以不可以的，我只是觉得不解决这个问题不利于大家开展工作，林助理既然这样说了，大家就按林助理的意思办就是了。"秋生说："我也不是非要干这个支书不可，只是老支书退了，一时找不到合适的人，乡里才让我负责的，等这个事情过去了，我就不干了，到时大家再推选其他人就是了，我觉得这个只有乡党委说了才算。"林助理说："现在我们不谈这个了，我们得分个工把现在的工作转起来，你们看这样可以吗，我们先成立个抗震救灾指挥部，明确一下个人分工行吗？"我说："救灾就救灾，成立什么指挥部，难道说不成立指挥部就不能救灾了吗？"林助理说："看你这孩子，还是这么不懂事，成立救灾指挥部，是乡里胡书记和曲乡长的意思，这次地震，我们乡有四五个村子摊上了，其他村比我们村受灾严重，听说都有人员伤亡，胡书记和曲乡长先到他们村去了，我们村没有人员伤亡，乡里先让我来主持工作，我来的一个首要任务，就是先要把抗震救灾指挥部成立起来，村里的干部就地转化为指挥部成员，对上联系救援队，对下协助救援队开展工作，成立抗震救灾指挥部的事情，有我和秋生、大武负责，待会儿我们去联系救援队，让他们给我们准备一个大帐篷，地点就选在村室旁边，最好能给安装一部电话，这个事我负责协调，二孬和计财跟着故障清理人员，主要任务是做好受灾家庭的财产登记和认领工作，防止人员冒领和错领物品，登记工作计财做，二孬主要维持群众秩序，秋红和根柱跟着医疗救护人员，主要是协助他们开展医疗救护工作，看看村里有没有伤病人员，需要救治的，就让医疗队借机给医治一下，村里有上年纪的，也趁机检查一下身体，这个任务就交给他俩了。"我说："我们村有伤病人员，庆生昨天就受伤了，现在躺在地上还起不来呢。"我知道昨天夜里庆生被二马打伤后，躺在地上呻吟了一夜，他没有亲人，二孬就安排了几个妇女轮流看护他，只能过一段时间送点水喝。可能二马打得太狠了，庆生一直在那里呼爹喊娘，得空就骂二马那个天杀的，说："不就是演个戏吗，咋能就照死里打？"林助理说："有人受伤更好，省得医护人员没事干，大家照这个分工，各忙各的吧。"我说："我呢，我干什么？"林助理说："你也有事干，等帐篷搭好了，你就在指挥部里值班，现在没有具体工作，想干什么就干什么去吧。"我知道林助理不给我安排工作，是担心我什么工作都干不好，我也不往心里去，他认为我干不好就干不好吧，我倒落个清闲，正好到处看看。我先到故障清理组那里去看了一会儿，发现这个组是清一色的部队官兵，他们在带队干部的统一指挥下，从村室那里开始，利用手扒肩扛，把梁木檩条和砖头瓦块都清理了出来，然后分门别类地把它们放好，我看到，原先扭曲倒塌的房子，在他们的工作下很快显得井井有条；在后勤保障组，我看计财拿了一个本子，正在按照整理出来的物品进行登记，他干得很认真，一个桌子一个凳子，甚至一个脸盆都一一记录下来，我知道一丝不苟是他的强项，林助理让他进行物品登记就是选对了人。我又到医疗救护组那里去看了看，医疗救护组在春生的天物苑里，由于没有人员伤亡，救护组就专门对庆生的伤势进行救护，我赶到地方时，医护人员已经对庆生的伤情进行了包扎，并且给他上了夹板，但是庆生并不满意，一会儿说胳膊疼，一会儿又说腕疼，停一会儿又说全身疼，忙得两个女医生满头大汗，一会儿给他捶背，一会儿给他揉肩，其中一个医生说："大伯啊，你到底哪儿不好啊？"我说："他哪儿都不好，你们只要不离开他，他就什么都好了。"庆生呻吟着说："傻根啊，你不要胡说，你看我都到什么地步了，人家解放军同志给我治病，你也跟着加底火，你要是眼热的话，你的腿也被打断试试。"我说："我不给别人的媳妇相好，我的腿才不被打断呢？"其中的一个女医生听了，说："他的腿不是地震时砸断的吗，如果不是那时砸断的，其他的原因我们可不管？"我听了，赶紧走开，我遛了一圈，最后还是回到了村室。我发现，就这一会儿的工夫，村室的旁边已经搭起了很多的帐篷，其中的一个大帐篷，有人正往里边扯线，林助理在旁边指挥着，我知道那个就是指挥部，走近了，果真看见那个大帐篷旁边挂了个牌子，上边用毛笔写着"梨园村抗震救灾指挥部"几个大字，看笔迹我知道是林助理写的，林助理的字我认识，以前我们村墙上的标语都是他写的。林助理看见了我，就对我招手，等我走近了，他对我说："小宝啊，你看指挥部这样设置行吗？"我看了，发现这个帐篷方圆有数十米大，上面有门有窗，帐篷上面的塑料是透明的，光线即好，旁边又透风，里边的地方比三间屋子还要大，既宽敞又明亮。林助理说："我已经给乡里红光家具店打过电话了，一会办公桌就送过来，小宝，也有你一个，你看放在什么地方合适？"我听了，心里很高兴，没想到办公桌竟然还有我的，但我表面上装作无所谓的样子，说："随便吧，放在哪里都行。"林助理说："刚才乡里来了电话，明天上边要来领导进行慰问，你可不要乱跑，还有，从今天起，指挥部二十四小时都要有人值班，你没有成家，你就先值班好了。"我说："为什么是我不是其他人？"林助理走近我，说："地震刚发生，有没有余震不知道，这个指挥部的帐篷高大结实，就是有个小震什么的，也不用担心，你在这里值班要安全得多。"我这才明白林助理的用心，其实对地震我是不怕的，那么多人都没事，怎会单单我有事？但想想林助理也是一片好心，我就点头答应了。果然，过了一会儿，红光就送来了办公桌，等我和林助理以及村里的一班人把办公桌安排好，交通运输组的人员也把电话安装好了，我想仔细看看办公桌和新安装好的电话时，天已经黑了下来。

　　晚上我值班，好在电没有停，我妈给我送来了枕头和毛巾被，还有牙刷牙膏拖鞋等生活应用品，也不知她从哪里弄来的，一切铺设停当，她还不想走，坐在我身边问这问那，最后实在没话说了，我妈竟然说："你后爸经常往外跑，不知道外边有没有小三？"我知道这是没话找话，目的只是拖延时间。我说："那可说不准，说不定我外边弟弟妹妹都有了。"我妈妈看我接她的话，心里很高兴，她说："说不定哥哥姐姐也有了。"我说："这个不能有，如果外边有了哥哥和姐姐，你不就变成小三了？"我看到我妈妈的神色有点尴尬，可是她仍然不想走，继续说这说那，我有点不耐烦，对她说："妈妈你走吧，我后爸要等急了。"我妈看了我一眼，说："看你说的什么话，我多陪一会儿子，他急的是什么，难道我多陪一会儿子都不能吗？"我说："真是可惜了。"我妈说："可惜什么？"我说："可惜了你那些睡衣，想再穿着它们睡觉可没地方了。"我看到我妈的脸红了一下，我妈说："我担心你一个人在外边睡觉，想和你说会话，看你说的是什么？"说着，我妈就站了起来，她对我说："你一个人在这里要好好地睡，有什么事就大声喊，要是害怕了，就蒙住头，一睡着，就天亮了。"我说："我知道了，你走吧。"我妈一走，我就赶紧跳下床，去看门外树上有没有那只鸟。几年来，无论我走到哪里，那只鸟就撵到哪里，黎明时分准时在我窗边聒噪，吵得我不能入睡。这次地震也震塌了我们家的房子，今晚我在指挥部里睡觉，它不会撵到指挥部里来吧？想到这里，我掀开指挥部的门帘，下意识地往院子里的树上一瞅，果然看见那只鸟蹲在树上，正目不转睛地盯着我，我装作什么也没看见，扭了头去看其他的地方。我看见，指挥部的帐篷四周，现在搭起了无数个大大小小的帐篷，这些帐篷里，有的人声喧哗，有的寂无声音，有的灯火通明，有的黑灯瞎火，我知道，这次地震给我们村里的群众带来了不一样的心情，但是，无论喧哗和寂静，表面上的一切都掩盖不了内心里的烦恼和恐惧，还有对未来发展的不知所从。我知道，这些帐篷里边住满了我们村里的男女老少，其中有我的妈妈、后爸和凌烟，但这些人中却没有我的爷爷，他仍然住在后山上的简易房里。我又往天上看了看，只见天上明星闪烁，银河耿耿，这时候，我不知道我在想什么，只知道我仰望着天上，也不知看了多久，直到屋里的电话铃声响起。

电话就设在指挥部刚进门的那个桌子上，它可能响了一会了，也可能刚刚响起，这个我没有很在意，因为我没想到一个刚安装好的电话竟然能有人打，我跑过去接了电话，话筒里传来了一个男人的声音，说的还是普通话。男人说："请问这是抗震指挥部的电话吗？"我说"是。"男人说："很好，我是县抗震指挥部的，想了解一些情况。"我说："你说吧，想了解什么？"男人说："发生地震后，你们那里成立指挥部了吗？"我说："成立了。"男人说："你们现在都有地方住吗？"我说："有。""那吃的呢？有饮用水吗？帐篷是一家一个还是几家共用一个？"我一一作了回答，从电话里可以感到那个人很高兴，最后，那个人又问："你们村的伤亡情况呢，你们村伤亡了多少人？"我说："我们没有伤亡人。""什么，伤亡十一个人？"我说："不是十一个人，是没有伤亡人。""哦，是二十一个人呀，你怎么不说清楚？"我说："你听错了，没伤亡一个人。""七十一个人？怎么这么多？"我对着话筒大声说："我们村没伤亡一个人。"话筒里的男人说："天哪，竟然伤亡九十一个人。"我烦了，对着话筒说："你是二百五啊，我说的是没伤亡一个人。"话筒里的男人说："我终于听清楚了，原来是二百五十一个人……"我气得扔掉了话筒，一个人坐在桌边喘气，这时候，二孬来了。我说："没见过这样的人，连个电话都听不清楚。"二孬说："什么事？"我把刚才的事对二孬说了，二孬说："管他呢，你只要没说错就行，将来上面追究下来,也不是你的错。"我说:"你这时候又出来干什么? "
二孬说:"去找你姐姐呀。"我说:"这会找她干什么? "二孬说:"你
看忙的,白天哪儿有时间,我们只能晚上去找她了,我们去找她
买画呀。""哦,这个事呀。"我说:"可我在值班呀。"二孬说:
"值什么班,有什么可值的? "我说:"刚才不就是有电话来了吗? "
二孬说:"刚才是刚才,现在是现在,你看现在电话还响吗? "
我说:"现在电话是不响了,可现在我姐该睡了。"二孬说:"你
姐现在睡不了,你姐要是现在就睡了,那她就不是你姐了,你姐
现在正忙呢,她全仗着晚上画画呢,晚上安静,能出活呢。"我说:
"可我不想去啊,我还要睡觉呢。"二孬说:"咱俩不是说好的吗?
你帮我去你姐那里买画,你让我干什么我就干什么。"我想了想,
是说过这样的话,我说:"那你就再学个狗叫我听听? "二孬就
学了两声狗叫,我说:"那好吧,我就跟你跑一趟,能不能办成事,
我可没有把握。"二孬说:"一定能的,一定能的……"我就跟
着二孬向我姐的画虎村走去。

二十四

　　我姐姐的画虎村在我们梨园村的西北部,专门有一条柏油马
路通向那里。拐到那条马路上,迎面便看见一个高大的门楼,上
面写着"中国画虎第一村"几个大字,走到大门前,首先看到一
个高大的牌子,上边画着一个高大的虎头,在明亮的灯光照射下,
让人一下子分不清是真的老虎还是人工画上去的,我知道这是我
姐姐的手笔,我姐姐擅画百兽图,尤其擅画百虎图,她的作品不
但在国内享有很高的知名度,而且还远销日本、韩国、新加坡以
及美国和欧洲等多个国家。在我们梨园村,二孬由于承包了几个
砖窑厂,在村人面前属于财大气粗类型的,但他唯有在我姐姐面
前横不起来。我姐姐每天成批的画运出去,成沓的钞票便运进来,
近几年来,我姐姐到底赚了多少钱,村里谁也不知道,只知道国
内国外都有人专门代理她的画虎作品,甚至有人在作品不够的情

况下，吃住在村里等候。我和二孬进了院子，看见整个院子里灯火通明，一楼的走廊里，灯光尤其明亮，那里整墙的宣传版面，挂着历届党和国家领导人来这里视察时的照片、题词以及和我姐姐的合影。我和二孬来到大厅里，看见一大溜人员正在埋头作画，虽然人员众多，但连个咳嗽的声音都听不见。我姐姐看见我来了，非常高兴，她拉住我的手，不停地嘘寒问暖，又放下手，到处去找好吃的东西，我对姐姐说："你别忙了，我找你有事的。"我姐姐说："宝儿找姐姐有什么事，尽管说好了，是不是找了媳妇需要钱，要多少？"我看了二孬一眼，说："不是的，我想要一幅画。"我姐姐说："要画呀，看哪幅画好，拿走就是了。"我说："我要唐伯虎画的那幅画。"我姐姐愣了一下，她问："你要那幅画干啥？"我说："不是我要，是二孬想要。"二孬连忙说："我不是要，我是想买。"我姐姐说："不是给你说了吗，这幅画不卖，你要是想要，就拿一百万过来。"二孬说："一百万太贵了，姑娘给少一点儿。"我姐姐厉声说："不行。"二孬便哭丧了脸，说："我也说不行，可你弟弟非得说可以，他说只要他来了，你就能把画卖给我，谁知道他来了还是不行，早知道是这样，我就不跑这一趟了。"我姐姐看了看我，说："你说这话了？"我想了想，也不知道说没说这话，但我知道，我要是承认没有说这话，二孬肯定就拿不到这画了，我点了点头。我姐姐说："宝儿呀，你真是个孩子，你知道姐姐是怎么起家的吗，姐姐靠的就是这幅画呀。"我说："你现在也用不着了，就卖给二孬吧，你只要把这幅画卖给他，他说干什么都听我的话，我让他学狗叫他都叫的，不信你听听？"我对二孬说："你快学个狗叫让我姐姐听听，你一叫，她就卖给你了。"我看到二孬一脸的难为情，但为了那幅画，他果真学了两声狗叫，学完了，他对我姐说："我和你弟弟好开玩笑，姑娘不要当真，但我想买这幅画却是真的，姑娘开个实在价吧。"我说："谁和你开玩笑啦，我说的是真的，我想叫你啥时候叫，你就要啥时候给我叫。"我姐姐说："这幅画本来我是不卖的，我虽然用不着了，但我们新学员还是要用的，但既然你和宝儿有约定，我这画只能卖给你了，你给十万元吧，我买时比这还贵呢，全当送给你了。"二孬连声说："谢谢姑娘，谢谢姑娘。"卷了画就要走，我姐姐说："钱你什么时候给？"二孬说："明天一早我就把钱送来，今天还有点事，就不打扰姑娘了。"我姐姐说："那好，你走吧，但宝儿要留下，我还要给他说会话呢。"我听了，连忙说："我还有事呢，我和二孬要一起办事呢。"我姐看了二孬一眼，说："是真的？"我连忙向二孬使眼色，二孬说："是真的，是真的，我们就是有事的。"我姐说："既然如此，你们就去办事吧，宝儿要记得经常来玩，不要一去就没有影了。"我心想：我才不来玩呢，谁让你和我妈一样呢？我没有吭声，低了头，和二孬走了出来。

一出门，二孬说："我真有事的，你还跟着吗？"我说："什么事？"二孬说："送画呀，你觉得我买画干什么，自己欣赏吗，我买了画，就是要把它送出去。"我说："送给谁？"二孬得意了，说："当然要送给胡书记，你觉得我要送给曲乡长啊，再说，送给曲乡长他也不会要的。"我说："听说胡书记不是要调走吗，你还送给他？"二孬说："不是调走，是高升，下一步就是我们县里的副县长了，但我估计他一会半会儿的还走不掉，就这个地震，也够他麻烦一阵子的，再说，就是走了，临走之前，给我宣布个支书干干，总不是个问题吧？"我这才知道，二孬买画，是为了当支书，但他能把画送出去吗，我倒是想看看，我说："我和你一起去。"二孬想了想，就说："一起去就一起去吧，多去个人，多一个见证，省得他后来不承认，十万块钱，也不是个小数目啊。"我和二孬又回到村子里，二孬从家里开了摩托车，我们一起向乡里开去。乡政府离我们村并不远，再加上二孬开车又快，不一会就到了。二孬把车子停在乡政府院里，领着我来到一个小院前，这是一个独门独院，二孬上前敲了敲门，一个声音问："谁呀？"二孬说："是我，梨园村的村主任。"院里响了一下，一个女的过来开了门，在黑暗中我没看清女人的脸，感觉和我妈妈差不多高矮，我和二孬就了门，女人进了里屋，当屋的沙发上，只有胡书记在坐着看电视，胡书记看了二孬一眼，说："这么晚了，还跑什么？"二孬说："书记不是喜欢那幅画吗，我给你弄来了。"胡书记说："哪幅画？"二孬说："就是画虎村那幅，唐伯虎画的。"我看到胡书记的眼里亮了一下，但他随即就恢复了镇静，他说："真的假的？"二孬说："当然是真的，不信你问傻根，他和我一路去拿的，画虎村的致君就是他姐姐。"胡书记看了我一眼，说："你还带了个人？"二孬说："老魏的孙子，啥都不懂的，没事。"我看到胡书记皱了一下眉，然后便专心致志地看起了那幅画，我和二孬都捏了一把汗，担心他从画里看出什么来，果然，看了半晌，胡书记抬起头来，说："这幅画是假的。"我和二孬都吃了一惊，二孬哑口无言，我却跳了起来，我说："不可能。"胡书记不理会我，对二孬说："虽然是假的，但是我也喜欢，这幅画我收留了，但收留不能白收留，我是要付钱的，我给你一百块钱吧，省得传出去说我白要村干部的东西。"二孬说："没谁说你，大家都知道胡书记两袖清风。"胡书记说："所以，我更不能白要你的东西，你更得收这一百块钱。"二孬还要说什么，胡书记说："你们村干部班子的事，乡党委也开会研究了，觉得应该尽快给你们配齐了，秋生总是代支书也不是个办法，这两天，关于这个事就给你们一个交代，你看行吗？我知道，你当村主任这么多年，没少为村里出力，这些情况乡党委都了解，乡党委的意思，是不会让个人吃亏的，也不会影响每个人的进步的。"二孬说："胡书记知道这个情况就好，老支书不干了，我觉得就该轮到我了，谁知道半路上又杀出个秋生来，这回好了，纪检侯书记倒了，没谁给他撑腰了，这支书就该我来干了。"我看到胡书记又皱了皱眉，然后说："天不早了，我也不留你们了，你们回去吧，记住，这两天可不能出什么事情，抗震救灾指挥部里一定不能断了人，电话要听好，这一两天里，上边领导还要来检查和慰问，你们一定要做好接待工作。"二孬说："书记尽管放心，我们梨园村的工作什么时候落到地下？我们一定按照书记的指示把事办好，决不拉乡党委的后腿。"胡书记说："这样我就放心了。"接着，他又凑近二孬，小声说："支书的事你不要急，等我下一次到你们村子里，顺便就给你宣布了。"说着话，胡书记亲自把我们送出门外，感动得二孬拉住胡书记的手，一个劲地说："谢谢书记，谢谢书记……"

由于事情办得顺利，二孬嘴里哼着小曲，一路上把车开得飞快，到了村头上，忘了地震后村里到处都是砖头和瓦片，一个不小心，摩托车被一块乱石绊倒，二孬和我一下子摔在了地上，我被摔出去好远，但所幸并没有大碍，我试了两次，便站了起来。二孬却被压在了车下，挣扎了几次，都没有起来。二孬说："傻根，快来帮帮我。"我站着没动，二孬说："你怎么不帮我？"我说："我要是帮了你，你说是我撞的，我怎么办？"二孬说："你又没骑车，说是你撞的也没人相信。"我说："那我就更不能帮你了，没事我找事做什么？"我袖着手，看二孬好不容易才从车下爬出来，他歇了一会儿，重新发动了摩托车，说："还好，车子没有毛病。"我还想让他捎我一段，他说："捎你妈个头。"挂上挡，径自开走了，我看着二孬走远的背影，喊："你竟敢骂我妈……"

二十五

天还没亮，外边的鸟又叫起来。起初，我还以为是在家里，等我完全清醒了，才知道是在指挥部的帐篷里。我来到帐篷外，捡起一块砖头向鸟扔去，那只鸟"扑棱棱"地飞走了。我回到帐篷内，刚躺在床上，那只鸟又在外边叫起来，我只得又来到室外，重新捡起一块砖头去砸那只鸟，那只鸟又飞走了。如此重复了几次，那只鸟终于不再叫了，但这时候天也明了，我想终于可以安静地睡一会儿了，没想到二孬家里的大喇叭又响了起来，在喇叭里，二孬通知所有村委会的干部到指挥部开会，说是要迎接上级部门的检查和慰问，我知道觉是睡不成了。

过了一会儿，村里的干部陆续来齐了，二孬显得很兴奋，红光满面的样子，我知道，昨天夜里，胡书记已经许给他当支书了，今天胡书记要来了，就会宣布的，但二孬好像等不及，急着要行使支书的权力。他看着指挥部里的办公桌椅说："林助理这个老家伙就是会办事，这些桌子和板凳就是不错，闲着也是闲着，我们先把它分了吧。"接着，不由分说，就分了起来，他自己当然分了一个位置最好的，就是当门放电话的那个，我说："凭什么你桌上要放电话？"二孬愣了一下，二孬说："凭我是村主任呗，还能凭什么？"我说："秋生是支书还没有挑座位呢，怎么就轮到你分桌子了？"二孬说："他的支书是代的，我的主任是货真价实的，我主任怎么就不能分桌子了？"我说："他支书是代的，我可是名正言顺的村干部，论分也是大家商量来分，咋能轮到你啊？"二孬一瞪眼，就想发飙，我说："你说的话你忘了？"二孬才想起来学狗叫的事，二孬说："你说咋分？"我想了想，说："我们抓纸条吧，谁抓住哪个谁就坐哪个桌子。"听说要抓纸条，其他几个人都一致同意，二孬虽然不高兴，也只能同意了，我们把桌子点了数，然后按照顺序标了记号，抓纸条的结果，是我抓了那个带电话的大桌子，二孬抓了我旁边的桌子，而秋生的桌子却在最边上。我心情愉快，早上没睡好觉的沮丧一扫而空。我坐在办公桌后边，翘起二郎腿，看他们几个忙着安排自己的办公桌，这时候，外边进来了一个人，是庆生的一个远房侄子，来反映庆生的事情。庆生的腿被打断后，一直有村里的妇女轮流照顾，现在每个妇女都有了自己的帐篷，也就是都有了自己的家，就不愿意照顾庆生了，庆生自己分到了一个小帐篷，但没谁照顾他，他也没有办法自己生活，他侄子叫宜晖，在村里是个老实人，一进指挥部的帐篷，本来可能是来找二孬的，但看我当门坐着，桌子上还有部电话，就不知道找谁了，我说："宜晖，你找谁？"宜晖说："我来反映我大伯的事，我大伯被二马打断了腿，一个人睡在帐篷里，没人照顾不行啊？"我说："你不是人吗，你怎么不能照顾你大爷？"宜晖说："我也有一摊子老少要照顾呀，再说，他也不是我亲大爷。"我说："不是你亲大爷你问什么，有什么事你去找二孬吧，他是村主任，这些事归他管。"我看到宜晖去找二孬了，我就继续欣赏我的老板桌，说实话，我长这么大，还没有坐过这样好的办公桌，这比我上学时候的桌子好多了，没想到一当上村干部就有这样的好处，看来当官就是好啊，我翘起一条腿，在桌子上一个劲地抖，抖来抖去，我发现我的手也跟着抖起来，并且越抖越厉害，我想，我得了什么病了吗，接着就发现桌上的东西也抖了起来，我往旁边看了看，只见二孬说："你说就说呗，晃桌子干啥呀？"宜晖说："那你别把桌子往我这边推啊。"我这才知道，又地震了，我说："大家不要慌，可能地震了。"话音刚落，就听见二孬说："不好了，又地震了，大家快跑。"接着，他就像兔子一样跑了出去。我才不跑呢，我心想，外边也在地震呢，我慢慢地踱了出来，发现指挥部里人已经跑光了。我出了指挥部，看到紧挨着指挥部的就是老话家的帐篷，老话正坐在帐篷外边拉二胡，他翻来复去地拉了几个音调，总是拉不准，最后他停了手，说："年纪大了，就是不行了，拉了一辈子的二胡，现在连音都不准了。"我说："不是你拉不准，是地震了，晃得你的二胡跑了调。"我又往前走，看到村医老贾和司机老罗在下象棋，老贾剩下一个象一个将，老罗剩下一个仕一个帅，可是两个人都不认输，还是翻来覆去地在那里走。我说："地震了，快走吧。"可是两个人都不吭声，也不走，我又说："这不是和棋了吗，还下什么？"老贾说："你懂什么，我们比的是谁先起来谁就输。"我说了声"神经病。"继续往前走，刚走几步，就见二马就像热锅上的蚂蚁，围着帐篷团团转，我说："二马，你干什么呢？"二马说："这不是地震了吗？我说快跑，可香云非得收拾收拾，到现在还在里边打扮呢。"我听了，说："人家这是讲究美嘛。"就走开了。刚走了几步，就见从指挥部里跑出来的计财在打他的老伴，走近了，才知道地震来的时候，他老伴正在车上晃孙子，地震一来，他老伴抱着车里的东西就往外跑，到了外边，才知道抱出来的是枕头，孙子在里边没有抱出来，这一幕正好被计财看见，照脸就给老婆子一个巴掌，老婆子当众就哭起来，刚哭了两声，又急忙跑进帐篷，把孙子抱了出来，看见孙子安然无恙，老婆子一个人又笑起来。没等老婆子笑完，大家忽然就静下来，原来地震过去了，这次地震，只是昨天地震的余震，并没有再造成更大的损失。然而，经历过这次余震后，大家对地震再次来临都做好了准备，没事大家都不上帐篷里去了，就坐在外边聊天，然而，地震却没有再来，乡里胡书记和上边的慰问人员也没有来，我们村委一班人白等了一天。

第二天一早，二孬又通知我们到指挥部去等，我知道，他在等胡书记宣布他当支书的任命。他急，可是胡书记不急，这一天，不但胡书记没有来，连乡里也没有一个人来，我们又白等了一天。我看见，在这一天里，二孬就像热锅上的蚂蚁，急得团团乱转。他一会儿从指挥部里出来，跑到村里的路边上张望；一会儿又回到指挥部里，从东走到西，又从西走到东。一刻也安静不下来，好容易静了一会儿，又得赶紧上厕所，我知道他是急得憋不住尿了。有一次，我看他上了厕所，估计刚解开裤子，我说了声"来人了。"话音刚落，就见二孬提着裤子从厕所里跑了出来，他说："来人了，谁来了？"我说："没看清，又走了。"二孬看了我一眼，说了声"神经病。"又到厕所里去了，我知道，这次他是解大手。

我们连等了三天，没见乡里人的影子，连我也有些纳闷了，胡书记不是和二孬说了的吗？怎么到现在还不来？就是没有二孬这档子事，光是地震的事情，乡里也该来人了，真弄不懂这里边有什么玄虚。到了第四天，乡里终于来人了，可这次来的不是胡书记，却是曲乡长，还有林助理。其他几个人不认识，看情形也是乡里的人，并没有二孬说的上边来的慰问人员。几天不见，曲乡长明显的黑了，也瘦了，并且嘴上起了燎泡，说话声音也哑了。我们把曲乡长让到指挥部里，刚坐下，二孬就着急地问："胡书记呢？他怎么没来？"曲乡长说："胡书记高升了，到县里任职了，这几天就是忙的这个事情，在这个关头上，上边还搞人事变动，一点也不体谅下情，不过想想，越是在这样的时候，越是需要干部变动呀，哪里不需要人手呢，胡书记当了副县长，对我们村毕竟有好处的。"二孬说："你的意思，是说胡书记走了吗？"

曲乡长说："是走了，你们不是早就知道吗，说实话，他走得有点不是时候，这一来，千金重担就压在我身上了，这几天，光是其他几个出了人命的村就够乡里忙活的了，还好，你们村没有出人命，所以，我到现在才过来，你们还好吧？"我们说还好，二孬说："胡书记走了，就没有交代什么吗？"曲乡长皱了皱眉，说："交代的事情多了，比如说，要做好群众的善后工作啊，还有，要抓紧灾后重建啊，还有，他特别嘱咐，我们梨园村要重点建设啊，要建成我们所有灾后重建的示范村啊，等等，对啦，我今天就是为这个来的，关于我们村的重建工作，大家都有什么意见啊？"曲乡长就有这个习惯，说干什么立马就干，我才知道他嘴上起燎泡的原因了。曲乡长说完话，大家都没有吭声，说实话，我们都还没有考虑这个问题，我们觉得，灾后重建是政府的事情，应该有他们去决策，他们说怎么建就怎么建，谁也没想到这个问题会摆在我们面前。秋生说："我们听乡政府的，乡里说怎么建我们就怎么建。"曲乡长笑了，曲乡长说："不愧是代理支书啊，轻轻一推，就把问题推回来。乡里这次搞民主，不干涉大家的选择，但是乡里有个指导意见，关于我们梨园村的灾后重建工作，第一，首先要考虑我们村的资源优势，就是重建工作要和我们村的资源优势结合在一起，我们村有什么资源优势，叫我说有这么几点，一是万顷梨园的优势，这个在我们整个豫东平原上是绝无仅有的，我们要充分利用，打造我们的品牌优势，进一步扩大我们的知名度；第二，就是我们村还是全国知名的画虎专业村，这也是我们可以利用的资源之一，另外还有老支书新研制出来的酒梨，还有春生的天物汤，我们要把这些资源优势整合在一起，打造出我们全国闻名的旅游休闲度假村，我们村的重建工作，就是要围绕这个主题进行，说实话，没有地震之前，我就有这个打算，可是考虑到一系列工作的难度，我们没有进行，现在地震了，可以说上天给了我们这次机会，我们正好利用这次机会，发展我们的旅游产业，打造我们的休闲农庄，造福我们的村里群众。"我看到曲乡长一谈起工作来就慷慨激昂，我知道，以前胡书记在的时候，

梨园记
LI YUAN JI

151

他一直伸不开劲工作，现在胡书记走了，他就可以放心大胆地干了，没想到，第一个要施展的地方就是我们村。曲乡长讲完了，二孬说："按照乡长的思路，那我们村的建设需要多少钱啊，这些钱都从哪里出啊？"曲乡长说："问题就在这儿，这几天，我也问了，关于震后重建，国家也有政策，第一，国家会补助一些钱，但这些钱分到个人头上也是寥寥无几；第二，可以申请一部分贷款，这个国家也有政策，还有其他一些捐助，按说，这些放在其他村已经足够了，盖起新房不成问题，但是，放在我们村就不够了，因为我们村要扩大规模啊，要建成新时代的新农村啊。所以，我们还要想些办法。"秋生说："那我们想些什么办法呢？"曲乡长说："集资，我们要把民间的资金利用起来，让村民自己集资建设我们自己的美好家园。"秋生说："他们会集吗？"乡长说："怎么不会集？只要想工作，方法就比困难多，我们集资不白集，我们有利息的，现在我们集了资，将来有了利润，我们按股份分成，一万元一股，多集多得，只要我们按照我们的方案做好了，将来盈利肯定不成问题，说实话，我是要参股的，虽然我钱不多，就是借钱，我也要投资个七股八股的。"二孬说："这个主意是不错，我也赞成，可我觉得，目前我们要解决的，还是我们的班子问题，有一个强有力的班子，才能带领大家更好的实现我们的理想。"曲乡长说："这个问题乡党委也考虑了，按说，这个时候正是考验我们班子战斗力的时候，但是鉴于我们梨园村班子的特殊情况，我们觉得不能按一般的情况来对待，秋生同志代理村支书这一段时间，对工作兢兢业业，确实干得不错，但是，要实现我们村的整体规划，大家还得再加把油，为了公平起见，我们只能暂时牺牲秋生同志了，梨园村的支书一职，现在挂起来，谁有能力集来更多的钱，谁有能力拿出来更佳的具体方案，谁能带领大家更好的实现我们的宏伟蓝图，这个支书就是谁的，说白了，就是在我们梨园村，谁集的钱多，这个支书就是谁来当，大家还有意见吗？"大家都说没意见，虽然大家对乡长的提议都不是很满意。乡长说："没有意见，会议到此结束，剩下的任务，就是我们干部分头去发动群众，三天后，我们召开梨园村集资动员大会，到时候，谁是我们梨园村新一任支书，大家就知道了。"

送走乡长后，我看到二孬垂头丧气，秋生嘟噜着脸，而大武、根柱却摩拳擦掌一副跃跃欲试的神情，最后计财叹了口气，说："现在比起来，还是曲乡长厉害啊。"我说："和谁比起来，是和胡书记相比吗？"计财不理我，说："我们还是去发动群众吧，估计三天后就有好戏看了。"二孬说："发动什么群众？我在大喇叭里喊几声就是了。"秋生说："光喊几声恐怕不够，我还是写个告示吧，把乡里的意图写出来，省得有人说不明白。"在我们梨园村干部班子里，也就是秋生能写上几笔了，这恐怕也是当初侯书记看上他的原因之一。二孬说："你要写你就写，可纸和笔却是没有的。"秋生说："我家里有。"二孬说："写好了，你自己去贴。"秋生说："我自己怎么贴，总得有个人给扶着才可以。"二孬说："你看我们这里的人谁得闲谁给你去扶好了。"其他的几个人都赶忙说有事，不愿意得罪二孬。本来，对二孬和秋生的权力之争我懒得理会，我也不想帮秋生去贴告示，但是，秋生说去家里写告示却让我动了心，如果我去了他家里，不就能见上凌烟了吗？我说："都是为了公家的事，你们不去，我去。"二孬狠狠地瞪了我一眼，我说："瞪什么瞪，想学狗叫了吗？"我才不怕他呢。秋生对我说："写这些告示得要一会儿时间，你下午到我家去就可以了。"我听了，心里虽然不乐意，但也只能嘴上说："知道了。"

吃过中午饭，我准时到秋生家去，凌烟果然在家里，我一进门，凌烟就在厨房里对我招手，我急忙走到厨房里。凌烟对我说："小宝啊，有个事想找你帮忙，不知道你愿意不愿意？"我说："你能有什么事？不知道我能不能帮上忙？"凌烟说："你能的，我想找你借些钱。"我说："我哪里有钱啊？"凌烟说："怎么没有，春生那里不就有你的钱吗？"我这才想起来春生那里有我的股份，我说："我那里有多少？"凌烟说："有五万。"我说："你想借多少？"凌烟说："十万。"我说："那我也不够呀。"

凌烟转了转眼珠，说："那你先欠我五万。"我想了想，说："别欠你的了，待会儿我到后山去，我爷爷那里有钱，我给你凑个整数吧。"凌烟说："你爷爷肯借吗？"我说："要是我去了，他肯定会借的，可是你借这些钱干啥用？"凌烟说："这个可是秘密，现在不能告诉你？"我说："你和春生的关系也不错，怎么不向他借呢？"凌烟说："他最近又搞了个蔬菜氧吧，把他的钱都投进去了，所以我才向你张的口。"我说："借你钱可以，但我也有个要求。"凌烟说："你有啥要求？"我说："你要做我的女朋友。"凌烟说："你什么时候学会敲竹杠了，借你一点钱你就要我当你的女朋友，我们现在不就是朋友吗？"我说："我说的是将来要嫁给我的那种女朋友。"凌烟说："我的老天爷呀，你到底看上我哪一点，我改了还不行吗？"我说："我哪一点都看上了，包括你身边的空气我都喜欢。"凌烟还想说什么，这时候秋生在堂屋里喊："是小宝来了吗，看我写的告示怎么样？"我答应了一声"来了。"只得向堂屋里走去，凌烟拉住我说："别忘了借钱的事。"我说："别忘了做我女朋友的事。"凌烟："我说的事情在先，先把我的事情做好了，再说你的事。"我说："你可不能骗人？"凌烟说："我骗你什么啦，我什么也没骗你。"到了堂屋里，秋生果真写好了告示，并且写的还不是一份。秋生的毛笔字写得不错，每到过年的时候，村里就会有人买了纸请他写春联，秋生也很乐意帮助别人，在村里，秋生的人缘要比二孬好得多。秋生说："你看这样写行吗？"说着，他念道："告示：为了响应乡党委政府的号召，重建我们梨园村的美好家园，我们村决定以股份制的形式在全村开展募捐活动，村里人如果有自愿入股者，按照一万元一股的方式，开发建设我们村的旅游资源，将来按股分红，多股多得，无股不得，参股自愿，退股自由，希望大家踊跃参加，落款是梨园村委会。"我说："写得是不错，可我不能帮你去贴了，我还有其他的事要办呢。"秋生说："帮我贴好再去不迟啊。"我说："你自己慢慢贴吧。"说完，我就从秋生家走了出来，我要到后山去见我爷爷。

二十六

说实话，我已经有好长时间没见我爷爷了，要不是凌烟提起借钱的事，我不知道啥时候能想起我爷爷来。我来到后山，见到我爷爷种的梨树叶子已经黄了，一阵风吹来，掉在地上的叶子随风打转，天气已经进入了初秋。我在大柳树下的房子前没有见到我爷爷，我知道他又去梨树林里干活了，果然，后来我找到他时，他正在梨树下松土。在我的印象里，好像他一直都比较忙。春天里他在剪花，夏天里他在修果，秋天里他在采梨，快到冬天了，他又在为梨树来年的生长在松土。我看到爷爷比以前明显的瘦了，但精神状态比较好，见我来了，爷爷很高兴，爷爷说："宝儿把爷爷忘了吧，这么长时间也不来看爷爷？"我把村里发生的事说了一遍，也把我进村委班子的事向爷爷说了，我爷爷很惊奇，说："宝儿也能进村委班子？当干部的感觉如何？"我说："还可以吧。"我爷爷说："当了村干部，就要好好干，要听话，搞好团结。"我说："就是为了搞好团结，我才来找你的。"我爷爷说："什么事？"我就说了凌烟借钱的事情，我爷爷说："钱我倒是有，不过，就是把钱借给秋生，他也当不了支书，就是当了支书，他要管不了村委会的一班人呀。"我说："你怎么知道这钱是借给秋生的？"我爷爷说："凌烟向你借钱，还能为了什么，不过，要是光凭钱的话，秋生是当不了这个支书的。"我说："秋生当不了支书，那谁能当上呢，是不是就是二孬了呢？"我爷爷说："乡里要是想让二孬当，他早就是支书了，何必要等到现在，还要搞捐款比赛？二孬有的是钱，还怕他不往外掏，乡长葫芦里卖的什么药，倒让人费解了。"我说："管他谁当支书呢，反正不会是你了。"我爷爷叹了口气，说："宝儿呀，你到底是个孩子，这个支书在平时谁来干都没有什么，但现在是什么时候呀，现在我们村刚经历过一场地震，用一句时髦的话说是百废待兴呀，这个时候支书素质的好坏可是决定了我们村未来几十年的发展呀，爷爷是老了，要不然，爷爷还是想为我们村再出一把力的。"我说：

"说这些有什么用，这五万块钱，你到底借还是不借呢。"我爷爷没接我的话，他忽然问我说："宝儿，你想不想当这个支书？"我摇摇头，说："凭我的能力，当一般村干部就够了，我可不想当什么支书，成天操不了的闲心，管不完的麻烦事。"我爷爷叹了口气，说："你要想当支书的话，爷爷可以借这个机会出钱让你当支书的，可是，当了支书，就会操很大的心，你也不是那块料啊？"看我没有吭声，我爷爷又说："你虽然不是那块料，可二孬更不是那块料，他跟我搭班子几十年，他有多大的本事，爷爷可是了如指掌，宝儿，爷爷有一个事求你，不知你能不能做到？"我说："什么事？"爷爷说："我们梨园村的支书，无论谁来干，都不能让二孬干，他要当了支书，不知道会把我们村带到什么地步？"我看了看爷爷，想了想，说："我也左右不了局势呀。"一时间，我真想把二孬给胡书记送礼的事情告诉爷爷，但看到爷爷认真的神情，我不想让他不高兴，就强压住话头，没有告诉他。我说："那，这钱，你到底借还是不借？"我爷爷说："这钱本来就是给你准备的，你想借给谁就借给谁吧，你告诉凌烟，就说我爷爷说了，需要钱的话，上我这里拿就是了。"我爷爷肯借钱给凌烟，我心里非常高兴，虽然我爷爷没有让我把钱拿走，但我知道爷爷一向说话算话，我当即向爷爷告辞，飞快地跑下山去，我要把这个好消息告诉给凌烟。

我一口气跑下山来，出了一身的汗，在山脚下，我停住脚步，喘了几口气，开始慢慢地走，但是，刚走了几步，我又跑起来，我想把这个消息尽快告诉给凌烟。进了村子，便看见守财推着车子在卖日常用品，在平时，我是不会理他的，但是今天，他车子上摆着的矿泉水却吸引了我的目光，我知道自己是渴了。我走上前去，问："矿泉水多少钱一瓶？"守财说："一块。"我说："赊账呢？"守财看了看我，说："一块五。"我就知道他会涨价，但我实在渴得不行了，就说："那就来一瓶吧。"守财说："又是赊账，你什么时候给钱？"我说："回家就给你送来。"守财不情愿地给了我一瓶矿泉水，我一口气喝了大半瓶，然后平稳了一下情绪，慢慢地向凌烟家走去。到了凌烟家门口，我敲了敲门，问："有人在家吗？"凌烟出来开了门，见是我，凌烟说："事情成了吗？"我说："你爸爸在家吗？"凌烟说："在家啊。"我说："你爸爸在家，咱俩出门走走吧？"凌烟说："看你神秘的，事情到底怎么样？"我故意叹了口气，转身向村外走去，凌烟只得在身后跟着。我俩顺着村里的油路向外走，一路上，凌烟不停地问我事情办得怎么样了，爷爷到底借钱还是不借？我一声不吭，到了村外，看凌烟问得急了，我对凌烟说："你猜猜，我爷爷是借钱还是不借？"凌烟没好气的说："我哪能猜得着？"我看凌烟真的急了，就说："我爷爷说了，你要是用钱的话，直接到他那里拿就是了。"凌烟"扑哧"笑了，她说："好你个小宝，故意卖关子要我的好看，看我今后还理你不？"说实话，凌烟无论是生气还是高兴，我看了都喜欢，只要能和凌烟在一起，我觉得就是最大的幸福。我看到凌烟出了一头的汗，知道是她刚才心情紧张和走了很远的路造成的，我忽然想起了我手里还拿着半瓶水，我说："我这有口水你喝吗？"我看到凌烟愣了一下，她说："你说什么？"我说："我这有口水你喝吗？"我看到凌烟忽然变了脸色，她伸出手来，在我脸色打了一巴掌，说："小宝，没想到你这么流氓？"我茫然不知所措，说："怎么啦，平白无故地就打人？"凌烟说："还问怎么啦，你连口水都想要我喝，还不该打？"我这才知道是我的口误造成的，我说："我不是那个意思。"凌烟说："你是啥意思？我再也不想理你了。"说完，她转身就向村里走去，我看着她一步步走远的背影，嘴里连喊了几声"凌烟。"但我看见凌烟一声也没回。我目送着凌烟的身影慢慢消失在村子的暮烟里，站在那里愣了半天，不知道她说的不再理我了，是真的还是假的。

三天以后，我们梨园村召开抗震救灾捐款动员大会，会议地址在我们村子南边的银杏树下。曲乡长一大早就来了，还有林助理，还有乡里的其他一些人。乡长站在银杏树下边的路旁边，见了人就打招呼，看到教授和老话这样上了年纪的人，乡长还掏出烟来让。人员到齐了，会议便开始，乡长先进行动员，他讲了乡政府对我们村重新建设的整体规划，表明了乡政府的决心，要求梨园村的人们积极响应乡党委政府的号召，大家积极踊跃捐款。乡长讲得口沫横飞，大家在下边无动于衷。最后还是老话开了口，老话说："乡长你别忙活了，这钱我们不会捐的。"乡长说："为什么？"老话说："因为我们对现在的村委班子不相信，要是老支书还干着的话，不用你动员，我们自愿就把钱拿出来了。"乡长说："我也希望老支书干呀，可是老支书已经退休了，再说，这钱不是白捐的，将来是要分成的，凭着我们梨园村现有的资源优势，再加上乡党委政府的总体规划，我们有信心能保证要赚钱的。"老话说："你说得好听，铁打的营盘流水的官，你现在是我们的乡长，将来你要是调走了，我们找谁去，大家辛辛苦苦挣几个钱，可不想随便就打了水漂。"乡长说："不把梨园村建设好，我是不会走的，再说了，即使我走了，还有乡党委政府在，再不济，还有村委班子在呀，老话说："村委会你让我们找谁去？现在连个支书都没有，想让我们捐款，也得先选出个支书呀？"乡长说："这个问题乡党委已经考虑好了，今天进行捐款，谁捐的钱多，谁就先主持村委会的工作，非常时期，就要用非常的手段，你要是捐的钱多，这支书就由你来当了。"老话说："我可不想操这个闲心，你还是另请高明吧。"乡长说："我们梨园村捐款大会正式开始，谁入的股份多，谁就主持我们梨园村的工作，我们乡党委政府商量了，我们梨园村的支书享受副乡级待遇，乡里发工资并交'三金'，为了我们梨园村的未来，希望大家都献出一分力量，我当了几年乡长，也没有多余的钱，但今天我也要贡献一点爱心，我先捐五万，权当抛砖引玉，如果没有谁超过我，我就兼任梨园村的支书。"说完，会计计财就在一个本子上写上乡长五万，然后是林助理捐了两万，随曲乡长来的乡政府的人，有捐一万的，有捐两万的，也有捐三万的，但没有一个超过乡长的。乡里的人捐完了，就该我们村里的了，二孬一下子就捐了五万，秋生也跟着捐了五万，其他村委班子的人，有捐三万的，也有捐两万的，根柱和大武都捐了五万，乡村两级班子捐完后，村里的人有的还想捐款，这时候老话说："大家先不要忙，有钱捐得出去，我们还是先等到支书定下来了再捐不迟。"老话这么一说，原先想捐钱的人都不动了，大家等着看谁当这个支书。曲乡长看群众都不动，只得宣布继续进行，二孬看秋生也捐款五万，一下子又捐了五万，秋生咬咬牙，也捐了五万，根柱和大武也捐了五万，我知道秋生有十万块钱的家底，其中五万是凌烟的，五万是我的，这十万是我俩在天物苑里的股份，再加上向我爷爷借的钱，还有秋生家里的积蓄，秋生的钱远远不止这些，我知道有好戏看了。二孬和秋生之间，今天肯定有一场捐款上的恶斗。果然，二孬看有三个人都捐了十万，一下子把价位提到了二十万，他说："我再拿出十万，还有人跟吗？"我看到根柱和大武交换了一下脸色，两人都没有吭声。只有秋生说："我也再拿出十万。"大武说："既然秋生拿十万，我就不跟了。"根柱说："我也不跟了，让你们两人竞争吧。"看到大武和根柱退出，二孬扬扬得意，他说："既然就秋生我们两人了，我们慢慢玩吧，我再出五万。"我看到秋生脸上出汗了，秋生说："我也出五万。"二孬说："我再出五万，为了我们村的建设，就是倾家荡产也值得。"我看到秋生的眼神慌乱了，两眼不住地乱找，当他看到凌烟坚定的目光后，也说："我也再出五万。"但是语气已经不再坚定。二孬说："好啊，今天碰到对手了，既然你也出五万，那我就凑个整数吧，我捐三十万，你还出吗？"我看到豆大的汗珠从秋生脸上滑落，三十万的数目，估计已到了秋生家里经济的极限了，但是到了这个地步，就是到了极限，估计他还要撑下去的，果然，我看到秋生说："我也捐三十万。"秋生喊完，我看到二孬愣了一下，他没有想到，秋生竟然也能叫出三十万的数目，但他很快就镇静下来，毕竟干了好多年的窑场，看来是腰里有钱胆气壮，他说："三十万你也跟，好，那我就出到五十万，你也出到五十万吧，你要能投资五十万的股份，这个支书就是你的了。"我看到秋生的眼光又在找凌烟，我看到凌烟给了他一个坚定的目光，但我看到，虽然凌烟的目光很坚定，但是，秋生还是败下阵来，秋生说："五十万我拿不出，这个支书你干吧，希望你能给我们村多造福祉。"乡长一直注视着这场争斗的情况，看来他对谁来当支书很在意，看到秋生败下阵来，他惋惜地摇了摇头，然后问："还有人捐吗？"连问三声，没人搭腔，乡长说："既然没人再竞争，支书就是二孬的了，我们欢迎二孬进行就职演说。"二孬刚想说话，这时候我喊了一嗓子，我说："还有我呢，我也要捐款。"大家看到我出头，好像都吃了一惊，只有凌烟喊了一声："小宝，好样的。"得到凌烟的赞许，我立马有了精神，我说："我捐六十万。"我立马听到了全场的轰动声，有人接着大声叫好，有人说："我们欢迎小宝当我们村的支书。"我知道说这些话的，都是和二孬平时不和的，二孬在村里财大气粗，平时得罪了很多人，这些人在这时候就给他做对了。二孬看我出来了，脸色一下子就变了，他知道自己虽然有钱，但和我比就差远了，因为我背后有我爷爷，还有一个当企业家的爸爸，光村里的养猪场、养羊场和养鸡场的收入，就要和他的窑场扯平了，再加上我还有一个会画虎的姐姐，她的钱就差有我这样的弟弟帮他花了。二孬说："小宝，你真的要来竞争这个支书？"我点点头，二孬想了想，说："那你就当支书吧，我还是当我的村主任，协助你把我们村的工作搞上去，行吗？"我说："你只要不跟着捣乱就行了。"乡长也没有想到我会出来竞争这个支书，看来竞争的结果有些出乎他的意料，他问我："小宝，你真的要当这个支书？"我没有接他的话，而是拿目光像秋生刚才那样乱瞅，我看到了凌烟，我见凌烟点了点头，就说："我要当。"我看到乡长想了想，说："也好，你就先主持工作吧，不过，当村支书必须是党员，你今天晚上就写入党申请书，明天交给乡党委，争取按程序先做个预备党员，其他的事情慢慢再说。还有，以后有事多请示你爷爷，你今天还要讲话吗？"我说："我今天没有想好说什么，但我觉得乡里集资建设我们村是个好事情，欢迎我们村里的群众进行捐款。"乡长说："你不说我到忘了，诸位乡亲，现在我们村有代理支书了，这个人就是我们的小宝同志，他出资六十万帮助大家重建我们的家园，希望大家支持他的工作，如果大家相信乡党委政府，相信小宝同志，请大家踊跃捐款，给我们村也给我们自己谋福利。"我看到乡长讲完，大家一拥而上，纷纷到计财跟前报名捐款。

二十七

散了会场，我直奔后山，见了爷爷，把事情说了。我说："六十万元，一个代理支书，值吗？"爷爷笑了，爷爷说："值，你要知道，这六十万元，并不是捐款，而是投资，投资是有回报的，乡长的眼光，很准，在我们这里开发休闲农村，弄好了，六百万回报不止，再说了，即使没有回报，为乡亲们做些事情，也值。"我说："钱从何来？"爷爷说："只要想做事，钱不是问题。"我说："是呀，钱不是问题，问题是没钱。"爷爷正色说："钱的问题，我来解决，你目前的事情，就是考虑怎样去当好支书的问题。"我说："这也是我要问爷爷的问题，怎样去当支书，还得爷爷想办法。"爷爷说："这是个大问题，爷爷要考虑考虑，考虑成熟了，爷爷再告诉你。"我和爷爷又说了几句闲话，看爷爷全然没有了往日的心情，便向爷爷告辞，想一个人在山上走走。

我正在大堤上闲走，忽然听到有人叫我的名字，抬头一看，见是春生在山坡下向我招手。我慢慢地走了过去，说："是你叫我？"春生点点头，我说："有事吗？"春生说："听说你现在当上支书了，恭喜你呀。"我说："你听谁说的？"春生说："这是好事呀，村里人都知道？"我拿不准他葫芦里卖的什么药，看了他一眼，没有吭声。春生忽然凑近我，神秘地说："小宝啊，你既然当了支书了，有一件事我要和你商量的？"我说："什么事？"春生说："是村里盖房子的事，咱们村不是要重新建房吗，我有个建议，要是再建房子的话，就把村子建在后山上。"说实话，我正在为重新建造村庄在发愁，春生的话倒引起了我的兴趣，我说："为啥要把村子建在后山上？"春生说："村子建在后山上，当然是有理由的，第一，咱们的村庄，原先是在山下，这次地震，后山上什么事没有，山下就发生了地震，这充分说明后山要比山下好，科学的说法，就是山下可能存在一个地震的活动层上，而后山却不是，再一个，村子挪到后山上，后山的人气旺，咱们天物苑的生意就会好，我想好了，这次村庄改造，就以天物苑为中心，周围的房子，将来可以当作旅馆用，城里来了旅游团，游了万顷梨园，品尝了爷爷的酒梨，然后到天物苑里吃饭，晚了，如果要住在这里，就可以在咱们村庄里住，到那时，我们整个村子的人都有了收入，村里人想不富裕都不可能。"我想了想说："那我们现在的村子呢？"春生来劲了，春生说："这个我也想好了，你知道我们北方人为什么没有南方人富裕吗，原因就是我们没有南方人有水，水在五行中主财，水少，财就不旺，这个给你说你也不一定能懂，但我们村缺水吗？不缺，我们只是没有很好地利用水罢了，你看我们山脚下，村子后边的池塘里，到处都是水，这些水从何而来，一是天然水，下雨攒起来的；二是因为山脚下低洼，并且池塘和老黄河古道相通，那里的水可以直接引过来，滋润我们的村庄，我们把村子挪在后山上，原先的村庄地方，我们可以开挖一个人工湖塘，这个湖塘要建得足够大，湖里要有一个湖心岛，这个岛可以建三个栈桥，南边通向万顷梨园，西边通向你姐姐的画虎村，北边通向你爷爷的酒梨种植地和咱们的天物苑，这样，游客到了咱们村，可以乘船先观赏休闲村庄，过一把游船瘾，然后参观万顷梨园，最后品酒梨喝天物汤，最后住休闲农庄，当然，我们还可以围绕湖心岛做些文章，在岛里，我们可以种上荷花，也可以养鱼，这个还得具体规划，种荷花要东西南北种的不同，比如南边种荷花，要种纯白的，北边就要纯红的，西边就要全部是粉色的，这样，游客就没有视觉疲劳，栈桥的修建方式也不能相同，通向西边的，可以修建一个直的，北边的就要建一个曲的，南边的，就要一半直的一半曲的，如果我们能把这一切都做好，你可以想想，我们村庄的未来会是什么样子？"我听了春生的一番言论，心里大动，但我却说："你有这样的想法，以前怎么不说，为什么我刚当支书，你就来这里献策？"春生说："我以前就是有这样的想法，咱们村地震了吗？没有地震，村庄能搬得动吗？现在地震了，有这个机遇，我才给你说的嘛。"我说："你说的这些，听起来还可以，但能不能操作，还得要大家进行论证，这样吧，你把你的想法，拿出一个方案来，至于能不能行，大家研究过再说。"春生说："那好吧，幸亏我上学学的就是建筑系城市规划专业的，你这个方案什么时候要？"我说："越快越好。"春生说："我连夜加班，争取明天就给你送过去，但我有一个条件，你不能说这个方案是我做的，省得别人说我是为自己谋私利。"我说："我就说是我自己想的，可以吗？"春生说："行。"然后，拉着我的胳膊说："走，我让你再看个稀罕物。"

春生把我带到一个塑料大棚前，站住。我往四下看了看，见旁边还是几个大棚，我狐疑地说："这有什么好看的？"春生说："进去就知道了。"春生打开了一个大棚，猫腰钻了进去，我也跟着钻了进去，见里边种的是黄瓜。季节虽然是深秋，但里边的黄瓜却长得很旺，这些黄瓜每棵都有尺把长，叶子肥大，成深绿色，每个叶子上边都顶着一个黄色的花朵，一眼望去，几十米的大棚里，黄色的花朵一溜排开，看上去让人赏心悦目。我说："不就是黄瓜吗，有什么好看的？"春生说："虽然是黄瓜，但是，黄瓜和黄瓜不同，夏季里的黄瓜不稀罕，我的这些黄瓜，不但一年四季都有，而且是纯绿色天然的，为什么这样说，因为种这些黄瓜，完全不用化肥，底料全部是牲畜肥和大粪，这些还不稀罕，关键的一点是我采用恒温恒湿的方法种植，这样既保证了一年四季都有新鲜的黄瓜出炉，同时也能保证黄瓜的个头基本一样，重要的一点是，我在大棚的四个角放了四个氧气罐，你知道这四个氧气罐有什么作用吗？"我摇摇头，往四下看了看，果真发现四个大棚角落里，放了四个一人高的氧气罐，往常，这样的氧气罐，只能在医院里看到。春生说："开眼了吧，你看这些大棚，都是密封的，与外界的氧气基本隔绝，这些氧气罐就是给棚里的蔬菜供氧用的，这些大棚虽然外界供氧不足，但是，由于用的都是牲畜粪和大粪，本身能产生二氧化碳，这些气体和氧气在大棚里混合在一起，供应的养分能使黄瓜特别的鲜嫩，我最近就增加了一道'蔬菜宴'。专门上的是新鲜的蔬菜，有黄瓜、西红柿、豆角、洋葱、木耳、大豆、地瓜、花生、蚕豆等，只有天物汤是荤的，其余都是素的，就是在大棚里刚摘的，这道菜推出后，很受人们欢迎。"我说："这些都是你自己发明的吗？"春生扬扬得意，说："当然是我自己发明的。"我说："那，创造的利润也是你自己的了？"春生一愣，说："那怎么可能，这些收入都是天物苑的，当然有你和凌烟一份，我这人说话算话，决不独食。"接着，春生又领着我看了其他几个大棚，我发现每个大棚里种的东西都不一样，但是，每个大棚里，同样都放着四个氧气罐，知道春生是真正的要在经营天物苑上下大力气了。

出得棚来，春生面有得色。他问我："怎么样？"我看了他的样子，心中有气，偏说："不怎么样？"春生说："还不怎么样？这些东西，平常人一辈子也做不来的。"我冷笑了一声，说："你既然觉得自己有这样的本事，为什么不出去闯荡一番，屈居在这样的一个小乡村里，岂不埋没了你这个人才？"春生说："这个，人各有志，小乡村里，照样能干出大事业，我不就干出事业来了吗，还有你爷爷，他的酒梨，你姐姐，她的画虎村，你爸爸，他的养殖场，这些都是在小乡村里做成的。"这个家伙，恬不知耻，竟然和我爷爷爸爸姐姐相比，我决定不客气了，我说："你既然有这样的本事，哪里不能找个女人，还要死死地纠缠凌烟做什么，她可是个乡村女子？"春生说："我没有纠缠她。"我说："没有纠缠她，为什么不去找别人，单单地让她当会计？"春生说："小宝啊，感情的事，你不懂的，就是我不和凌烟好，还是有人会对她好的，男女之事，得双方自愿才成。"我说："我不管这些，如果你不放弃凌烟，我就不把村子挪到后山。"春生说："你这是威胁我吗？你不把村子挪到后山，我就不给你做规划。"我说："你不做规划，我让别人做，不信就比你做的差？"春生说："可以啊，那你就另请高明吧。"我看春生真的给我上了劲，我想了想，然后说："你还是先做规划吧。"

第二天一早，春生就把规划做好了，他拿到指挥部里让我看。我看了看，发现春生真的下了劲，上面把村庄新址规划得很详细，规划图上，新建的村址一色的两层半结构，四合独院带厕所卫生间和厨房，房子结构是套房，抛弃了原先的直筒方式。春生解释说："这样将来可以租赁，隔音效果好，省空间。"我看房子没什么缺陷，便看其他的地方，我的目的，一定要在其间找出毛病来。我看到原先村子的地方，现在是一片湖泊，就是春生说的那样，湖泊的中间，有一个湖心岛，通向岸边有三个栈桥，湖中心是荷花，还有鱼塘，上边标得很详细，连我看上去都一目了然。我看了又看，终于被我抓住了把柄，我说："这个不对吧，我看这图上，学校、村卫生室、还有村委会办公室，为什么标的村委会最小，难道村委会还没有学校和卫生室重要？"春生说："我是这样标的，村委会的确没有学校和卫生室大，你知道为什么要这样做吗。"我气愤地说："我怎么知道你咋想的？"春生说："现在不是提倡小政府大服务吗，所以我就把村委会标小了，你看咱们国家，从市委市政府，到县委县政府，再到乡党委乡政府，都喊着小政府大服务，但是，办公楼都是一个比一个好，你再看这些民生措施，哪一个能和政府部门比，市医院有市政府好吗，县医院有县政府好吗，乡重点中学和乡卫生院有乡政府好吗？不用说，没有，可是，你知道国外吗，有些国家这些民生措施就比政府的办公设施要好，将来我们的国家，也要走这条路的，所以，我设计的村办公室，虽不如村学校和卫生室好，但从长远来看，这样的设计要比村室大的好。"我看了春生一眼，说："是不是我当了代理支书，你小子心里不服，特意拿这个来压我的，为什么以前的村室都是大村室，到了我这里，就要变成小村室了。"春生说："你要觉得这样不好，我给你改过来就是了，反正是你说了算。"我想了想，说："算了吧，既然这样设计好了，就这样办吧，反正乡里还要看的，最终怎么样，还是他们说了算。"说话间，村委的其他人都到了，春生见来了人，就告辞回去了。又过了一会儿，林助理也到了，我把春生做的规划图让他看，他说："临来时，曲乡长还交代向村里要规划的事，没想到这么快就做好了，我现在就回乡里，拿回去让乡长看，你们等我的回音就是了。"说完，林助理就拿了图纸，匆匆地回乡里去了。

　　林助理刚走，二孬就凑过来，趴在我耳边，小声说："小宝，有个事，我想对你说一下。"我说："你说就是了，不要这么鬼鬼祟祟的。"二孬看了看其他人，说："咱们院外说吧。"我说："还有什么见不得人的事吗，就在这里说。"二孬的脸色有点为难，他说："还是出去说的好。"我看他真的不想当着众人的面说，就说："那就出去说吧。"我们两人来到外边，二孬说："胡大彪这个人你认识吗？"我摇摇头，二孬说："这个人你不认识，也应该听说过，胡书记你总认识吧，就是刚从我们乡调走的，现在是副县长，就是胡大彪的亲哥哥。"我"哦"了一声，说："这和我有什么关系呢？"二孬说："怎么没有关系？胡大彪是包工头，听说我们村要重建，他要承包我们村的工地。"我终于明白了，原来是这样，怪不得我爷爷反对二孬当支书，看来我爷爷是对的，二孬这个人，看来是真的靠不住，我说："他想承包就承包了，他要承包了，咱们村的工程队干什么？"二孬说："所以吗，现在不是和你商量吗，看到底让谁干好？"我说："这事八字还没一撇呢，急什么？"二孬说："他托我对你说，要是咱们村的工程让他干，他对你要有所表示的。"二孬的话让我感了兴趣，看来当官就是不错，我刚当了个小小的代理支书，没想到好处就找上门来，我说："他能给我什么好处？"二孬说："如果他承包了咱们村的工程建设，他给你百分之二十的提成。"我听了，吓了一跳，乖乖，这么多，我说："你的好处呢？"二孬说："我中间纯粹帮忙，没有好处的。"我说："你告诉胡大彪，别说给我百分之二十的提成，就是给我百分之百，他也别想动我们村的一草一木！"说完，我气愤愤地回到帐篷里，在我的办公桌前坐下，一扭脸，看到了大武，我对大武说："你认识胡大彪这个人吗？"大武说："这个人我怎么不认识，他和我一样，都是搞建筑的，由于偷工减料，名声不太好，手里揽不到活，他哥哥就是咱们乡乡的胡书记，哪里有工地，胡书记就去哪里开会，到那里就讲，胡大彪是我弟弟，大家不要因为我的面子对他进行照顾，工程问题，一定要严格程序，结果，好多讲好的工程，都被胡大彪又抢了去，我们搞建筑的，都把他恨死了。"我说："原来是这样。"接着，就把刚才二孬的话说了，大武说："小宝，咱们村的工程可千万不能让他干，我就是一分钱不要，也不能让他坑害咱们村的百姓，千年大计，质量为本啊。"我点点头，说："知道。"

到了下午，林助理从乡里回来了，他带回来的消息让人振奋，他说："村里的整体规划，乡里已经通过了，现在乡长拿着图纸，到县规划局备案去了，估计很快就能批下来。乡长临走时，让我带话过来，让咱们村抓紧时间准备，目前要做好三件事，一是赶紧把大家捐的钱收上来，做好开工准备；二是要成立一个拆迁组，把村前的那几个楼房拆迁掉，拆迁时要注意工作方法，多做群众的思想工作；第三个要成立一个建设组，抓紧时间准备人力物力，随时准备动工，争取以最快的时间，把我们的村庄重建起来。"林助理讲完，看大家没有吭声，就继续说："我看是这样，咱们把村委的班子分成两个组，一个负责拆迁，一个负责建设。小宝和秋生两个人熟，就负责建设组，重要任务是物色建筑队伍，选好动工地址，组织群众参与建筑工作；二孬主任负责拆迁工作，这个主要是考虑到二孬主任本身就是拆迁户，带头进行拆迁，对其他几户有说服力，另外一个原因，是二孬是老干部了，工作熟悉，有能力，这个也是乡长的意见。"我看到二孬本来是有意见的，听林助理夸他工作有经验，就没有吭声，等听到说让他负责拆迁是乡长的意思时，就有点眉开眼笑了，他说："乡里布置的工作，我们要无条件地服从，我不管别人如何，我是坚决服从乡党委的号召，回去就把自己的房子先拆了。"林助理说："你们拆迁组还有个任务，就是要先成立个测量组，把每家每户的楼房面积量好了，以便将来按实际面积进行包赔。"我说："我们两个组负责拆迁和建设，那收钱谁去呀？"林助理说："拆迁组负责测量，你们建设组就要负责收钱，再说，我们也没有闲人再去做这个工作了，大家辛苦一下吧。"林助理这样说，大家就没有意见了，接下来就是分组，我和秋生、大武、计财一个组，二孬和根柱、秋红一个组，林助理作为候补人员，哪个组需要人力支援，随时做好预备补充，大家商议好，明天正式开展工作。

　　第二天一早，还没等我们下去，林助理就从乡里赶来了，还拿来了经规划局批准后的图纸，我看了，和春生设计的并无二致，我知道，县里同意了我们的规划。看到图纸，我决定行使一下我代理支书的权力，我说："图纸拿来了，你们谁把它贴出去？"说这话时，我是看着村委会的一班人说的，这时候，村委会的人已经到齐了，正准备分头去工作。我说完这话，看他们一个个没什么反映，只有秋红说了一声："我的天，这么大的一张纸，贴在什么地方啊？"林助理说："这是一张草图，正规的图纸还没有下来，为了方便工作，我先把草图拿了过来，目的是让大家了解上边的政策，方便大家开展工作。"我说："把这个图贴在村南的银杏树树下吧，那里人多，大家都能看到，秋红是个女同志，这事不适合她，你们几个谁去？"连问几声，大家你看看我，我看看你，没一个吭声的，最后根柱说："大家都不去，要不我们来石头剪刀布吧，谁输了谁去。"我说："贴一张规划图，竟然要剪刀石头布，传出去成何体统，就是根柱你去吧。"根柱说："我去不成问题，可是，我要和二孬一起去动员群众搞拆迁啊，你还是派其他人去吧。"我说："你们搞拆迁，我们还要收钱呢，要不然，你们那一组，还是先贴好图纸再去吧。"大武说："不就是一张图纸吗，干脆你派人好了，派到谁，谁就去，大家不要婆婆妈妈的。"大武这样一说，我来了精神，我知道大武在给我撑腰，我说："那样，二孬去好了。"二孬说："大家都不去，凭什么让我去？"我说："凭我是支书，支书没有权安排一个人去贴张图纸吗？"二孬说："你是支书，我还是主任呢，贴张图纸，你支书应该先带头呢，你要去贴，我就去，你要不贴，你就安排其他人。"我这才知道，我这个支书，原来是聋子的耳朵——摆设，我还要说什么，林助理说："大家不要吵了，图纸我和小宝这一组去贴，大家按照以前的分工去做吧，晚上，我们在这里碰面，总结一天的成果，大家辛苦一下。"林助理这样说，大家都不吭声了，我和林助理拿着图纸，来到村南的银杏树下，那里有很多人，图纸刚贴上，立马就围了一圈人，看着图纸，指指点点。我看到人很多，就把还没有交钱的人要收集资钱的事说了，很快，我们这一组就收到了很多人的集资款，还有一些人，看到有人交款，就嚷嚷着让我们等他，然后，回家拿钱去了，我没想到事情进行得如此顺利，就组织大家排好队，一个一个地收款，凡是交款的，有计财登记打条，秋生和大武在旁边帮着数钱。

这样忙了一天，到了晚上数钱时，竟然集资了三十多万，我、秋生、大武和计财扬扬得意。回到指挥部时，正碰到二孬那一组垂头丧气地回来了。我说："事情怎么样？"二孬说："什么怎么样？一群老顽固，嘴皮都磨破了，没一个同意拆迁的，末了还挨了老话一顿骂，拆迁这种事，真不是人干的活。"我说："不会吧，我看大家对这个事挺支持的，我们一天就收了几十万的集资款哪。"二孬说："你说的是真的？"我说："当然是真的。"二孬说："那我看看都是谁？"我让计财把集资名单让二孬看，二孬看了半天，说："怪不得呢，这些集资的，都是倒了房子的，凡是盖了楼房的，你看可有一户？"二孬这一说，我到上了心，仔细看了一遍，果真没有一个家有楼房再集资的。我想了想，说："今天晚了，明天开始，我就去找这些楼房没有倒塌的难缠户，我就不信收不来他们的钱。"我心想：二孬这一组，之所以工作没有进展，是他们工作没尽力罢了。

二十八

天明起来，我们村委会通过协商，决定先拿二狗开刀。二狗在村里卖豆芽，平时不和其他人交往，没什么背景，相比起来，容易对付些，但我担心的是二狗的老婆，这个女人平时不言不语，如果出问题，恐怕要在她身上。我把担心说了，二孬说："一个女人家，有什么难缠的，你尽管去就是了，只要二狗同意了，她还能咬掉你的肉？"二孬的话，把大家都逗笑了。于是我和秋生、大武还有计财在轻松的气氛中上路了。在路上，我们又商量了一下，争取这次不但能让他把集资款交了，最好还动员他把楼房也拆了，我们要对这些有楼房的户主来个一箭双雕，做出个样子给二孬那一组瞧瞧。

二狗家在村东头，和守财家斜对门。我们来到一座楼前，看到大门紧闭，楼前边三个小孩在那里踢毽子，我认得这些孩子中有两个是二狗的孩子。这些孩子玩得正起劲，他们一边踢毽子，一边嘴里还唱着踢毽子的歌："你踢一，我踢一，栀子开花二十一，二五六，二五七，二八二九三十一，三五六，三五七，三八三九四十一……"我看他们一个劲地踢下去，就走上前去，说："你爸爸在家吗？"二狗的儿子看了我一眼，随口说："在家呢。"又去踢他的毽子了，我听说二狗在家，便来到楼房前，使劲地敲了敲门，一边敲，一边喊："二狗在家吗？"敲了半天，没有一个人答应，我返身对小孩说："你不是说你爸爸在家吗。"小孩瞄了我一眼，说："那又不是我的家。"我仔细看了看，才知道敲错了，敲了半天，原来是守财的家。守财一大早就出摊卖东西去了，怪不得敲了半天没人应。我和秋生等人重又来到二狗家，二狗正好在家，二狗的媳妇也在。我们把来意说了，问二狗交不交钱，二狗看了一眼他媳妇，说："交集资款可以，但是拆迁不可以，我不同意把村庄挪到后山去。"秋生说："你不同意是你个人的事，但是拆迁是大家的事，你不能因为个人的事，影响大家的事，如果因为你影响了整个拆迁工作，后果你能负得起吗？"二狗说："你说这些大道理没用，我只问你一句话，拆迁以后，我还能住上这样好的房子吗？新建的房子有现在宽敞吗？如果没有现在好，我为什么要同意拆迁？你觉得我建个楼房容易是咋的，说拆就给拆掉了？"我说："新村规划图纸我看了，虽然没有你现在住的房子大，但也是两层设计，独门独院、自来水、洗手间、厕所、厨房，这些都有的，要比你现在的楼房居住更合理，说句难听的话，你现在上厕所还要跑到院子里，新设计的楼房，解手都不要出门的。"我的话音刚落，二狗的媳妇说："既然有这样好的条件，你们搬过去住就是了，我们是穷命，享不起那份福，我们只住现在的楼房。"二狗媳妇的话音刚落，像是配合好的，二狗说："你一个妇女家，哪来那么多闲话，还不快去把猪喂上。"二狗的媳妇说："还要喂猪干什么，房子就要被人扒掉了，还有心去喂猪？我今天倒要看看，老娘辛辛苦苦盖起的房子，哪个天杀绝命的给扒了去？"二狗听了大怒，说："现在还轮不到你在这里哭丧，再胡言乱语，看我大巴掌扇你。"我看到二狗的媳妇仿佛愣了一下，她说："我跟你半辈子，福没享到一天，眼看房子也要被人扒了，你连个屁也不敢放，对付我，到要用巴掌扇了，老娘今天不活了，你倒是扇扇我看？"说罢，往前一扑，头便扎在二狗怀里，哭爹喊娘地叫起来。我看到两人闹起来，只得去劝了，我用手拉住二狗媳妇说："好了，好了，别闹了，守着外人在，也不怕别人笑话？"我的话音刚落，便觉得手上一疼，我低了头看时，原来被二狗的媳妇咬住了，我连忙说："快松口，咬住的是我的手。"我越喊，二狗的媳妇越不松口，好不容易松开了，我看时，手上已经有了几个血印子。二狗的媳妇说："打呀，你不是要打吗，小心下次我就要给你咬掉了。"我听了，哭笑不得，再看二狗，又和媳妇纠缠在了一起，我知道事情不会有什么结果，就和秋生、大武、计财走了出来，出了大门，我对他们说："不要告诉我妈妈，说二狗的媳妇咬了我的手。"

我忍着疼痛，和大武、计财、根柱几个人，在村子的大街上找到了守财。听了我们的来意，守财只说了两句话："我在，房子在，我不在了，随你们的便，至于集资款，一分也没有。"说罢，便不再理我们，任我们再说什么，他就是不吭声。我们没有办法，只得去找下一家。下一家是老罗，就是在村里跑运输的，老罗说得很干脆："不就是要拆迁吗，好啊，我赞成，但拆迁总不能光拆我一家的吧，只要其他几家都拆了，我家绝对没问题，就怕其他几家拆不了，拆掉我一家的也没有意思吧，至于集资的事情，我跑运输还需要钱呢，没有多余的钱来投资搞新村建设了，话又说回来，我就是有闲钱，投资跑运输照样能赚到钱，没必要去投到一个见不到影子的开发上去，几个村领导都来过了，但对你们要求的事，我只能说'对不起'了。"老罗财大气粗，说话粗音大嗓，他的一番话，把我们说得面面相觑。出了院门，我们想了想，他说得也对，村里要拆迁，总不能先拿他开刀呀，至少干部应该先带头，我对秋生说："看来，你和二孬的楼房不拆掉，其他的不会先拆了？"秋生说："我的工作好做，我回去就找人，先把房子扒了，这是大势所趋，晚做不如早做。"我点点头，对秋生到产生几分的佩服，我说："只要你的房子拆了，二孬的不成问题，我们到老贾家去看看。"

老贾是医生，在村子里是见过世面的人，他家的房子在村子的正中央。进了院门，可以看到他家的院子很宽敞，左右厢房都做了病房，两边都躺了几个挂吊瓶的人。听我们说了来意，老贾说："你们要拆迁，可有上边的红头文件？总不能就凭你们几个人说说，就把我的房子拆掉了。"我说："咱村的动员会你应该参加了吧，乡长可是在会上做了讲话的。"老贾说："你少拿乡长说事，在你们眼里，他是个乡长，在我眼里，他也就是一平凡人。"老贾说完，秋生说："好你个老贾，竟然说乡长是平凡人，你说这话有依据吗？"老贾冷笑了一声，说："来我这里的，扒下裤子都是一样，所以说乡长也是平凡人，难道他有病不打针？"我说："你要是同意拆迁就同意，不同意不要说这些闲话。"老贾说："我不同意。"

出了老贾家门，就是二马家，可我们到了二马家门前，却发现大门紧闭，旁边的小孩告诉我们，刚才二马和他媳妇都在，看我们进了老贾家里，他们就锁了门出去了。我知道二马这是有意在躲避我们。我说："二马不在家，下一个就是教授和老话家，我们还去吗？"在这些人当中，教授和老话是最难缠的。一是他们年纪大，在村中资格老；二是他们有的是时间，平常没事还想找些事出来，何况现在去给他们找事？秋生和大武还有计财和我是同样的心思，他们说："天不早了，吃过饭再说吧。"于是，我们就没有去教授和老话家。

回到指挥部里，我看到二孬黑着脸垂头丧气，秋红噘着嘴一声不吭，只有根柱在一个桶里搅和着什么，整个指挥部里散发着刺鼻的味道。我问二孬："情况怎么样？"二孬说："还能怎么样？到谁家门前，不是大门紧闭，就是不理不睬，还有的向我们要上边的红头文件，一句话，就是不想叫拆迁。我看了，来软的是不行了，我们干脆就来硬的吧？"我说："来硬的怎么来？"二孬说："如果来硬的，我们就成立一个拆迁队，各项拆迁工具准备好，给这些拆迁户规定好搬迁时间，到时候不搬迁的，我们就去硬拆，看他们能咋着？新村改造，可是经上边同意过的。"我说："那也得先通知他们知道啊，免得到时候说我们工作没有做到位。"二孬说："我已经让根柱买了一桶漆，明天我们就挨个在他们墙上写上'拆'，这就等于告诉他们，他们的房屋要拆了，给他们做工作，他们是不听的，我看好多地方搞拆迁，都是采用的这个方法。"我想了想，说："也行，明天我们村委班子的人都去，人多势众，尽量减少不必要的问题发生。"其他人听了，一齐点头。

第二天，我们提着桶，在村里每个拆迁户的墙上都刷上了一个"拆"字。值得高兴的是，在整个刷字过程中，并没有遇到任何人的抵抗，就连教授和老话都没有说什么，我想可能他们事先没有想到我们会来这一手，或者是看到我们人多势众没敢吭声，反正事情进展得很顺利。我说："给他们三天时间，三天没什么反应，我们就可以考虑直接拆迁了，二孬负责把拆迁人员找好，三天过后，先拆我们村委班子人家的，大家都要有准备。"二孬说："我家的房子，已经搬空了，平方也已经登记好了，人也搬到了帐篷里，随时可以拆的，秋生家的，准备得怎么样了？"秋生说："我家的事情，不用你操心，你家什么时候拆，我家就什么时候拆？"我说："那就三天后一起动手吧。"

这天晚上，我睡了个舒心觉，第二天早上，起得有点晚，到指挥部时，看到大家交头接耳地议论着什么。我刚在办公桌前坐下来，大武就气愤地说："真不是东西，昨天我们刚写的字，今天就给我们改了。"我说："咋回事？"二孬说："咋回事，你去看看就知道了。"我有些懵懂，秋生说："我们去看看就知道了？"我们一行来到离指挥部最近的一家，看到昨天新刷的"拆"字，旁边加了个不字，这样一来，拆就变成了不拆，我们看了几家，发现都是这样。二孬说："昨天一天的辛苦都白费了，现在去拆他们的房子，他们肯定说，你墙上写的是不拆，为啥要拆我们的房子？"我看了，也呆了，呆了一会儿，我忽然说："有办法了。"二孬说："能有啥办法？"我说："他们既然能改，我们为什么不能改过来呢，不字加个走之，就是个还字，这样就变成了还拆，看他们还能说什么？"秋生拍手叫好，说："这个主意不错，我这就去改。"就这样，陪着秋生，我们花了一天的时间，把不拆变成了还拆。秋生对每个字写得很认真，虽然我认为写得并不好，但至少达到了横平竖直，我催他说："你不能写快些吗？"秋生把笔一撂，说："要嫌慢，你来写。"我只能不吭声了。

　　这一天就这样过去了，第二天早上，没想到事情又发生了变化，就在秋生辛辛苦苦写好的还拆两个字后，出现了一个吗字，并且加了个问号，这样就变成了"还拆吗？"我想了好久，没想出什么办法，其他的人也束手无策，三天后，当我们组织拆迁队去拆房子时，遭到了拆迁户的一致抵抗，他们说："你们说的是还拆吗，这是商量的口气，怎么不经过我们的同意，就要强拆我们的房子？"他们的责问，让我们无言以对，再加上他们对我们的强拆早有准备，如果硬来，肯定会发生大的冲突，鉴于这种情况，我们只得撤兵，拆迁工作就这样耽搁了下来。

　　过了两天，林助理从乡里下来，问起村里情况，我把发生的事向他说了，并让他看我的手。我的手上缠了纱布，自从二狗的媳妇咬了以后，我的手就开始发痒，后来就化了脓，我找村医老贾进行了简单的包扎，老贾建议我去打狂犬疫苗，我心想，二狗的媳妇是人又不是狗，打狂犬疫苗有什么用，就没有听他的。我妈见了，问我的手怎么了，我说是不小心自己碰了，我妈不相信，她看了我的伤口，断定是被人咬了，她问我是不是被女人咬的，我给她来了个矢口否认，但我妈总是有点怀疑，常拿狐疑的目光往我手上瞧。林助理看了我的手，问了被咬的经过，半晌无语。他皱着眉想了半天，最后对我说："小宝啊，这样不行。"我说："那怎么办？"林助理说："我们要分开干，拆迁不顺利，我们就先搞建设，正式的规划图我已经拿了来，我们现在要找建筑队，马上进行动工，一边开始建设，一边进行拆迁，两边同时进行，两边工作都不误，再说了，建筑工程一旦动工，也向被拆迁户表明一个态度，让他们看到我们的决心，这样有利于我们的拆迁工作。"我说："施工队我们村都有，大武和根柱都是在村里搞建筑的，经常领着人在城里搞建筑，几十棚的大楼都盖了起来，盖个两层半的小楼更不在话下。"林助理说："你的意思，就是让他们两人盖了？"我点点头，林助理说："你不进行招标，不怕别人说你徇私舞弊，进行暗箱操作？"我说："我不怕，我本身并没有暗箱操作，也没有徇私舞弊，我怕什么？"林助理点点头，说："这样也好，省去很多麻烦，还能增进工程进度，还是你们年轻人，说干就干，要是你爷爷，恐怕就要走一走招标这个形式的。"我说："我爷爷是我爷爷，我是我，我没有他那么小心，再说了，就是小心又如何，还不是照样的支书干不成，到后山种梨去了。"林助理说："你爷爷的事情……我们不谈他了，但是，小宝啊，你要记住，大小是个干部，要想做些事情，首先得顾好两头，要不然，就做不成好干部。"我说："是哪两头？"林助理说："对上，要对得起领导；对下，要对得起百姓。"我说："不就是一个支书吗，还要研究这么深的学问，我当支书，可不管这些，我对得起我爷爷就行了，是他让我竞选这个支书的。"林助理说："你说这话，还是个孩子呀，对了，你既然听你爷爷的，为什么有事不去问问你爷爷，你应该把村里的事向你爷爷说说，看他怎么个说法？"林助理这么一提醒，我忽然想起了我爷爷，我才知道，我又有好多天没有见我爷爷了，我决心去看看我爷爷。

梨园记
LI YUAN JI

175

二十九

　　我永远不会忘记这次见到我爷爷的情景。时候是深秋，我一到后山，便看见我爷爷孤独的背影，坐在掉光了叶子的梨树下，两眼一动不动地盯着村庄的方向看，我连叫了几声"爷爷"，我爷爷才扭过脸来，我俩一对脸，我便看到了一张苍老的脸，又黑又瘦。我没想到爷爷会变成如此模样，自从他辞去支书后，我每次见到他，都感觉他心事重重，这几天好像比以前心事更重了，我知道他心里还是放不下村里的事情，对我能不能当好支书更是放心不下。果然，见面第一句话，他就问："小宝啊，当支书的滋味如何啊？"我摇摇头，说："不好。"我爷爷笑了，他说："不好就对了，如果感觉很好，就不是一个好支书。"我说："为什么这样说？"爷爷说："大小是个领导，凡是想给大家真心办点事情的，在位子上都不会感觉很好，反过来，你如果感觉很好，你就一定不是个好领导，村里的情况如何啊？"我把村里的情况说了，也让他看了我的手，我爷爷半晌无语，最后他说："要把住得好好的房子拆掉，确实不是个容易的事，但是，只要想办法，方法还是要比困难多。"我说："爷爷，有什么好办法？"我爷爷沉吟了一会儿，说："我想的办法也不一定行，但是，有办法总比没有办法强，我说给你，你可以试一试。"我说："你说吧。"我爷爷说："大家之所以不想拆房子，关键还是个利益问题，他们辛辛苦苦盖好的房子，还没有住上几天，就要被扒掉了，心里肯定不舒服，再说，他们也不知道新盖的房子能不能达到他们心中的要求，这时候，你要做的，就是要尽量弥补他们利益上和精神上的损失感，你以村委会的名义，可以宣布以下这些规定，肯定对事情有好处：第一，凡是同意拆迁的人家，家里有孩子的，在村里学校上学，免除所有的学杂费和书费，这样，村子里像二狗这样有孩子的家庭，可能要同意拆迁，至少，工作要好做；第二，凡是年满六十岁的人，他们享受国家每月补助的六十块钱老年费，村里也同样补助六十元，不同意拆迁的人没有，这样，像老话和教授这样年满六十的人，估计要同意拆迁，村子里的事情，只要他俩同意了，剩下的就好办了；如果这样做还不行，那么还有第三条，就是凡是同意拆迁的家户，每年在村医老贾那里看病的医药费用，村里全部给他们报销，这一条，老贾肯定同意拆了。"我说："你说得倒好，钱从哪里来，村里哪有这样的开支？"我爷爷说："这个钱我可以出，我种的梨树，每年的收入尽可以当这个事情了，再说，我年纪大了，要钱有什么用，能给大家做点贡献，我心里也是高兴的。"我说："让你出钱，情理上说不过去，你的钱先垫上，等以后村里旅游开发有了成果，到时候再把钱还给你。"我爷爷说："你看着办吧，现在关键的问题，是把当前的工作做好，至于钱不钱的，都是小事，小宝啊，我告诉你，当一个好干部是不容易的，这事慢慢你就知道了。"

按照爷爷的吩咐，我让秋生写了一个告示，贴了在指挥部帐篷外边的大树上。我隔着帐篷上边的塑料窗户，看我爷爷的主意是不是管用。我看到告示贴出后，立马就围了一圈人，近段日子以来，大家对村里发生的事情都比较敏感，有一点小事情，都会聚集很多人。首先来的是一批闲人，这些人多是村里上了年纪的人，他们既不出去打工，在家里也不干活，往往哪里有热闹，他们就出现在哪里，这些人围着告示看了一会儿，七嘴八舌地发表了一通意见，慢慢地也就散了，他们不是我关注的目标。我注意的是那些有楼房的拆迁户，他们不来看告示，我的告示就白贴了。第一天，这些拆迁户都没有出现；第二天，晌午的时候，教授和老话出现了，他们站在告示前，看了又看。我听见老话说："这恐怕是老魏的主意。"教授点点头，说："除了他，还能有谁？"老话说："你怎么办？"教授说："再看看，实在不行了，再说。"老话说："和我想的一样。"说完，两人就走了，接着，老罗和老贾就出现了，他们在告示前看了一会儿，没有发表任何意见就走了，接着出现的是二马和二狗，我看到他俩的气色都不好，二狗阴沉着脸没有吭声，二马嘴里嘟囔着在小声骂着什么。不到天黑，村里凡是有楼房的，都来看了一遍，我知道爷爷的主意发挥了作用，看来拿倒这些被拆迁户只是早晚的事。果然，第二天，我一到指挥部，老贾就来了，老贾说："村里这样给我面子，我就带个头，我同意拆迁了。"二孬说："你当然同意了，你不算算，你领了村里多少钱，你今年六十了吧，国家一月给你六十元的养老费，村里给你补助六十元，再加上村里人到你那里看病的补助，你再不同意拆迁，你就是个傻逼了。"老贾说："二孬，你别这样说，我宁愿一分钱不要，也不想把住得好好的房子拆掉，我不是看你们工作辛苦，我才不带这个头呢。"秋生说："老贾做得对，不愧是村里的医生，觉悟还是有的。"老贾说："要是这样说，就对了。"老贾在拆迁的合同上签了字，走了。但是，接着，就没有如何人再来签字，我们又等了一天，还是没有人签字，中间，林助理来催了几次，要我们抓紧工作进度，我决心不再等了，就对大武和根柱说："明天动工吧。"大武说："就等你一句话了，砖和沙子二孬都已经运到工地了。"我知道二孬积极的原因，这次新村建设，二孬的窑场要发挥作用了。我对二孬说："这回你满意了吧，你积存的砖瓦，恐怕不愁销路了。"二孬说："我能有什么好处，我的砖瓦本身都不愁销路，倒是大武和根柱，这回有用武之地了，因为地震，他们都有半月没有进城干活了。"大武说："我进城干活拿的是现钱，在村里干活，能给现钱吗，我这是在为大家做贡献。"我说："村里不会让你吃亏的，你们建筑队，就当是在城里干活，工钱一个不会少你们的，但是，你们要保证工程质量。"根柱说："这个你就放心吧，别说我们自己建房自己住，就是给别人建房，我们都是把质量放在第一位的。"我说："这样，我就放心了。"

动工第一天，那些拆迁户仍然没有动静，第二天，老话和教授就来了。老话说："我们都是六十岁的人了，也该给村里做些贡献了，我们同意拆迁了。"教授说："同意是同意了，但你们村委说话要算话，给我们的好处要兑现。"我说："你就放心吧，我们说到就做到，下月开始，你们就可以领取补助了。"老话和教授互看了一眼，老话说："老家伙还真厉害。"教授点点头，说：

"我们的境界跟不上。"两个人说着话，就走了，这次两个人都没有多说闲话，也没有吹毛求疵地乱挑毛病。我知道，老话和教授只要签了字，剩下的就好办了，村里一大半人都看着他俩呢，他们俩如果扛不住，其他人就没有再试着抵抗了。果然，他们俩刚走，二狗就来了，二狗说："大家都同意了，我一个人不同意也不行，再说，新村建设是好事，我也同意拆迁了。"我知道二狗有一个女儿和一个儿子，虽说现在上学是义务制，但是，书费和学杂费还是要收的，二狗签了字，他的儿子和女儿在村里上学的费用就不用掏了，他早晚是要签字的，晚签不如早签，这笔账，他是能算清的。接下来，陆陆续续，不到半月的时间，村里的拆迁户大多签了字，等我们盘点时，发现就有三户没有签字了，这三户分别是二马、老罗和守财。

钉子户出现了。现实生活中，各行各业中都有钉子户，在拆迁中更是难免，可以说有钉子户是正常的，没有钉子户不正常，只是我没有想到，钉子户会是老罗、二马和守财。为了更好地对付他们，我们村干部对他们进行了深入的分析。先说老罗，他为什么会成为钉子户呢？首先，他不缺钱，我爷爷给出的优惠条件他不在乎；第二个，他经常到外地跑运输，见过世面，平时对村干部就有不满情绪，认为自己比村干部要强，在带领群众发家致富上比村干部有本事，可是，让他当干部，他又不屑为之，只是喜欢对村干部横挑鼻子竖挑眼，特别是最近，他和超限站打了一场官司，本来理亏的他，法院竟然以超限站证据不足莫名其妙地让他赢了，这让他在村里更是趾高气扬，这次拆迁，借机给村干部出难题，是在情理之中的事。再一个，是二马，他成为钉子户的原因很明显，就是我爷爷给出的优惠政策，他一条也不沾边。首先他没有孩子，不能享受上学的优惠；再者，他不到六十岁，也没有吃低保，没有补助，还有，就是他和媳妇都比较年轻，成年累月的没有头疼发热，到老贾那里成年的没去看过病，我们村委会给出的优惠条件，他一条也享受不了，对他来说，出台这几条政策，对他来说还不如不出台的好，所以他有抵触情绪。至于守财能成为钉子户，多少有点出人意料之外，守财已经六十多了，还吃着低保，再者身体条件也不大好，隔三岔五地便要到老贾那里去拿药，可以说，村委会的这几个条件，对他最为合适，他如果能成为钉子户，原因只要一个，那就是他喜欢当钉子户。原因分析清楚以后，我们决定采取行动，村里的干部，除了大武和根柱施工以外，其余的全部到齐，我们一起去做这三个钉子户的工作，也就是说，我们正式要和这三个钉子户展开面对面的较量了。

我们先来到老罗家，前面说过，老罗家在村北头，院前很宽阔，可以并排停满三辆大卡车，我们到他家里时，老罗正好在家，他带着两个儿子，正在加固他家的院墙。我说："全村都在搞拆迁，你竟然还在搞建筑，你不是有意在和村里唱反调吗？"老罗白了我一眼，他说："国家有政策，拆迁自愿，不拆自由，我不同意拆迁，你敢强迫我是咋的？我就不信，你一个小小的村干部，竟然敢不遵守国家的政策？"秋生说："我们村里搞拆迁，也是经上级允许的，我们执行的也是国家的政策。"老罗说："你既然执行的是国家的政策，那么我问你，国家的政策是让老百姓过上好日子还是坏日子？"我说："当然是过好日子。"老罗说："既然是让大家过好日子，那么我问你，拆迁之后，我的房子还有这样宽敞吗？我家的门前，还能并排停满三辆车吗？如果不能达到目前的状况，请问，我的生活是好了还是坏了？"秋生说："作为村里的群众，你不能光考虑自己的事情，你要有大局意识。"老罗说："我是个平头百姓，没有你们干部那么高的觉悟，我做人的原则，就是有好处就干，没好处就算，拆迁房屋，对我来说是个没好处的事情，你就是说破天，我也是不同意。"说完，他就督促着儿子说："和泥啊，没看我等着要泥吗？"自顾忙他的去了，任我们怎么说，他就是下音不搭，我们在他那里站了一会儿，实在无聊，就出去了。一出门，二孬说："不要和他说这么多，不行的话，组织起人来，给他来个硬拆，看他能如何？"我摇摇头，说："还是等等吧，看看其他情况再说。"我们来到二马家，二马家大门紧闭，问旁边玩耍的小孩，小孩告诉我们，二马和媳妇看见我们进了老罗家，他俩一路就出去了，至于去了哪里，他们也不知道。我知道二马在有意躲避我们。见不了他的面，我们也没有办法。最后我们来到守财家，守财倒是在家，不过，他和二马家一样把大门锁了起来，他站在二楼的阳台上，问我们："你们是干什么的？"二孬说："我们是搞拆迁的，你没看村里的干部都来了，快把门打开。"二孬在老罗家不敢发话，二马家又没有人，这次到了守财家，终于有了发挥的地方，他说："把门打开，我有话对你说。"守财说："有话回家去说，这里没人听你的。"二孬听了大怒，说："你要是不开门，我可要砸门了，不要给脸不要脸。"守财说："要脸不要脸是你的事，和我有什么关系，我的门，我想开就开，不想开就不开，大天白日的，不信你敢当强盗？"二孬在地上捡了一块砖，说："我就砸你的门，看你能怎样？"我拦住了他，说："这样不大好，我们再想其他的办法。"二孬说："有什么办法可想，人员我都找好了，拆迁车辆也到齐了，明天我就开始挨家挨户地拆迁。"我说："拆迁可以，先把签了字的拆掉，看他们能坚持到几时？"

第二天，我们正式成立了拆迁队，找来了推土机和挖掘机，从村西头开始，挨个往村东头推进。一时间，以后山为界限，山前拆迁工作热火朝天，山后建筑工地机器轰鸣，不分白天和黑夜，我们梨园村都笼罩在一派繁忙紧张而又热火朝天的气氛之中。大家一紧张，我倒轻闲了起来，每天一早，我到了指挥部，就是喝茶看报纸，我又不吸烟，就感到少了很多的趣味，有时候想起了凌烟，就想找个理由去看看她，想到见了她不冷不热的态度，我又打消了这个念头。村子里，老罗、二马和守财的拆迁问题，还是个让我头痛的事情，我想了很多方法，还是解决不了。

三十

一天，我正在指挥部里闲坐，忽然听到帐篷外传来了汽车喇叭声，我正想出去看看，就见帐篷的门帘一掀，进来了两个穿警服的人。我心想，自从上次在老罗家见到那几个警察外，我们村轻易不见个警察的影子，这次又来了两个警察，是不是和老罗有关系呢？我刚想到这里，其中的一个警察便对我说："请问，你们谁是支书？"我说："我就是。"那个警察伸出手和我握了握，说："是这样，我想问一下，你们村有没有一个叫罗冠群的人？"我想了想，说："没有。"另外一个警察说："就是家里有车的，大车，经常在外边跑车，姓罗。"我这才想起来他们说的是老罗，我正为老罗的事犯愁呢，我说："你们说的是老罗，有这样一个人，你们找他有什么事？"还是和我握手的那个警察说："我们是县公安局经侦大队的，老罗可能涉嫌诈骗，我们要找他了解一下情况。"我听了，就明白了，原来还是老罗以前那次石油的事，果然，警察就说了，他说："你知道老罗和超限站打官司的事吗，他说超限站偷了他一车汽油，结果他赢了，超限站不服，要求我们立案侦查，经过我们调查取证，老罗提供的证据是假的，我们要以诈骗罪逮捕他。"我一听，吓了一跳，乖乖，事情怎么这样严重？我心想，怎样想个办法让老罗知道？我说："秋红，给两位领导倒水。"秋红答应了一声，拿来茶壶，给两位警察面前倒了开水，帐篷里就秋红和我两个人，其他人都去工地上忙去了，秋红是留下来专门负责招待工作的。我一边劝两个警察喝水，一边随口说："老罗真的犯了诈骗罪，你们是怎么侦破的？"一个警察笑了笑，说："这个不方便告诉你。"我说："你们两个在这坐一坐，我去叫他来？"警察说："不麻烦你跑一趟了，我们一起去吧？"我说："没事的，谁让我是支书呢。"说着，我站了起来，刚想走出门去，其中的一个警察也站了起来，说："我们一起去吧。"用手一掺，便把我夹在了两人之间，出了门，便见门口停了一辆警车，车上还有一个司机，我们坐上车，和我握手的警察说："往哪里走？"我没有办法，只得往老罗的家里指了指，心里却想：但愿老罗不在家。车到了老罗家门口，老罗从院里走了出来，他一看见警车，脸色变了一下，扭头想回去，被跳下车的警察拦住了，警察说："你是老罗吗，罗冠群？"老罗点点头，警察说："我们是县公安局的，找你了解一下情况，请你跟我们走一趟。"老罗还想说什么，警察已把他推上了车，到了车上，就给他戴上了手铐。老罗一扭脸，看到了我，老罗说："小宝，不就是我不同意拆迁吗，也犯不着这样啊？"我说："和我没关系。"老罗说："和你没关系，难道和你爷爷有关系，你个小杂种。"警察说："不许骂人。"老罗说："我就骂了，看他能咋着。"我说："我什么也不知道，真的和我没关系。"老罗说："放你的屁去吧。"

　　老罗被带走了，没想到我跟着凭空受了一场气，看来这个支书真不是好当的。等其他的几个村干部回来了，我把事情的过程向他们说了，二孬先高兴了，二孬说："正愁拿不下老罗这个硬骨头呢，没想到县公安局的就把他带走了，真是天助我们，我们现在就组织人，把他家的房子就扒了，只要扒了老罗的，看村里谁还敢阻我们？"我说："老罗刚被带走，我们就组织人去扒他家的房子，这样落井下石，不大好吧？"二孬说："他不出事的时候，我们不敢扒；他出了事，被公安局带走了，我们还不敢扒，这样下去，我们啥时候才能完成拆迁任务，你要是不敢去，我去，出了事算我的。"我知道，在村子里，二孬平时最怕的人就是老罗，现在老罗出事了，二孬在趁机出气，我说："还是等等吧，看老罗被带走后，他两个儿子是什么态度，然后我们再采取行动。"我这样说了，二孬虽然心有不甘，也不好再说什么。说实话，我有点可怜老罗，如果不是他出了事，我可能会同意二孬强拆老罗的房子，但现在他出了事，再去强拆他的房子，就于情于理上说不过去了，让人背后捣脊梁骨的事，我坚决不去做。

　　我们不去强拆老罗的房子，没想到老罗的儿子自行找到了门上。下午，老罗的大儿子来到了指挥部，他对我说："小宝啊，我们同意拆迁了，你把我爸爸放出来吧。"看看，他也怀疑是我对老罗做了手脚，我说："真的不是我的事，你同意不同意拆迁，我都救不了你爸爸。"老罗的儿子说："那好好的，我爸爸咋会被警察带走呢？"我说："这个，只能问你爸爸了。"老罗的儿子说："那么，我爸爸的事和拆迁没有关系了？"我说："也不能这么说，你要是同意拆迁了，我可以以村委会的名义，派人去问问你爸爸到底犯了什么事，情节严重不严重，看能不能让他快一点出来。"老罗的儿子说："其实，村里搞新村建设，我们打心眼里是拥护的，只是我爸爸不同意，我们也没有办法，现在他不在家了，我是同意拆迁的，要是你能帮我爸爸说上话，叫我们干什么都行。"我说："那你把拆迁协议签了吧？"老罗的儿子说："签了就签了，以我的意思，早就要签了，其他的人家都签了，我们怎能扛得住？"老罗的儿子签了字，走了，我没想到事情会发展成这个样，我把事情给其他几个人说了，二孬立马就要组织拆迁队，秋生把他拦住了，秋生说："现在就剩下二马和守财两家了，二马家经常不见人，做工作他也不理，不如我们给他来个出其不意，明天我们就说去拆老罗家的，把人员备齐后，一鼓作气，先把二马家的拆了，光剩下守财一家的，就好办多了。"二孬说："既然把二马家的都拆了，不如捎带着把守财家的也拆了，省得剩下一户，还得做不少的工作，还影响工程进度。"我说："这样能行吗？"其他的几个人都说："怎么不行，再等下去，什么时候才是个了局？"我看大家都这么说，终于下了决心，说："就这么办吧，先拆二马家的，然后再拆守财家的，争取一举成功。"

第二天一早，我就让人放出风声，说是要强拆老罗家的房子，然后，集合队伍。铲车、推土机在前，后边跟着村委会成立的专业拆迁队，再后边是村委会的干部，一行人马，浩浩荡荡地出发了。队伍来到二马家房前，二马果真没有防备，二马的媳妇看着过来的人马，嘴里还说着风凉话，她说："老罗的两个儿子真没用，老罗一不在家，好好的房子就拆了，真是败家子。"她的话刚说完，拆迁队伍就在她家门口停下了，领头开铲车的是大武的弟弟二武，他走下铲车，问我怎么办。我说："拆。"我的话音刚完，二武就跳上铲车，对准二马家的大门就是一铲刀，二马看见了，连忙跑过来，说："干什么，你们要干什么？"我走上前去，说："还能干什么，我们要拆迁。"二马说："这可是我的房子。"二孬说："拆的就是你的房子。"二马说："我又没签字同意拆迁，你们凭的是什么？"二姣说："凭的是你妨碍公务，全村的人都同意了，就你不同意，你这是蓄意破坏改革开放，阻碍经济发展，拆了你的房子，还得收取你的拆迁费。"我没想到关键时候二姣还有这一手，看来不愧当了这么多年的村主任。但是，二姣的话并没有吓住二马，二马叫了一声："狗日的，我和你们拼了。"便向开铲车的二武冲去，但他没有冲到铲车跟前，便被早有准备的拆迁队员抓住了胳膊，他扭了两扭，没有扭动，便无可奈何地不动了。二马的媳妇看到这个情景，也哭喊着往铲车跟前冲，也被早有准备的秋红率领几个娘子军拦住了，两个人都不能动，铲车便在二马家的大门前"咣当咣当"地撞起来，撞了十来下，二马家的墙壁前便被砸了个窟窿，二马见了，心疼地喊："别砸了，我同意拆迁了，行吗？让我把屋里的东西搬出去再砸。"我听了，让人放开了他，没想到二马的媳妇听了，却说："天杀的二马啊，你真不是个东西。"二马看了她一眼，说："你也看到了，我也没有啥办法呀？"二马的媳妇说："你咋能没有办法，你的办法不是很多吗？当年你骗我的办法哪里去了，你说我要是跟了你，要风得风，要雨得雨，你的风雨呢，你的本事呢？"二马说："你想要风得风，要雨得雨是吗？那电扇里吹来的不是风，沐浴头里流出的不是雨，你还想怎么样？"二马的话把大家都逗笑了，一时紧张的气氛变得轻松了起来。二马的媳妇乘人不备，挣脱了秋红的掌握，一头向二马撞去，嘴里说："你骗老娘这么多年，老娘吃不嘴里，穿不身上，跟着你动不动挨打受气，好不容易老娘辛辛苦苦地盖起一座楼房，你也让人给扒了，老娘活着还有什么意思，还不如死了好。"说着，猛力向二马一撞，二马一闪身，二马的媳妇就撞在了我身上，二马的媳妇没有受伤，我却被他撞得身子一歪，倒在了墙上。我身上被撞的地方和挨墙的地方都疼起来。我站直身子，揉着受伤的地方，说："二马，你看到了吗，全村躺着不能起床的，只有庆生一个人，你媳妇要是撞在墙上，就只有和庆生做伴了。"二马当着人被媳妇数落了一顿，本身就有些恼羞成怒，听到我提起庆生，更是火上加油，他一巴掌扇在媳妇的脸上，说："反了你个娘们儿了，我早说要迁，你非要不让，现在还不是一样，你再闹下去，我这就要你滚蛋，滚回你的娘家去。"二马一发怒，二马的媳妇果真小了声音，二马见他媳妇不再耍泼，不禁扬扬得意，他对我说："不就是要拆迁吗，何必要这样兴师动众，我签了字不就完了？"我赶紧叫来计财，让二马在拆迁合同上签了字，然后让拆迁队的人帮他搬出了家具，当天就把他家的房子拆平了。

三十一

摆平了二马，村里就剩守财一家了。我和村里的干部商量，决心乘胜追击，用同样的方法把守财拿掉。我让二孬把拆迁队伍集合起来，干部走在前边，拆迁队跟在后边，最后是推土机和铲车，一行人浩浩荡荡向守财家开去，我要给守财一个下马威，让他明白房子不拆是不行的。我们来到守财家，却见守财家大门紧闭，门前冷冷清清，连个麻雀也没有。我让队伍停下来，在守财家一字摆开，我大声叫："守财，守财，你出来，我看见你了。"喊了半天，就是没人答应，我和其他人商量了一下，说守财是不是没在家？几个人一口咬定守财在家。我继续喊，说："守财，你要是再不出来，我就要用铲车把你的房子铲平了。"还是没人答应，我让人把铲车发动起来。铲车一响，守财的头就从二楼平台上探了出来，他像刚睡醒的样子，说："谁在下边嚷嚷……咦，你们这么多人干什么？"看来这老家伙在装糊涂。我想把他骗下来，让人把他控制了再拆他的房子，我说："是我，我找你有事。"守财看了看我，说："是你啊，你欠我一瓶水钱还没还呢，你是不是还钱的？"我说："你的水钱也太贵了，别人卖一块，你卖给我一块五。"守财说："别人是现钱，你是赊账啊，一块五我还不想卖呢。"我说："你下来拿钱吧。"守财看了看，说："送一块五毛钱，用不了这么多人吧，你把这些人撤走，我就下去拿钱，你不让这些人走，这钱你还是拿着吧。"我看守财识破了我的诡计，就实话实说了，我说："守财啊，全村就你自己没有拆迁了，你看你能挡得住吗？还是下来把合同签了吧，我保证你分的房子比现在的好。"守财说："你说什么，我没听清。"我又说了一遍，他仍然没有听清，我连说了几遍，他都说没听清，我知道他在要我了。二孬挤到我身边，说："看来软的不行，我们需要来硬的了？"我说："硬的怎么来？"二孬说："我们用铲车直接把他的房子铲倒。"我说："可是，守财在楼上啊。"二孬说："那我们先把他的外墙铲倒。"我想了想，也是，就对守财说："我喊一二三，你要是再不下来，我们就把你的院墙给你推倒。"这次守财听清了，他说："你们的意思，就是硬来了？"我点点头，说："是的。"守财说："要是这样说，得罪不要怪我了。"说完，从守财家二楼平台的窗户上，就伸出了一个炮管，我看了，那是个礼炮管，并不是火炮，我说："守财呀，你拿个礼炮吓唬谁呀，是欢迎我们对你家进行拆迁吗？"守财说："欢迎你们对我家进行拆迁，让你们看看我是怎样欢迎的。"说完，他把炮管对准了拆迁队伍，那里的人员密集，然后，点燃了炮管上的一个火捻，就听见一阵尖锐的声音响起来，紧接着就从礼炮管里喷出了一溜火花，这个火花打在了人群里，在人群里一弹，就像逢年过节放烟花一样，弹出的炮弹在人群里形成了一波又一波的气浪，带着声响，在人群里炸开。我看见这些平时意气风发的拆迁队伍一瞬间被炸晕了，站在那里，忘了躲避。我喊了一声"快卧倒。"然后，带头趴在了地上。停了一会儿，守财的第二发炮弹又打了过来，这次的人们学精了，不用我喊，各自都找地方避了起来。我看到我们的拆迁队伍有的趴在地上，有的躲在铲车和推土机后边，有的远远地躲在残墙破院后边，不觉可气又可笑，我对守财说："暗箭伤人，算什么好汉。"守财说："谁暗箭伤人了，我不是提前说了，要欢迎你们吗？"我说："欢迎应该礼炮往上打，你怎么把炮管对准了人群，再说了，人家的礼炮都是空响，你怎么安了炮弹？"守财说："你看清楚了，我可没有安什么炮弹，我只是把欢迎用的礼炮和烟花放在了一起，这些都是国家允许老百姓用的。"我看了看，才明白过来，原来守财早有准备，他把礼炮进行了改装，然后把烟花装在炮管里，想往哪打，炮管对准哪里就行了。我说："你的礼炮可以连发吗？"守财得意了，守财说："不能连发，要它有什么用？"我不信，对趴在身边的二孬说："趁他和我说话，你带几个人试试看。"二孬点点头，带几个人猛然地站起来，向守财的大门口冲去，我看见守财又点燃了炮管上的引捻，然后对准了二孬，只听一阵尖锐的呼叫，二孬被礼炮击中，倒在了地上。守财掉转炮口，又瞄准了其他人，不一会儿，站起来的几个人都被击倒，礼炮口里兀自有烟花打出。守财扬扬得意，说："我的礼炮有十八个炮管，要不要都试试？"我想了想，说："不用了。"然后对其他人员说："撤了吧。"其他人早就在等我的命令，听到了撤，立马发动了机器，铲车、推土车先行，其他人员随后，一会儿便撤了个干干净净。

回到了指挥部，大家议论起守财的事，一致认为守财的火炮厉害，又是居高临下，看得清，瞄得准，加上威力大，打了大家一个措手不及，使拆迁队的队伍组织不起来，形不成有效的攻击力，所以败下阵来。现在最主要的问题是，只要控制住了守财，他的火炮便发挥不了威力，问题就解决了，可是，怎样才能控制住守财呢？二孬在一旁愤愤地说："白天这个老东西能看见，晚上我就不信他不睡觉，等他睡着了，我带几个年轻人翻过院去，把他控制了，推土机和铲车一齐下手，不信铲不平他几间楼房？"我看二孬时，他的脸上被火炮击中了几块，到现在还红肿着，就是说这话，还有点不得劲，再加上咬牙切齿，面孔显得有些狰狞，让人看上去有些害怕。我说："这样干行吗？"二孬说："有什么不行的，对付钉子户，只有用强硬的方法，要不然，就解决不了问题？"我想了想，也只能这样了，就说："大家要小心些，能攻就攻，实在攻不下来，我们再想其他的办法。"二孬说："你放心吧，这次我一定要拿下守财这个老小子。"

主意商量定了，我们就组织人员，商量让谁去。二孬在拆迁队里挑了几个年轻力壮的小伙子，然后让开铲车和推土机的司机在后边做好准备，随时听候调遣。好在队伍还没有解散，我就让二孬带着大家到后山的天物苑去喝羊肉汤，告诉大家晚上还有任务，至于是什么任务，现在还不能说。吃过了晚饭，大家就在指挥部的帐篷里休息，二孬和几个人又打起了牌，我对打牌没有兴趣，再加上累了一天，看了一会儿牌，趴在桌子上，迷迷糊糊就睡着了。大概到了后半夜，我被二孬推醒，二孬告诉我："该出发了。"我站起来，发现大家都准备好了，看得出来，这些年轻人对半夜里去搞这次拆迁都有些好奇，好奇中也有些紧张，有一个年轻人说："守财总不会在夜里也不睡觉吧？要是被他的火炮击中了，可不是闹着玩的。"二孬说："你要是害怕，就不要去了，我们有的是人，有的人想去，我还不让他去呢。"这个人连忙说："我不害怕，我去，我去……"

在夜色的掩护下，我们一行人出发了。乡村的夜晚恬静而美丽，到处充满了各种不知名的虫子的叫声，我们刚走了没几步，谁家的狗也叫起来，一只狗叫起来，就有好多只跟着叫，一时间，整个庄子的狗都叫起来，二孬气恼地骂了起来："平日里真该把这些杂种都杀了，省得有事时跟着添乱。"说话间，我们便来到了守财家门前，但见守财家黑洞洞的，没有一点声息。二孬高兴地说："这个老东西终于睡着了。"说完，他命人把准备好的梯子搬过来，他第一个身先士卒，爬上了梯子。我看着二孬在梯子上一步步爬高，最后终于爬上了墙头，正当他刚要从墙头上跳下时，守财家的二楼上突然灯火通明，守财在楼上点燃了火把，明亮的火光中，只见守财手中拿了一个弹弓，他对准二孬略微瞄了瞄，嘴里喊了声"着"，单手一松，便听二孬"哼"了一声，一个倒翻跟头，从墙上栽了下来。我过去把二孬扶了起来，见二孬脸上又添了一处新伤，我说："守财有准备，怎么办？"二孬揉了揉脸，说："有准备也得上，今天拿不下来，以后更不好办了。"我往院子里看了看，看见守财又点起了几只火把，明亮的灯光下，什么都瞧得清清楚楚，和白天没什么两样。我说："守财的弹弓厉害吗？"二孬说："弹弓再厉害，毕竟是夜里，我们多组织一些人，多搭一些梯子，一起下手，让他顾了头顾不了尾，只要进去一两个人，事情就解决了。"我点点头，问："带了几个梯子？"二孬说："原先没想到他会发现，只带了一个，现在只能再回去带了。"我说："咱们搭人墙能不能过去？"二孬说："这也是个方法，我们在几个地方都搭起人墙，然后一齐往里攻，让他招架不了。"我们刚把这个意思传达下去，就听见楼上守财说话了，守财说："我知道你们是扒房子的，我告诉你们，白天你们扒不了，夜里你们照样扒不了，老子不但准备有火炮、弹弓，还有猎枪。刚才用弹弓，那是给你们留情面，现在谁要在我家墙头上一露面，我就让他尝尝猎枪的厉害。"说完，便听"砰"的一声，守财朝天放了一枪，在黑沉沉的夜空中，这一枪格外醒目，吓得我和二孬还有其他人员都赶紧趴在了地上。二孬说："守财你听着，你公然违抗国家政策，拿枪威胁拆迁人员，到天明就让派出所把你抓起来。"守财说："你们夜入民宅，私拆民房，代表什么国家政策，少拿这些大帽子吓人，有本事你就过来拆呀，老子在这里等着哪。"二孬说："你神气什么，不就仗着年纪大倚老卖老吗，要是年轻几岁，我早给你动真章了，就是现在，我明确告诉你，到天明，我就给你停水停电。"守财说："你别说停水停电，就是天塌下来，也休想动我房子半分毫，我现在命令你们马上离开我家五十米以外，要不然，就让你们尝尝我火炮的厉害，不要以为你们趴在地上，我就没办法打到你们了。"我听了，问二孬："守财要动火炮了，怎么办？"二孬连忙说："守财不要开炮，有事我们好商量。"守财说："没什么好商量的，我喊一二三，你们就往外撤，如果不撤，就别怪我不客气了。"二孬说："让我们撤可以，但你不能在我们撤退时打黑枪。"守财说："不打你们的黑枪就是了，撤吧。"二孬问我："怎么办？"我说："还能怎么办？撤呗。"就这样，我们灰溜溜地从守财家撤了出来，为了防备他打黑枪，我们没有一下子撤出，而是，三人一队三人一队地撤了出来。

接连两次失败，我们村委会的干部已经无计可施，再加上现在守财已经提高了警惕，我们连接近他家都困难，远了他有烟花火炮，近了他有鸟枪弹弓，最近他不知又在哪里弄来了一个望远镜，有事没事时就在他家二楼的阳台上来回走动，只要人一靠近，他先用望远镜观察，是普通村民一点事没有，只要是村干部或者是陌生人，他轻则弹弓打，重则鸣枪警告，弄的人人都对他敬而远之。村委会拿他没办法，就把情况反映给了林助理，要林助理反映给曲乡长。但接着林助理就带来了乡里的回话，要我们村委会既要完成拆迁任务，也要注意方式方法。末了，林助理对我说："曲乡长说了，如果一时真拿不下守财，可以先把其他工作进行着，守财的事，慢慢想办法，不能因为他一人，影响了整个工程进度。"我想想，乡长说的对，就把守财的事情放在一边，着力把其他几家的事情搞好。我们先从同意拆迁的家户做起，把房子拆了，然后就地用推土机开挖，拆一户，开挖一户，没有多久，一个人工开挖的湖泊就呈现在了人们面前，美中不足的是，这个湖泊的当中，守财家的二层小楼巍然挺立，破坏了湖中的风景，又好像美化了湖中的风景。

三十二

这样过了几天，人工湖的前期工程已经完工，可是，守财家的楼房不能拆迁，导致第二阶段的人工造桥规划没法实施，二孬问我怎么办？我说："我有啥办法，硬的来不行，软的守财又不吃，该想的方法都想了，该做的事情也做了，水也停了，电也停了，都没让守财屈服，我还有啥法可想？"二孬说："我倒有个计策，保管能让守财屈服。"我来了兴致，说："是什么法子？"二孬说："你听说过三国里水淹麦城的故事吗？我们不妨给他来个依样画葫芦，现在人工湖已经造好，我们西边接连黄河古道岔口和南边接连古宋河的水道都已经修好，只需把水道打开，让水漫进湖中，守财家在湖里，那时四面是水，到时不愁他不缴枪投降。"我摇了摇头，说："这个方法不行，乡长要我们注意方式方法，我们虽然不能照样执行，但也不能做得过分，倘若出了事情，我们都担当不起，如果这样做了，我们就是能完成任务，也必定遭到万人唾骂，我们的目的是为群众做好事，这样干了，我们做事的意义何在？"二孬说："那我们就真没有办法了。"话音刚落，帐篷外传来一阵自行车铃响，一个声音说："你们谁是这村的支书？"我出了帐篷门，发现是给村里送快递的邮递员，由于他经常给我们村送信件，所以我认识他。我说："我就是，你有什么事？"邮递员说："这里有你们村守财的一个快递，他家的路现在不通了，我没法交给他，只好找你想办法了。"我拿起那封快递一看，见是阿丹寄来的，上边还有阿丹的电话号码。我的眼前一亮，我对邮递员说："你要是相信我，我转交给他好吗？"邮递员说："那你得签个字。"我说："好的。"于是，我签了字，拿了那个快递。

邮递员一走，二孬就埋怨我，说："都什么时候了，你还有心给他收快递。"我说："解铃还须系铃人，说不定我们能从这封快递上找到解决问题的方法。"二孬说："我不信。"我说："你没见快递上有阿丹的电话号码吗，守财谁的话都不听，说不定会听阿丹的，我们做通阿丹的工作，让阿丹去做守财的工作，说不定问题就解决了。"二孬说："你这一说，我倒想起来了，守财之所以能盖起这座楼，大部分是阿丹的功劳，阿丹的话他肯定要听的，但现在的问题是，我们现在这样对待守财，阿丹会帮我们说话吗？"我说："死马当作活马医，现在我们只有试试了，但问题是，这个给阿丹的电话谁来打合适？"二孬说："这个事别找我，就是能办成的事，让我一说，准砸锅。"我说："我也不成，让我一说，肯定词不达意，事情肯定也要黄。"在这方面，我俩都有自知之明，因为事情关系重大，谁也不敢冒这个险，要在平时，说我俩不行，我俩都会不服气的。最后想来想去，我想到了秋生，秋生属于温和派的，平时和守财家的关系也不错，再说，阿丹和凌烟姐妹，平时关系也不错，由他来打这个电话再合适不过了。另外二孬又出了个主意，如果秋生打电话也不行，我们就按快递上的地址，派出人员去找阿丹，必要时针对阿丹的工作特点，不排除使用美男计把阿丹拿下，说到美男计，我就想到了春生，如果真到那一步，我就派春生去，这小子油头粉面的，天生就是个小白脸的料，再一个是，我爷爷把春生领到村里时，阿丹已经出外打工了，他们不认识，三是拆迁的始作俑者就是春生，他出的主意，他理应做点贡献，至于还有一层意思，我就不说了。一切铺排停当，我找人把秋生叫了来，把意思向他说了，秋生说："只要打电话能解决问题，打个电话值什么？"他按照快递上阿丹留的电话打了过去，电话响了几声，接通了，我们没想到，接话的竟是个男的。秋生说："你好，请让阿丹接个电话。"那个男人问："你是她的什么人？"秋生说："我是她老家的人，找她有点事情。"那个男人说："你是她老家的人呀，正好，我们正要找她老家的人呢，事情是这样，她所工作的酒店涉嫌卖淫，我们已经对这个酒店进行了查封，其他人员都有人担保领了出去，只有她不说老家是哪里，家里都有什么人，如果再没有人担保她出去，我们就要把她起诉了。"我和二孬还有秋生听得目瞪口呆。秋生说："请问领导，我们老家的什么人都可以担保她出来吗？"那个男人说："最好是她的亲人，如果没有亲人，老家里的人也可以，主要是交罚款，交了罚款，事情就好说。"秋生说："那要交多少罚款啊？"那个男人说："罚款不多，法律有规定，涉嫌嫖娼卖淫，只要不是累犯，最多五千元，可是，要是不交这个钱，事情就要另作处理了。"秋生说："领导不要急，钱我们是要交的，可我们离得远，一时三刻走不到，领导还要多包涵。"那个男的说："我给你三天时间吧，三天时间别说到深圳，就是全国，也能走一遍了，过了三天，我们就不再等了。"说罢，就把电话挂了。

我和二孬、秋生好长时间没有说话。过了一会儿，我说："看来非去一趟不可了。"二孬说："谁去合适呢？"我想了想，派谁去呢？我是肯定不能去的，别说我长这么大从来没有出过远门，就是出去过，现在也走不开。二孬恐怕也不行，他负责的拆迁工程目前正在紧要关头，他一走，拆迁队群龙无首，恐怕要影响军心，再说，他的脾气性格也不适合去做这项工作。大武和根柱也不行，他们负责的基建工程成天忙得焦头烂额，根本就抽不出空来，现在村委会班子里，只有秋生和秋红没有具体的工作，就连计财，每天都要结算账目，忙得好像没头的苍蝇。我对秋生说："看来只有你跑一趟了。"秋生说："我去？怎么去……"我说："这要看你的了，火车、汽车都行，必要时也可以坐飞机，只要能把阿丹带回来，怎么样都可以。"秋生说："那，经费怎么办，我们村里没有这个经费呀？"我说："先从计财那里拿，然后从我爷爷赞助的经费里报账。"秋生说："就我一个人去？"我说："你还想几个人陪你去？"秋生说："阿丹是个女孩，目前我们还不知道那边是个啥情况，我一个男人家，要是遇到些问题，恐怕不合适吧？"我说："那就让秋红和你一起去，反正她在家闲着也是闲着。"秋生说："那你得给她说。"我说："我给她说好了。"我让人把秋红叫了来，向她把事情说了，让她和秋生一起去接阿丹。秋红有点不愿意，她说："我一个妇女家，和一个男的一起出远门，有点不太合适吧？"我说："这是工作需要，有什么不合适的？"秋红说："恐怕景山不同意。"景山是秋红的老公，目前在大武的建筑队里是掭瓦刀的老师，在村里，人人都知道景山怕老婆，但是对外边，秋红却总是说自己怕景山，村里流传个笑话，说景山和秋红睡觉时，从来不敢在上面，我不知道这个笑话是真是假。我说："这个你放心，我让大武给景山说，保证他不敢给你小鞋穿。"秋红还要说什么，我有点不耐烦了，我说："你要不去，我就让我妈去，妇联主任就让她当。"秋红看我发了火，才说："去就去呗……也不值得发脾气啊，不知道啥时走？"我说："越快越好，最好现在就出发，那边的公安就给了三天时间，去晚了，恐怕人就带不回来了。"秋生说："那我就找计财拿钱去，拿多少？"我说："一万够吗？那边缴五千，剩下的是你们的路费盘缠，回来后多去少补。"秋生说："那就这样吧。"秋红说："我回家换个衣裳，打个招呼，你可别忘了让大武告诉我家里一声，他的脾气和一般人不一样的。"我说："知道了，你们快去快回吧。"

打发走了秋生和秋红，二孬也走了，我刚想坐下来喘口气，忽听得帐篷外自行车铃声响，我心想：这声音好像是林助理的。念头刚落，便听门帘一响，林助理走了进来。我让林助理坐，林助理说："不坐了，有个事我问你，守财的房子咋样了，现在拆掉了吗？"我说："你不是说要注意方式方法吗？注意方式方法怎么能拆掉？"林助理说："看你这孩子？我说的是既要注意方式方法，也要注重工程进度，这个话要两边去听，注意方式方法是辅，注重工程进度是主，没有让你注意方式方法就不要工程进度了。"我说："我怎么能听懂你那么深奥的话，你让我注意方式方法，我就按照注意方式方法去做，守财的房子还没有拆掉呢。"林助理说："这就坏了，小宝啊，当初我就不该告诉你乡长的这句话，事到临头，凡事还得我们自己解决。"我说："到底什么事，看把你急的？"林助理说："你可知道，我们梨园村的新村建设，是我们乡里灾后重建的亮点工程，震后灾区重建工作，从中央到地方，领导都很重视，我们村又是重中之重，新村建设的所有规划，都是经上级部门批准的，领导也决心把这个项目当作灾后重建的一个重点工程，做好了，要向外边推广的，昨天乡里接到通知，上边的领导要来视察工程进度，今天我过来，就是乡长让我先通知你一声，好让你有个思想准备，关于具体工作，乡长明天还要亲自向你布置。"我说："上边领导视察的日期定了吗？"林助理说："好像还没有，不过，估计情况，也就是这几天。"我说："既然时间没有定下来，我们还不能算晚。"我把秋生去接阿丹的事向林助理说了。林助理说："这事有把握吗，万一弄不成咋办，我们可不能一棵树上吊死，我看还得准备另外一套方案，以防阿丹这方面不行了，我们还有其他法子可想。"我说："那就只有准备强攻了，我让人把强攻的家伙准备好，万一阿丹这方面不行了，我们就给他来硬的，就是有点人员伤亡，那也顾不得许多了。"林助理说："我不听你说这些，我只要结果，不问过程，好在明天乡长可能就过来了，有什么问题，你当面向他反映好了，对啦，乡长让我告诉你，明天一早，你带领村委会的所有人员，到高速路口去接他，他在那里有话要告诉你。"我说："乡长这是怎么啦，让人去接他，这是从来没有过的事，再说了，从乡里到村里，也不走高速啊？"林助理说："乡长是在查看路线，上边领导来视察，我们得把视察路线定下来，哪里能看，哪里不能看，哪里要停车重点看，这都是有学问的，所以，乡长要你明天去高速路口接他，就是商量这个事情。"我说："原来是这样，那我明天一早去就是了。"林助理说："那我就回去了，你做准备吧。"我留林助理吃晚饭，他也顾不得吃，匆匆地回乡里去了。

三十三

第二天一早，我就带领村委会的人去高速路口接乡长。高速路就是连霍高速，从东到西在我们村子南边穿过，在我们村这个地方留有一个出口，出口外边，是一条县级柏油公路，向南到我们县城，向北就是我们梨园村。我和村委会的人员赶到时，乡长已经等在高速路口了，一见面，乡长就是："怎么才来？"我说："我不知道你能来这么早？"乡长皱了皱眉，说："过几天领导要来视察的事，你知道了吧？"我说："林助理告诉我了。"乡长说："到时候领导来了，这个就是第一站。"我看了看，说："这个地方，有什么看头？"乡长说："怎么没有看头，无论是中央或是省市的领导，到你们梨园村来，这个地方都是必经之地，我们迎接领导，也多是在这个地方等候，现在是没有什么看头，可是，我们要让它有看头才行，我已经想好了，对着高速出口，我们要树立一个大牌子，如果经济条件允许，也可以考虑做成电子的，牌子上就把上次领导给我们题的那个'花天酒地，梨乡乐都'八个字打上，旁边再树个牌子，把我们县作为中国传统乐器的历史沿革和努力打造全国第一梨乡的事情都要介绍清楚，让人一看，对我们梨园村就有一个清楚的了解，然后，再往下参观时，一切就顺理成章了。"我说："时间还来得及吗？"乡长说："来得及来不及都要做，反正早晚都用得着。"我说："那好吧。"乡长说："这个事你要和林助理商量一下，争取牌子要做得上档次，让人一看就有好印象，最好让人过目不忘。"我说："我们试试看吧，争取完成领导的要求。"乡长说："还有一个事情，这次可能来不及了，但是，也是早晚要做的事。"我说："是啥事？"乡长是："就是这条公路，出了高速，现在的这条路，是柏油路，我们要把它修成水泥路，这个路要直通我们村，路两边要绿化，绿化要有层次，要上档次，要让人走在路上，就有在其他的路上没有的感觉。"我说："那要花多少钱？"乡长说："这个肯定不少花，但我不会让你们村完全出，乡里也要出一部分，但是乡里的这一部分，只是象征性地出一下，大部分资金，还得靠你们自己解决。"我说："恐怕我们没有这么多钱？"乡长说："这个事情，可以找你爷爷帮助解决，他说没钱了，我才相信没钱了，他不说没钱了，这个事就不是问题，再说了，我也没让你立马就修，我是说乡里有这个打算，你知道就是了。"我说："我知道了。"乡长说："走吧，我们到下一个点去看看。"于是，我坐乡长的车，其他人员坐另外几辆车，我们去下一个停车点。车子往北走，路两边都是一望无际的梨树，时候是深秋，梨树已经掉光了叶子，只剩下枝叶杈丫的树枝在寒风中抖着。我们的车队到了指挥部门口，乡长却没有叫停车，我知道指挥部并不是停车点。车子继续往北开，就到了我姐姐的画虎村，乡长让司机停了车。我们走下车，乡长说："这是我们第二个停车点。"乡长看了看矗立在路边上的那个中国画虎第一村的牌子，问身边的一个年轻人，说："除了这个牌子，就没有其他领导的题字了吗？"哪个年轻人说："就是因为领导的题字太多了，所以拿不定主意挂哪一幅，单等乡长您定呢。"乡长说："不是刚有领导的一幅题词吗，就用那个'荷锄也能弄丹青，不画花草画虎雄，泼墨岂只为斗米，虎虎生威有精神'吧，这样好的题词你们不用，还想要什么样的？"那个年轻人说："我这就安排人去办，还是按刚才那个牌子的尺寸做可以吗？"乡长点了点头，说："你快点安排人去做吧，争取在这次视察前做好。"年轻人说："我这就去办。"画虎村的东边，就是我们原先村子的地方，现在的房屋已经拆得差不多了，拆过的房屋，二孬让人就地开挖成了湖泊，放眼望去，整个湖中只有守财的楼房孤零零的矗立着，成了一个孤岛。我用手指着对乡长说："那个就是守财的房子。"我看到乡长的眉头又皱了起来，乡长说："停会再看他的房子，我们现在先把路线定下来。"下一站就是在建中的梨园新村，我们的车子上了大堤，眼前的景象令人一亮，但见整个大堤北边人欢马叫，热闹非凡，大武和根柱把施工队分成几班，不分日夜加班加点，整个新村已经初具规模。我看了，有些得意，我对乡长说："这个进度还可以吧？"乡长说："我看的不是这些。"我有些摸不着头脑了，我说："不看这些，你看什么？"乡长说："走吧，我们下车走走。"我和乡长下了车，大武作为施工方来向乡长汇报工作，乡长说："整个工程进度不慢，但是，我要看的不是居民楼盖得如何，我关心的是图纸上设计的多功能大礼堂，村民文化广场和文化综合服务站，这三项都是规划图上都有的，现在建得怎么样了？"大武说："给乡长说实话也没啥，我觉得目前最要紧的是先把村民的住房盖起来，然后才是这些不打紧的东西，所以，乡长说的这三项，目前还没什么起色。"乡长说："没起色是个啥概念，你把话说清楚。"大武说："就是还没有动工。"乡长听了，长叹了一声，说："我就知道是这么回事，你们这些人，让我说什么好呢，你说说，为什么居民楼都快盖了起来，这三项还没有动工？"大武说："主要考虑到这三项都是虚的东西，晚一天早一天事情都不大，所以就没有把它当作重点。"乡长听了，停了半晌，说："这事也怪我，没有提前给你们说……但是，你们这些人，做事也不能光用以前的老脑筋看待新问题，与时俱进你什么时候能学会，在你们眼里这些虚的东西，它的重要性却恰恰是最大的，我们不是要建设成开发旅游性的高档新村吗，没有这些措施怎么能成为旅游新村，人们来这里看你的什么？好在现在也不晚，我明确告诉大家，我们村的多功能大礼堂的建设，一定要高端大气上档次，里边最少要能容纳五百人以上，礼堂内要有内外舞台，镭射音响，大屏幕投影以及五色彩灯等，村民文化广场完工后，要有篮球场，羽毛球场，老年人门球场，还要有各种各样的健身器材，凡是市面上能看到的健身器材，我们文化广场都要有，要保证不同年龄的人，身体状况不同的人在这里都能健身娱乐，还有文化综合服务站，建成后里边要有电子阅览室，图书阅览室，文化活动室，还要有棋牌室，总而言之一句话，我们要打造全国一流的文化旅游新农村，要成为全国都要学习的灾后重建新村的代表，争取成为不是灾后重建新村的代表，这要成为目前我们努力的一个目标，你们说说看，你们眼里的这些虚的东西重要吗？没有这些东西，我们能达到目标吗？所以，有些东西，看起来是虚的，实际是实的，即使是虚的，我们也要虚工实做，只要这样，我们才能把工作做好。"大武说："早知道是这样，我们就先把这些东西当作重点了，要不然，我们先把其他活计放放，重点做这个？"乡长说："这个也不必，你们按照你们的计划做就是了，就是停几天领导要视察时，我们把我们的做法汇报给他们就是了，让他们知道，我们正在努力打造一个新时代的高档社区就行了。"大武说："如果需要的话，我就按乡长说的去汇报，另外，我们组织人，就开始对这三项工程动工，保证完成领导交给的任务。"乡长点点头，说："那就辛苦你们了。"大武忙说："不辛苦不辛苦……"我们一行人一直走到建筑工地的南头，大家停住了脚步，乡长站在大堤上，往下看了看，下边就是我们村人造湖泊的现场，但见原先我们居住的地方，现在已经成了方圆几十里的大湖，湖里硝烟弥漫，几个挖土机往来不停地正在施工，挖土机的声音很大，冒出的声音突突直响，遮盖了湖泊上面的大半个天空。在似雾非雾似烟非烟的土气中，只有守财的楼房若隐若现。乡长看了一会儿，说："那就是守财的房子？"我点点头，乡长说："我们去看一看吧？"我忙说："乡长最好不要去，守财手里有枪的。"乡长说："我就不信，大天白日，郎朗乾坤，他平白无故地敢用枪射人？"二孬说："现在不能用常理来看守财了，我看这个人八成要疯了，就是昨天，我带人在他家外边施工时，见他穿了女人的衣裳，脸上抹了油彩，独自一人在二楼上唱豫剧，一会儿哭一会儿笑的，我们都停了工看他唱，等他过足了戏瘾，又拿起枪瞄准了我们，我们才散了，他高兴时还可以，不高兴时，不是拿弹弓打人，就是拿枪吓人，你说是不是神经了？"大武说："我看他才不是神经呢，他要是神经了，怎么光拿弹弓打人，不用枪打人呢，他知道拿枪打人是违法的，所以就不打，知道拿弹弓打人没有事，所以就拿弹弓打人，就是神经了，也是装的。"乡长听了，对我们说："我们还是去看看吧，我也见识见识这个守财是个什么样的人，能让村委会的干部都束手无策。"我们只能跟着乡长往前走，到了大约五十步的地方，我停住脚步，对乡长说："不要再往前走了，再往前走，就到了守财有效射程内了。"乡长就停住了脚。我们看守财的楼房时，但见楼房四周都已经挖成了深坑，守财的楼房就处在这深坑的包围之中，再往楼上看时，楼上静悄悄的，没有一点声息。乡长看了一会儿，说："怎么一点声音都没有，守财不会出什么事吧？"我说："不要上了守财的当，守财会装得很，越是没声音，他越会搞出稀奇古怪的事来。"我的话音刚落，便听见楼上传来一声锣响，守财全副武装登场了，他一身古装戏子打扮，脸上也开了彩，头戴护盔，身穿长袍，背后斜插四杆护背旗，不知扮演的是哪一位将军，演的是哪一场戏。我和下边的人都有点看呆了，守财见了我们的表情，越发得意了，他接连在楼上做了几个翻身，等到站稳了，一搭腔，才知道他今天唱的是《南阳关》，只听他唱道："西门外放罢了催阵炮，伍云召我上了马鞍鞒，打一杆雪白旗随风飘，那里上写着：提兵调将伍云召，一霎时南阳关士气变了，我头上戴麻冠，身上穿重孝，三尺白绫脑后飘，大小三军身穿孝袍，痛哭号啕，都为我的父命归阴曹。是方才小伍保城楼禀报，他言道韩擒虎先锋到了，他那里未来临我就知道，带人马来把南阳关剿，勒住战马问伍保，少爷有话听分晓，你把那遮箭牌城楼上调，提防着老儿箭一条，小伍保领少爷我上了城道，本帅撩衣我上城道，城下将官听分晓，你谁是头目将官把话表，不要七言八语闹吵吵……"守财一口气把伍云召出场的戏唱完，然后问道："你们下边都是什么人，来到此处想干什么？"

我还没有说话，二孬就抢先说道："好你个守财，装什么鬼神，乡长到了，问你的房子什么时候拆迁？"守财说："我的房子住得好好的，为什么要拆迁？"二孬说："村里要建旅游新村，房子拆迁是上边的整体规划，你的房子当然要拆迁了。"守财说："国家有规定，拆迁要自愿，我不想扒房，你们就不能强迫我拆迁，我只要问问乡长，依照国家规定，我不想拆迁，为什么就停我的水，掐我的电，断我的出路，把我家四周挖成深坑，你们都是有学问懂法律的人，请问这是哪些法律规定的，是哪些上级允许的？"乡长说："我们村的新村建设，是经上级部门批准的，所有的在建项目，都是经上级规划部门立项的，通过上级部门批准立项的，就是合法的，你违抗上级部门的统一安排，拒不执行上级部门的决策就是违法的，所以劝你还是以大局为重，听从村委会的安排，上级领导的意思，决不会让每一个群众吃亏的。"守财说："我要就是不同意呢？"二孬接口说："你要是拒不执行上级的决定，到时候就要对你采取强硬措施，你要后悔就晚了。"守财说："我和乡长在这里说话，你是什么人，也敢胡言乱语，且吃我一弹。"说罢，随手拿起弹弓，对准二孬就打了过来，我一拉乡长，说："快跑，守财又要发飙了。"乡长说："没事，我倒要看看他是怎样发飙的？"话音刚落，便见守财放下弹弓，支起了火炮，守财说："既然乡长来了，也是说的同一样话，也让他见识见识我火炮的厉害。"我拉了乡长就走，刚走了没几步，便听身后"轰"的一声，随后，便有火花在我们身边炸开，我听见"呀"的一声，来不及看是伤了何人，拉着乡长跑远了。

　　来到指挥部，我惊魂未定，对乡长说："看到了吧，他的火炮厉害吧？"乡长摸了摸头上的汗，说："这个守财，竟敢做出这样无法无天的事来。"我说："下一步怎么办？"乡长说："你是村里的支书，竟然问我怎么办，照我说，这事好办得很，我给你三天时间，不管你采取啥办法，都要把守财的房子给拆除了，三天拆不了，我就让乡双违办的人上报给县双违办，组成联合执法队来你们这里执法，这些联合执法队你应该知道，有公安、工商、城管、法院、国土，规划还有其他单位的人员组成，他们来到后，肯定要强制执法，但是，如果出了问题，责任你们村委会照样跑不了，还有一点，这些单位的人员来了，如果提出来喝水、加油、吃饭等事情，经费也要由你们村出，这些问题你要考虑好了，看到底要不要联合执法队帮你们拆除。"说完这些话，乡长就叫司机，也不要我们送，坐上车就走了。

三十四

我和二孬面面相觑，守财的房子真成了我们村的问题。我说："要不然，给秋生联系一下，看他找着了阿丹没有？"二孬说："就三天时间，就是找着了，也来不及。"我说："实在不行，就让联合执法队来拆吧，不就是花几个钱吗，我们出就是了。"二孬说："花几个钱是小事，关键是影响不好，连一个钉子户我们都解决不了，传出去不是很好听。"我说："依你的意思，应该怎么办？"二孬说："我能有啥办法，再说了，我手里还有一摊子活要干，这些推土机司机滑得很，你一不在跟前，他就想磨洋工，我得天天在工地上守着，依我说，我们死马当作活马医，明天你还带着几个人去做守财的工作，实在不行了，只能听天由命了，到时候联合执法队来扒他的房子，他也怨不得我们。"这个二孬，竟然让我带人去做守财的工作，他也真能想得出。我说："要去你去，我是不再去了，守财是听我话的人吗？"二孬说："要不然，咱俩换换，你去干挖湖的活，我去做守财的工作？"我想想，挖湖的那些人都是二孬找的，二孬尚且控制不好，我去了，恐怕更是不行，再说了，工地上的事，可不是开玩笑的。我说："还是我去对付守财吧，你把工地上的事抓紧就是了。"二孬说："这就是了，守财的事反正乡里给收底，你能做什么样是什么样，还有什么可怕的？"

听了二孬的话，我便找了几个闲人，第二天一早，就来到守财家门前。我让几个人对守财喊话，让他出来投降，告诉他如果不投降，三天后，县里的联合执法队便要对他进行执法。几个人一喊话，守财便在二楼上露出了脸，他看了是我们几个人，又听了我们的喊话，便把火炮支了起来，我们一看他支炮，赶紧找地方躲了起来，守财找不着我们，便没有开炮，等到守财把炮收了起来，我又让几个人喊话，要守财出来投降，这样来回折腾了几次，守财打不了我们，我们也不能让守财投降，局面变成了相持阶段。到了后来，守财也学精了，任我们怎么喊，他就是不理我们，就这样，第一天便过去了。

　　第二天，我们刚到守财的楼下，守财就在楼上主动对我们招手，守财说："我考虑了一夜，这样下去也不是办法，我准备投降了，但我们得谈谈投降的条件。"我说："你准备怎样谈？"守财说："怎样谈都行，你们派个代表来谈也可以，大家一齐来谈也中。"我说："你不许骗人？"守财说："我绝不骗人。"我和其他人商量了一下，看是派代表去合适还是大家都去合适，他们一致认为派代表比较合适，但是，谁当这个代表呢，看来只有是我了。我对守财说："两国交兵，不斩来使，你不能偷放冷箭。"守财说："你看我手里有没有东西？"我看了，守财手里两手空空，我走上一步，说："有什么条件，你说吧？"守财说："你是他们的代表吗？"我说："是。"他说："你能代表他们的意见吗？"我说："能。"守财说："那你走上来说话，我的条件只能给代表说，不能让他们听见。"我看了看守财，想了想，硬着头皮走上了一步，守财嘴里说了句什么，我没有听清，我说："你说的什么？"守财又说了一句，我还是没有听清，我看见守财对我招了招手，不自觉地又往前走了两步，脚步刚停，便见守财的手往下一伸，我感觉不好，扭身便想往回跑，守财已把弹弓拿在手里，对准我便是一弹打来，我感觉后脑勺一疼，知道已被打中。我来不及喊疼，拔腿就跑，刚跑两步，便觉脚下一绊，摔倒在地，我大喊："快来救我，快来救我。"众人看我倒地，一窝蜂地跑来救我，刚把我扶起，便听"轰"的一声，一颗火花在我们身边炸开，那些人见了，来不及救我，把我往地上一扔，又各自找地方躲了起来。停了一会儿，见守财没有动静，又试探着前来救我，刚到跟前，守财又是一炮打来，那些人又赶紧躲了起来，如此反复了几次，都没有把我救起。这时候，我感到鼻子里已经流出了血来，一见血，我便感到害怕，连喊快来救我的力气也没有了。我听到身后守财哈哈大笑，守财说："这回知道我的厉害了吧？看你们以后还敢不敢再来？"跟我来的人对守财喊："别再打了，要出人命了。"守财可能看我趴在地上好久没有起来，不知道我摔的啥样，就对跟我来的人说："你们把他救走吧，这次我饶了你们。"那些人说："你说话要算话？"守财说："这次我绝对说话算话。"那几个人又试探着过来，把我扶了起来，架着我跑远了，庆幸的是，这次守财说话真的算话，没有对众人开炮。

到了第四天，县里的联合执法队果然到了。这支队伍要比二孬的拆迁队威风多了，队伍里有法院和工商还有其他单位的人员。公安局的人员一律穿着制服，头戴着大沿帽，而城管人员则一色的迷彩服，就像电影里的特战人员一样，这支队伍从高速路口开来，大白天开着警灯，鸣着警笛，让人一看，声势惊人。我心想，这次守财真的玩完了。联合执法队到了村里，就让我带他们到守财的楼房前，带队的人员是个"墨镜"。他看了看守财家四周的情况，说："周围的房子都拆了，就这一家还在抗法，看来真是个钉子户，我们现在就给他个下马威，让他看看我们联合执法队的厉害。"我说："领导准备怎么办？""墨镜"说："还能怎么办？我们硬拆呀。"我说："硬拆恐怕不行，守财有火炮。""墨镜"笑了，说："他手里有火炮，对付你们村里的拆迁队可以，对付我的大部队就不行了，我一声令下，不出半个小时，管叫他的楼房化为平地。"我听了，问他："那守财怎么办，守财还在楼上呢？""墨镜"又笑了，说："你这个小兄弟真有意思，你觉得他是个傻子啊，这边推土机一响，他就会自动下楼来，你觉得他会拿自己的生命开玩笑？说自己不怕死，那是吓唬别人的。"我说："可是，守财手里有枪的，我们要是逼急了，说不准他会开枪的。""墨镜"听说守财有枪，吓了一跳，他说："你说他有枪，是什么枪？"我说："可能是猎枪，我见他朝天鸣过一次。""墨镜"说："这样一说，事情就严重了，我们还真不能麻痹大意。"接着，"墨镜"就细问了以前我们拆迁的经过，我向他详细地说了，并向他说了我们曾经夜里偷袭过，守财院里备有火把的事情，"墨镜"听了，半晌无语，最后他说："你反映的问题很重要，我们要开会研究一下这个问题。"接着，他就纠集联合执法队的人员开会。会议就在现场召开，"墨镜"把我告诉他的话重新说了一遍，然后问大家有什么好的办法，我看到与会的人员听说守财有枪，一个个面面相觑，都没有言语，"眼镜"看大家不吭声，说："大家都发表点意见吧，完不成任务也不行呀。"又过了一会儿，一个人站了起来，我看这个人是个公安，这个人说："我们经历了那么多事，拆迁户手里有枪的还是第一次听说，万一出现点伤亡事故，这可是个大问题，我们得小心才是。""墨镜"说："你说这话，等于不说，要是不小心，我们还开会商量什么，早就让推土机给他推平了。"一个穿迷彩服的站了起来，我看他是城管人员，他说："既然他手里有枪，我们白天不行，就改为夜里，到了夜里，事情可能就好一点儿，至少，他看不清人，不好瞄准。"我说："夜里也不行，夜里他有火把，点起来像白天一样。"这时候，那个公安发言了，公安说："我有个主意，不知行不行？"大家都说："关键时刻，还是得看人民警察的，你有什么办法，赶快说出来听听？"公安说："他不是有火把吗？火把的作用就是为了照明，照明的原因是为了看清别人，然后才能帮助自己，如果我们让他火把亮起来以后看不到别人，他的火把不就失去作用了吗？"有人问："怎样才能让火把亮起来看不到别人？"公安说："我的这个办法，就是以其人之道还治其人之身，如果我们也用火把，并且比他的还亮，让我们能看到他，而他却看不到我们，问题不就解决了吗？"我说："一时三刻，上哪里去弄这些火把？"公安说："这个，我有办法，到了天黑，我们把开来的车辆，团团围住他的房子，然后一齐打开灯光，灯光齐亮，就不信压不住他的火把，到时候，在灯光照射下，只有我们能看到他，他却看不到我们，然后再派两个身手矫健的人组成突击队，把楼上的人一举拿下，岂不省了很多事情？""墨镜"听了，率先叫好，说："孔哥不亏干了这些年公安，关键时刻就是冲得上，我们就按孔哥的意见办，大家先吃饭休息，养精蓄锐，到了晚上，我们一定要把这个钉子户一举拿下。"于是，我赶紧安排人准备午饭，问他们想吃什么，好让人去买。"墨镜"说："听说你们村里的羊肉汤不错，今天有机会，我们就借机尝尝吧？"我听了，面有难色，羊肉汤是不错，可是，春生要的价格却很贵，这么多人喝下来，得要多少钱啊？我说："喝羊肉汤可以，就怕羊肉汤不够，你看这样可以吗？我们分成两部分，一部分到乡里饭店去，一部分到村里羊肉汤那里去，这样大家都能吃到饭，免得羊肉汤不够了，大家再去乡里的饭店，耽误了大家吃饭的时间？""墨镜"想了想，说："好吧，刚才开会的这些人，都去喝羊肉汤，剩下的人，都去乡里的饭店去吃饭。"我听了，松了一口气，然后让二孬领着一班人去乡里的饭店吃饭，我领着"墨镜"一班人，去"天物苑"喝羊肉汤。

这顿饭直吃到下午三四点钟，其间我和秋生联系了一下，知道他已经找到了阿丹，向派出所交了取保金后，已把阿丹领了出来，现正在回来的路上，并且阿丹同意回来劝说守财。我听了，松了一口气，便不希望联合执法队的人再对守财采取强硬措施。又过了一会儿，终于吃过了饭，大家又聚在一起商量对策，我说："守财的性子很不好，如果我们控制了他，他仍然不听劝说，寻死觅活怎么办？""墨镜"说："只要能控制住他，事情就好办，到那时他如果不听话，我们就给他定个妨碍公共安全罪，先关起来再说，我们这里公检法司的人都有，还怕收拾不了他？"我听了，更不愿意对守财采取强硬措施了，我说："我们村里已经联系上了守财的女儿阿丹，她答应回来劝说守财配合拆迁队的工作，我们能不能等她回来后再对守财采取措施？""墨镜"说："她什么时候能回来？"我说："刚才已经通了电话，估计今天晚上就能到家。""墨镜"抬腕看了一下手表，说："我等你到晚上八点钟，八点回不来，就按我们制订好的方案走。"我说："能不能再延长一点？""墨镜"不耐烦了，说："让你们进行拆迁，你们拆迁不了，我们来帮你们拆迁，你又推三阻四，你到底想怎么样？如果听你的，他女儿劝不了他咋办，还不得对他采取强硬措施，再说了，时间拖得越久，对我们越没有好处，大家累了一天，都想早回家休息呢？"我说："那就等到九点吧，九点钟回不来，我们就强拆他的。""墨镜"看了看我，说："好吧。"

接下来的时间，我们就等秋生和阿丹回来，天傍黑时，我又和秋生联系，知道他已经下了火车，到了县城，可是，县城到乡里的班车已经停开了，要到明天早上才能重新有车，我听了，心急如焚，我对秋生说："无论如何，你们都要在九点之前赶回村里，没有班车，你们不能打的吗？"秋生说："打的司机不给打表，说回去放空他们吃亏，要来回的钱加在一起他们才肯跑。"我说："我不问这些，我就要你们在九点之前赶回村里，否则，出了事情，就要你和秋红负责。"秋生说："能出什么事情？"我把村里的情况说了，说要是弄不好的话，守财就要蹲监了，秋生听了，才紧张起来，秋生说："我本来想在县城吃一顿饭的，现在看来不行了，我想想办法，争取最快吧。"到了晚上八点钟，秋生还不见回来，我见"墨镜"已经在调兵遣将了，他把十几辆车团团围在了守财的房子周围，又专门买来了几个高倍充电矿石灯，从县消防队借来了爬楼用的挂梯，从乡派出所借来了防弹背心和催泪瓦斯，把人员分成了几个小组，一组强攻，一组接应，另一组负责拆迁，一切安排完毕，他又看了看表，对我说："九点钟，正式开始。"我看了一眼他的手表，见已是八点五十多分，可是秋生还是没有影子，而守财的楼上，守财已经架起了火炮，旁边摆上了猎枪，脖子里还挂着一个高倍望远镜，看来他是下定决心顽抗到底了。我心里急得火燎似的，围着守财的楼房不停地转圈，我知道，只要行动一开始，守财肯定要进行抵抗，说不定到时候就有人要受伤，一旦有人受伤，守财肯定脱不了干系，到时候就不仅仅是拆迁房子的问题了，弄不好，就要出人命的，说不定，我这个代理支书也要负责任的。我越想越怕，直盼望秋生早点回来。时间到了九点整，秋生还是没有赶回来，"墨镜"看了看我，终于说："开始吧。"随着"墨镜"一声令下，十几辆车一起打着火，并把大灯一齐对准了守财的楼上，我看到在灯光的照射下，守财的火把只发出了萤萤之光，完全不能和十几辆车的灯光抗衡，我看到在灯光的照射下，守财捂着眼，像热锅上的蚂蚁急得团团乱转；我看到在灯光的照射下，守财根本就睁不开眼睛，更不用说开炮和拿枪了；我看到在灯光的照射下，守财已经完全失去了抵抗的努力，除了束手就擒外，已没有别的选择。就在这时候，我忽然看见一辆出租车飞快地开了过来，车子在灯光外停稳，阿丹从车里钻了出来，出来后的阿丹看到这个情况，急忙高声喊道："等一等，等一等，我有话说。"我连忙对"墨镜"说："阿丹回来了，不用动武了。""墨镜"说："你能保证她的话守财会听？"我说："应该会听的。""墨镜"狐疑地看了我一眼，还是下了命令："先等一会儿。"我走到阿丹跟前，说："能不能劝下你爸爸，就看你的了。"阿丹点点头，说："我会尽力的。"然后她转过身去，对楼上喊："爸爸，我是阿丹，你听见了吗？"我看到守财的身子颤抖了一下，他说："是谁，我没有听清？"阿丹又说了一句："爸爸，我是阿丹。"守财这回听清了，他说："是阿丹啊，你怎么回来的？"阿丹说："一时半会说不清，你先开门吧？"守财说："女儿呀，门是不能开的，开了门，他们就要扒咱们的房子的。"阿丹说："爸爸，你不相信我吗，我让你开门，你开门就是了，房子扒了，我再给你盖一个比这个更好的，爸爸，我的话你也不信吗？"守财说："女儿的话，我当然相信了，我就怕你不在家，你辛辛苦苦挣钱盖的房子爹给你守不住，你要是同意扒了，爹还有什么好说的。"说着话，守财打开了大门，见了阿丹，扑在阿丹怀里，像个孩子似的号啕大哭了起来，我看到短短的一段时间，守财就像变了个人似的，胡子也没有刮过，头发也变得老长，就像个山林里的怪人一样，知道他的日子也不好过，二孬说他已经神经了，我看也差不多了，再过一段这样的日子，说不定他真要神经了。

三十五

接下来的事情就顺利多了。推平了守财的楼房后，二孬的工程队加大了施工力度，很快就把南到梨园、北到古道大堤、西到画虎村的一个人工湖挖好了。紧接着，按照图纸规划，我们又在湖当中修起了一个湖心岛，三面都修了或曲或直的游廊，同时，大武和根柱的梨园新村建设主题工程起来后，他们把主要精力也放在了村里的多功能大礼堂、村民文化广场、文化综合服务站上，新年刚过，我们梨园村震后重建工作已经基本完成，同时，在中原大地上，一个新的旅游景点也已经产生。到了二月份，正是春暖花开的时候，我们从黄河故道一个河汊子里和古宋河里引来了黄河水，灌进了我们新修好的人工湖，并在湖里养了鱼，种了藕，接下来的事情，就是全体村民的乔迁之喜了，我们把日子定在了三月份的一天，并且商定好，到搬家的时候，我们要好好地热闹一番，规模要超过采梨节。

一天，刚送走一批上级考察团的人，忽然，有两个检察院的人来找我，我把他们让到指挥部里坐下。一个人问我："你认识侯书记吗？"我说："哪个侯书记？"检察院的人说："就是原先在你们乡当纪检书记的那个，他不是一直在你们村里包片吗？"他这样一说，我想起来了，他说的是纪检侯书记，我说："你说的是侯书记呀，我认识，他怎么啦？"检察院的人说："他被停职了。"我说："这个事我知道，他是因为在采梨节上，上台和一个歌星合影被停职的。"检察院的两个人对看了一眼，其中一个人说："你说的这个事我们不知道，但是，据我们了解，他是因为在你村包片，没有抓好双违工作被停的职，原因是你们村有人反映，盖房的时候有人向乡里交了钱。"我说："原来是这么回事。那你们今天找我的目的是什么呀？我可没有向他交钱。"检察院的说："我们并不是向你调查交没交钱的事，你听我说完，你就明白了，那个侯书记被停职后，到处上访，说自己虽然抓的是双违，但是，并没有收村民的钱，你们村盖房的事，和他一点关系也没有，村民如果交了钱，也是交给村里的支书了，他连一分钱也没有看到，所以，停他的职，是冤枉了他。"我说："可是，停他职的真正原因却不是这呀，原因是他作为国家干部，行为不检点，在群众中造成不良影响才停的他的职，在停职前我们村的房子就盖好了，停他职的时候，是在他合影以后才发生的。"检察院的人说："这个，我们不知道，我们接到他的投诉，说是因为收钱才停的他的职务，而这些钱，都是被一个叫魏群泰的老支书收了去，魏群泰你认识吗？"我说："那是我爷爷，我当然认识了。"两个人又对看了一眼，其中一个说："至于是不是老支书收的钱，我们还要落实一下，这就是我们今天来的原因。"我说："我爷爷不会贪污群众钱的，你们不用调查了。"检察院的人说："你们村里有没有一个叫二马的人？"我说："有。"检察院的人说："他写了一份材料，证明老支书收了他五千块钱，这份材料你看看吧。"说着，他们递过来一张纸，我看了，正是二马写的那份证明，由我和秋生交给乡长的。当时我就傻了眼，我说："你们准备怎样调查？是把我爷爷带走呢，还是见我爷爷一面问问情况？"检察院的人说："这个事情比较复杂，因为当中牵涉到纪检侯书记能不能复职的问题，我们准备把你爷爷叫到院里，把事情弄个水落石出。"我说："这样说来，你们是要把我爷爷带走了？"检察院的人点了点头，说："把事情弄清楚了，只要你爷爷没有贪污老百姓的钱，我们会很快让他回来的。"我说："可是我爷爷立了誓，他不会下后山的。"检察院的人说："这个，恐怕就不由他了。"我听了，立马就急了，我说："你看这样行吗？我爷爷年纪大了，一个人住在后山上，万一有个三长两短，我们都不好办，我先上山去，告诉他一声，让他有个心理准备，然后你们再上山，这样就要好一些，行吗？"检察院的人说："我们和你一起去，到了地方，你可以先通知他一声。"我想了想，只能这样了，就说："走吧。"我和检察院的人来到后山下，检察院的人停住车，让我下来，检察院的人说："你最好快一点。"
我说："知道了。"就一个人向山上走去。

　　其时正是草长莺飞季节，二月的乡村美丽动人。我登上后山，
骋目一望，但觉胸襟为之一爽，眼光到处，但见南边的千顷梨园
碧绿一片，近处的人造湖泊水光粼粼，西边的中国画虎第一村的
牌子若隐若现，北边梨园新村金碧辉煌。我看看脚下，地上的小
草已经发芽，有的小草已经开出了星星点点的小花，引得空中到
处蜂飞蝶舞。总之，整个后山上充满了生机和活力，只有我爷爷
显得越来越老了。我见到爷爷时，他正要从石屋里出来，看到了
我，我爷爷说："小宝啊，看你的脸色，是不是爷爷的事情犯了？"
我说："检察院的人来了，在山下等你呢。"爷爷说："让他们
上来呗，该来的事跑不了。"我说："爷爷，你到底收没收乡亲
的钱？"爷爷说："这个是秘密，爷爷不能告诉你。"我说："都
什么时候了，你还说是秘密，待会儿检察院的人来了，你也告诉
他们是秘密？"我爷爷说："这个当然是秘密，我已经许诺了人，
不向任何人说出去的。"我说："连我也不能说吗？"我爷爷看
了看我，又看了看山下，我知道爷爷在做激烈的思想斗争，最后，
爷爷说："除非你不向任何人说起，我才能告诉你。"我说："我
不向任何人说……连检察院的也不能说吗？"我爷爷说："不能，
该说的我自己会说，不该说的，就不能向任何人说，我告诉了你，
你自己知道就行了，告诉你后，你就下去把检察院的人叫上来。"
我点点头，我爷爷就把那个大家都急于知道的秘密告诉了我，然
后对我说："你去吧。"

　　爷爷把秘密告诉了我，我心里好受了一些。我来到山下，对
早就等得不耐烦的检察院的人说："爷爷在山上等我们，我们去
吧。"我重新回到山上，来到我爷爷的石屋前，但见我爷爷的石
屋前静悄悄的，我爷爷并没有在石屋前迎接，我叫了几声"爷爷"，
也没有人答应，我推开门，见我爷爷依床而坐，脸上布满了笑容，
仿佛放下了天大的心事。我又叫了两声"爷爷"，我爷爷仍然不
答应，其中的一个检察院的人，走到我爷爷跟前看了看，对我说：

"你爷爷已经去世了……"

爷爷去世前告诉我的秘密其实很简单，那个秘密是这样的：乡里胡书记把我爷爷叫到办公室，胡书记对我爷爷说："老魏呀，你干了一辈子的支书，我也干了半辈子的乡党委书记，可是到头来我们都得到了什么呢？你看，县里的一个后备干部指标，没有给我这当书记的，倒给了一个乳臭未干的当乡长的，现在的世道，我也看透了，不跑不送，原地不动啊，趁我们还能做些事，你让你们村的那些人把房子盖起来吧，他们的孩子都等着结婚出嫁，离了房子也不行，但是，盖房子也不能白盖，你让他们每户交五千块钱，这些钱都拿来交给我，我也去上边跑一跑，看临退休前，我的职位还能不能动一动？但是，你要拿党性担保，你收钱交给我的事，不能向任何人提起……"

三十六

爷爷去世后，我就辞去了村里的代理支书职务，一心一意地侍弄起我爷爷留下的梨树来。闲暇无事时，我会在梨树下摆上一张桌子，偶尔练习一下我那放屁灭烛的游戏，但我发现，无论我怎样努力，我放出的屁有时能把蜡烛吹灭，有时便不能把蜡烛吹灭。游戏累时，我抬头望一望远处，总能看到在不远的树上，那只鸟正一动不动地望着我……

（完）

走　火

　　二蛋一出家门，心里就感到一阵恼火，他看到门前的槐树下，一群人又在那里烧香，香烛纸马烧起来，浓浓的烟雾被风一吹，就直扑在自家的门前，同时，一股似香非香的劣质香味，吸进人的鼻孔，也让人极不舒服。他快步走到烧香的人群跟前，朝人群里看了一圈，最后目光盯住阿祥婆，他说："整天在这里烧香磕头，你们也没有够的时候？"阿祥婆刚把香点着，磕过头后正要往香炉里插，看见二蛋的眼光，只瞅着自己这样说，当下只得接了嘴，她说："啥叫整天烧香磕头，不是初一、十五，谁来这里招你嫌？"旁边的麻婆接过话来，麻婆说："这又不是在你家，要你管什么闲事？"二蛋说："不是在我家是不错，可是却是在我家门前啊，你们看好了，你们在这里烧香，把我家的门都熏成啥样了，换成你们家，你们干吗？"麻婆撇撇嘴，麻婆说："你石磨叔给你找好了地方，让你搬家，你不搬，你能怨我们在这里烧香吗？"石磨是村支书的小名，支书的大名叫李显达，在村里，只有支书的长辈或直系亲属才有权叫支书的小名，也就是说，凡是叫支书小名的人，都多少和支书有点关系，也就是说，凡是叫了支书的小名，也就是等于把支书搬了出来，对方再不给面子，就是不给支书面子。哪想到二蛋却不理这个茬，二蛋说："你觉得搬家是容易的事？再说了，他给我找的是什么地方，连个车都过不去，凭什么让我往那里搬？亏着我还叫他叔哩，当上支书，连侄子都不认了。"麻婆说："这些破事我们不管，我们就在这里上香，有什么事情，给你石磨叔说去，他说不让在这里烧香了，我们就换地方，我们就听你石磨叔的。"麻婆是支书的二婶子，她说出这样的话来，二蛋虽然满心里不以为然，但是当下也就不吭声了，但他并没有走，他就站在那里，他在等一个人。

　　麻婆和村里人之所以要在二蛋家的门前烧香，原因在于二蛋家门前的那棵树，那棵树在村里颇具传奇色彩。那是个槐树，古槐，古到什么程度，村里人谁也不知道这棵树的年龄，只知道每年的春天，当村里的杨树、柳树、桐树以及其他各种树木都开花结果的时候，这个树的枝条才慢慢抽出嫩芽，嫩芽是黄色的，一副弱不禁风的样子，就是在最旺盛的时候，也看不到一点枝叶茂盛的气象，然而一到秋天，正当其他树木还一派欣欣向荣的时候，这个树的枝叶就早早凋零脱落了，就像个老态龙钟的老人，睡得早，起得晚。这棵树虽然年龄大，但却并没有死去，更令人惊奇的是，在一个下雨天，一个闪电正好击中了这棵树，把它从中间劈成了两半。这本来没什么稀奇，雷电击中东西，这属正常现象，村里稍有常识的人都知道这个道理，但是令人不解的是，这棵树被雷电击中后，树干上却留下了五个爪印，并且五个爪印里都流出了红色的汁液，按照这个树的年龄推理，是不该有这么多汁液的，并且还是红色的。更令人惊奇的是，这棵树被雷电击中后，分开的两半每年的春天照样抽枝发芽，在树的中间，不知何时竟然长出了一棵桐树，这棵桐树长得很快，等人们发现它时，它已经在槐树的怀抱中抽枝发芽，亭亭玉立了。槐树里边长了桐树，这个消息不胫而走，后来不知怎样，竟然被上边有关部门知道了，市文物局通过专人调查，终于得出结论：这是一棵唐朝时期的古槐，古槐历经风雨，能够保留到现在，应该在全国范围内都属罕见，至于槐树里能够长出桐树，虽然有巧合的成分在内，但是桐树的根系正好穿过槐树的内部生长成这个样子，在全国也应属稀有，于是，时间不久，这棵树就被挂上了一个牌子，上面写着"槐抱桐。"并且被明确定位为市二级保护文物，高高的石碑，就立在了槐树的旁边，以供过往行人参展。这是官方对这棵树的结论，但是，立刻就遭到了来自民间的质疑，有人就提出来异议说："槐树里长桐树，恐怕不是什么吉祥之兆，槐树和桐树是两种截然不同的植物，如今竟然能长在一块，莫不是要预示着有什么事情发生？"这种疑问虽然不是民间的主流思想，但也是出自民间的一种版本；还有一种说法，就比较传奇了，说有个人，家里的孩子病了，在树下磕个头，许个愿，没去医院，没想到竟好了，这个人就对人说，这棵树上是住着仙家的，仙家就是狐狸大仙，有几回，他在傍晚时就看到大仙在树上出没。如果树上不是住着狐狸大仙，孩子的病怎能轻易就好？但是这个人的说法很快就遭到了反对，反对的人说："狐狸大仙怎么有这样的法力？上边住的是观音菩萨。"总而言之，这棵树以其自身的经历，在被定为市二级保护文物后，也在村人们的思想里增加了很多神秘的色彩，于是，每逢初一、十五，这棵树就被人彩挂了枝条，红披了树干，成了村里人烧香磕头，上供许愿的地方了。至于以后围绕这棵树发生的事情，更是出乎人们的意料之外了，当然，这是后话。

二蛋起初并不反对村里人在这里烧香磕头，反而觉得很好玩，在自己门口挺热闹的，但是，随着烧香磕头的规模越来越大，没想到烧香的烟气竟然经常使自家的院落烟雾缭绕，把一对石狮子把门的院落熏得变了颜色，先前的红墙黑瓦变得不黄不红也不黑。他去找支书，要求村里人停止这种对他有害的行为，没想到事情竟然超出了支书的掌控范围，二蛋的要求，遭到了大家的一致拒绝，支书没办法，只得给二蛋找了块地皮，让他搬家，但是那块地皮在村北，连个正路也没有，再说，二蛋也不舍得自己刚盖好的两层小楼，这个事情就这样耽搁了下来。所以，二蛋一见烧香磕头的人员，就不自觉地感到恼火。

太阳越过古槐树梢时，二蛋要等的人终于出现了，这个人是"大白鹅"。"大白鹅"是外号，真名叫紫娥，是内蒙古人，之所以得了个"大白鹅"的外号，原因在于她的身材。"大白鹅"经人介绍嫁给了本村的小巴，初来本庄时，呆头呆脑的，一副没有开化的样子，就是身材高大些，该鼓的地方鼓了出来，不该鼓的地方也鼓了出来，整个一个水桶腰，走路一摇一摆的，模样就像个"大白鹅"，村里人就给她起了这样一个外号，没料到嫁过来不到半年，也许是一方水土养一方人的缘故，大白鹅的身材就发生了变化，该鼓的地方鼓了起来，不该鼓的地方就不鼓了，成了身材单挑、腰身分明的一个成熟女人了，只是奶子仍然大，屁股也比本村的女人圆，和本村的女人站在一起，那就是一个标准的鹤立鸡群。二蛋之所以要等"大白鹅"，也是在一个偶然的机会里发现了"大白鹅"与众不同的魅力的。那天他去厂里，从家里出来时晚了一些，走到槐树下，正赶上"大白鹅"在烧香，"大白鹅"把香点着，跪在地上磕头时，身材的整个轮廓就勾勒了出来，一个头磕下去，前边的乳房挨在了地上，后边的屁股撅起来，就棱角分明的描绘出了一个圆。二蛋当时看了，就觉得心头一震，心里有一股说不出的味道，浑身就像过了一次电，从此以后，每到初一、十五，二蛋上厂里，就必定要故意起晚，每次到槐树下，就要找个理由待一会，不见到"大白鹅"，就磨磨蹭蹭的不走。到槐树下看"大白鹅"烧香磕头，这已经成了二蛋日常生活的一个习惯，哪天没见到"大白鹅"，二蛋就一天无情无绪的，干什么都提不起精神。

二蛋的媳妇叫小美，在村里也是数得着的美人，可是现在二蛋却并不是很喜欢她，原因是因为她太瘦，瘦人现在是时尚，穿衣裳也好看，但是再好的东西时间长了也就腻了，这就好比人吃惯了好面馍，有时就想吃一吃棒子面，二蛋虽然至今还没有换过口味，但是思想出出轨，走走火，那也是情有可原的。

"大白鹅"并不知道有人专门在看她，她径自走到烧香的人群后面，站在那里等着排队。槐树下烧香的人多，磕头的垫子却只有一个，要磕头，只能排队。排在"大白鹅"前面的是几个妇女，一个个粗腰大腚的，没什么看头，二蛋瞄了两眼，就把头扭向了一边，好容易轮到了大白鹅，二蛋刚把头扭过来，肩膀上忽然被人拍了一下，同时一个声音说："二蛋弟，干什么呢？"二蛋扭脸一看，见是村里的大毛。

二蛋很生气，二蛋说："我当是谁呢，原来是你小子，鬼鬼祟祟的，干什么？"大毛笑了，大毛说："我鬼鬼祟祟的？你干什么呢，天都晌午了，才出家门——"二蛋说："我出门早晚，还要告诉你说一声，有事吗？"大毛说："我找你就是说事的。"二蛋说："什么事？"大毛把嘴凑过来，轻声说："村里新开了一家澡堂，你知道吗？"二蛋点点头，大毛说："我想请你去洗澡。"二蛋笑了，说："谁不知道你是个铁公鸡，没什么事情，你会请我洗澡？"大毛说："还真有点小事情，你嫂子在打浆车间累，想上包装车间，让我给你说一声。"二蛋说："我就说嘛，好好的会请我？可是，你知道，我那个造纸厂，都是出力的活，不像你在支书的那个大厂子里，有轻活可以干，人人都想干轻活，我的厂子就没法开了。"大毛的脸红了一下，有点不好意思，大毛说："所以，我才请你的嘛。"二蛋说："我今天没空，改天再说吧。"大毛有点愣，大毛说："二蛋弟，我这点面子都没有？"二蛋说："不是这个意思，等我闲了，我去找你，我这两天身上痒，正想洗澡呢，不过，今天确实没有时间。"大毛急了，大毛往四周看了看，就看到了"大白鹅"。大毛说："你不是没时间，你是在看'大白鹅'吧？"二蛋被说中了心事，就有点不好意思，二蛋说："你胡说什么，小心她听见。"大毛趴在了二蛋的耳朵上，大毛说："你还不知道吧，澡堂里新来了一个服务员，身材比'大白鹅'还要棒，我也是刚听说，就赶紧过来告诉你的，你要是不去看看，恐怕过了这个村，就没有那个店了？"二蛋听了，看了看大毛，说："你说的是真的？"大毛点点头。二蛋说："那咱就看看去，你要是骗我，小心我揍你。"大毛说："绝不骗你。"

澡堂名叫"浪里白跳"，坐落在村西的公路边，就在工业开发区旁边。工业开发区是县政府招商引资的项目，占地规模很大，几乎占完了村里的土地，没有了土地的村里人大部分都以干生意和外出打工为生，也有的抢占先机，在开发区拥有自己的厂子，二蛋的"新星"造纸厂和支书李显达的"金世纪"纸业有限公司就在其中。二蛋所在的村庄是近郊，又通公路，村子里有些脑子快的人就围着工业开发区做起了各种各样的生意，各种摆摊设点的应有尽有，但是，开澡堂却还是第一份。

二蛋和大毛到的时候，时间还早，澡堂里静悄悄的。从外表上看，澡堂的规模不大，进门以后，却很有澡堂的风味。一进大门，就看见迎面的墙上绘着一幅南国风情画，沙滩，椰树，还有一个半裸的外国女人，腰间只搭了一块薄纱，隐私处若隐若现。二蛋看了，顿时感到一阵燥热，二蛋说："靠，浪里白跳，怎么起这么个名字？"大毛说："地方不错吧，不但名字好，还有更好的呢，池里的水，都是蓝色的，见了就想喝一口。"大毛说的果真不错，澡堂两个大池子，旁边还有淋浴，池子做得很精细，池底和池壁都用蓝色的壁砖镶嵌过，水一放进去，整个池子就蓝幽幽的。二蛋和大毛要了一个单间，这里的模式完全仿照城里洗浴中心的模式做的，有单间，也有大房间，澡堂里还配有专门桑拿房。二蛋和大毛一起泡过澡，蒸了桑拿，又搓了背，刚到房间，便听到敲门声，大毛裹着浴巾打开门，便见到两个服务人员，其中一个果真如大毛说的，身材很高大，丰满，皮肤也白。高个小姐问："先生，请问你们需要不需要服务？"大毛和二蛋对看了一眼，二蛋说："你们都有什么服务？"小姐说："我们有中式、泰式，还有风情式。"二蛋说："中式、泰式是什么，我们不懂。"小姐笑了，小姐说:"就是中式按摩和泰式按摩。"二蛋"哦"了一声,说:"那风情是什么呀?"小姐说:"这位先生真逗,风情就是打炮啊,你是真不懂还是故意啊?"二蛋说:"我们没有来过这些地方,我们真不懂。"小姐显出不耐烦的样子,说:"你们做哪种?不做,我们就回去了。"二蛋还没有来得及搭腔,大毛说:"我们做泰式的,你们服务态度要好。"旁边的那个小姐:"你们是分开做,还是在一起?"大毛说:"当然是分开做。"那个小姐看了高个小姐一眼,就对大毛说:"那,先生随我来吧。"就把大毛领走了。

房间里就剩下两个人了,二蛋并不急于让小姐做,却和小姐拉起了家常,二蛋说:"小姐家是哪里人呀?"小姐说:"你看我是哪里人?"二蛋说:"东北。"小姐说:"真是好眼力,一猜就着。"二蛋有些得意,二蛋说:"南方人虽然白,却没有你的个头,所以我猜你是东北人,那里人不但皮肤白,而且个头也高。"小姐说:"看你这么在行,肯定是经常和这些人打交道了,要不然,不会知道的这么多。"二蛋说:"也不是这样,我们村就有一个北方人,她的个头就高,皮肤也白,我就想北方人可能就该是这个样子。"小姐"哦"了一声。二蛋:"能告诉我你的名字吗?"小姐说:"有这个必要吗?"二蛋说:"我觉得有必要。"小姐说:"人家都叫我圆圆,你就叫我圆圆吧。"二蛋一听就笑了,二蛋说:"你的名字真性感。"小姐说:"一个名字,有什么性感不性感的?"二蛋说:"这和你的职业有关系,你名叫圆圆,不是经常要圆吗?"小姐说:"你真坏。"二蛋说:"不知道你从事这个行业,一个月能挣多少钱?"叫圆圆的小姐叹了口气,小姐说:"这不是没有办法嘛,有办法谁干这个呀,我家里母亲有病,常年瘫痪在床,我又没有哥哥弟弟,只能自己挣钱养活母亲,所以,只能靠这个为生了,其他行业也挣不了那么多钱给母亲看病。"二蛋说:"那你跟我干吧,每月发给你工资,总比干这个强。"圆圆用眼看了二蛋一下,说:"哥哥是干什么工作的?"二蛋说:"我开了一个造纸厂,虽然赚不了很多钱,一个两个人的，还是不成问题。"圆圆说："谢谢哥哥，以后我会考虑的。"在说话中间，圆圆已经给二蛋开始按摩了，圆圆的手法很熟练，重要表现在二蛋感觉很舒服，轻重缓急，恰到好处，可能是谈得比较投机，圆圆的手法比较深入，该到的地方到了，不该到的地方也到了，把二蛋伺候的欲火中烧，二蛋正要有所行动，就在这时候，二蛋放在床头柜上的手机响了，二蛋正要去接电话，没想到圆圆抢先把手机拿在手里，圆圆说："什么电话，也不瞅个时候，关了算啦。"说着，也不等二蛋同意，就把二蛋的手机关掉了，关掉手机后，还把手机放在二蛋够不着的地方，二蛋本想看看是谁的电话，见一时拿不到手机，皱了一下眉头，想了想也没有什么重要的事情，就算了。

按摩继续进行，圆圆说："哥哥不高兴吗？"二蛋说："没有啊。"圆圆说："我只当关掉你的手机，惹你不高兴了。"二蛋说："那有啥啊？"圆圆说："没有啥你怎么好长时间不说话呀？"二蛋说："说什么呀，这不说着吗？"圆圆说："你就不会关心关心我，看把我累的。"二蛋说："怎么关心你，你们干的就是这个职业。"圆圆把手一甩，说："看你，我就是这个职业怎么啦，你的职业好，我还不稀罕去呢。"二蛋说："那也不值当发脾气啊。"圆圆说："就发脾气，你就会享受，一点也不会关心人。"二蛋说："怎么关心你，总不会让我也给你按摩吧？"圆圆说："就是让你按摩。也让俺尝尝被人伺候的滋味。"二蛋坐起来，说："这可是你说的，冒犯了可别怪我。"圆圆顺势躺在二蛋躺过的地方，说："让我也歇一会。"二蛋在圆圆给自己按摩时，还勉强可以控制自己，等到给圆圆按摩时，却再也控制不住了，他的手和圆圆接触没有几下，便觉得下身一热，竟然不由自主的"走火"了。

二蛋从"浪里白跳"出来后，天已经黑了，他看见村里的鸡已经上了树，牛羊已经入了圈，刚建好的路灯也发出了星星点点的光。他揉了揉眼睛，正在迟疑着是回家还是回厂，便看见从厂子的方向走来了一个黑点，黑点越来越大，近了，才看清是厂里的二白。二白也看见了二蛋，二白一见二蛋，话音里就明显得带着火气，二白说："厂里人到处找不见你，你怎么在这儿。"二蛋看他急火火的样子，这才想起来自己的手机一直关机，他连忙掏出手机，打开，便看见蹦出几条信息，仔细看时，都是厂里的电话，他问："有事吗？"二白说："怎么没事，厂子被人关了。"二蛋吃了一惊，二蛋说："不会吧，谁关的？"二白说："来了一大帮人，有城管，工商，环保，其他的认不清，来到就找你，找不到，就叫我们停了工，车间的门上都贴了封条，说，要是不经允许，再私自开工，就把厂子都拆了。"二蛋说："你们都是干什么吃的，那么多人，说停工就停工？"二白说："我们也反抗了，可是这次和往常不一样，人人都气势汹汹的，我们阻挡不住，哑巴就因为不听他们的话，被一个城管交裆踢了一脚，到现在还在床上躺着呢——"二蛋听了，就对二白说："你先回去吧，我去看看。"二白说："你不是和环保局的贾科长是伙计吗，这次就是他带的头。"二蛋说了声："知道了。"便急急忙忙地向厂里赶去。

　　二蛋还没有走到厂里，就感觉到厂里的气氛与往日大不一样，以前的这个时候，正是厂里灯火辉煌，人声喧嚷的时候，而今天，厂门口却黑灯瞎火，悄无人息，二蛋走进厂门，见厂里的工人大都已散去，厂里的门房里还亮着灯，坐着几个本村的工人和本家的爷们。人们正在议论着什么，见二蛋回来了，当下都不吭声了，都拿眼看二蛋。

　　二蛋感到气氛有些紧张，就想缓和一下气氛，他找了一把椅子坐下，拿眼看了一下众人，说："没想到能出这样的事情？"他的话音刚落，二叔就接过了话头，二叔说："怎么不能出这样的事情，这是成心不让大家活了吗？"二蛋说："事情没有那么严重，明天我找人问问情况，事情清楚了再说。"二叔说："你说得轻巧，事情不严重，为什么其他的厂子不关，就关了咱们的厂子，支书李显达不也是造纸厂，为什么他就没有事，我看这里边肯定有猫腻。"二蛋说："二叔你不知道，同样是造纸厂，他的规模比我们的大，年产值达到了国家标准，再说，他们还有排污设施，关他们的厂子，道理上说不过去。"二叔说："我不管那么多，你知道吗，你两个弟弟刚从南方回来，你知道他们为什么回来吗？"二蛋摇摇头，说："不知道。"二叔说："我告诉你，他们就是冲着你的厂子回来的，厂子的效益刚好起来，没想到就出了这样的事，你两个弟弟为了回你厂里干活，每人都被扣了一个月的工资，哪想到昨天刚到家，厂子今天就停了。"二蛋的大娘也颤巍巍地站了起来，大娘说："二蛋，我身体不好，这事你知道，为了你这个厂子，我卖地的钱一把手都交给了你，你哑巴弟弟该说媳妇，那钱我都没有动，没想到出了这样的事情，厂子关了就关了，可那个天杀的不该踢了你弟弟一脚，到现在还不能动呢。"其他的几个工人是外姓，虽然都是邻居，却没有二叔和二蛋的大娘关系近，虽然不敢过分地说什么，也都表达了自己的不满，竟然有几个，扬言这个事情处理不好，就要越级上县里上访，县里不行，就去省里，省里不行，就去北京。也有人提出不同意见，说非法上访要被处理的，就有人说："就是被处理，也比没什么事情可干好，总不成让我们吃风屙沫——"场面乱糟糟的，一时群情激愤，眼看就有些失控。

二蛋没想到大家的情绪这样激动，这不像以前的村里人呀，以前种地时，大家还不这样，那时，大家还显得比较宽厚，遇事也比较有耐性，有的当时三脚踹不出个屁的人，没想到现在卖了地，手里有点钱，就变成了点火就着的性子，二蛋觉得这个世界变化有点太大了，大的有些让人跟不上趟了。

二蛋清了清喉咙，咳嗽了一下。二蛋说："大家静一静，我先打个电话，了解一下情况，好吗？"大家都静下来，二蛋掏出手机，当下给环保局的贾科长打了一个电话。贾科长是二蛋的一个同学，从二蛋建厂起，两人就成了朋友，平日里，没少受二蛋的照顾，二蛋之所以开这个厂，也和贾科长多多少少有点关系。然而，令人没想到的是，当二蛋拨通他的电话时，贾科长的电话竟然关了机，电话里传出了一个清晰的女士提示音："对不起，您拨打的电话已关机——"电话打不通，二蛋的表情就有些尴尬，他对大家说："关机了——"二叔就说："我就说嘛，事情没这么简单。"有人就问："那我们明天还上班吗？"二蛋说："大家先歇几天，等我把事情处理好了，到时再通知大家。"有人说："大概要多长时间？"二蛋说："我明天就去找贾科长。"大娘说："哑巴怎么办，到现在还不能走路呢？"二蛋说："先在小美那里拿些钱，到时厂子开业了，再一起算账。"大家也没有很好的办法，见二蛋这么说，只能同意，临走时，有人说："最好快一些，实在不行，大家还要另想门路呢。"二蛋说："知道了。"大家才不情愿的散去了。

二蛋走出厂门时，天上已经布满了星星，他走到门前的槐树下，看见自己早上出门时，村人们在树下香炉里燃烧的香烬还没有燃尽，一阵风吹来，吸进鼻孔的还是似香非香的味道，他四下看了看，确定四周无人时，便解开腰带，朝那棵人们都顶礼膜拜的槐树上，痛痛快快的撒了一泡尿，他心里说："娘的，都是些什么玩意——"

第二天一大早，二蛋就去县城里找贾科长。二蛋是带着怒气去的，贾科长太不够义气了，关键时刻连个招呼都不打，还亲自带人关了自己的厂子，二蛋要看看贾科长当面向自己怎样解释。二蛋认为自己和贾科长可不是一般的关系，贾科长的母亲去世和家里盖房，二蛋可是连人带钱一起上，旁人都认为这是贾科长的一个弟弟呢，至少是没出五服的堂兄弟。二蛋也没拿自己当外人，就是到现在，贾科长每月的手机费，还有一些杂七杂八的费用，也都是在二蛋这里处理。当然，贾科长也不错，有几次酒场，也让二蛋参加了，虽然最后是二蛋买的单。

在对待贾科长的关系上，二蛋不在乎钱，关键是两个人的关系要纯，要在正经事上能发挥作用，二蛋的正经事就是他的那个造纸厂，由于规模小，上马有些仓促，二蛋的造纸厂年产值和排污设施都达不到国家要求的标准，按说，这样的小造纸厂按规定得关闭，可就是因了贾科长这种关系，二蛋的厂子还一直开着，县环保部门也就睁一只眼闭一只眼，当然，像二蛋这样的厂也不是一家，可是哪一家都得有关系照着，二蛋的关系就是贾科长，二蛋不知道为什么这次关系竟然失灵了，不但失灵，而且还有倒打一耙的趋势，这令二蛋有些丈二金刚摸不着头脑了。

环保局就在县城人民路上，这是个南北大路，县政府的几个局委都在这条路上，车水马龙，非常热闹。二蛋以前也来过这个地方，并且和把门的老头也很熟。这次二蛋正想进去，没想到把门的老头却把他拦住了，老头问："同志，你找谁？"二蛋说："我找贾科长，贾建民。"老头说："贾科长知道吗？"二蛋说："不知道。"老头说："你给贾科长打个电话，他允许，才能让你进去，这是单位才定的规矩。"二蛋说："可是，贾科长的手机关机啊，我刚打过。"老头说："那就打他科室的电话，科室的电话你知道吗？"二蛋说："不知道。"老头便从桌子上的抽屉里拿出一个电话本，翻到一页，对二蛋说："就是这个号码，你打吧。"二蛋按那个号码打过去，一个男的接的电话，男的问："你找谁？"二蛋说："我找贾科长。"男的说："贾科长不在。"二蛋说："请问他干啥去了？"男的说："贾科长休假了。"二蛋说："那他什么时候才能上班？"男的说："这就不知道了，有什么事你问他本人就是了。"接着就把电话挂了。二蛋没找到贾科长，可是二蛋也并没有走，他在环保局旁边找了个烟摊，在那里买了一盒烟，就站在那里等。以前他在贾科长的办公室，看见有人打电话找贾科长，贾科长不愿意见，旁边的人就说贾科长不在，现在，贾科长要是故技重演，他可骗不了二蛋。

十一点左右，大门里的人开始下班了，人们三三两两的从大门里出来，可是直到太阳偏西，也没见贾科长的影子，直到下午该上班了，贾科长还没有从大门里出来，二蛋才知道贾科长确实没来上班，他从烟摊后出来，正在考虑下一步该上哪里去，便听到一阵刺耳的刹车声，一个小轿车在他身后停下来，一个戴墨镜的脑袋从车门里探出来，对着二蛋说："找死啊，没长眼睛还是怎么着，走路连道也不看？"二蛋正没有好气，见那人对着自己吼，当下走到车门前，一手揪住那人前胸，一手提起拳头，就要向那人打去，手打到一半，才看清原来认识。二蛋说："守强，是你啊？"那人也认出了二蛋，那人说："二蛋，是你。"连忙招呼坐在司机副座上的人，说："小纪，这是二蛋哥，快叫哥。"二蛋说："这是谁呀？"守强得意了，守强说："这是我秘书。"二蛋说："以前记得是你媳妇给你当秘书，你见了人，就对人说。这是我秘书，怎么现在换了人？"守强说："看看，跟不上形势了吧，你说的那是以前，那时兄弟还没有钱，还请不起秘书，所以是老婆兼秘书，现在有钱了，就是秘书兼老婆了，来，小纪，我给你介绍一下，这是咱二蛋哥，我小时候的同学，现在可厉害了，在乡下开了个造纸厂，管着几百人的大老板呢。"那个叫小纪的女人听见这么说，连忙把手伸过来，说："二蛋哥，你好。"竟然是标准的普通话。二蛋说："别听守强瞎说，我哪里有那么厉害，就是一个小厂子，能混饱饭而已。"守强说："看看，我又不向你借钱，把你吓得，吃饭没有？"二蛋说："还没有呢。"守强说："我正好也没有吃，我们一起吃好了。"便让二蛋上了车，说要请二蛋吃饭。

小车在一家宾馆的院子里停下，守强引着二蛋上了二楼。看来守强对这里的一切比较熟悉，他对迎过来的服务小姐说："给开个单间。"小姐说："张经理，这边请。"就把他们安排在了餐厅东头的包间里。守强说："吃点啥，随便点。"二蛋说："过过饭时就行了，来这么贵的地方干啥？"小纪说："没事的，我们经理是寰宇开发公司的老总，生意遍布全国好几个省市，吃顿饭怕什么。"守强说："你在这瞎吹什么，我能尿多高，二蛋哥知道的。"酒菜上来后，三人就吃饭。酒菜都很高档，三人几杯酒下肚，守强的眼圈就红了，守强说："谁能想到我们在这里见面，二蛋哥，你还能想起来吗，上学时，别人欺负我，都是你帮着——"
二蛋说："说那些干啥，你要是不调皮，别人谁敢欺负你啊。"
守强说："那是啊，你还记得吴美丽吗，就为了我把她的名字刻在树上，她竟让家长到学校找我的麻烦，她现在情况怎样？"二蛋说："你是光把人家的名字刻在树上吗，你后边要是不写上我爱你三个字，人家会告诉家长吗？还刻得一个路上都是的，人家一个小女孩，受得了吗？"守强说："那我可是真心的。"二蛋说："知道你是真心的，可人家吴美丽是真心的吗？再说，那时你才多大啊，小学五年级，就会玩这个了。"守强说："我和她可是青梅竹马，我和她之间的事，你能知道多少？"二蛋说："你和她之间还有事，说来听听。"守强说："吴美丽从小就是我的跟屁虫，有一次我小便，她也跟着，瞪着眼看了半天，对我说她怎么没有小鸡鸡啊，我仔细看了，果真没有，就跑去告诉老师，说吴美丽是妖人——"两人哈哈大笑。守强又说："上初一时我们是同桌，有一次，她竟然问我龟头是什么，当时我也拿不准，就告诉她可能是乌龟的头。我觉得吴美丽这是故意要我好看，我也给她出了个难题，我保证她也回答不上来。"二蛋说："什么难题？"守强说："有一次我问她，你都这个岁数了，怎么身上不来例假啊？"二蛋笑得弯下了腰，说："就是那次，她哥哥找到学校要揍你，是吗？"守强说："也就是过去，搁到现在，谁要她啊。"二蛋笑了，说："事情就是这么奇怪，越是得不到的东西，越是好的，放到现在，我们也不会做那样的傻事。对了，听说吴美丽现在还不错，嫁个丈夫，是个公安，这回你死心了吧。"守强说："早就死心了，不过是提起来旧事，顺便问问罢了，还记得吗，那次她哥哥不愿意我，还是你出面替我摆平的，想起来就让我感动呢。"二蛋说："那时我们都不懂事，不过，有人欺负弟兄们，我可不能不管。"守强说："所以嘛，我说二蛋哥这个朋友可交。"
两人又喝了几杯，二蛋说："我刚才听见喊你张经理，你到底干

走 火
ZOU HUO

226

的什么大事业？"守强看了坐在旁边的小纪一眼，对她说："你到房间里把我的茶杯拿来，我不习惯用一次性的杯子喝茶。"看到小纪走出房间，守强把头凑过来，说："你真想知道？"二蛋点点头，守强就用手比了个八字，说："我就是倒腾这个的。"二蛋吃了一惊，二蛋说："这是什么？"守强说："枪啊，这东西在南边几百块钱一个，弄到我们这里，就十倍几十倍的翻啊。"二蛋说："这可是杀头坐牢的买卖啊？"守强说："所以啊，我也不准备干了，我现在是寰宇开发公司的老板，其实就是个皮包公司，起个掩护的作用。"二蛋说："没想到分别这么多年，你还是贼性没改？"守强说："我有什么办法，现在合法的生意都不赚钱，就是搞房地产的，都想方设法地偷税漏税，我们一个平民老百姓，要想发财，只能把脑袋掖在裤腰带上了。"二蛋说："你就不怕被抓住？"守强说："怎么不怕，现在到处严打，这个生意也是越来越不好干了，我干完这一趟，就金盆洗手了。"二蛋说："你手里现在还有货？"守强点点头，说："还有一把。"二蛋忽然来了兴致，二蛋说："能让我看看吗？"守强说："怎么不能？"就从身后的皮包里掏出一把枪来。二蛋接过来，看这把枪很小，拿在手里却沉甸甸的，二蛋说："样子不错，挺好看的。"守强说："这是老牌五四式的，本来已经出手了，可买枪的人说这把枪的保险不好，又给退了回来。"二蛋说："怎么回事？"守强说："那个人拿着这把枪，本来是准备吓唬对方一下的，没想到枪往桌子上一放，枪就自动把子弹射了出来，险些真的酿成事故，人家就找人退了回来。"二蛋问："什么原因知道吗？"守强说："是保险击锤老化，失灵了，遇到震动就走火。"二蛋拿着看了几遍，嘴里啧啧称奇，守强看二蛋的样子，就说，"不就是一把破枪吗，你想要，就送给你，我正愁没地方放呢。"二蛋说："是真的，多少钱？"守强说："咱俩还谈什么钱不钱的，不过，你玩的时候要小心，不要走了火。"二蛋说："我又不是三岁的小孩，这事还用你来教，说实话，我早就想找一个防身的武器了。"守强说："哦，我忘了。二蛋哥还是个老板呢，这年头，有些老板保镖都有了，你有个枪，也是应该的，俗话说：'杀人之心不可有，防人之心不可无啊！'"二蛋说："刚在网上看了赵本山演的《三枪》，没想到我竟然玩起枪来了。"守强说："那是演电视，我们这是生活。"说话间，小纪拿着茶杯来了，二蛋就把枪装了起来，两人都不再说这个事情。又过了一会儿，守强说："要不然，今天别走了，我在楼上开个房间，让小纪陪你。"二蛋说："君子不夺人之所好，再说，我还有事呢。"小纪便拿拳头去打守强，小纪边打边说："你坏，你坏——"又对二蛋说："张经理既然安排好了，你就住下吧，看我给他怎样戴个绿帽子？"三个人说笑着走下楼来，二蛋向守强和小纪告别，便向贾科长家走去。

　　贾科长家离这家宾馆并不远，二蛋边走边看街景，不一会就到了。二蛋举手敲门，敲了好一会儿，贾科长的老婆吴荫才披头散发，红肿着两只眼睛来开门。二蛋一见，吓了一跳，说："嫂子，贾科长怎么啦？"吴荫说："我也不知道他怎么啦，从昨天出去以后，到现在还没有回来呢。"二蛋松了一口气，二蛋说："就为了这个难过呀，你们俩的感情真好，一会儿也不舍得分开。"吴荫说："要是这样就好了，老贾昨天早上临出门时，告诉我中午不回家了，我就没有给他打电话。哪知道晚上也没有回来，吃晚饭时，再打他的电话，就关机了，晚上十二点左右，我又打他的电话，打是打通了，却是个女的接的，女的说，你所拨打的电话主人已喝多，请稍后再拨，再打，就关机了，当时我还没有反应过来，心想，老贾好喝酒，怎么移动公司也知道了，后来想想，才知道一定是哪个骚货女人接的电话，老贾肯定喝多了，你想想，半夜三更，一个女的拿着他的电话，能有啥子好事情？"二蛋听了，有点哭笑不得。二蛋说："那也不一定，说不定贾哥的电话放在哪里了，别人拿着和你开个玩笑。"吴荫说："你也这样说，我又等了两个小时，老贾还没有回来，我给我妈打电话，我妈也这样劝我，她说，孩子，遇事也多往好处想，他说不定要是出了车

走火
ZOU HUO
228

祸呢？你说，有这样劝人的吗？"二蛋说："老人家说的虽然不对，也是为了你的一片心情。那，后来呢，到底联系上吗？"吴荫说："那个天杀的，到今天中午才打个电话，说是出外旅游去了，单位组织的，你说，好端端的，单位组织什么旅游，还不是又逮住了哪家企业，让人家掏钱他们去玩，本来，出去旅游也无所谓，他也不是没出去过，可我一想到那个电话就恶心，你想，他出门要是带着那样的一个狐狸精，我这日子还怎么往下过？"二蛋听了，说："你的意思，就是从昨天就没有见过他？"吴荫点点头，这时才问："你找他有事？看我，都气糊涂了，弟弟坐屋里吧？"二蛋说："贾哥不在，我就不去了，本来也没有什么要紧的事。"吴荫再往屋里让时，二蛋已经往外走了，二蛋说："等贾哥回来再来吧，方便的话，你告诉贾哥一声，就说我找他有点事。"吴荫答应着，看见二蛋已经走出去老远了。

　　接连七天没有联系上贾科长，二蛋的厂子就停工了七天。以前也有过类似停工的现象，那是上边检查组来的时候，像二蛋这样手续不全的小造纸厂就要停工关门，等检查组一走，所有的厂子照样开工生产，环保部门也就睁一只眼闭一只眼。可是，这次好像和以往不同，虽然上边没有检查组要来，但是，只要二蛋厂子里的机器一响，很快就有环保部门的车辆出现，这些人一来，就是勒令停工，然后封门，然后罚款，最后一次，竟然威胁说，如果再私自开工，下次就要拆厂房。来的都是些新面孔，一个个又是气势汹汹的，二蛋只能干着急。七天里，二蛋的厂子开工了三次，被停工三次，厂里的工人鉴于哑巴的教训，没人敢和执法人员再叫板，等这些人一走，就对二蛋发开了脾气，一个工人把手中干活的家什一扔，说："这哪里是要干活，简直就是藏猫猫——"气愤愤地走了。这个人虽然走了，但是并没有走多远，他直接去了支书李显达的厂子，这里的地方没有活干，总不能一棵树上吊死人，你二蛋的厂子不能开，我上其他的地方总可以吧？一个人去了，就有第二个人跟着也去，虽然有的人是明着去，有的人是暗着去，但是很快，二蛋的厂子里的工人就走了十之七八，二蛋看了，也没有法子想，只能干对着一大批机器设备摇头叹气。

就在这时候，支书出现了。支书李显达白白胖胖，满面红光，虽然生长在农村，却丝毫没有农村人的模样，倒像从县里下来的蹲点干部。却也是实情，李显达现在是金世纪纸业有限公司的总经理，管着上千人大厂的厂长，二蛋虽然也开着造纸厂，但和支书比起来，就是小巫见大巫了。支书过来时，二蛋正在发愣，支书说："厂子关了？"二蛋说："关了。"支书说："就没有再想想办法？"二蛋说："想了，不管用。"支书笑了，说："活人能让尿憋死，再想想法子。"二蛋说："真是山穷水尽了，三叔有什么法子，给指点一下？"支书说："我能有什么法子，你知道，我虽然挂着个厂长的名字，但是后台却是你二强弟弟的，他的摊子大，管不过来，就让我帮他照看一下，其实，你也知道，我哪里懂这些，我早就对你二强弟说，我干不了，让他找一个得力的人来干，可他一时却也找不到，我只好干一天是一天。"二蛋说："我二强弟是有本事，咱村也就他算个能人了，比起他来，我这辈子是休想了。"支书说："他也是癞蛤蟆趴在鏊子上，强撑呗，有什么本事了，凡是还得我出头，对了，有一个事，我想和你商量一下？"二蛋说："三叔找我还能有什么事，只要我能帮上忙，你就说呗。"支书把头探过来，支书说："你二强弟想扩大厂的规模，可现下厂地却不够用，你看这样行吗，反正你现在厂子没有开工，不如你和二强一起干，你把厂子里的人拉过来，厂里的设备和地皮也都跟着折成价钱，一起过来，你先当个副厂长，等过几天，业务熟悉了，我把这一摊都交给你，咋样？"二蛋听了，心里想，这不是趁火打劫吗，感情是想吞并我。他说："听说二强弟是咱们县的商会会长，还在县政协挂着职务，哪里不能划块地皮，还能看上我这十来亩地？"支书说："不是这样说法，你的厂子不是离他的厂子近嘛，再说，设备都是现成的，你们两个联起手来，还怕没有你的钱赚？"二蛋说："三叔，咱明人不说暗话，这个事，我真做不得主，你知道，我刚开始干时，是村里几个人联合兑的股份，到现在钱还没有还清呢，要是现在往外盘厂子，我得和大伙商量商量。"支书说："我知道，不就是你本家的几个人嘛，我虽然比他们远一点，也不是外人嘛，还能往火坑里推你，你商量一下吧，商量好后给我回个话。"二蛋说："那你就等着吧。"支书点点头，说："那好吧——"就走了。

　　天傍晚时，二蛋在村西二寡妇的店铺里买了二斤狗肉、两斤白酒和几个小菜，他把本家的几个爷们和与厂子有关的几个人请到家里，刚把支书的话对大家说了，立刻就遭到了大家的一致反对。二叔说："我就说嘛，好好的厂子，为啥说关就关了，这中间肯定是李显达搞的鬼。"二闹说："我敢肯定，贾科长也被他收买了，要不然，不能躲起来不敢见人。"二蛋本家的一个爷说得更干脆，他说："二蛋，别说这个厂子还能干下去，就是干不下去了，盘给谁也不能盘给他，我们就是要争这口气。"二蛋的大娘又站了起来，她说："二蛋啊，你还记得拿地的时候吗？少一分钱你石磨叔都不给地啊，要不是咱村划成开发区，咱们又占着这么些地，你咋能轻易开这个厂子，现在倒好，村里没地了，他要开厂子，就打我们的主意，依我说，我们宁愿不开这个厂子，他想要占这块地，也是休想——"一时众人七嘴八舌，说的二蛋没有了主意。二蛋说："要想不卖这块地，最好的办法是尽快开工，可是要想开工，就得找到贾科长，有什么办法能找到贾科长呢？"这时二闹站了起来，二闹说："要想找到贾科长，我倒有一个办法。"众人都问："什么办法？"二闹说："上次贾科长带人来，不是把哑巴踢伤了嘛，我们现在就把哑巴送到他家去，欠债还钱，杀人偿命，我们这样做，也不算对不起他。"二蛋说："这样不大好吧，我们毕竟是朋友？"二闹说："你把他当朋友，他把你当朋友吗？要是朋友，还能带人来封厂子连个招呼都不打，要是朋友，还能躲起来不敢见人？再说，哑巴总是躺着也不是个事，你没见二婶为了这个事成天眼泪汪汪的？"二蛋低头不语，过了一会说："哑巴不是快好了吗？"二闹说："好什么好，这事搁到别人身上，也许就好了，但是哑巴不行，哑巴的本钱比别人大，我们从小在一起玩，你应该知道的，那城管一脚踢实了，也该哑巴倒霉，到现在还不能下床走路。"大家听了，都笑了。二蛋说："老贾不在家，哑巴又是这样的事，吴荫一个女人在家，这事不好办吧？"二闹说："这个事不用你出头，我们把哑巴送到他家里，等他找你时，再提什么要求，事情就好办的多了。"二蛋想想，也没有什么更好的法子，当下就点了点头，说："你们可要小心，吴荫不是外人。"二闹说："你就放心吧。"

事情果然不出二闹所料，哑巴被送到贾科长的第二天，二蛋就接到了贾科长的电话，贾科长在电话中说："是二蛋弟吗，我是老贾。"二蛋说："贾科长啊，好长时间不见了，你到哪里去了？"贾科长说："我还能到哪去，就是出去旅游了一趟，你有时间吗，晌午咱俩坐一坐？"二蛋说："在哪里？"贾科长说："还是老地方，天香楼吧。"二蛋说："好的，我准时到。"

十一点半，二蛋准时赶到天香楼，贾科长已经在包间里等他了。贾科长已经点好了菜，见到二蛋过来，就点了点头，对二蛋说："坐吧。"二蛋坐下，两个人都没有吭声，就开始喝酒。喝了几杯，贾科长说话了，贾科长说："弟弟，咱俩不是外人，你告诉哥哥一个实话，这个厂子，能不能不干？"二蛋摇摇头，说："不能。"贾科长说："就不能干点别的，非要开这个厂？"二蛋说："除了种地，别的我会什么？再说，现在连地也没有了，不开这个厂，我一家老小都要喝西北风了。"贾科长笑了，贾科长说："你除了会给我哭穷，别的还会什么，城关以西，谁不知道二蛋是个大老板，手里少说也有上百万的资产。"二蛋说："这些话你也信？卖地虽然得了一些钱，都让我投到厂子里去了，这些年，你也知道，厂子虽然开着，我怎样过的，你应该比我还了解，我手头又松，到现在还欠着十几万的债呢，不像你是国家干部，白领阶层，旱涝保收，我是一天不干，就一天没有饭吃啊。"贾科长又笑了，说："白领？你说得不错，我给你算笔账，我一月近两千元的工资，也不算很少吧，可是，除了每月的柴米油盐酱醋茶，还有水电费，电话费，人情世故，杂七杂八，我每月的工资基本上就是白领了，所以你叫我白领，你说的对呀，还有蓝领呢，你想听吗？除了我说的这些扣除外，到月底算账的时候，还要欠老板一些钱，所以工资就懒得领了，就称为'蓝领'，要是比起来，我是比蓝领强一些。"二蛋听了，也笑了，说："老贾你要是也为生活作难，我们就更没法活了，谁能和你比，前几天不是还出国去玩吗？"贾科长说："你懂得什么？你觉得出国是好出的，这天下的事情，就没有无缘无故的爱，也没有无缘无故的恨。"贾科长说着，就捋起胳膊，让二蛋看胳膊上的几条抓痕，说："看见了吗，这就是我出国的代价，就因为这个事，吴荫都不让我进门了，她说，你在外边找女人不算，还给我在家里找了个男人，好啊，你在外边和女人过吧，我就在家里和野男人过，你看看，这像什么事？你怎么能把哑巴弄到我家去？"二蛋说："这个事我真不知道，可能哑巴家的人总是见不着你，才想的这个法子，回去我就叫人把哑巴拉走。"贾科长说："这个事你看着办吧，不过，我要再问你一句话，这个厂子你是非开不可吗？"二蛋点点头。贾科长说："我可告诉你，你的厂子可是非法的，既没有任何手续，也达不到国家的生产标准，按说，这样的厂子早就该关闭了，之所以没有关闭，你也知道是什么原因，今天我把话给你说明，如果你非要再坚持开下去，以后我也没法帮你了，在单位，我也只是个小科长，也就是听喝的角色，你该明白这一点。"二蛋说："以后的事情以后再说，我的意思，是赶紧把机器转起来，停工一天，我就要损失几百块。"贾科长说："话我已经说明了，帮你这是最后一次，你的厂子开起来，以后再有什么问题，不要再来找我，找我也帮不了你的忙。"话说完，就喊着服务员结账，二蛋要去结账时，被贾科长阻止了，贾科长说："这次算我的。"

话说到这个份上，二蛋却不急着把哑巴接走了，他也要难为难为贾科长，让他知道自己也不是好惹的。回到家后，他急着要开工，就给以前的工人打电话，通知他们来上班，才知道好些人已经到支书的金世纪纸业公司上班了，剩下的几个本家的人，也不够厂里用的，他就急着从四下招募工人，好不容易凑够了人手，厂里的原材料却又不多了，原材料大量是麦秸，乡下以前有的是，原先都是喂牛喂马，填坑沤粪，自从村里开了两家造纸厂，村里人才知道麦秸还有造纸的作用，从此，村里人的麦秸都是卖给这两个厂子，村里的麦秸不够用，就买外村的，大大带动了这一带的经济发展。这次，二蛋从外村买的麦秸，说好了送到厂里五毛钱斤，哪知道卖麦秸的只送了一天，第二天就不送了，二蛋找到送麦秸的，问他原因，卖麦秸的说："你给五毛钱一斤，隔壁的金世纪就给六毛，同样的路程，我们当然要卖给他们了。"二蛋没办法，就把麦秸也提到了六毛，但是，过了一天，又不行了，一问，知道金世纪出到了七毛，二蛋只能也跟着出到了七毛，第三天就涨到了八毛，二蛋咬了咬牙，就一直紧跟着金世纪的价格走，在这样一天麦秸价格涨一毛的情况下，等到把麦秸收够，准备开工时，二蛋厂里的生产成本已经大大提高了，预算资金，也超出了原来的打算，再不开工生产，眼看流动资金就要周转不开了。哪知道就在这时，二蛋的厂子又出事了。

问题出在了电上，等二蛋找好工人，备齐原料，正要开工时，厂里忽然停电了。停电的现象以前也有过，但是停的大多是农用电，像工业园区这样的地方，一般是不会轻易断电的，因为园区的用户很多，所从事的行业五花八门，一旦停电，容易造成很大的损失，一般情况下，用电部门都要确保园区的用电安全，没想到这次，二蛋的厂子竟然停电了，他就去找村里的电工光明，光明管着工业园区的用电范围。

二蛋找到光明时，光明正在一个变压器旁边忙活着，光明带着电工的安全帽，腰里系着保险带，让人一看就知道是个区别于一般农民的人物，不过对于二蛋，他还是给面子的。他听了二蛋的询问，说："夏天天气热，工业园区的用电量大，一个变压器承受不了用电负荷，准备再增加一个变压器，这不，正在安装吗？"二蛋说："那，大概需要多长时间？"光明说："本来是不需要很长时间的，安装个变压器，一两天也就够了，但是支书说，工业园区的线路有些老化，趁着按变压器的工夫，从新再跑一条线路，这样需要多长时间，就不好说了。"二蛋说："怎么早不跑，晚不跑，等我的厂子要开业了，忽然就跑起线路了？"光明说："我也不知道你开业啊，我这是执行的乡变电所命令，所里让什么时候跑线，我就什么时候跑线，我也不当家啊，有什么事情，你到所里去反映，所里让停工，我立马就不干，这么热的天，我才不想找罪受呢。"二蛋说："能不能快点，我真的等着用电呢。"光明说："我尽力吧。"

村里要改造线路，二蛋也没有办法，他只好把召集好的工人重新解散，把收好的麦秸聚在厂子的空地上，每天没事便去看光明线路改造的进程，由于心里急，肚里吃不下饭，满嘴里都起了燎泡，体重也减轻了几斤。偏偏这时候是夏天，天气进入了梅雨季节，三天两头的便下雨，工程进展的速度就减慢，眼看着二蛋厂子里进的麦秸就由白变黄，由黄变黑，再连阴下去，恐怕这一季的麦秸就要扔到坑里沤粪了，这时候，线路跑到二蛋家门口时，没想到又出事了，这一出事，就又耽误了几天的时间。

这次出事的是二蛋门前的那棵槐树。原先线路改造时，为了缩短线路距离，村里选择了一个较近的线路，就是从村子东边，直接扯线到村子西边的园区，不再把线路绕弯到村南，这样一来，不但节约了开支，也节约了时间，看起来这应该是个好事，但是在实际操作中却出了问题，原因是线路正好从二蛋家门前过，大家知道，二蛋家的那棵槐树，上边是长了一棵桐树的，本来这也不是啥问题，关键是槐树里又长了一棵桐树，这棵树就比一般的高，既然比一般的树高，架线时，一般的树能从上边过去，这棵树就过不去了，过不去也不是什么问题，用锯拉掉就是了，或者用斧子砍掉也行。关键的问题就在这儿，因为这不是一棵一般的树，市里重点保护文物这点不说，关键是树上住着的神物被侵犯，这就是个大问题，村里的麻婆、阿祥婆等一些上了年纪的人，不等着扯线人到树下，一大早就自发地聚集到树下，对这棵树进行保护，不损伤神树他们都不同意线路从这里过，更不用说要锯掉树上的枝条了，这些老人们向跑线路的人们传达了这样一个信念，要锯树，毋宁死。

有人把事情反映给了支书，支书过来看了看，也没有什么办法，这些人都上了年纪，辈分也都比支书长，三句话说不好，就指着支书骂了个狗血喷头。支书的二婶就骂支书，支书的二婶是麻婆，麻婆说："我不管他是谁，得罪了树神，我就咒他到不了好。"支书一听，也火了，支书说："我这是为自己吗？我这是为大家，既然大家不同意这个事情，我也不问了。"支书一甩手，就走了，这可急坏了二蛋，他连忙两边去劝，可是树下的这群老太婆根本不理他的茬，麻婆说："这事轮不到你插口，没事到一边玩去——"这边丝毫通融不得，他只得又去找支书，支书正躺在门前的床上在喝茶，支书的老伴在给他倒茶，支书喝一杯，老伴倒一杯，床前已摆了好大一溜陶瓷杯子，支书见了二蛋，两人都没提厂子的事。二蛋就把架线的事说了，问支书能不能快一点。支书说："我的话谁都不听，你让我怎么问？"二蛋赔了笑，说："石磨叔，这事你要问不了，村里还有谁能管得下，说不得，您还得出面一趟，我看麻婆婆也就听你的。"支书沉吟了半晌，说："今天是不行了，今天都在气头上，明天我再去看看，如果再说不下来，我也没有办法了，——本来这都是我的工作，又让你当中跟着说和，今天就别走了，让你婶子炒几个菜，我们爷俩喝几盅，我也是作难啊。"二蛋说："我还有一摊子事呢，今天就不打搅了，改天我再请叔叔。"第二天，支书去找几个老婆婆协商，又遭了几个老人一顿骂，可是骂归骂，工作归工作，支书挨了骂，工作还得做，于是就进行协商，协商当然得谈判，一谈判速度就比较慢，就这样，骂着谈判着，最终还是出了结果，结果就是双方都进行了妥协，妥协的结果是，线路照样扯，树木不能伤，线路就从"槐抱桐"的中间穿过。

可是，令人没有想到的是，线路从槐抱桐中间一插，竟然在村子里插出了一个奇迹。有人在大白天竟然看到，自从线路跑好后，"槐抱桐"中间有时竟会有火花出现，这个人这样一说，村子里就有人留了心，结果他们都在不同时间里看到了这个现象，不过，这种现象不会经常出现，有时一天出现几次，有时接连几天都不出现，那些坚信树上住了神物的人就找到了理由，它们坚信这是从槐抱桐树中间架设电线得罪了神灵，这是神灵显圣，向人们提出警告，如果再得罪神灵，神灵就要降罪于人了。有些和支书有点过节的人，听说了这件事后，就在背地里说："李显达做了得罪神灵的事情，肯定是得不到好报的。"风风雨雨，都传到了支书的耳朵里，支书也只是付之一笑。

电线架好了，变压器安好了，三相电也通了，二蛋才松了一口气。虽然时间拖得久了点，但是毕竟一切还是按自己的意志慢慢地走向了正确的轨道，只要厂里的机器一响，一切都会好起来的，到时候，他二蛋在村里照样还是一个响当当的人物，虽然现在厂里的财务有点吃紧，已经靠借贷维持周转了，但这样的局面不会太久，用不了多长时间，面包就会有的，牛肉也会有的，一切都会有的。

厂里的几个老人和本家的几个爷们也很高兴，二叔就对二蛋说："是不是告诉支书一声，就说我们的厂子不卖了，别让他再打我们厂子的主意了？"二蛋想了想，也是，就掏出电话，给支书打了个电话，二蛋说："是石磨叔吗？我二蛋，我给叔说一声，我的厂子不卖了，哦，对对，大家都不同意卖，我也想再干一段时间，哦，好的，有什么事情再联系，再见！"支书在电话里也没说什么，他听二蛋说完，只淡淡的说了声"知道了"，双方就挂断了电话。

二蛋很高兴，他挨个和以前的工人打了电话，通知他们明天就来上班，又让二闹到二寡妇的商店里买了一串鞭炮，准备明天开工时使用。他想好了，明天厂子开工，他要举行一个开工仪式的，买串鞭炮炸炸响，驱一驱近些天的霉气。

就在二蛋高兴的时候，二蛋的手机忽然响了，二蛋接了，电话里传来了一个女人的声音，女声甜甜的，有些媚，女声说："是二蛋哥嘛，我圆圆啊。"二蛋想了一会，才想起圆圆是谁，才知道这段时间光顾了忙厂子的事情，好长时间没有和圆圆联系了，一听到圆圆甜甜的媚音，二蛋立即想到了圆圆丰满的身材，白白的皮肤。二蛋说："哦，是圆圆啊，有事吗？"圆圆说："看你，没事就不能给你打电话吗，好长时间不见你，干啥去了，是不是又有了相好的了，把我忘记了？"二蛋听圆圆这么说，赶紧捂住了话筒，他往四下看了看，就接着电话往外走。二蛋说："哪能呢，忘了谁也忘不了你呢，我最近就是有点忙。"圆圆说："我不管你忙不忙，我现在就要见见你，知道什么原因吗？"二蛋说："什么原因？"圆圆说："我想你了，如果你不来，我就去找你。"二蛋心想，厂子明天就要开工了，一切都已经准备就绪，剩下这段时间，正好放松一下，从明天开始，说不定要忙到什么时候呢，当下就对圆圆说，"你不要来找我，我去找你得了，这几天忙得连澡都顾不上洗，正浑身痒痒呢。"圆圆说："那你快点，我在洗浴中心等你。"二蛋说："那好吧！"就向洗浴中心走去。

二蛋说是去洗澡，其实并没有在池子里泡多久，他草草地洗了洗浑身上下，就披着浴巾来到了房间，到了房间里，他刚想给圆圆打电话，就听见了敲门声，他刚打开门，就看见圆圆已经走了进来。圆圆看了二蛋一眼，说："呦，还裹这么严啊，好像没见过你那个东西似的？"二蛋笑了，说："见过了咋的，你知道我长短，我还知道你深浅呢？"哪知道圆圆收起了笑，说："二蛋哥，今天让你来，我是有正经事要和你商量呢，我们不开玩笑了。"二蛋也收起了笑，二蛋说："你找我有什么事，我能帮了你什么忙？"圆圆说："自从见了你以后，这些天我也想好了，总是在洗浴中心这样的场所里混日子也不是个办法，我想到你厂里去，看二蛋哥能不能想个办法，给安排一个比较好的工作？"二蛋说："你真的这样想？"圆圆说："当然是真的，难道谁还骗你不成？"二蛋说："厂里的可都是一些苦活，再说，也没有你现在挣得钱多。"圆圆说："不是有会计吗，我去干会计如何？"二蛋说："其他的工作都好商量，唯有会计不行，现在的会计是你嫂子，连我都没有任免权。"圆圆说："看吗？说的都好听，一到关键时刻就掉链子，我知道你让我去不是真心，我也是和你开开玩笑的。"二蛋说："我可不是给你开玩笑，我是真心的。"圆圆说："开不开玩笑都无所谓，只要你真心待我好就行。"二蛋说："那我现在就待你好，如何？"圆圆就笑了，说："你们男人都是狗改不了吃屎，我看你也一样。"二蛋说："我也有不一样的地方，你忘了？"圆圆说："我还真不知道。"二蛋说："到这里都是你给别人按摩，可是我却是给你按摩啊，这点你怎么忘了呢？"圆圆便拿手去捶二蛋，嘴里说："你坏你坏——"接下来就是按摩，就是捶背，就是——一切都是水到渠成。可能这段时间有点压抑，二蛋这回是彻底地放松了，正当二人如鱼得水的时候，门被"咣当"一声踢开了，几个穿警服的人涌了进来，其中一个人喊着："都别动——"二蛋只觉得眼前一亮，接着就见闪光灯一闪一闪，把圆圆和自己的丑态都拍了进去——

　　二蛋由于嫖娼，被行政拘留了，这下子可急坏了小美。本来，自从厂子被关后，小美就因为二蛋说不出当天的行踪而和二蛋分居了，分居是女人对付男人的一个手段，一般情况下，这个手段很有效，对二蛋也很有效，可是，这次可能二蛋的压力比较大，就没有时间理会这个事情，小美一看这个方法不管用，就用上了另一个方法，这个方法就是回娘家，反正厂子没有开，在家闲着也是闲着，还不如回娘家散散心，联络一下感情，平日里因为厂子工作忙，自己就很少回家，娘家人都有意见了。这次回家了几天，还没有二蛋的消息，小美就很生气，她认为二蛋应当到自己的娘家来看看，表示一下对小美生气的关心，至少也要打个电话，她不知道二蛋为了厂子开工的事情忙得焦头烂额，直到接到二蛋被拘留的电话时，她还在心里生气呢，他一看是家里的电话，正想着是接还是不接，但手已经不由自主的接了，电话一接通，二闹的声音就响了起来："嫂子，二蛋哥被派出所带走了，你快回来吧。"小美的头一下子懵了，过了一会，她才问："知道是什么情况吗？"二闹说："是从咱村里洗浴中心带走的，估计不是啥大问题——

听说带走的还有一个女的。"小美"哦"了一声，手拿着电话就呆了，直到电话里传来了忙音，她才急惶惶地往家里赶去。

二蛋由于嫖娼，被行政拘留十五天，罚款五千元。小美赶到派出所时，二蛋已经被带走了，负责这个案件的是一个副所长，姓黄，黄所长说："本来处理应该比这要重的，但看在二蛋是个乡镇企业家，为了乡镇发展做出贡献的面子上，已经从轻处理了。"他告诉小美，现在正是严打时期，各个派出所为了完成局里下达的任务想尽办法，二蛋这是撞在了枪口上。小美说："能不能想点办法，让二蛋早点出来，因为二蛋的厂子明天就要开业，一大帮子事等着他做呢，如果二蛋在里边蹲了半个月，厂子的工人就得重新解散，新收的麦秸、芦苇和一些做纸浆的原料在雨季里都要被沤坏，损失恐怕要达数十万元"。黄所长说："这我就爱莫能助了，拘留证是在局里办的，一般情况下，只要开了，是不能收回的，好在十五天也不很长，咬咬牙也就过去了。"小美看实在没有办法，只得回了村里，他让二闹打电话告诉那些工人，明天不用上班了，就一个人又回了娘家，临走时候，她又看了一眼那个厂子，心想："这个造纸厂，恐怕是再也开不起来了。"

十五天后，二蛋被放了出来，短短的十五天，二蛋就变了模样。他的头发蓬松着，两个眼睛深陷了下去，下巴上布满了青色的胡楂子，人也瘦了整整一圈。他站在拘留所的大门前，深深地吸了一口气，望着眼前车水马龙的大街，真有恍若隔世之感。人生有时候真奇怪，就像站在白天和黑夜的两端，一不小心，就从白天滑到黑夜里去了，二蛋现在的感觉，就像是从白天滑到了黑夜里。他坐五十八路车，直接到了工业园。五十八路是工业园建成后开通的城乡班车，专门为工业园服务的，二蛋每次进城都是坐这趟车，他回到工业园区时，天已经黑了，自己的厂区冷清清的，没有一个人，他进了厂门，只见场地上到处布满了收来的麦秸、芦苇和一些打浆的原料，由于晾晒不及时，麦秸表面上看来是干净的，脚一踩上去，下边就冒出一股黄水，二蛋知道这些麦秸快要沤坏了。生产车间的门都关着，环保部门贴的封条被撕开后，残余的纸条迎风抖着，凭空添了几分凄凉。二蛋对着黑沉沉的机器发了会呆，便慢慢地向村里走去。家里的情景更是凄凉，小美不在家，离老远看去，家里就是黑灯瞎火的，走到家里，更是锅冷灶凉，没有一丝暖气，只有门外的"槐抱桐"不时地闪出一丝火花，那晚上有风，风吹动枝条，和"槐抱桐"中间的高压线接触，便有一阵火花闪出来，二蛋躺在窗前的床上，看门前的火花飞舞，看了整整的一个晚上。

　　第二天早上，二蛋就接到了贾科长的电话，贾科长的声音听起来很低沉，贾科长在电话里说："是二蛋吗？我贾建民。"二蛋听了猛的一喜，二蛋说："是我呀，贾科长啊，我正想找你呢。"贾科长说："有时间吗，我们今天中午见个面？"二蛋说："在哪里？"贾科长说："老地方。"贾科长说完，就把电话挂了。二蛋知道老地方就是天香楼，他赶紧梳洗打扮一番，没想到见了贾科长时，却大吃了一惊。贾科长也是蓬头垢面，脸上青色的胡楂子长了很长，一副嘴不是嘴脸不是脸的模样。二蛋一见，吃了一惊，二蛋问："怎么啦，哥哥，出了什么事？"贾科长"哼"了一声，贾科长说："出了什么事，问你？"二蛋糊涂了，"问我？"他想了想，"不就是我在里边蹲了十五天吗，也不值得哥哥这样为我牵肠挂肚？"贾科长说："要是这事就好了，我告诉你，吴荫被哑巴拐跑了，都是你做的好事——"二蛋这回是真吃了一惊，他说："哑巴拐跑了吴荫，这是不可能的事？"贾科长说："我起初也是这样想，可现在确实是明摆着的事，家里的现金和存折都不见了，吴荫和哑巴同时失踪了，你说，不是他俩私奔了，还能会是什么？"二蛋说："你就没有找找？"贾科长说："没有找怎么知道他们是私奔了，就是找过了，才知道的。"二蛋说："没想到会出现这样的事情，就是私奔，也是吴荫勾引的哑巴，哑巴绝对不会勾引吴荫，对哑巴，我是了解的——"贾科长说："你说的这些都是屁话，不论是谁勾引的谁，我就问你，现在怎么办？"二蛋想想说："出了这样的事，你也应该有责任。"贾科长说："我有责任，我有什么责任？"二蛋说："你要是不成天在外花天酒地，吴荫也不会走这条路，听说就是前几天，她给你打电话，你喝多后，还是个女的接的？"贾科长说："现在说这些有什么用？你不要推卸责任，你不把哑巴弄到我家，就不会发生这样的事情，我和吴荫生活了十来年，都没有事情的？"二蛋说："你再打电话问问同事，说不定吴荫就在同事家呢？"贾科长说："你嫌我丢人还不够？还要让同事们都知道，这事咋能让同事知道，我就为这个烦恼呢，一个吴荫，走了就走了，可是我丢不起这个人啊，以后我还怎么混事啊？"二蛋说："事情出来了，急也没用，只能慢慢地找。"贾科长说："你说得轻巧，事情没在你身上，你当然不急，要是小美被人拐跑了，看你急不急？"二蛋说："我现在的处境和你差不多，小美回了娘家，到现在也是没有回来呢。"贾科长说："我不管你现在如何，二蛋，我告诉你，如果你不能把吴荫找回来，你的厂子就不要开了，不但不能开，我还要让工商局追究你偷税漏税的事情，你厂子的那些破事，我可是全知道。"二蛋说："有事好商量，我们都是多年的朋友了。"贾科长说："商量，商量什么？我都到了这步田地，还有什么可商量的，你现在唯一的方法，就是把吴荫找回来，找不回吴荫，你知道事情的后果。"贾科长说完，站起来就走了，剩下二蛋，在哪里傻愣愣地坐着。

事情发展到这一步，二蛋是彻底绝望了。他出了天香楼，一个人漫无目的地在街上走着，他心想，事情咋就到了这步田地呢？他把厂子被关闭前后的事情像过电影似地回想了一遍，隐隐约约感到某个环节不对，努力想在心中理出个头绪，但是最终却没有个结果。他想，自己要是不听大毛的话，不到洗浴中心去洗澡就好了，去了洗浴中心，不叫圆圆就好了，最不该的，是不应该让圆圆关掉自己的手机，如果那次自己及时地赶到厂里，说不定就不会有下边这么多的事情，最不应该的，是不该再次的见到圆圆，致使自己已经要开工的厂子功败垂成，按照这个思路走下去，好像有无数个不应该，每一个不应该都能使自己的生活发生变化，看来人活在世上，还是要小心点好啊。但是，事情已经到了这一步，下一步应该怎么走呢？眼前的路好像只有一条，那就是找到支书，把自己的厂子卖给他，他不是要买这个厂吗，并且许下了很丰厚的条件？二蛋在心里算了一下，卖了这块厂地和设备，还了欠下的债务后，还多少有点盈余，到那时，自己能在支书的厂里当个副厂长更好，不能干的话，再想办法干点其他的，应该没有什么问题。天无绝人之路，想来这话不错的。想到这里，二蛋长出了一口气，他已经决定了，事情就这样做，什么他妈的贾科长，老子不干这个破厂长了，老子才不屑他这一壶呢，他的老婆被拐走，那是活该，再拐走十八回，才好呢。想到这里，他决定赶快回去，他要见支书。

二蛋找到支书时，支书刚吃过午饭，正在厂里的办公室休息。金世纪纸业公司是一个标准的现代化工厂，厂子的前半部分是办公楼，后边是厂区，办公楼是个四层楼房，楼房前边是个广场，广场四周都进行了绿化，旁边栽着垂槐、杨柳等绿色植物。办公楼的左侧是一条油路，直接通向后边的厂房。二蛋以前来过这个地方，知道前边的办公场所虽然宽敞，但是后边的生产厂区却很拥挤，这也是金世纪急于购买自己厂房的原因。支书休息的办公室在三楼，最东边，和其他房间不同的是，这个办公室安装着防盗门，里边还有隔音措施，二蛋一进到室里，外边喧闹的声音便一点也听不到了。本来，这个房间是支书的儿子李二强的，李二强工作忙，轻易不到这里办公，这个地方就成了支书临时休息的地方了。房间装修得很豪华，老板桌、转圈椅还有真皮沙发，二蛋看到支书时，支书刚从套间里出来，支书说："来了，坐吧。"便在沙发上做了下来。二蛋也坐了，二蛋说："石磨叔，我来是商量我那个厂子的事的，你上回说要收购我那个厂子，我看现在怎么样了？"支书说："是这样，你那个厂子，你二强弟本来是想收购的，也和你说过这个事，可是后来你不卖了，你弟弟又在别的地方瞅了一块地皮，不知道现在谈得啥样了？"二蛋一听便急了，二蛋说："当时要收购的事，可是您先提出来的，怎么到了现在又变了？"支书说："变也不一定变，只是又多瞅了一个地方，这样吧，我给你弟弟打个电话，看他是个啥子态度，你也知道，厂里的事情都是他说了算，我是不当家的。"二蛋说："那好吧，您好好跟他说说。"支书便向里间去打电话，过了一会，出来了，对二蛋说："你弟弟想和你见个面，当面谈谈这个问题。"二蛋说："我到哪里找他？"支书说："你到县里找商会，他在那里等你。"二蛋说："什么时候？"支书说："什么时候都可以，看你的时间了。"二蛋说："那好吧，我明天去见他。"

这次商谈并不是很满意，二蛋见到二强时，是在县商会办公室里。二强长得像支书，白白胖胖，浓眉大眼，只是身材要比支书高些。二强见到二蛋很高兴，握着二蛋的手，说是几年不见了，真是想得慌，以后家里的这些弟兄们要加强沟通，有些什么事也可以有个照应，然后又检讨自己，说自己对家乡照顾不够，离家这么近，都不能经常回去，回去了也是来去匆匆，不能和弟兄们接近，主要是工作太忙，忙得自己都不知道每天都在忙些什么啦。二蛋说："二强弟是个人才呀，年纪轻轻就当上了商会会长，听说还在县政协挂着职务，由商界精英又走向了政界，真是弟兄们学习的好榜样，也是弟兄们以后发展的靠山，咱们村里出了你这么个人物，真正是为我们李家光宗耀祖了。"二强听了，也是眉开眼笑，拉着二蛋的手说："哪里，哪里呀。"客套完后，一谈到正题，两个人立刻换了一副嘴脸。二强说："不瞒哥哥说，以前我是想买块地皮，可是现在已经不需要了，我在工业园旁边又瞅了一块地皮，价钱都已经说好了。"二蛋说："为了你要这块地皮，我现在连工都停了，你要是不要了，我怎么办啊？"二强一听就笑了，二强说："厂子停工了？这确实是个问题，我看这样吧，反正我的厂子要扩大规模，也不在乎多你这十来亩地，我在别的地方拿地，都是按招商引资或者是联合开发，每亩地的价格都不超过三万的，这样给你每亩地按三万，你是十亩地左右吧，给你三十万，如何？"二蛋说："我拿地的时候，石磨叔是知道的，价钱也比现在高，何况现在土地的行情一直在上涨，你给我这个价，是不是低了些，再说，我那可是现成的厂子，拿过来都能用的。"二强说："问题就在这儿，别的地方，我拿过来就能用了，你那厂区，我还得改造，成本也比别的地方高得多呀？"二蛋说："这个就先不说了，我那些设备呢？光设备就八十多万呢，机器还都是九成新。"二强面有难色，二强说："你那些机器都落后了，我用不着，我告诉你实话吧，我这次上马的是液体软包装，用的都是高科技的，领先全国造纸行业水平，你那些设备，我一个也用不着。"二蛋说："那你的意思，就是不要这些设备了？"二强点点头。二蛋说："可是，石磨叔告诉我，说是连工人带设备，他都要的呀？"二强说："他说过这样的话？我可不知道。"二蛋说："你要是不要那些设备，厂子我可不能卖给你。"二强说："那我也不能白白扔掉几十万啊，哥哥，你我都是做生意的，兄弟归兄弟，亲情归亲情，生意归生意啊？"二蛋说："那我没办法。"两个人都一时没有话说，这时走过来一个女的，看样子是办公室的工作人员，她走到二强跟前，低声说："李总，张秘书打来电话，崔副市长已经到了。"二强说："告诉他，我马上就到。"二蛋站了起来，二蛋说："既然你今天有事，我们改天再谈？"二强说："一个工程开工的事，说好了去剪彩，崔市长都先到了，有点不好意思了。"二蛋说："那我走了？"二强说："别急走，我一会就完，上午我们一起吃饭。"二蛋说："上午你还要陪市长，咱们有时间再说吧，我说的这个事情，可是真心实意的，弟弟要考虑考虑。"二强说："我知道。"

可是接下来的几天，二蛋一直没有见到二强的影子。先是打电话，说是忙，让二蛋再等几天，接着电话就不接了，不是打不通，就是在通话中，后来电话就停机了。二蛋从侧面打听了一下，二强确实也从别的地方买了地，离工业园区不远，价格也比较便宜。他去找了几趟支书，支书也没有办法，只让他去找二强。二蛋犯愁了，找二强找不着，别的人又不行，这可怎么办？要知道，拖一天就是一天的损失啊，二蛋厂里的麦秸已经发霉了，再过几天，事情只有更糟糕，二蛋决心再去找一趟二强，这次找不着他，就在那里等，总而言之，这次不见到二强，他是决不罢休。

二蛋这次学精了，他不再给任何人先打招呼，而是趁把门的人不注意，偷偷地溜进了商会的办公楼里。他刚进到二楼，迎面就碰到了一个工作人员，是个女的，这个女的很客气，见了二蛋，就问："先生，你找谁？"二蛋说："找你们李总。"女服务人员说："李总知道吗？"二蛋说："我们提前约好的。"女服务人员说："我们李总还没来，先生到办公室坐一下吧？"便把二蛋引到总经理旁边的一个办公室里。服务员进了门，便说："董主任，有人找李总。"一个声音便说："先等一会吧，我这就来。"二蛋一听，便觉得声音很熟，过了一会，便见从办公室里间走出一个人来，二蛋一见，便吃了一惊，他说："圆圆，怎么是你？"圆圆也吃了一惊，她说："你怎么进来的？"二蛋说："我来找二强——"圆圆看了女服务员一眼，对二蛋说："二蛋哥，你先坐吧，李总来了，我通知你。"说罢，又瞅了女服务员一眼，红着脸出门去了。二蛋看圆圆走远了，问那个女服务员，说："你们的主任姓董？"服务员点点头，二蛋说："她的小名是叫圆圆吗？"女服务员说："这个，我们却不知道，不过，我们董主任挺能干的，原先是我们商会的秘书，刚提为办公室主任没几天，我们都挺羡慕的——"二蛋"哦"了一声，一瞬间仿佛明白了很多，他问女服务员，"你们李总经常来上班吗？"女服务员说："一般情况下都来，除非是出差不在家的时候。"看二蛋没有吭声，女服务员又问："先生找我们李总有什么重要的事吗？"二蛋说："也没有什么重要的事情，不过，不见到他，别人也办不成。"女服务员还想说什么，这时候，桌上的电话铃忽然响了，女服务员接了电话，便对二蛋说："对不起先生，我还有事，不能陪你了，你在这等会吧。"便匆匆忙忙地走了。二蛋便坐在这里等，然而，令人没有想到的是，这一天直到傍晚，也没有人再来问候一下，二蛋不但没有等到二强，就连圆圆和那个女服务员，也没有见到。第二天仍是如此，直到第三天，二蛋问商会的另一个工作人员，才知道女服务员辞职不干了，圆圆请假回乡下老家了，至于李总，则陪着县里一个领导出国考察项目去了，至于什么时候能回来，这个事情就谁也说不准了。

二蛋这才知道自己从头到尾被涮了一把，无奈之下，他只得回了村里，回来后，和小美联系，小美不接电话，托人去捎话和好，小美坚决不同意，孤身一人的二蛋，只好到二寡妇的商店里去打发生活。二寡妇并不是寡妇，她的真名叫沈月娥，是支书李显达的儿媳妇，是李二强的原配夫人。李二强没有混出名堂时，和沈月娥关系非常的好，好到什么程度，就差两人不能是一个人了。后来李二强经商成功，当人们都认为沈月娥该享福的时候，沈月娥竟然提出来要和李二强离婚，村人对此都不能理解，李二强也不同意，于是就托人从中说和，说和的结果，是沈月娥从城里搬回乡下，自己一个人过，也就是相当于离婚不离家的那种生活方式。沈月娥很能干，自己回家后，在村西头挨着公路开了一家超市，卖各种生活用品，也卖狗肉和各种小菜，并在超市里摆了个麻将摊，按桌收取费用，日子也算过的有声有色，由于她是二强的弃妇，属于有男人实际上又是没有男人的那种女人，村里人就给她起了个二寡妇的外号。二蛋没事干，便在二寡妇的麻将摊上打麻将，输了钱和赢了钱都在二寡妇的商店里喝酒，喝多了，就和打麻将的女人打情骂俏，有时仗着酒劲，就摸女人的屁股和奶子，彻底的堕落成了一个乡村混混式的人物了。

事情发生转机是在一个晚上，那一晚，他又喝多了，他一出二寡妇的店门，便发现门口竖起了一条路，他心想，路怎么会竖起来呢，便试着迈出了一条腿，没想到腿刚一伸出，便迎面朝天，摔在了路上。二寡妇出来关门时，看见了摔倒在路边的二蛋，他把二蛋扶进了店里，烧了开水让二蛋喝下，看见二蛋有点清醒，二寡妇便落泪了，二寡妇说："二蛋，你不能再这样糟蹋自己了，瞅瞅你现在变成了什么，好好的一个人，咋能这样过啊？"二蛋说："月娥妹妹，你不知道，我心里难受啊，为了一块地，二强竟然把我弄到了这步田地，亏着我们还是弟兄们啊？"二寡妇说："我们都是一样的人，我知道，二强为了他的事业，什么事都能干得出来，我就是一个例子啊，这个世界，就是大鱼吃小鱼，小鱼吃虾米，我们没有本事的人，就得认这个命啊。"二蛋说："什么大鱼吃小鱼，小鱼吃虾米，我就是见不着二强，我知道他是故意躲着我，我要是见着他，我就会让他知道谁是大鱼谁是小鱼。"二寡妇说："你要是见了他，真有办法？"二蛋点点头，说："那是当然。"二寡妇沉吟了一会，说："我听二强的爸爸说，到本月的六月初六，金世纪要在办公楼前举行液体软包装开工仪式，到时候他要参加的，说不定你能见到他。"二蛋听了，精神一振，二蛋说："这事是真的？"二寡妇点了点头，二蛋说："谢谢月娥妹子，到时候，你就会知道，谁是大鱼，谁是小鱼，谁是虾米了？"

六月初六转眼即到。这天一大早，工业园区就热闹起来，金世纪纸业公司办公楼前搭起了两个高高的台子，县城以西最有名的两个唢呐班子亮出绝活，登台竞技，公司的大门前张灯结彩，五色气球高高飘扬，门前的广场上，锣鼓、盘鼓、高跷、秧歌，此起彼伏，热闹非凡，大红的横幅"液体软包装奠基暨开工仪式"在大门上方高高挂着，一派喜气洋洋的味道。

二蛋也凑在看热闹的人群里，他知道今天是金世纪纸业公司新基奠址的日子，激动得一夜没睡好，今天一大早，他就起来了，草草地洗刷完毕，他就赶到了这里，他要抓住最后的机会，和二强好好地谈一下，当然，他也做好了最坏的准备，临出门时，他带上了守强送给他的那把手枪。

仪式虽然要在十点才举行，但是，七点刚过，县城里的小汽车便一辆接一辆的开了过来，据说，参加这次会议的不单有县里领导，还有市里有关方面的人物，二强也是早早就来了，忙着迎接客人，握手寒暄，迎来送往，二蛋就一直没有机会和他说话，好容易看他闲了下来，二蛋挤到他身边，说："二强弟，我有话和你说。"二强看了他一眼，又看了一眼热闹的人群，皱了一下眉。二强说："等我忙完了，好吗？"二蛋说："啥时能忙完？"二强说："很快。"

天气仿佛也在跟着凑热闹，一大早，火红的太阳就高高的燃烧，让人一看就是个好天气。然而，令人没有想到的是，快到十点时，天空忽然变了颜色，随着院角里一阵狂风刮过，豆大的雨点便噼里啪啦的滑落下来，看热闹的人群便出现了骚动，纷纷东躲西藏，找地方避雨。二强一看这个情况，就宣布剪彩仪式提前进行，也亏得有了这场雨，二蛋终于有了和二强说话的机会，剪彩仪式一结束，二蛋又来到二强身边，这次二强没说别的话，只说了一句："到我办公室来吧。"便和二蛋一前一后来到了他在三楼的办公室里。

两人来到办公室，二强先在老板桌后的转圈椅上坐了下来，二蛋也拉了一把椅子，坐在了二强的对面。二强说："有什么事？说吧！"二蛋说："我想知道，圆圆是你的人吗？"二强说："话既然挑明了，我也没什么好隐瞒的，你真想知道？"二蛋点点头，二强说："告诉你实话吧，浪里白条洗浴中心是我开的，圆圆是我们公司的员工。"二蛋说："那，关我的厂子，也是你幕后操作的了？"二强不置可否。二蛋继续说："看来你为了我那块厂地，真是费了不少心机，连老贾是我多年的朋友，也被你买动了？"二强冷冷地说："你也是个生意人，应该知道商场如战场的道理，现在做生意，没有点手段是不行的。"二蛋说："那你也不能为了自己的利益，就不把别人的死活放在心上？"二强说："对你我已经够仁至义尽了，知道你不想卖你的厂子后，我不又重新找了块地皮吗？"二蛋说："你既然重新找了块地皮，为什么还要圆圆来害我？"二强说："这个事是有点过分了，那时我的地皮还没有确定，眼看着你的厂子要开工，没有办法才采取的那个行动，二蛋哥，这个事情对不起了。"二蛋说："那些事情都已经过去了，我现在问你，我的厂子怎么办？"二强说："那你接着开就是了。"二蛋说："你说得轻巧，你觉得经你这样一捣鼓，厂子还能开得下去吗？"二强说："那就不关我的事了，你要我怎么办？"二蛋说："你不是想要我的厂子吗？现在我还卖给你。"二强说："厂子卖给我可以，可是我只能要地皮，你那些设备，我确实用不着。"二蛋说："你的意思，就是把厂地买下来，设备仍然不要？"二强点点头，说："是的。"二蛋说："你决定了？"二强说："决定了。"二蛋便把那把枪掏了出来，二蛋说："你决定了，我也决定了，我的命没有你值钱，但好歹也是一条命，黄泉路上有我做伴，你也不寂寞。"二强看见二蛋掏出了枪，当时愣了一下，他说："你想干什么？"一伸手，便抓住了二蛋的手腕子，二强说："李二蛋，玩枪你还嫩了点，保险都没打开，也敢拿枪对着我？"二蛋说："你撒手，这把枪容易走火。"二强说："你拿走火吓唬谁？你倒是走火让我看看。"二强说着，便用左手来夺枪，哪知道话音刚落，便听得"砰"的一声，一颗子弹已射进了二强的胸膛里，二强说："你——你真的——敢——开枪——"身子一歪，便倒在了椅子上，椅子猛然的一斜，二强的身子便和椅子一起摔在了地上——

窗外电闪雷鸣，雨狂风骤，二蛋脑子里一片空白，他不知道自己怎样离开的金世纪纸业公司的办公楼，也不知道下一步要到哪里去？他的脑子里只有一个问题，那就是，事情怎么到了这步田地？刚才还是好好的一个人，怎么一转眼就变成了一个杀人犯？说实话，他没有杀害二强的意思，他只是要吓唬吓唬二强，看能不能让二强改变主意，大不了，也是让二强知道一下他的厉害，让二强明白自己也不是好惹的，哪知道那把枪就走火了呢？世上的事就是这样奇怪，你往往不想做的事，就发生了，而你想做的事情，却总是千难万难，总也做不到。狂风暴雨里，二蛋下意识里，是在漫无目标地走，哪知道一抬眼，却发现自己已经走到了家门前的那棵槐树下，一到槐树下，二蛋的身体便想撒尿，这已经养成了习惯。他朝四下看了看，确定四下无人，便拉开裤链，向槐树上尿去，没想到尿水刚和槐树接触，二蛋便感到浑身一震，一阵电流便涌进了全身，在失去意识的一刹那，二蛋想：高压线，走——火——了——

（完）

走　火
ZOU HUO

250

百　日

秀在半夜醒来时，抬眼便看见了一只蜘蛛。这只蜘蛛从房间顶上垂下来，直直地悬挂在秀的脸部上方，在秀的面前晃来晃去。蜘蛛肥大的肚子就像女人丰满的臀部，秀看了，忽然就生出一种既暧昧又厌恶的心情。她心想，自己真的要走了。

天明就是百日了，整整一百天，秀也不知道自己是否达到了法师对自己的要求。她看了看自己裹得严严实实的身体，又扭脸看了看正打着呼噜鼾睡的柱子，嘴里莫名其妙地叹了口气。

"一百天内不准碰男人，也不准男人碰你，否则，就不能圆满。"法师说完这句话，就合了眼，一副老僧入定的样子。法师的旁边坐着雪儿，雪儿坐的地方正是自己以前常坐的地方。

秀知道一切都过去了，一切都要重新开始，便不再做别的想法。

她说："要是达不到这个要求呢？"

法师睁眼看了秀一下，说："达不到这个要求，也有方法取得圆满，那就要脱离肉体了，惯用的方法——是很多的，譬如喝药，上吊，投井——一百天内你能做到吗？"

　　从那以后，秀就经常睡不着觉。有时候，好不容易睡着了，便经常做噩梦，做梦的时候比白天还清醒，并且一做起梦就天南海北地胡扯，一扯起来就没完没了。天明醒来时秀往往觉得四肢无力，浑身发软，有时对着镜子一照，便看见自己乌青的毫无生气的脸。有几回，秀从镜子里竟看出了自己的鬼像，这时候，她便会想：自己离死真的不远了。

　　秀年纪不大，三十岁刚出头，入教的时间却已经不短。她初次加入教会是从城里回来以后，听了算命先生的一番指点后决定的。算命先生端详了秀一会，一双小眼睛在镜片后面来回转了几圈，突然说："你是不是万念俱灰了？"秀点点头。算命先生沉吟了一会，说："你可以加入一个教会，教会能治好你的心病？"

　　"教会能治好我——"秀问，"加入啥教会？"

　　"啥教会都可以。"算命先生说："当然，人越多越热闹就越好。"

　　秀便随着村里的老头老婆们去做礼拜。做礼拜是星期天的事，七天才有一次，再加上做礼拜的都是老头老婆，秀去了几次，便不想再去了。等老头老婆再去喊她时，她便推说身体不舒服，不去了。这时，秀又加入了另一个教会，这个教会叫伶仃教，也叫哭教，教里的一切活动都很隐蔽，教员聚在一起就是哭，哭着说着，发泄心中的情感，仿佛有天大的委屈。秀在教里待了几个月，起初感到很刺激，也能哭得出来，后来便哭不出来了。她心想，一个劲地哭有什么意思，便感到索然无味。

　　这时候，村里的好多人正在练一种健身功，这个功叫日月神功，负责传功的是一位秃顶的中年人。据说这个中年人是日月神功的得意门生，法力已经达到了师傅的五成。练功的人不知道他的真姓名，都叫他"法师"。起初，众人跟法师练功，方法很简单，就是法师用录音机播放一种很神秘的音乐，众人跟着扭动身体，说是练习久了，不但能强身健体，延年益寿，而且有了头疼发热不用打针吃药就能痊愈。随着练功时间的日益加深，法师又告诉众人，修炼成功最高境界可达到圆满，所谓圆满就是来去自如，不受时间和空间的限制，想得到什么就能得到什么。这对村民的吸引力很大，好多人参加了这个教会，秀也参加了。

　　秀就是在这个时候结婚的，男人是邻村的柱子。这门婚事是在秀没有进城之前定下的。说实话，秀对这门亲事不是很满意。没进城之前，秀觉得柱子还可以，进了城回来之后，秀就觉得柱子啥也不行了，人没人材，长没长相，十足的一个农村娃。过年柱子来家走亲戚，娘对秀说："送送柱子。"秀推起自行车就走，故意不和柱子走在一起，要么快步走在前边，要么慢步走在后边，好不容易俩人说句话，又总是话不投机。柱子也恼了，对秀说："我知道你看不起我，可也有女孩为了我差点去死的——"秀吃一惊，说："为了你去死，是谁？"柱子一挺胸脯，自豪地说："是雪儿——"秀知道雪儿是柱子村里有名的美女，但今年不过十六七岁，她竟然会为柱子去死，秀就不知道原因了。秀问："咋回事？"柱子看秀认真了，就长出了一口气，说："雪儿对我说，你要再纠缠我，我就去死——"秀听了，笑得直不起腰来，但笑够了，却决定要嫁给柱子了。但她提出了一个条件，那就是柱子得允许她继续信教，因为信教是算命先生给她指点好的一条人生之路。柱子说："信教是好事，俺村也有很多妇女信教，不打人，不骂人，不说谎话，我咋会不让你信教呢？"秀于是继续信教，但后来发生的事，却让她不再信教了。

　　鸡不叫，狗不咬，夜色深沉。睡不着觉的秀大睁着两眼，看蜘蛛把吐出的丝又一口口地吞进肚里，同时，身子也随着被蚕食的丝而慢慢升高，最终悄无声息地贴在屋顶上的天花板上，慢慢隐没了。当初要是不加入教会就好了，秀心想，自己中途退出后，若不再参加教会，又该是个什么景况呢？往事如烟，在秀的眼前浮现——

　　有一段时光，秀决心不再参加教会了。原因是那个秃顶的传教人，竟然对自己动手动脚。有一次，他趁秀不注意，竟然在秀的胸脯上摸了一把。秀看他时，他竟然面不改色，装出一本正经的样子。秀回到家，解开上衣看时，乳房上竟被捏出了一道青紫的印痕。秀在心里恶心了很多天，从此决定不再参加教会的任何活动了。

无事可做的时光是难以打发的，秀记得自己不参加教会活动时，每天吃过饭后，就喜欢坐在堂屋的窗前，看天上的白云从屋檐上飘过，看院里槐树上的麻雀，吱吱叫着，从这个枝头跳向那个枝头。这时候，秀的脑子里就有很多想法。他想：男人是没有几个好东西的，大小是个头目的男人更不是好东西，至少，自己碰到的这几个男人，都不能算是好人。想到这些的时候，秀便会想起自己以前在城里打工时的生活，一想到城里时，秀就不再往下想了，往往在这时候，她会轻轻地叹一口气。

二婶就是在这时候出现的。二婶姓王，在村里当媒婆，专门替人撮合婚事，能把活人说死，死人说活，人送外号"皮条客"。秀和柱子的婚事便是二婶给说的。平日里，秀比较怕二婶，主要是怕她那双能看到人心里去的眼睛，没什么事时，俩人轻易不说话。这一次，秀没想到二婶竟穿过满院觅食的鸡群，径自走到堂屋的窗前，对秀说："孩子，多日不见，你瘦了？"

秀说："身体有点不舒服。"

二婶说："咋不出去走走？"

秀说："到哪去，没地方——"

二婶说："你不是加入了日月神教了吗，好长时间不见你的影子了？"

秀说："我现在退出来了。"

二婶仿佛吃了一惊，说："可惜了，真真可惜了——"

秀说："不就是一个教会吗，有什么可惜的？"

二婶说："你不知道，法师昨天还向我念叨起你，说他那里缺少个管账的会计，想让你替他管管账，你不参加了，不是可惜了吗？"

秀说："他们那么多人，还用得着我去管账？"

二婶说："这你就不知道了，他们人虽多，法师都不放心，他说管账是要有个与法有缘分的人，他考察了很久，没一个可以托付的，最终选中了你，没想到你又不参加了？"

秀说："入教又不收费，有啥账可管？"

二婶说："入教的人虽然不收费，但教会对自愿捐助的钱也不拒绝，再有，法师卖书是要收钱的，法师卖的书很贵，一本书就要上百元的，那么多会员，这也不是个小数目。"

秀低下头，没有吭声。

二婶继续说："依我看，你就应下这个事，横竖有法师在那里站着，还能把你怎么着？再说，法师也说了，你只要一管账，便是教会里的领导了，按规定，每月都有几百元的工资的，这样的好事，你到哪里去找？"

秀说："可我没管过账，不会管账。"

二婶说："啥事不是人做的。我给你说，法师可不是个普通人，听说他在外边传法时，曾给一个人开过天目，那人在白天竟能看到南天门哩，你要是不相信，法师明天还要表演他的神功哩，到时我来叫你，看看就知道了。"

秀看二婶说得神乎其神，心里却有点不相信，就说："反正在家也没事，看看就看看。"

秀记得那天自己起得很早，并特意打扮了一番。秀的皮肤很白，人也长得好看，不打扮就很好看，一打扮就更显得楚楚动人。她和二婶来到法师传法的地方，那里早早就围了很多人。这地方是在二婶家的苹果园里，距秀家麦地不是很远。他们先听法师讲了一番日月神功的好处，接着又听法师讲了某地某人练习本法如何超凡脱俗甚至肉身成圣的例子。中间休息时，便有人提议要看法师的神功表演。法师微笑着点头，便有人拿过来一个竹篮，法师手提竹篮，把众人召集到秀家麦田旁边的一个井前。在井前，法师双手合十嘴里喃喃有声，随后便把竹篮缓缓送入到井里，稍后，又慢慢把竹篮提起，众人看时，竹篮里竟装了满满一篮水，并没泄漏。

法师现场的神功表演，把众人惊得目瞪口呆。二婶对秀说："看看，耳听为虚，眼见为实，二婶没有骗你吧？"就这样，在二婶劝说下，秀答应做起了教会的会计。

秀去教会当会计，柱子首先表示反对。柱子说："咱们庄户人家，参加集体活动，图的就是锻炼锻炼身体，有个凑热闹的地方，你总不能真的去教会里当会计，替他们去收钱，乡里乡亲的，你好意思？"

秀说："也不是收什么钱，只是替他们管管买书和会员自愿捐助的账。"

柱子说："那不还是都一样。他们那么多人，偏让你一个女的管账，能有啥子好心肠？我一见那个秃头法师就烦，看他那贼样，两眼一盯女人就放光——"

柱子娘连忙喝住柱子，说："柱子看你说的都是啥？秀也不是三岁小孩，还能分辨不出个好歹？依我看，这事秀能干就干，不能干就罢，咱们庄户人家，千万不要让人家说闲话，你说是不是，老头子？"

柱子爹只管呼噜呼噜的往嘴里扒饭，不吭声。

秀说："娘，你就放心吧，教会里有那么多人，谁还能把我咋了？现在都什么年代了，做事还这么小心翼翼的。我想了，反正这也不是啥坏事，凡事我多小心些就是了——"

秀这样说，就这么做，在教会里，秀果真没有好脸色对那个法师。法师也规规矩矩，当前背后，对秀并没有越轨举动。直到有一天，秀发觉上了法师的当时，一切都已经晚了。

事情发生在一个月末的午后，夕阳就像鲜血染成的花朵，透过重帘遮掩的庭院，照在屋门上。秀去向法师汇报教会里一月开支的情况，这个院落是教会租赁的。法师正在屋里闲坐，见了秀非常热情的让座倒茶。在听了秀汇报完工作后，法师说："你的工作完成得非常好，我已经把你的表现汇报到总站去了，总站听了情况，对你也很器重，准备让你参加下一期的骨干培训班，只要一毕业，你就是会里的骨干了，到时候，说不定你就能见到总教主他老人家了，那对你日后会大有好处的。"

秀也很高兴，她说："谢谢法师的栽培。"

法师说："干我们这一行，只要本质好，都能出人头地，将来你腾达了，说不定我仰仗你的地方多着呢，来，为了我们秀日后的高升，干杯——"秀看着法师举起了自己的杯子，也举起了法师为自己倒好的那杯茶，俩人碰了一下，法师一饮而尽，秀却只喝了两口。秀放下杯子，看见法师温和地对自己笑着，心想："法师也并不是那么讨厌——"这个念头一起，秀便觉得自己的心神恍惚了一下，一个不受自己控制的念头跳了出来。秀又想，自己这是怎么啦？便觉得眼皮沉重，头脑发沉，往桌上一趴，便失去了知觉——

秀醒来时，发现自己睡在法师的床上，身上盖着法师的床单。秀说："我这是怎么啦？"法师说："你与本法有缘，已经献身本法了。"秀吃了一惊，这才发现自己一丝不挂。她说："你敢强奸妇女，我要去告你。"法师笑了，法师说："你说我强奸你有啥证据？你别忘了，这是在我的房间里，你是睡在我的床上。"秀说："我就是不告你，柱子也不会放过你的，你应该知道柱子的脾气，他讨厌死你了。"法师又笑了，法师说："我倒要看看柱子是不放过我还是不放过你，你觉得自己还是什么贞节烈女？在城里，孩子都替别人生下了，你以为柱子不知道，别人就不知道了。"秀吃了一惊，说："你咋知道的？"法师说："你别忘了，我是日月神功的法师，天底下有什么我不知道的？"秀沉吟了一会没有吭声。法师又说："我还知道你非常想念那个孩子，只要你听教会的话，好好干，教会有办法能让你和孩子见面的。"

秀说："你骗人？"

法师说："骗人不骗人，你慢慢就会知道的，但教会有多大本事，想必你也知道的。"

秀说："你真的肯帮我？"

法师说："这有什么难的，等到了时候，我助你圆满了，你不但想见孩子就能见到，就是这天下的事，你想做什么就做什么，不过，现在你得听我的——"

秀在法师软硬兼施下成了法师的情妇。成了法师情妇并进入了教会中层领导圈后，秀却发现了教会中许多不能自圆其说的地方。比如说，教会对教众说有病不用吃药，秀在法师的卧室就发现了很多种药，既有头疼发烧之类的感冒药，也有滋阴壮阳的大补药。秀有一次半开玩笑半认真地对法师说："你用来对付我的那种药，曾经对付过多少女孩子？"没想到法师却答非所问地说："你说的是那些药吗？我告诉你，教会规定是不能服药的，但功力达到像我这个程度，服药和不服药已经没有了区别，将来你达到了我这个程度，这些事你就会知道的。"

秀又问："那我啥时能圆满？"

法师说："该圆满时我自会告诉你的。"

这样的时光过了半年之久，雪儿的出现使事情发生了意想不到的变化，也加速了秀要圆满的进程。

有一天，雪儿找到秀，对她说："嫂子，我也要加入日月神功。"

秀吃了一惊，说："小小年纪，加入那干啥？"

雪儿说："兴你加入就不兴我加入，你能比我大多少？过了年我就十八了。"

秀说："我不管你多大了，就是不能让你加入，教会里的事，你不懂。"

雪儿说："我参加以后不就懂了吗？"

秀说："我说不行就不行，该干啥就干啥去，别再缠我了？"

雪儿说："我不缠你了，我直接去找法师，我就不信，离了你就办不成这个事，亏你和我还是好姐妹？"

秀看雪儿的样子，知道她说得出做得到，想到她直接去找法师的后果，就答应给法师说说看。

秀把雪儿要入教的事给法师说了，法师详细询问了雪儿的年龄及家庭背景以及相关情况，就对秀说："让她过来看看。"

秀极不情愿的把雪儿带到了教会中，法师看了，当时就让雪儿加入了教会，并让她当秀的助手，帮助秀整理教会内的财务，并且负责收发教会内的来往信件，由法师直接领导。

雪儿加入教会不久，秀便明显感到自己在教会中受到了冷落。

有些该自己处理的事情，法师却直接派到了雪儿头上，有几笔数目很大的账，雪儿没经自己允许，竟然擅自挪做他用。秀知道了，便汇报给了法师，法师说："那是我批准的。"

秀冷眼旁观法师跟雪儿的关系，很快便发现他们的关系不一般。雪儿出入法师的房间很勤，有几次进去时衣裳整整齐齐的，出来便有了很多褶皱，头发也有些凌乱，秀便知道雪儿也着了法师的手脚。

秀决定撞破他们的好事。有一次，在雪儿进入法师的房间后，秀便闯了进去，果真看见了不想看见的一幕。雪儿很羞，她连忙推开法师，边整理衣衫边低着头从秀的身边跑走了。

法师说："谁让你进来的？"

秀说："兴你办事，就不兴别人来看看？"

法师说："你要明白自己的身份，以后没有我允许，不要随便进入我的房间。"

秀说："你这是什么意思，以前我不来时，你死皮赖脸地缠着我，现在我主动要来，你又说这话，——我可告诉你，雪儿还是个姑娘，你做事可要想想后果。"

法师笑了，说："我做事还用得着你来教，你做好自己的事就是了，少来多管闲事。"

秀憋着一肚子气去找雪儿，劝她不要上了法师的当。

哪料雪儿却说："你不也是靠着和法师相好当上会计的吗，凭什么来管我？我到现在才知道，当初我要加入教会，你为什么推三阻四的，原来害怕我争了你的宠？咱们姐妹一场，以前我真是看错了人，当真是知人知面不知心。"说完话，扭身走了，把秀一人晾在了那里。

雪儿年轻，嘴巴又甜，在会里很快赢得了大家的好感，再加上法师又有意让她出头露面，很快地，雪儿在教会中的地位便代替了秀。这时候的秀回想起了以前在城里打工时的经历，那也是和现在差不多的一个境况，秀真是万念俱灰。

原来，秀在城里打工时，有过一段伤心的感情经历，那段经历和现在的境况差不了多少。厂里的老板看中秀，就向秀发起了攻击，甜言蜜语外加小恩小惠，使涉世不深的秀误以为老板真的爱她，秀便向老板献上了自己的全部真情，俩人双进双出，俨然一对恩爱夫妻。

那时候的秀很庆幸自己毅然抛弃了农村来城市打工。然而，好景不长，当秀怀孕生下来一个男孩后，老板的女人却突然出现了。女人带着一班人，不但夺走了秀的孩子，而且还从厂里撵走了秀。女人说："也不撒泡尿照照自己的模样，让人日几下就想当太太，美得你——，老娘要是能生孩子，还能轮得着你住这里？"

欲哭无泪的秀从老板的甜言蜜语中清醒过来，她到有关部门找领导。领导说："现在这样的事件多的是，关键是一些有钱人思想道德败坏，有钱了便想在外边包二奶，你应该小心才是——"

身心俱疲，万念俱灰的秀又从繁华的城市回到了农村，并在算卦先生的指导下加入了教会，而这一段伤心的历史，秀却从来没向人提起过，但更令秀想不到的是，在教会里，她又遇到了同样伤心绝望的事情。

秀决心做个了断。有一天，她走进法师的房间，对法师说："你不是说要帮我见见孩子吗？我现在就想见他。"

法师沉思了一会，说："要见孩子也行，但你得圆满，圆满了，就能见到孩子了。"

秀说："要咋样才能圆满？"于是，法师便对秀说了上面所说的那些话。

秀决心要圆满。她想见那个孩子一面的心情日益迫切。她知道自己离厂后，那个老板便倒了霉。老板在厂里女厕所里偷安了摄像机，偷看女人解手的事被人发现并被新闻媒体曝了光，老板便被处理了。秀知道了这个情况，才想起以前自己在厂里经常心惊肉跳的原因，也知道自己就是被老板偷看以后相中的。回想起当时情况的秀不寒而栗，她对自己一向引以为荣的白嫩皮肤在一段时间内产生了强烈的憎恶情绪。

秀心想：一百天不准碰男人，这个事情可以做到，但一百天不准男人碰她，这个事情就难说了。柱子会不会答应一百天不碰她，秀连一点把握也没有。

吃晚饭时，当秀吞吞吐吐地把法师说的话告诉柱子时，柱子说："放他娘的屁，一百天不让男人碰就能圆满，天下的女人都圆满啦，再说，圆满了有啥用？你不还是你吗，别信法师的鬼话。"

秀说："可是，我已经答应法师了。你一百天内不准碰我。"

柱子说："你是信法师的还是听我的，我不信法师说句话比我们这个家还重要？"

秀说："不就是一百天吗，迁就迁就也就过来了，到时候，还不是你说了算？"

柱子说："我就是不同意。"

秀正色说："反正我已经把话说给你了，你要是敢碰我，我就让你后悔一辈子，一辈子比一百天更让你难受。"

柱子说："有那么严重吗？"

秀说："不信你就试试？"

柱子看秀急了，才说："听你的，行了吧，不就是一百天吗，全当我是光棍汉。"

话虽然这么说，但柱子心里想：去他妈的一百天吧，到时候憋不住了，我还是照样干我的。

头几天，俩人相安无事；半月后，柱子便对秀动手动脚；一月后，柱子便完全忍不住了，但由于秀防范得紧，柱子也没有什么办法。对于这一百天，秀是真上了心，为了预防万一，她不但平时故意不给柱子好脸色，而且得空便打鸡骂狗，摔盘子打碗地发脾气，让柱子没有好情绪。晚上睡觉时，不但不脱衣裳，而且还特意多穿了几条裤子，浑身上下裹得紧紧的，即便如此，她还是等柱子完全睡着后，秀才敢入睡。

事情发生在四十天以后。那晚，刚刚睡实的秀是被柱子的喘气声惊醒的。醒来后的秀便发现自己的双手被绳捆住了，双脚也被固定在了床的两边。秀睁开眼，刚要喊的同时，嘴里便塞进了一个毛巾。一切都是经过策划并付出了巨大努力的，床头边的柱子露出了得意的神情，柱子说："你不是要圆满吗，我现在就圆满给你看。"

秀说："你要后悔的——"但说出来的只是"嗡嗡"声。柱子便开始解秀的衣裳，解了一层又一层，柱子说："真他妈的麻烦。"解到最后时，却再也解不开，秀把身子从床上抬起来，又使劲向床上砸下去，砸得床板"嗵嗵"响。西厢房的灯便亮起来，柱子娘说："都黑半夜了，你们还折腾啥，明天还要干活哩——"柱子赶紧拉灭灯，对窗外喊："这就睡啦，没啥事。"便不敢再开灯，摸着黑爬在了秀的身上，也不知道做成事还是没有做成事，最后疲惫地倒在一边睡着了。

然而，柱子做梦也没有想到，自己这个荒唐的开心之举，竟然导致了秀三次不同形式的圆满举动，而每一次"圆满"都令柱子惊心动魄，终生难忘。

秀第一次的圆满是在柱子碰她的当天中午。那天，柱子吃过饭，要去地里干活，叫秀同去时，发现秀还在床上躺着。秀说："我身体不舒服，你自己去吧。"柱子便一人去了。当天在地里干活的柱子感到心神不宁，秀在床上躺着的神态使他觉得有什么地方不让他放心，他猛地打了个寒战，拔腿便往家里跑。进了院门，柱子发现堂屋的门闭得紧紧的，他连喊了两声"秀"却听不见有人应声，便拿脚使劲踹门，踹开堂屋的门，又踹里间的门，门被踹开后，一股浓浓的农药味便扑鼻而来，秀蜷缩在床角边，身子已经在不停地抖动了。"秀喝药了——"柱子喊一声，抱起秀便往门外跑，一出院门，便看见新生开着飞达车从地里拉粪回来。柱子连连招手，俩人以最快的速度把秀送到了乡卫生院，经过两天两夜的抢救，终于救下了秀一条命。

醒过来的秀对柱子说："你救我有什么用呢，我还会去死的。"

秀第二次要圆满便没有选择喝药，喝药太让人痛苦啦，还有被人救活的危险。秀选择的是上吊。夜深人静之时，秀解下腰带挂在梁上，把头伸进了绳套的活结里。这一次，她又没有死成，是村里的李老怪救了她。李老怪是二婶的男人，原先是个教师，退休后在家里研究《周易》兼带着用偏方给人看病，因为他脾气古怪，替人看病看相都是自学成材，村里人给他起了个"李老怪"的外号。

当柱子发现秀上吊时，秀已经断气了。柱子喊来了爹娘，三人手忙脚乱把秀放下来时，柱子爹首先想到了李老怪，他对柱子说："快去请你老怪叔。"李老怪被柱子连架带拉地叫来后，他看了看秀的脸色，用手拨了拨秀的瞳孔，说："试试吧。"便叫柱子拉紧秀的头发，不让秀的头垂下来，自己双手搓热，在秀的喉间揉搓了一阵后，又搓秀的心口和腹部，同时，让柱子的爹和娘一人一个揉搓秀的脚心，并把秀的两腿慢慢蜷起来，又伸直，往来反复了一阵。老怪问："你家有没有公鸡？"柱子说："有。"老怪说："赶紧捉了来，用鸡血滴滴鼻孔，我看比刚才强多了。"柱子赶忙捉了鸡，挥刀剁掉鸡头，把鸡血滴在了秀的鼻孔。这时，老怪又从怀里掏出了一个竹管，吹了秀的左耳，又吹秀的右耳，过了一会儿，果真有细微的气息从秀的鼻孔里透出来，秀又得救了。

秀被严密地看管了起来，吃喝拉撒睡都有人陪同，想死，对她来说已经不是个容易的事了。就是在这时候，秀便开始做噩梦，有几次，她梦见自己圆满了，圆满了的秀升入了天堂。天堂真好啊，要什么有什么，想什么就有什么，处处金碧辉煌，处处耀眼生花。有几次，秀还梦见青年神仙向自己求爱，神仙穿着在电影里跳芭蕾舞时那样的衣裳，身上背着一对翅膀，跳着舞步和自己接吻，一吻，秀便醒了，醒来后的秀便感觉大汗淋淋，浑身湿透。但更奇怪的是，这期间，秀在从梦中醒来时，往往感觉到能听到仙乐。这乐声飘忽不定，忽左忽右，在秀的耳畔环绕。秀问柱子听到仙乐了吗？柱子说什么也没有听到，秀便觉得自己真的能圆满，要不然，为什么自己能听到仙乐而柱子听不到呢？

柱子去问李老怪能听到仙乐是咋回事，老怪说："这是胡思乱想造成的，久思伤神，导致神经系统紊乱，世间哪里有什么仙乐？"他半真半假的对柱子说："告诉你媳妇，只要有我在，她就别想死成。"回来后，柱子把老怪的话给秀说了，秀从此果真再没有寻死觅活，时光就这样到达了一百天。

天明就是百日了。秀想到一过百日，自己就不可能再圆满了，秀就再也睡不着。她大睁两眼，望着屋顶上的天花板，这时候，她看见那个蜘蛛又出现了。它从刚才隐身的地方爬出来，在天花板上停了停，突然像玩杂技似的，身体一下子降下来三尺多远，略停了一停，又下降了三尺多远，不一会儿，就到了秀的脸部上方。秀看着垂下来的蜘蛛，心想：在自己百日就要结束的时候，这个蜘蛛的出现又和自己有着什么样的关系呢？猛然，她脑子一闪，一个想法在心中形成。这个想法的出现使她激动得再也睡不着，于是，她就拿脚去蹬正在打着呼噜的柱子。

柱子醒来了，一副不高兴的样子。柱子说："白天看着你，晚上又不让人睡觉，你成心不让人活了？"秀说："还不让你睡觉，就差让你睡过去了，我问你，以前不让你碰我时，你想着法子碰我，现在又一个多月了，你就不想我？"

柱子说："想你有啥用，一碰你，你就寻死觅活，我可不想再让你去死了。"

秀说："我有那么傻？死了两次死不成，还会再去死？你觉得死是好玩的吗？我告诉你，我不想再死了，只想当你的老婆，让你好好地爱爱我，你同意吗？"

柱子说："又骗人了？"

秀说："不骗你，不过，你不能再找人成天看着我了，我也要下地干活。"

柱子说："我也劝你下地走走，你自己不去，现在想下地，可得有人跟着，万一再有个什么事，我可受不了——"

秀说："那就让二婶跟着吧，天明俺俩就下地。"

天明时，二婶找秀下地。一进门，二婶就说："我就说嘛，太阳落山是圆的，小两口吵架是玩的，人这一辈子，谁没有磕磕绊绊的时候，为了一点小事就寻死觅活，也太小心眼了，俗话说的好，好死不如赖活着——"

秀不接二婶的话茬，却说："老怪叔在家吗？"

二婶说："你找他有事？"

秀说："我想问他点事情——"

二婶说："在家熬药呢。"

俩人出了家门，先往二婶家走去，一进二婶家，便见李老怪正在窗下熬制自配的中药，满院子弥漫着一股子浓浓的药味。

秀说："老怪叔，我问个问题。"

老怪说："问吧。"

秀说："那——用竹篮子打水，到底算不算神功？"

老怪笑了，说："那要算神功，人人都会神功了，傻孩子，我告诉你，那是把青蛙卵晒干后研成末，涂在竹篮子缝隙边上，青蛙卵见水就膨胀，就把水兜住了，给你说了这个办法，你也能提上水的。"

秀的脸色变了一下，又问："那，人到底能不能圆满？"

老怪说："这个问题吗，我就不知道了，按理说，是不能圆满的，但——"

二婶一把拉过秀，说："别听他胡说八道，他懂得什么？走，咱俩下地去——"

正是收麦的时候，地里人欢马叫，一派欢腾的景象。秀家的地紧挨着二婶家的苹果园，中间便是法师曾经表演过神功的那个井。那口井很窄，是生产队时打的，现在几家共用来浇地。二婶帮秀在地里捡了会麦穗，想要去小解，就对秀说："给我看着点人，我要去方便。"秀点点头，说："你去吧——"二婶便向苹果园走去。秀一见二婶的身影消失在园里头，便以最快的速度冲到那口井前。在井边上，秀又想起了房间里的那个蜘蛛。秀对二婶说："二婶，我走了——"便头朝下向井里栽去。秀觉得两眼一黑，心想：我这是在圆满了吗？便听"啵"的一声，身子已掉进了无边的黑暗中——

淘沙女人

太阳毒辣辣当头照着，四周一片寂静。

热气压得万物低头。高处的树都往下耷拉着枝叶，低处的树叶像散了架的女人，枝低叶垂的瘫伏在地。河滩里的水仿佛要沸了，就连趴在水底的鱼都一动不动。

女人头戴斗笠，赤腿站在水中，两眼紧盯着新接好的一段水管。抽水机欢快地鸣叫着，把浑浊的带有沙子的黑黄色水浆源源不断的抽到岸上的沉沙池里。女人的脸色渐渐地开朗起来。

女人年龄不大，三十多岁的样子，胸脯鼓胀着，那是还奶着孩子的缘故。她在这里淘沙已经有一段时间了，但平原上五六月份的太阳和带着潮湿味的热风并没有晒黑她那张秀气的脸。

"你的脸真白，又嫩又白。"一次喝醉酒后，男人对女人说。

"我的脸就是晒不黑嘛。"女人说，有点撒娇的味道。这是淘沙空闲时少有的时间里少有的乐趣。

"可——再白再嫩，也没有城市女人有味道，她们会叫会浪，你不会——"

女人一下子发疯了，她说："她们会叫会浪，你去找她们得啦，还回来干什么？"女人掀翻了桌子，打碎了碗碟，把男人赶了出去。从此，在这个淘沙的家庭里，就剩下女人和她的一个还在吃奶的三岁多的孩子。

挖沙的地点就在村后不远的河滩上。这条河叫大坡河，从县城的方向蜿蜒流到这里。河里的水清亮亮的，在村后拐个弯，又从村子的左边向前流去。村后的这片沙滩，便成了村人挖沙的地点，由于长年累月的开采石沙，这里原先较为狭窄的河面，如今已经拓展成了一片湖泊样的洼地，有鹅鸭在这里戏水。

采沙工作是一个简单的程序。最初是有个村人在这里打了个井，是压水井，浇菜用的。村人在河滩上开了几分菜地，种了白菜、芹菜和苔子，村人不想去河滩里提水，就打了这个井。井打好了，井里的水却不能用，原因是抽出的水中净是沙子，水干后，地面上就显出明晃晃的一片，用手一扬，成粉状的那层细沙。村人急了，发动全家人把水井淘了三天三夜，抽出的还是带沙的泥水，村人只好把水井弃置不用，仍去河滩里取那澄清后的水去浇菜。村人有个亲戚在城里住，来村里找人帮忙盖房，见了那沙连声说好，就以50元一车买了下来，回去粉刷新房了，村人才知道那细沙竟是宝贝，于是一哄而上，竞相地干起了这淘沙的工作。

这时候，女人刚嫁到这村来，看到别人淘沙，就劝男人也去，男人却不肯，男人说："有这个时间，我还要喝酒打牌呢，受那个洋罪干什么？"女人没有什么办法，只能暗中叹气。

然而，很快地，淘沙的人一个个都富了起来。先是旧房换了新房，再是自行车换了摩托车，更有的家庭竟然盖起了楼房，男人这才有点慌了。这一天，男人输牌后，又钻进女人的被窝，要做那事时，遭到了女人的拒绝。男人有个特点，男人喜欢在输牌和赢牌后做那个事，然而，这一次，男人却遭到了女人的拒绝。女人说："要么去采沙，要么每天挣五十块钱来，否则，休想——"男人认为女人是开玩笑，就想霸王硬上弓，却遭到了女人顽强的抵抗，男人虽然力大，却总是关键时刻差一点点办不成事，才知道女人是认真的。这样的时光过不了多久，男人就在女人日益不满的眼色中，也加入了淘沙者的行列。

这时候，采沙的规矩已经变了，村里人不允许田地不靠近湖泊的人家采沙，原因是随着采沙量的日益增大，挨近湖泊的田地已经龟裂塌陷，种不成庄稼了。幸亏男人家正有田地挨近这个能够采沙的人工湖泊，男人和女人也便能在这里采沙了。

采沙的确是个赚钱的好门道。二百元钱的一个电动机，再加上几十米长的一根皮管子，只要插到河滩里的水下面，机器一响，便有金黄色的沙子滚滚而来，一台机器一个人，一天竟能抽到满三轮车的沙子。而这一车沙子拉到城里去卖，少则七八十元，多则上百元的，想不富起来也不容易。

女人负责抽沙和看守沙池，男人则负责到城里卖沙。这样的日子不多久，男人和女人手里便有了积蓄。渐渐地，男人抽的烟好起来，三五天便要醉一回的。每次卖沙归来，男人都是红光满面。有一次，女人在男人身上竟然闻到了香水味，很显然，这香水味是从城里带回来的。

"你身上哪来的香水味？"女人问。

"香水味？"男人吃了一惊，使劲耸了耸鼻子，说："没有吧？我就没闻见？"

"香水味我也能闻错。"女人说："没用过香水我总闻过吧，别忘了我是个女人——"

"你净胡说个啥呀？"男人说："我还等着装沙哩。"匆匆地走掉了。

女人暗中查点男人的钱，发现比以前少了许多，便知道男人有了钱，便不是以前的男人了，好在男人还顾家，还赤着双腿在泥水里淘沙，女人也没有多好的办法，只是把钱管得紧紧，暗中注意男人的一举一动。

事情果然就发生了。在一次喝醉酒后，男人便吐露了真言。

那酒是女人给男人灌的，在让男人享受了刻意的温柔后，男人竟然兴奋得忘乎所以，把压在心底的，不该说的话都说了出来。

"那妞真好，比你好多了——"他说。

女人把男人赶出了家门。女人对男人说："这个家，是你走还是我走，你要在家里住，我就搬到河滩里去住。"男人说："你住吧，我到外边住——"男人就走了。但被赶出家门的男人却仍然对女人不甘罢休。半夜里，有几次男人竟然越墙来敲女人的窗门。女人是早有准备的，"哗"的半桶洗脚水泼了出去，男人浑身被浇个湿透。但男人也有狠劲，他躲在女人的屋门前，忍着衣裳湿透的痛苦等到了天亮。女人下床刚开门，男人便把女人拦腰抱住往厨房拖，女人情急之下，拿起了案板上的刀照男人手上砍了一下，男人才忍痛跑走了。女人便锁了家门，在淘沙的河滩上搭了个简易的窝棚，和儿子一起把家安在了河滩上。

然而，女人还是很快尝到了没有男人的苦处。首先，女人抽出的沙子没有人再拉到城里去卖了。女人虽然有一辆机动三轮车，但她却不会开，让同村人开到城里卖一趟沙子，管吃管喝还得开十元工钱。女人算了这笔账，心疼得难受。再者，另一个难于应付的事情，要数县水利局那些水管人员了。小村淘沙的消息，不知怎么被水利局的人知道了，他们派出工作队，专门来河滩里禁止采沙工作。

"不让采沙，我们吃什么？"女人说。

"不是有地么，有地可以种粮食，还能没有吃的？"

"你不看看地都啥样了，碗口粗的口子裂在那儿，还能种粮食？"

"所以要禁采嘛，再采下去，地都要塌陷的。"

女人不听，仍然要采，水管人员就动了手，把女人的电动机卸下来，装在车上拉走了。

"你们凭什么光拉我的机器，大家不都在采吗？"女人说。

"我们要一个个治理。"水管人员说，"一户一户的清理，谁也跑不掉。"

　　但是，禁采的结果，是单单没收了女人的一个电动机，其他几户人家人员多，且又身强力壮，水管人员卸机器时，被他们护住了，没有得手。

　　失去了采沙工具的女人只得又去找男人，没想到一进家门，男人倒把她拦住了。男人说："现在这家不是你的啦，你不是不让我进吗，我又找了一个，二曼子，出来让他看看——"

　　里屋便出来一个妖艳的女人，嘴唇抹得鲜红，风摆杨柳似的走到门边，倚在门边上给女人一个不屑的笑。

　　女人便看清了是村里的二寡妇，便觉得两眼一黑，勉强站稳了，踉踉跄跄地走出门去，在河滩上的小屋里一躺就是两天。

　　第三天早晨，女人起床了，搭车到城里又买来一台新电机，重新干起了采沙的行当。县水管人员又来时，女人便学精了，先把电机扔到水里，水管人员要捞时，女人便大哭大叫，把鼻涕眼泪往水管人员身上抹，扯掉上衣扣子把脑袋往水管人员怀里扎。水管人员便害怕了，一齐拿眼看领头的人。领头的便说："先去管住其他人，然后再来收拾她。"便一哄地走了。

　　这样闹了几次，水管人员便不再来管她，倒把其他几户收拾了。河滩上的沙地上便清净了许多，采了沙子到城市去卖，这段日子也成了女人的独家生意。

　　女人生意好，就专门找了一个小工，这小工后来便成了女人的第二个男人。这是个二十岁左右的年轻人，下了学到城市打工，被女人以每天十元的价钱雇了来，除了帮助女人开车到城里卖沙外，还帮助女人抽沙，装车。这小工很精，他看透了女人的难处，有一天便对女人说，他可以不要工钱的，但女人得要他，要不然，他就走。女人考虑了许久，就同意了他的要求。

　　时光正当午，是一天中最热的时候，女人擦了一把脸上的汗，还是不舍得到树荫下凉快一会。发生了几回这样的事情，女人刚离开，要么电机出了毛病，要么水管破裂或沉沙池漏水，沙子又顺着断裂处流回了河里。

女人抬头看了看太阳，心里估计着年轻人该回来了，果然就听到了机动车的轰鸣声。河滩上的沙地上扬起了尘土，年轻人和车同时出现在了女人的视野里。

"姐，我回来了。"年轻人说。

"回来就歇歇吧，我一会就好了。"女人说。

"你也歇歇吧，注意身体。"

"我不累。"

然而，年轻人并没有离开，他仍然站在和河滩上。女人看年轻人好像有什么事，也便跳上了岸，抬头便看见了年轻人乌青的脸。

"你的脸咋了？"

"黑大打的。"

"他凭啥打你？"

"他说，我一天不离开你，他见了就揍我。"

女人恼了，说："还有没有天理，兴他找女人，就不兴我找男人，咱俩找他去——"

年轻人甩了一下手，说："要去你去，我不去，这地方，我没法待了。"

女人说："没法待，上哪去，天底下还不都一样，再上哪找这样挣钱的好去处？"

年轻人说："我们可以去打工，深圳、上海、广州都行，我有好多同乡在那里，听说现在都发了。"

女人叹了口气，没吭声。

这天下午，俩人都没有出工，年轻人仍然做女人的外出说服工作，女人只是哭。

"姐，你不知道，黑大可凶啦。"年轻人说："我担心他真的杀了我。"

"他有胆，让他和我一块杀么。"女人说："要死，咱死在一块。"

"可是。"年轻人说："这值得嘛，不就是这些沙子吗，再说政府有明文规定不让采，我们为啥非采不行，我们就没有别的活路了吗？"

"我就是要让他知道，没有了他，我照样可以过。"

"可还有我，你也得替我想想。——你要沙子，便不要我，要我，便不能要沙子。"年轻人看女人一直不松口，急了，就动手收拾东西，说："我不能眼睁睁死在这里。"

"就没有别的办法了？"女人问。

"没有了。"年轻人说："你要是我，你就会明白的，再说，采沙毕竟不是长久之计呀。"

"那好吧，明天一早，我们就走。"女人说。

这天晚上，在女人的催促下，年轻人和女人到河滩上散步。两个人走出去，河滩上静悄悄的，连个人影也没有。

女人站住，往村庄的方向看了一会，年轻人不知道她在想什么。

"男人有钱是不是都要变坏的。"她问年轻人，"你要是有了钱，会不会变得和黑大一样？"

"姐，看你说的。"年轻人说："你认为人人都会像黑大那样？"

女人不语，径自向河滩底部走去。年轻人看女人的神情，知道她对自己的话并不相信。

"明天就要离开这里了。"女人说："我想让你在这里再爱我。"

"就在这里？"年轻人问。

"是在这里。"

女人说完这句话，就自己把衣裳解开了。她蹲下来，用手捧起了一把沙子，从指缝里又让沙子慢慢漏下，就那样，一下又一下地重复着这个动作。年轻人站在女人的背后，看女人的背影很美，觉得和周围的夜光水色很协调，他在心里想，这真是个琢磨不透的女人——

第二天早上，年轻人就走了，女人却没有走，女人在夜里又改变了主意，她要继续在这里采沙，很显然，在年轻人和沙子之间，她选择了沙子。

接下来下了几天的暴雨，河滩里涨满了水，没法采沙了。女人便领着儿子在河岸上玩。她和儿子坐在河岸上，儿子把脚浸在水里。儿子很高兴，兴奋得拍打着双脚，呱呱地乱叫，而女人，则自己想着心事。

河水一个旋涡接着一个旋涡地往下流，不时有漂浮物在水面上流过。女人想：那是一个多好的年轻人啊，不知道现在到了哪里？有一天会不会突然回来；水管人员说采沙能出现严重后果，也就是吓唬她这个识字不多的乡下妇女；当初怎么就看上黑大了，再过一段时间，她也要罢手的，采沙政府毕竟不支持么——

女人就这样漫无目标地想着的时候，突然觉得有些异样，她感到腚下的土地动了一下，她刚想站起来，就见身边的孩子忽然就和她分开了，原先坐着的地方竟裂开了几大块，裂开了几块的土板又慢慢地向下浸去，孩子就坐在裂开的土板上，她想抓住孩子，但是却没有抓到，女人眼睁睁看着孩子慢慢地就沉入水里，不见了——

"黑娃——"女人惊叫一声，同时感到自己站立的地方也向儿子的方向倾斜，猛然间，她感到脚下一软，身子已掉进了水里，随着几个旋涡闪了闪，女人便在水里不见了。

河滩上这次塌方的时间是下午三时整，据后来的水务勘察人员说，这次塌方完全是有采沙引起的，河边上有人看见女人最后一次浮出水面时只叫了两个字，"黑大——"

黑大是女人的男人。

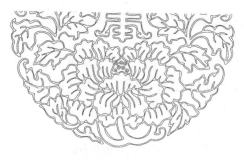

鬼　地

　　现在说的这块地，其实就是一块普通的田地，可田地的主人硬把它叫作"鬼地"。

　　这块地的主人姓田，在村里当支书，是个开头道犁的高手。年轻时，村里春耕秋种，都要请他开第一道犁。那时候他血气方刚，逢到有人相请，也就毫不推辞。开犁时，只需弯腰瞄瞄前方，便弓身扶起犁柄，鞭梢一扬，"驾"的一声轻喝，犁出的辙印便深细而直，后边的人照辙印犁下去，便不会有空地闪出来。村里有个庄稼把式不服气，找了一块刀把子地，对他说："你能开好这块地的头道犁，我就服你了。"支书啥也没说，用眼打量了一下那块地，一犁子拱下去，地上便弯弯曲曲地开出一道印来。他停下犁，对人说："接着犁。"后边的人照他开的印犁下去，地犁完时，两边的犁数正好相等。这一下，庄稼把式才算服了，村人对他也更加敬重。

　　这几年，村里的三轮车、四轮车多起来，犁地已不用再开头道犁，再加上支书的年龄也渐渐大了起来，他的这一手绝活便不再轻易显露。但对种地，却还是色色讲究，什么锄要见方，场要碾圆，等等等等，不一而足。他常挂在嘴边上的一句话，是三百六十行，行行都要出状元的，既然是种地人，就要把地种好。他种地下的功夫大，庄稼长势也比别人好。

田支书有个老生闺女，叫翠花，二十多岁的年纪了，还没有找好对象。有媒人领着小伙子到家里相亲，要过的第一关，便是考较一下他的梨地功夫。支书把人领到地里，那里早已摆好了一张梨，求亲的人须得扶着梨柄，从地头一直梨到地尾。功夫好的，支书叫声好，功夫差的，支书便冷着脸，一声不吭。现在的青年，梨地的功夫一般都不好，所以，这样考验的结果，往往是求亲人面红耳赤地离去，翠花仍然是单身一人。

和田支书地邻相接的是两亩沙滩地，成梯状地延伸到河岸上，旱不能浇，涝却易排。分地时，村里人都不要这块地，最后分给了和支书比试手艺的那个庄稼把式。如今种这块地的是庄稼把式的儿子，叫土生。土生也曾经参加过支书的梨地考试，遗憾的是没有过关。土生不服气，没事时便在地里练习，但试了几次，仍然达不到支书的满意，土生便在背后说："这哪里是往外嫁闺女，分明是显示自己的手艺嘛。"

土生除了种地外，还跑生意。夏贩小麦，冬跑棉花，拉石头，运沙子，倒腾青菜，逮啥干啥。土生头脑灵活，嘴巴伶俐，不几年就发了，在村里一班弟兄前呼风唤雨，一副少年得意的样子。唯一遗憾的事，就是娶不到翠花为妻，在支书面前说不起硬话，挺不起腰杆。私下里见了翠花，土生便发牢骚，说："咱俩都多大了，你爹非让我等到胡子白吗？"翠花也无法，只得安慰他说："急什么，你不娶，我不也没嫁吗？"

春来了，田地里的麦苗绿油油的，在微风吹拂下，闪出一层层的波浪，让人看了赏心悦目。

支书在麦田里干活，土生也在麦田里干活，两人歇晌时，土生便走到支书的田地里，两个人闲聊。

"呦，田伯也种起辣椒了，这可是新生事物啊？你不是喜欢麦茬棒、棒茬麦吗，怎么，不种了？"

支书白了土生一眼，说："你以为就你小子一人能跟上形势？调整农业产业结构，乡里开会经常讲，我还能不知道？"

"麦椒套种可是有学问的，乡里技术员在咱村开了技术培训班，你也不去听一听？"

"种了一辈子地，还能不会种辣椒？"

"你不去听，也让翠花去听听，她年轻，种地没你懂得多？"

"能把我的手艺学好，就够她吃喝一辈子了，还去那瞎凑热闹？"

土生被支书的话噎得脸有些红，半晌才说："田伯种的啥椒种，菜椒？三樱椒？"

支书说："管它啥椒种，种庄稼就图个好收成，能丰收才是好种家呢？"

话虽这样说，其实，对于种啥椒种，支书还是比较重视的，他考察了几个种椒大户，最后选种的是三樱椒。

土生种的也是三樱椒，但两人种植的方法却有些不同。土生按乡里技术员讲的，买来种子后，先进行了浸种消毒，又严格按照土肥和圈肥的比例要求，混合着多菌灵农药，精心收拾了苗床。下种之前，苗床里灌足了水，下种之后，用薄膜架起了小棚架。气温高了，便揭开薄膜通风换气；气温低了又赶紧盖膜取暖，三天两头的在地里忙活，样子十分的辛苦。

和土生比起来，支书就显得轻松多了，他只是从家里拉来了过冬时就攒下的家肥，掺和着尿素、二胺等高档肥料，按照以往的经验，混合掺在了苗床里，撒匀种子后只薄薄的盖了一层麦秸，就不再过问了。看着土生在地里忙活的身影，他感到非常好笑和不以为然。种地靠的是肥力和管理，玩那么多花样起啥作用。

椒苗很快被育了出来，不同的是土生家的椒苗比支书家的椒苗早出了十多天，这是土生在地里多忙活的结果。但这种优势并没有保持多久，等到下地移栽时，两家的椒苗差不多一样大小了。

鬼 地

GUI DI

"呵，这回真下工夫了，一亩地栽多少？"这次是支书主动到土生地里，和土生闲聊了。

"图个吉利，八八八，发发发，我每亩地栽八千棵。"土生说："田伯每亩地栽多少？"

支书说："你种八千棵，我也种八千棵，我那块地是淤地，肥足，劲大。"

土生说："你不能种八千棵，你要种，就种个六六大顺，六千棵就行了。"

"放你的屁。"支书说："你这河岗子上的沙滩地都栽了八千棵，叫我那好地只种六千棵，你当我不会种庄稼？"

"不是那回事。"土生说："你听我说——"然而，支书早已转过身，背起双手走了。土生撵着支书解释时，被支书从地里轰了出来。

土生去找翠花，要翠花劝支书按六千棵去种，支书也不听。翠花说："既然他不听，就让他种算了，我的话也不管用——"

椒苗很快就长了起来，两家的辣椒也慢慢分出了高低。支书家由于地好，肥足，再加上锄草、打药、浇水等一系列管理跟得上，椒棵很快就郁郁葱葱地铺满了地面；而土生虽然也费尽了九牛二虎之力，但由于地质不好，再加上河滩高处，天气热，不容易浇水，一到晌午，椒苗就显露出了败象。

"这回不劝我只种六千棵了吧。"支书看着自己的辣椒，得意地对土生说："我种了大半辈子地，还用得着你对我指手画脚。"

说这话时，支书是在自己田里给辣椒打杈，辣椒长势好，出了好多旺杈，他看着正为干旱发愁的土生说："只要再浇一片水，我这块地叫它屙金就屙金，叫它尿银就尿银，想娶我家姑娘，得有种地真本事才行。"

"长势好不等于收成好。"土生说："这世上的事，谁也不敢把话说满了。"

"我就敢说这句话。"支书说："我这块地肯定比你这块地强。"

"你敢打赌吗？"土生问。

"赌什么？"支书说。

"要是你的辣椒比我这块地收入多，我这二亩地的收入全归你，要是我比你收的多，你得同意把翠花嫁给我？"

"要娶翠花，得要她同意，不过，我也有条件，要是我赢了，你得代替你老爹说声服了我，我知道在犁地上，他一辈子不服我。"

"那好吧。"土生说，两人当下击了掌。

土生就没命的管理起这块地来。天气旱，他就光了膀子到河里挑水，一桶水一桶水地挨个去浇那辣椒，又买来好肥料，可着劲地追了两遍肥，辣椒的长势就和以前不一样，但和支书的比起来，仍然差了一截子。

翠花听说了打赌的事，就埋怨土生不会来事，说："爹的脾气偏，万一要输了，咱俩的事就完了。"

"你放心。"土生说，"我一定输不了。"

话虽这样说，两人心里却都没有底。爹不在时，翠花从河里提了水，却把水都浇在了土生的田地里。

辣椒渐渐地长大了。支书不愧是种地高手，经他的手种植的辣椒，长势就是不一样，和其他田里的辣椒比起来，支书地里的辣椒株大，枝高，叶肥，苗壮，把整块地遮得密不透风，个矮的人进地里，枝叶就淹没在了头顶。

庄稼长势好，支书的心情就好，没事时，就哼几嗓子，看土生苦心巴力地经营那二亩沙滩地。

"不知天高地厚是不行的，后生家就应该学会谦虚。"他常对土生说。

时间不知不觉到了辣椒扬花结果的时候了。一天，土生在支书的辣椒地里扒拉了半天，忽然说："田伯，你的辣椒挂果怎么这么稀呢？"

支书吃了一惊，说："胡说，你家的辣椒还能比我结的稠？"

话虽这样说，支书还是到土生田里去看了看，果真发现土生

鬼 地
GUI DI

家的辣椒比他地里的辣椒结的多。

可能还不到时候，他想，到时候就该结多了。

然而，又过了几天，还不见椒果多起来，支书存不住气了，他想：咋会出现这个现象呢？是自己的地不够肥，显然不是；是椒种选的不对，也不可能，土生种的也是三樱椒，虽然株小，但上面密密麻麻地挂的都是椒角呀，这是咋回事呢？支书百思不得其解。

这年秋天，支书地里的辣椒收入就没有土生地里的多。土生去找支书说打赌的事，支书却说："这事不能算，我那块地不适合种辣椒。"

"咋能不适合种辣椒呢？"土生说："关键是你方法不对，要是我在那块地上种辣椒，收入就比你种的多。"

"你种比我收入高？"支书说："比你那块地收入还高？"

"那当然。"

"那好，咱俩就再赌一回，你种我的地，我种你的地，只要你辣椒收入比我高，我就同意你和翠花的婚事。"

第二年，两人又在地里都种了辣椒。支书在土生的地里每亩种了八千棵，而土生在支书的地里，每亩只种了六千棵，到秋天结算时，土生的辣椒竟然又比支书的收入高，这次打赌的结果，是在这年的冬天，翠花就嫁给土生为妻了。

新春过后，在一次翠花回娘家的时候，土生到支书家接她，翁婿两人在天井里喝酒。支书说："我就不明白，我那二亩好田地，种辣椒咋就不如你的河滩地？"土生说："其实道理很简单，乡里技术员讲了，种植三樱椒，密度掌握是肥地宜稀，薄地宜密，就是说好田地要少栽，薄田地要多栽，我让你去听，你不去，这方法就没有掌握住，给你说你又不听，这辣椒能种好吗？"

支书听了，当时一句话都没说，只是拿眼看葡萄架上的花开花落，半晌，才长叹一声，说："没想到我种了大半辈子地，到晚年竟种出'鬼'来了——"